U0584974

高领 著

一个人的河流

One man's river

作家出版社

她从水里游过来，像一条鱼。"这孩子处于巅峰状态了。"赵涵波说。"太丢丑了。"孩子说。孩子爬上岸抖搂着身上的水滴。"不，你是一颗定时炸弹，到时，你就会爆炸，炸翻这条河上所有参赛的人。"赵涵波说。"没有……"孩子说。孩子不好意思起来。"你是的，你是一颗定时炸弹，现在没爆炸，但总有一天会爆炸。太动人心魄了。你不像那些游泳的人。他们只是镀镀金！不、不，你不会这样的。他们在瓜分你的智慧，瓜分，你知道吗？你和他们比赛，他们偷偷向你学习，参赛是手段，偷偷学习是目的，我知道。你多大年纪了？"赵涵波说。"十六。"赵涵波刮目相看了。"真令人刮目相看。"他说。他盯着她看。"干吗不告诉我呢？你是一个游泳的天才，你岂止是一个运动员？"赵涵波说。"我得天天做作业。"孩子说。"你叫什么名字？""卜爱红。""卜（不）爱红？这名字太有意思了，爱武。不过没关系。你会成为一位游泳健将的。喜欢垂钓吗？"卜爱红乐了。"你喜欢垂钓？"赵涵波取起垂在河里的渔竿，自我欣赏般，"上面是钓线，系在钓线上的是红丝条，红丝条系在钓线上面，钓线上红红绿绿的，一条条丝线系在竿子上，干什么？迷惑鱼！太有意思了。哈哈！坐在岸上，你像一个神仙，超凡脱俗的神仙，干什么？等鱼上钩。你是一个济世安民的人吗？是的，我是；你是一条河流的老大吗？不，岂止是老大，我是河，河里的波浪，是河中的河。我静观鱼的变化。我独独瞅着河里的波浪。手里的渔竿让我觉察到河，像大夫手指上觉察到病人的脉搏、了解病人的病情。我要起竿了，我钓到的岂止是一条大鱼，钓到的是一条河。你看看……"他伸出手。"我的手温与渔竿是绝缘的，我不让它觉察到我手上的温度，不，不能让觉察到。'咔嚓！'鱼在咬钩了！我干什么？我就握紧竿子。可见光，可见光你知道吗？从水面望去有一层光，它在微微波动的细浪里，是可见光——只有长久垂钓的人才能看到，它隐藏在细细的波浪里——鱼从可见光里上来了。可乐了，鬼头鬼脑。你像一个老迈的人，你悄悄地往起收渔竿，水波连绵起伏，简直像一幅画，它就在那画里面。岸上是凉风飕飕的，你坐着，它鬼头鬼脑以为你不知道，你简直像一个聋子，闭着眼装着什么也听不见，看不到，只用脑子感受着可见光以及里面游来游去的鱼，杀戮！对！这是杀戮！它像麋鹿东撞西撞在水里。鹿死谁手这个词说得太好了！不知道吧？它就如鹿死在你手。水面是黑麻麻的黑，肉眼是不好分辨的。你慢慢地收竿了，你要迷惑它。那个慢简直像慢镜头里的人物游动，你慢慢悠悠收竿，因为它要上钩了，噌！你'噌'的一下收起竿！它傻了。它使劲在空中扑腾！有什么用？它脱离水什么也不是！它是你的了！你这时就这么说。你开始排险，一点点排险，把失误排到最小，'噼啪！'它跃在空中了。千分点，一千分之一点，你就这么说，按一千分之一点失误捕它。没有多少余地。你收竿。你成功了！"赵涵波说。赵涵波手舞足蹈的。

"不行，我得练习游泳了。"卜爱红说。赵涵波愣住。"你住哪儿？""岸那边。"赵涵波摇摇头。"我住在那边的那边，我怎么没见过你？""我知道你，你是一个怕人打扰的人，我也知道你没有正式职业，你，你的职业就是钓鱼，从我见到这条河我就见你在河岸，你说你是河、河岸，我也这么认为。你不是一个穷途末路的人。你有学问，对吧？我看到你有很多书，全是关于河的书。你有很多渔竿、渔网，它们全在你的房屋和房屋的走廊里，那里全放着钓鱼的工具。那里还有你喜欢的书。每次经过那里，我都要看看它们，我看见它们，那些钓鱼工具，呵呵，群英会似的。你是这条河上的杀手！他们太烧包了！我不喜欢艄公呀、河上的商人呀，他们只会划船、买卖。他们没法和你比。我不喜欢。我常听见你吹唢呐。你坐在河上，脱了衣服，让渔竿在水里摆动垂钓，你坐下吹唢呐，你比那些有权势的人令我尊敬。"卜爱红说。

赵涵波摇摇头。"我不喜欢忧忧伤伤的人。" 有什么用呢？尤其是你坐在水岸上垂钓，你像一个德艺双馨的艺术家。你忘记了你记忆中的一切，人生就应该这样。人生就是这样演绎着自己。"望着你的项背，我的敬佩油然而生。我只是一个坐在象牙塔里胡思乱想的孩子，现在我该走了。"卜爱红说。

赵涵波有点抒情意味地望着走了的卜爱红。他不再思量水波是怎么波动的，波动的水流里垂钓的垂线是怎么摆动的，他在思量刚才与十六岁的卜爱红的对话。她应该是一个天赋极高的垂钓手。他的全部家当，或者说他的全部财产，这些大大小小的渔竿、渔网，加起来，不如她的一身蓝色泳装值钱。它进入水里，在细细的波浪里形成优美的线条，远比他众多渔竿垂落在水里好看。"不过这一点我很认可，也很知足。我喜欢垂钓，胜过喜欢我的双眼。"赵涵波说。这孩子太特殊了。她倏地站在你面前，如一条鱼倏地跃出水面。尤其她的线条，穿着蓝色泳装形成的线条，简直是河流的波纹，再没有像她游动在水浪里那么和谐的了。今天竟遇着卜爱红。今天竟与卜爱红说了那么多话。赵涵波双手握着渔竿蹲在河上。他知足了。

每天哨鸽一飞过酱色的天空，赵涵波就到了河上。他做的第一件事就是把渔竿、鱼饵、渔网及兜鱼的袋子放下，然后拿起渔竿用下颌顶着渔竿的头，把饵挂在钩上，然后，刷地甩开渔竿，直到它忽忽悠悠落在河面，潜入水里，然后穿着橡胶水裤，哗哗地走在水里，把渔网布置在河里。在人声嘈杂中垂钓是一种极不合理的钓法，即使最老辣的垂钓者，也不会在人声嘈杂中垂钓。他在河上一蹲就是一天，他专门等人空河静时候下网、垂钓。有时候，他要抽一支烟。那是要在天空飘过一朵云的时候，因为云朵能遮住他下的网和垂钓的渔竿。晴天他抽烟，口里吐出的烟云会在河面形成雾影，河里极其敏感的鱼虾见了雾影要立刻逃跑。他下的渔网和渔竿在云影中是极其隐蔽的。他在云朵飘过时一支接一支地抽烟，在平常人看来，这个样子是最凄怆的，但在他看来是最快乐的时候。他的渔竿上系有羽毛，鹬鸟的羽毛是最轻的，也是最容易觉察到水里的波动的，他常系上鹬鸟的羽毛。在鹬鸟羽毛下的丝线上，蚂蚱被拖在另一头上。溜边是什么也不系的，看到这些，他激动得眼泪汪汪的。"这是多么好的一副渔具！渔网也多么精致。这样的渔具钓不上鱼那简直是说不过去的一件事。"他说。他双目瞪着河面。风平浪静，没有鱼群来了，他就款步走去，极具大将风度去晾网，网晾上以后，他就过去坐下。他的垂钓具体而微。他喜欢用蚂蚱做诱饵。像一个拾荒的人，他天天在洼地寻找、发掘蚂蚱，然后用来做垂钓的诱饵。"是的！又怎么？"他说，"我酷爱钓鱼嘛！"一个不安静的人垂钓是要被人谴责的，至少在他这里是这样。风在竿上打呼哨，我自岿然不动。一个垂钓的人必须具备定力。他最反感把渔网、渔竿随地抛掷。那是对渔具的极大亵渎。任何一件渔具都具有生命。所以，他每天如一个负荆的人，背着渔具，如背负众多生命走着。哪怕一丝网乱了，他也要捋直再走。他爱惜每件渔竿、渔网。不工作了，他就用藤条把它们缠起来，如一个个婴儿包在褴褓里以保护它们。他的渔竿用的是湘妃竹。"你能懈怠？用着这样的渔竿工作你能懈怠？"他说。他天天给它们潲水，它们和人一样需要饮水，在网晒久后，他就给上面潲水。这是必须做的。他的网真的很神奇，在阳光中竟出现了七色彩虹。"这是因为给网潲了水。"每次看见七彩虹他都在肯定他工作后要高声喊叫起来："太好啦！"湘妃竹唤起他一种崇敬感。平日他扛着它，他总让它磨着自己的颈项。这样他就感到安心，愉悦。

今天他遇到了卜爱红。起初，他不以为意。干吗这样呢？他不是天天要遇着一些人从河岸走过吗？可看见她凝视他的网，嘴唇微微动，他注意了。那孩子耐心地一点点地看他的渔具，垂钓，鹚鸟羽毛，渔竿通往河面的垂线，他注意到她的严肃与庄重。她一边观察，一边默念着：渔竿，湘妃竹，鹚鸟羽毛……她目光游动，手眼通天。"天性！这是天性！"他说。他看到了孩子和他具有一样的天性。他痛心现在的孩子天天贪玩，不上进。这样下去会毁了一代人的！怎么能使他们走上正路呢？这是他常考虑的问题。这就好了，这孩子热爱一行，而且专注。不管干什么，只要专注就行，包括垂钓。卜爱红走后，他一直在冥想。不能视而不见。一个人的专注是难能可贵的。"我是需要一个助手。那些孩子天天跳着脚闹，父母像一个听差，有什么用呢？我是需要一个助手了。"赵涵波说。

赵涵波开始垂钓了。他一开始垂钓就旁若无人了。一个人最大的收获是什么？一根渔竿，一张渔网，拥有一条河。他从小就喜欢钓鱼。可那时他不会钓鱼。他常放冷枪似的撒网，垂钓。他现在是一个垂钓老手了。他每天像一个赌棍一样不动声色蹲在河上垂钓。他的悟性极高，让那些一生都在河上捕获的人甘拜下风。他们常让他"狠劲地刮鼻子"。他最无聊的时候就蹲在河上吹唢呐。他像一个号手，可以把河上飞舞的蜻蜓、蝴蝶士兵似的吹来，也士兵似的赶走。

"我是该有一个伴儿了。"他说。

二

他的眼睛渐渐习惯了黑暗中的水流，并且可以说喜欢上了黑暗中的水流，黑暗中的光波、浪声，以及恍恍惚惚的天际边的月亮。它们让他有一种"别有一番情趣"的感受。在黑暗中垂钓，他能一下认出哪是一条漩流，哪是一道光波，河道的走向，漩涡里响动是哪里来的风。"在黑暗中垂钓是我摈弃尘世的绝好时机。"他说。前脚踏入月光，后脚拖入黑暗里——他从不沮丧——左手在月光里摆动，右手则摆动在夜色里。他像一个还债的人，夜夜守在河上，如挨了一日少一日，偿还了一日少一日，几十年如一日，就这么蹲守在河岸。傍晚，他可以看见西天的火烧云舔着天空，入夜，他可见急变的天气里云雾从河上升腾，淹没了整个河流。他可以聆听到夜里的声音。他聆听着，如一个恋栈的人，舍不得自己的岗位，侧头认真听着河上的奇特声音。他甚至有一个奇怪的想法，在白天人的时间多是浪费了，只有黑夜才是属于一个人的。黑暗中一个人蹲着，如果面前是一条河，河成了人的了；面前是一座山，山成了人的一部分了。在黑夜里，人完全垄断了黑夜，黑夜是一个命题，它满载着你过去的思想，你能想见的，你视线范围内的，都属于你。那孩子让他喜欢，就因为她有着黑夜般的宁静。她静静地游泳，游泳完了静静地上岸，穿衣，走掉，静得像一只猫。挨着肩和你站着，他"嗷嗷"叫喊，他最反感这样的人了。一个人能够坐在岸上，泰然自若，一坐一天，一声不吭，那是最让他尊敬的人。他喜欢寂寞，也喜欢享受这种寂寞的人。天上下雨了，我自岿然不动；人们蜚短流长了——有时吵闹沸沸扬扬——我充耳不闻。"说话有用吗？"他说。他看到吵嚷的人——有时吵嚷得面红耳赤——深感悱恻。

"属于白天的人。"他说。

因为没有丁点兴趣，在人们感兴趣的事里面，所以他总是低垂着头或高昂着头不看人走。他像一只斑鸠不熟悉人的话一样，对别人的议论充耳不闻，沉浸在自己的世界。正因为如此，他对哪里有鱼，哪里有多少河汊，每道河汊可生存多少鱼虾，这些鱼虾可居住多久，多少鱼虾产卵后要转移，河汊生长的鱼虾从哪里来、要到哪里去，了如指掌。他站在河岸可一站一天。他像一个思想家一样，观察阳光照射在河面的情景，大雨飞溅在波浪上，他说他可闻到河水的馥香，闻到河水的馥香就心跳，仿佛恋人见到心仪之人。平日没事，他就在自己撑起的吊床上晃荡，他享受这份独处。他像一个操盘手一样，闭上眼——河完全在他掌控中——貌似睡觉。

"真的！"他说。

今天早晨，他遇见了何必明。在他系好网绳后抹嘴巴，一回头间，他看见了何必明。这条河上，他还是第一次遇见和他一样宁静的人。何必明不紧不慢——他是河岸上的凿石人——凿石，一下一下，他用眼睛看他，他边撒网边用眼睛看他，他只笑笑，并没说话（说话他就反感了），仿佛在说：我在这儿凿石不会影响你网鱼吧？

"你在干什么？"他问。是他先开的口。

何必明笑了。他没答。

"我在问，你来河上干什么？"他又问。他停下手里的工作。"问我吗？是，我在这儿干活儿。"他说。是要垂钓吗？抑或是经过这里？他不能确定。何必明直挺挺站着，仿佛被他问傻了，用疑惑的，不，胆怯的目光看着他。他喜欢这个样子。当他坐下来垂钓，他走了。他一个人去码那些凿出的石头。他不紧不慢，把一些石头码起来，又去另一处背石头，然后过来又码着。他一上午默默不吭背石头，码石头，直到太阳照射在被他码起的那道石墙上，才向夕阳落去的村庄走去。

"这是一个安静的人。"赵涵波说。他给他在心里留了那么一点位置。当然是垂钓以外的空余的地方了。

一个有成就的人绝不会夸夸其谈。了解一条河流需要时间。了解那些石头也一样。赵涵波坐下吸烟。一条河有多少漩流，它们将会流向哪个方向，最后可以延伸到什么地方，重要的是它们下面潜藏有多少鱼群，这些鱼群的活动范围有多大，什么时候浮出水面，多大程度，垂钓是最需要掌握鱼群浮上水面的时间与尺度的，这也是垂钓最难把握的，但又必须要把握，鱼群与水波形成怎样的关系，在什么水波下鱼群会大胆地游动出没，什么水波中它们会谨小慎微，甚至逃走……一个好的垂钓者还必须具备好的嗅觉：什么腥味会出现什么样的鱼群，哪些腥味是哪些鱼群散发出来的，一个垂钓手能从几公里外飘来的鱼腥味判断出它们会在什么时辰到来……赵涵波对自己要求非常严格。他的高超技艺是他多年持之以恒训练出来的。他对要求与他合作的人一概拒绝。诸如钓鱼协会、河道治理委员会、鱼类养殖协会……他喜欢一个人工作。在他垂钓的河上，常常聚集许多垂钓者。因为跟着他下网，总可以有很大的收获。他蹲在河岸的姿势、如何撒网、怎么下落渔竿，都成了那些垂钓者模仿的对象。只要他一动不动坐岸上垂钓，河岸所有的人都与他如此一样的坐姿、垂钓，一声不吭。关键是学习他总可以奏效。他的判断，成了所有人的判断，而这些判断总是被事实证明是正确的。"巨匠！真是一个垂钓的巨匠！"人们说。

他生来就像不能于人群居住，觉得在村庄或城镇居住的人简直不可思议。就是在他居住的河岸的土屋，他也是深居简出，对那些热闹欢腾之事索然寡味，他认为真正有思想的人是需要从人群"择离"出来独居的。"只有独处的人才能完成那些彪炳青史的事嘛！"他说。他几乎没有朋友。他觉得人应该按说话多寡分为三六九等，一个多干少说的人的头脑可以抵过十个、一百个人的头脑，他是芸芸众生的头脑，是人中的灵魂。过去说三个臭皮匠顶一个诸葛亮，纯属胡说八道，智慧少语的人属典藏，喋喋不休废话连篇的人只适于奔窜。他甚至认为应该让人分类居住，把"没头脑"的人分居一起，把"有头脑"的独居者分居一起，不仅是人类，在自然界亦如此——越是没头脑的动物越喜欢群居，而那些越是大的、有作为的"有头脑"的动物越喜欢独居。

与他相比，他的同行们就显得粗鄙肤浅多了。他们垂钓总是相互交谈，交头接耳，这是他最看不上的。就连他们拿渔竿的笨拙样，都是他不屑的。但他从不指责他们。"每个人都有每个人的造化。"他说。他从不指责别人，也很少听别人指手画脚什么的给他"指点迷津"——倒不是因为他技艺精湛，是他对别人的指责从来充耳不闻。那些钓着一条鱼就欣喜若狂、自鸣得意者，他不嘲笑他们，但从不关注。那些人是不自信的。他们来到河上，他没有来，他们怀疑自己是不是来早了；他们坐下垂钓，见他没落座，他们就怀疑自己是不是坐错了地方。他姗姗来迟，成了别人要模仿的。他的渔竿长短，成了别人渔具尺寸的标准。大家毫无怨言地容忍着他这种嘲弄——要知道有人在这之前是天不亮就来到了河边，整整早他两个时辰。他什么时候垂钓、垂钓有多久了，人们记不得了，因为他一天到晚蹲在河边，一动不动，给人的印象他是生在河上的，是河的一部分。有人大胆地问："你来河上垂钓多久了？"他的回答是："我不记得，我也从不去记它。"至于怎么钓鱼，在哪个方位钓鱼，钓到鱼后怎么办，他倒可以与他们交流。他说："我可以与你们交流怎么钓鱼，但不交流感受。"感受是什么？绣花女拿捏花针，是感受；一个人品味饭食的味道，是感受；把渔线垂入河里，渔线像静脉流过他的手掌，是感受，这不懂能胡吹？他从一开始就说，他最终要把他垂钓的全部知识告诉人们，但现在不是时候。过早地得到这些知识对他们来说就等于开门揖盗——把自己原来的一点知识也破坏掉了。怎么解释他竿竿不落空的垂钓技能呢？或许是经验，或许是天生的智慧？但说他会把它们留给后人。至于怎么留，什么时候——"也许他宽衣睡觉，吹着呼噜中吧。"人们说。

在他一次谈话中，他说，他不相信一个人有多大能力，但他说任何一次成功的垂钓都与智慧有关。他接着进一步解释道：这个智慧，在整个垂钓中占的比例微乎其微，在整个垂钓中，河流、河流的走向，风速、在风速中形成的回流，月光、月光下河水的气温等因素，没有这些，没有这么一个综合考量，是不可能进行一次成功的垂钓的。人们说他的智慧是他的第二条河流，而且与他拥有的这条河一样真实、可靠、丰富，甚至比这条真实可靠的河流更富有灵动性，富有变数和感染力。与他坐在河边垂钓，鱼虾什么时候上钩，上钩后怎么样，上钩的鱼虾有多大，它将要进行怎样的抗争，最终结果如何，都在他的大脑里。也就是说，在他的计划和安排里，头一天的思考中。换句话说，今天垂钓是他昨天思考的结果，是他昨天、前天头脑中的复制品。他取出渔竿慢条斯理地系上诱饵，他心不在此，他望那河——河面被风拂动形成波纹

——鱼群按他的计划按时来到他要求它们出现的范围。他一边系鱼食，一边观望他熟悉得不能再熟悉的河流，他在计划着下一次垂钓的范围、时间与方向。他取出笔写着："某月某日某时，在某条回流垂钓。气温：××。日光强度：××。风速：××。"他用这些记录垒建着他的高度。正因为这些记录，他从普通垂钓者中脱颖而出，甚至从河流突显出来，成为一条比河水更真实、可靠、丰富的河流。那些鱼群似乎意识到自己的危险，改变着方向，这对他来说是挑战——可是"小儿科"——他在头一天就在那里下了网，头一天就做了判断——它们投入了"罗网"。"它们是不会向这个方向涌去，也不会跑得这么快，一切都是徒劳，谁控制着这条河流？"他说。他每天的垂钓记录不是拿来吃喝的。他对它们的来去了如指掌。

他每记录完一次垂钓活动，就满意地收起笔和本，叼上一支烟。他一边吸，一边观望河面。这时，河面十分开阔，光怪陆离，一切事物都在变。太阳落山时候，河面上的河藻是暗灰色的，太阳上来它们就变成了橙色、褐色——在太阳照射中，它们变成绿色、紫色、红色，变成一团雾，它们让人辨识不得。这时河藻的水波更是变幻莫测，变化多端。观看这些变化，对一般人来说，似乎没有意义，可对他来说就成为他垂钓的一部分了。他垂钓岂止垂钓一条鱼，一只虾，他垂钓这变化多端、五光十色的整个一条河流，甚至是对一条河的想象。他喜欢柳宗元的"独钓寒江雪"。"我喜欢。"他说。一个人拥有一条严寒中的河流那简直是一个贵族。"那人居然麻木不仁。"他深表遗憾。他认为这是对垂钓的一个践踏。这是他的错处。不过他颠覆了垂钓人的传说。

赵涵波加快速度往家走。当太阳从河面浮出，也就是说，一直漂浮到那浪尖上，他就匆匆地回家。那里晾着他备用的渔网以及摆放着头一天夜里备好的鱼食，他要回去取它们。他的屋，在荒郊，离村庄一里多地。平日，屋子锁着，他回来，小心翼翼打开门。他要去查看那些挂在庭院木架上晒晾的网，他一条丝线一条丝线查看着，直到查看完毕，从网前走过——院里全是网和渔具——他慢慢地抬头看着那些渔网、渔具。他浏览一遍，把目光移去，光线从渔具隙缝射下来形成斑斓的颜色，他从斑斓色彩走过，那些渔具下，摆放着他养育的各种品种的鱼。他看到一些鱼十分放浪，从缸这头游到那头。这是他喜欢看到的。尤其是那些匪夷所思的光线照射在鱼脊上，似乎可以听到它们幸福的聒噪声。当确认鱼缸里的鱼没有变化，比如有一条鱼下了崽，有的鱼发情、怀孕，他便把目光移去右墙壁——上面挂着各类渔竿和各种垂钓的渔线——他看到光线从上面均匀地照亮所有的渔具、渔网，渔网晒得比较合适，便走去自己的卧室。他从河到家，从来目不旁视，心无旁骛，目光从河上移开，就盯着这些网、渔具了，除此视而不见。

赵涵波从没能从他严肃的思想中跳出来，他盯视过这些渔具、渔网后，走到第一个房间。这个房间全是关于垂钓捕获的知识读物，它们从前面的壁柜一直堆到屋顶，整整一墙壁全是书柜，里面全摆放着垂钓、捕获的书籍。他可听到书籍号子般的吟唱。一本书被他看见，或者说一本书扑入他眼帘，所有的书如涸辙之鲋，叫嚷着，拥挤着，扑入他眼睛。他喜欢看到它们这个样子，喜欢它们号子般的叫声。另一面墙壁，陈设着鱼虾的样本，有从深水里打捞上的稀有鱼种，也有浅河湾捕获的少见鱼类，他把它们做成标本陈列。为防止腐变，他给洒了红药水。这些洒了红药水的标本，经阳光照射，如在涣涣水中了，有的快乐自如，有的患得患失，有的则哼哼唧唧如爬坡的老人，还可以看到他生气地狠命推搡挡他路的拥挤的路人。在两个房间中间，是一条通道，通道两侧，他养殖了各种水藻，它们与前面的渔具相映成趣。他睡觉的地方只那么一个角落，在角落摆着一张一坐上人就哼哼哧哧乱叫的床和一把三条腿椅子。一张条木桌子除供他天天坐在前面吃饭外，还兼做着他工作用的文案。赵涵波步履豪迈地走过通道。因为他为保持安静在通道上铺有地毯，即使他踩踏沉重，也没发出声响。从安静的走廊走到那座玻璃房里，他看到即使走开一天也是井然有序的渔具和标本，他研究摆放的风干鱼鳞没有被风吹凌乱，每只鱼盖骨都安静地立在温煦的阳光中。他习惯地坐下检视它们。当他确认一切都完整无缺，便挪动梯子，去取挂在墙壁的渔钩。这时一支渔竿掉了下来，他用手企图抓住，可惜出手晚了没有抓住，渔竿折断。"笨蛋！"他冲自己大声嚷道，"你在干什么？"他十分心疼地捧住渔竿，匆匆地向门外走去。"你在吗？"他大声喊。"出什么事了？"何必明从屋里面出来，"出什么事了？"赵涵波说："快把胶带拿来！"从他的回话中，何必明听出这是他在自己埋怨自己。何必明摇摇头。为什么发这么大火呢？他忍不住要探个究竟。"对不起，赵老师，有什么事吗？"何必明话中明显带着自责。何必明与赵涵波居住三年，从来与赵涵波师生相称。赵涵波严肃地看着何必明裁剪胶带。"你太不小心了。"何必明责备赵涵波。说完，何必明像拿着一件珍贵的物件，双手捧着胶带递给赵涵波。何必明想继续这个话题聊下去，但从赵涵波的表情他看出没这种可能，他便嗫嚅着站在一旁，说了一句"以后得小心"，然后走开。当何必明转过身，也就是走了一步多一点，赵涵波把握着渔竿看着。赵涵波说：

"是你动了我的渔竿吧？"

何必明听到这么说，不由得停住，并转过身来。"您说什么，赵老师？"何必明明显提高了后边话的音调，带有一种质疑与不满。看他的样子，他要和他干仗，因为他说这话的时候，脸都因气愤过度变红了。赵涵波见何必明盯着他看，摇摇头："不是……你知道我是爱惜我的渔竿的。"何必明听完赵涵波这么说后，停顿了一下，是那种过度愤怒下听到认错的话后想要解释的停顿，何必明咽口唾沫，然后看看赵涵波，再没说什么，掉头走去。

何必明走后，赵涵波坐下来。他把渔竿放置一边，十分自责地叹着气。怎么才能使这个合住一个屋里的人珍惜他的渔具呢？他并不知道这些渔具的价值。他一定以为他是一个疯子，爱这些渔具超过爱自己。赵涵波捧着渔竿走去。

三

　　赵涵波与何必明初次相识，是在河岸上。当时，赵涵波低头捕鱼，何必明在凿石。何必明凿石发出的"再一下、再一下"的声音，与河上波浪里的"哗——啦、哗——啦"发出的声音正好合拍：何必明凿石发出的"再一下、再一下"声刚结束，河里就发出"哗——啦、哗——啦"的波涛声，"再一下、再一下"与"哗——啦、哗——啦"此消彼长，彼此相衔，不绝于耳，把河岸上垂钓的赵涵波吸引了，赵涵波听得如痴如醉，心里痒痒的。这是凿石吗？这是波浪的声音。这是波浪声吗？分明是凿石声。"它们如同继武，又是彼此寄生！"赵涵波说。他笑了。他忘了从哪里学来这么一句话，他想了起来。"'再一下、再一下'寄生在波浪里、'哗——啦、哗——啦'生长在凿石声里，尤其是'再一下、再一下'寄生在那波浪声中是波浪声的一种加工，是波浪的另一种声音。"这声音传来，夹攻着赵涵波，让赵涵波受不了。"我被夹攻了！"赵涵波说。赵涵波显得束手无策。"好大的一个声音，好谐配的一个声音！"赵涵波说。赵涵波有时候就停住垂钓，怔住听这声音听得忘乎所以，不知所措，如痴如醉，甚至随声音手舞足蹈起来。"简直像箜篌奏出的声音！"赵涵波说。有了这声音，赵涵波垂钓似乎更加有劲了，似乎更愿意忙碌了，有时见他倥偬垂钓，有时见他俨然一个俊秀，严肃地立于岸上紧盯水面，那声音，让他一音不差听着，听出门道、听出味道，甚至于听出了出处和去向。

　　"我一直蒙在鼓里。"赵涵波说。他第一次感到自己的肤浅。"我的垂钓，我一直以为独一无二、是无与伦比的工作，现在才感到我是如此肤浅。"他说。"我的垂钓，是那'再一下、再一下'凿石声的一个配像。我自以为是了多少年、太浅薄了。"赵涵波雕塑似的坐在岸上垂钓。他百思不得其解。没有那"再一下、再一下"和"哗——啦、哗——啦"交替消长、谐配彼此的声音，他几乎没法再进行垂钓。他感到自己垂钓二十年是白垂钓了。他今天能岿然不动坐河岸上垂钓，是那相谐交替的声音使然。他如一个狂草家、绘画的写意家，他的垂钓充满激情，全因了这声音。他不论默默坐在河上垂钓还是迅速往家走，他的动与静，他的激奋与悲伤，都离不开了这声音。有人说他冷若冰霜，有人说他热情四射——有人不是这么说他、评价他吗——因为什么？因为这声音。他们永远改变不了他的世界观，改变不了对自己固有的看法，但他听到这个声音就不一样了；由此，他不再显得孤立、孤独。不是吗？一个没有"再一下、再一下"与"哗——啦、哗——啦"声音相伴的身影出现在河岸上是形影相吊的，总会被人误会、误解的。他充满信心，显得超然自负，他不同了。人是思想的动物。人有了思想，好比这石头发出了"再一下、再一下"、波浪发出"哗——啦、哗——啦"声响；石头发出的声音和水波发出的声音，如人有了思想并且进行着思考。他轻轻敲下渔竿，让渔竿在水波上随"哗——啦、哗——啦"声漂浮着浮子，他的惬意从中来、从"再一下、再一下"凿石中来。"它们伴随我垂钓！"赵涵波说。赵涵波很反感、瞧不起那些驽钝的人。他们听到"再一下、再一下"的声音也听到了"哗——啦、哗——啦"的声音，但他们听不出意味如蹲在河上垂钓不懂河流一样。他不一样。他能听出它们的灵动、音律、心声，如同他从"哗——啦、哗——啦"声中听出河的渴望与厌烦、方向与维度。他们听不到。这声音明明是寺院的晨钟暮鼓，深林大山的狂风暴雨。他们听不到。

两人走到一起。

两人互相观望。

何必明四周全是凿出的石人、石兽、石花、石树等石雕。赵涵波诧异地瞪大眼。"除此再无他物啊！""我近四十年就在这里工作着。在山里。"何必明说。这些精美的石雕是他手里操着的石锤与石凿凿出的吗？这美妙的声音是他手里的工具和石头撞击发出的？正像你坐在河岸上成了河的一道风景，它们成了河的音乐？

"我听到你凿石的声音了。"赵涵波说。

"我之前在你蹲着垂钓的岸边凿石。"何必明说。

赵涵波严厉地注视着石雕里站着的何必明。何必明如一尊石雕,手里举着一把铁锤一把铁凿站在石雕群里,他如是活着的石雕。

"对不起。"何必明说。

"怎么能这么说,我喜欢。"赵涵波说。

"我见你在河上二十年了。"何必明说。

"是吗?我怎么没觉得?"赵涵波说。

"我住河那边的山脚下。"何必明说。

山脚下?多远?"如果你愿意,我们可以做伴合住,我有十一间屋子。"赵涵波说。空气从何必明耳朵后飘过,散发出好看的雾云状。他干起活儿来如迅雷急雨的样子,他不喜欢。可他喜欢他现在静如处子地坐在石雕间的样子。赵涵波扬起头。他高高地扬起头。这样他就显得气魄泱泱。这一点显然灵验,像很多人与他在一起,他高昂起头,他们显出卑微——"因为我身后有一条宽阔的河。"——何必明眼露艳羡了。何必明开始不停地说话,这让赵涵波很不快。"怎么像汛期到了,急急躁躁的,干什么呀?"赵涵波说。赵涵波表现出不屑的样子。对将要求与他合住的人,他从一开始必须得对他形成威慑力。赵涵波高傲地扬起头,赵涵波高傲漠视,何必明便显出胁肩谄笑了。赵涵波就要这个效果。"你去了我那里,我得申明一点,萧规曹随,不能乱动,什么都依照我过去的习惯,这是前提。这是必须的。"赵涵波说。何必明像一个小写的"z"。就要这个样子!"我用的是湘妃竹。"赵涵波说。他看见何必明盯着他的渔竿。在这条河上,谁有降龙伏虎的本领?谁能在河上守候二十年?天天守候河上?他守候了像他说的二十年!没这二十年,谁也不行!二十年是多少日?把它分解开,像今天,分解开,他与他谈话,是一天上午的三分之一天,加起来多少个三分之一天?时间要这样算!这么算你就知道我的垂钓了!你就知道为什么别人不具有降龙伏虎的本领了!未征得他的同意,赵涵波直接提出邀请他一起居住,这让何必明感到不快,不过何必明没有表达他的不快,只是皱起了眉头。"我是讨厌人的。"赵涵波说,"因为我一直在安静地工作,喧闹是要不得的。"赵涵波气愤地吐掉嘴巴里的烟蒂,并用脚使劲踩灭,好像他很相信他的理解力，看都没看他一眼。"我是应该有个伴儿。"何必明说。"我喜欢安静。"赵涵波说。"难道我是不安静的吗？"何必明说。他指他的凿石声。"它是安静的。"赵涵波说。他肯定了他这一点。"我去你那里看看？"何必明说。对赵涵波毫无礼貌的邀请，何必明显然感到不快，他没有反对。为什么呢？他的邀请正是他想要得到的。

何必明跟随赵涵波进了院里。

"这是我垂钓的渔具。"赵涵波说。

这一侧可以放置他的凿石工具。渔具下边整个空了下来。

"我平日就在这儿晾网。"赵涵波说。随着他指着满墙壁挂晾的渔网，何必明看到没有堆放石头人的地方。不过，渔网拿走后完全可以堆放凿出的石人，而且，石人可以沿墙壁一直放置到卧室左侧。"你可以睡在这个房间。"赵涵波说。这是多么矮小的一个土屋。不过他的卧室也十分简陋。"我睡觉不要求阔绰。"赵涵波说。这不用他说就完全可以看出。"这可以。"何必明说。"明天你就搬过来。"赵涵波说。何必明露出迟疑的样子。他还有什么不满意？见赵涵波盯着他看，何必明马上解释——他看出他的心思——"我没有指望堆放石雕的地方，我很满意。"何必明说。先住下来。这是第一步。他为什么不先住下来呢？"我为什么要你来住呢？因为你是一个安静的人。我受不了喧闹。"赵涵波说。一提到喧闹，赵涵波气得脸色也变了。"你理解，我喜欢听你凿石的声音。"赵涵波说。"我与你同在一条河上你是知道的。"何必明说。赵涵波示意他可以放置那些工具了。"走！去看看我的渔网。"赵涵波说。赵涵波十分从容地走去织网室。何必明谨慎地跟在后面。何必明怀着好奇与敬仰看着堆满网线、织好的和未织好的渔网的屋子。"你运输石料的推车可以放在墙角下，这不会影响我工作，我知道我什么时候需要来织网的。"赵涵波说。

"可以。"何必明说。

赵涵波走去自己的卧室：

"你累了就可以去休息了。"

何必明站着没动。他仅有摆放运石料的车的地方是不够的。他是一个石匠，他不能丢下那些石雕不管的。不说它们浸有他的辛劳与汗水，就是安全问题他也不能不考虑把它们置放在什么地方。既然他来居住，那当然需要有属于他的地方。可今天先别说。也许他会腾出一间专门的屋子给他用。

"我有那么多石制品。"他还是说了。

为什么这么问呢？"它们是我一凿子一凿子凿出来的，它们每件上面，不仅有我的汗水、智慧，它们记载着我在河上度过的时光。"何必明说。赵涵波直挺挺站着。他用眼睛盯着何必明。是否他被问得摸不着头脑？"什么？"赵涵波说。他反应过来了。"这里，你想堆放在哪里就堆放在哪里，随你便。"

赵涵波走去卧室里。

为什么不讲呢？这些石雕有了着落他就安心了。

何必明一支烟一支烟吸着很满意。看来他来是对的。他为什么要招他来呢？何必明走去自己的卧室。

赵涵波进屋后就躺了下来。他暗自称赞自己带何必明到来的聪明。他天天准时在河上凿石，他凿石的时间也正是他去垂钓的时间，他凿那些石人、石碑干什么，他不知道，也从不想过问。一个在河上一心一意垂钓的人是没心思过问这些的，任何一个成功的人都是沉迷于自己的事业，他从来认为喧闹是远离真理的。一个孤独的人就是一个有思想的人。他和他一样。

何必明对赵涵波是敬重的。因为他干的是他不了解的事，他垂钓的坐姿、躬腰的弯曲度、手臂伸展的分寸，他不了解为什么，只知道是什么，只知道是他值得尊重的一项工作——不然他不会那么投入。他一开始垂钓脸部就冷若冰霜了。凡是从事高贵职业的人都会这样。他恍若隔世。与他在一条河上，他蹲在阳光明媚的河岸垂钓，他在石头间凿石，他像在一个极乐世界，他则如处于灰色地带的鼹鼠似的。"你说这些物事是你的传家宝？"那天何必明说。他没看出有什么特别的地方。他喘着气晒了一天网。他哼哧哼哧像一个哮喘的老人。"以后你就知道了。"赵涵波说。虽然他是高大的，看上去身姿绰约，但他显得伶俜。"你了解河吗？"赵涵波说。他从后面看像个大卫。他摇摇头。他绰约的身姿投在河滩。"不懂？"他说，他转过身来。一个自作聪明的家伙！何必明点点头。"你居然知道？"赵涵波说。"唔！"何必明再次点头。"什么意思？"赵涵波说。赵涵波诧异地站着。"那我的问话是多余的。"赵涵波说。他没再问，走了开来。他的屋在他前面。

　　赵涵波几乎与太阳一起出来。他扛着渔具走向河流。他没有吃早点的习惯，几乎是在河边一边系鱼饵、浮子，一边吃早饭。他的整个用餐过程，也是太阳吃力地从东山爬上来的过程，太阳升起来，或者说立在他的渔竿上，他已垂钓到一条，甚至几条鱼了。何必明是与赵涵波一起扛上工具——赵涵波扛着渔具，何必明扛着凿石的铁锤、铁凿——出门的，迎着日出，赵涵波到了河岸，何必明上了山。何必明望着河岸上蹲着垂钓的赵涵波。他几乎是从床上睡觉起来就蹲在了河岸上的。

　　赵涵波垂钓的地方是固定的，只有鱼群是运动的，它们仿佛专等赵涵波的到来，在赵涵波未垂钓以前，它们游弋在另一水域；赵涵波的渔竿一甩，渔钩一落入水波，它们就游来了，咬他的钩，啃他的饵。在下钩和下钩后鱼还没上钩时，赵涵波就得意起来，他的嘴快速地吧唧着——但不吭声，他在感到诧异的事情要出现的时候才会说话："他妈的！这是干什么？""那是不可能的！"等等——嘴巴的吧唧声与河浪同一节奏，河浪"哗哗"地响，他的嘴"吧吧"地吧唧，只有鱼要上钩，河浪停了，不响动了，他才服了镇静剂似的坐在有着阳光的地带，一动不动等候鱼上钩起钩。他双眼紧盯水波。每道水波涌动对他都是很持重的事情。他不错眼地盯着水波。他一边盯着，一边开始吧唧嘴。他钓到鱼了吗？在山上凿石的何必明也不错眼地看他。在河外的小镇有许多叫卖声、为生计奔忙的身影，男欢女乐的说笑声，赵涵波吧唧嘴如穿越集市人群的阳光，把那些忙碌嘈杂的人嚼碎。他的吧唧声从阳光里传到山上真真切切，响响亮亮。他停住吧唧走向鱼篓。每当这时是他钓着大鱼的时候。他像一个癫痫一样一跌一晃捧着鱼走去鱼篓放鱼到鱼篓。这是他最得意的时候。他是一个赌棍。河是他的赌场。赵涵波从出门上河何必明就跟随他了，他装诱饵，搂渔线，甩渔竿，吧唧嘴垂钓，垂钓后捧鱼往鱼篓里放鱼，放好鱼后又优雅地坐在河岸垂钓，垂钓结束坐在背篓边吹唢呐，都在何必明眼光里——如一粒尘埃在阳光里浮动。他会不会干着不为人知、惊动天地、说出来石破天惊的事？——赵涵波一声不吭，从不和他交流垂钓事宜，这让何必明很失望。他走过的地方是寂静的。他在某地也是悄无声息的。他的生活方式，他对什么都视而不见的样子，甚至让何必明考虑到安全的问题。赵涵波有时像个挂甲的军人，面无表情，有时像患了抑郁症，对着挂满渔网的墙壁一站就是一个钟头。何必明跟踪他，观察他。可他从不逾越两人定下的规矩：彼此不干涉私自的生活。每当赵涵波穿衣出门，何必明也整装出发；赵涵波走进庭院，即使他正观察他，也立刻扭过头走开。这样他对赵涵波的了解就猜想多于所见。要是有个知心人说说自己的想法就好了。难道他对他有什么企图？赵涵波从不留任何痕迹。他站在墙壁选择渔竿，也只是一个监票人一样，目不斜视紧盯墙壁上挂的渔竿。他每天只像一个苦役。他希望他遇到什么不测大叫起来，从屋内往外跑，那样他就可以以一个救助者的身份出来看他一个究竟，水落石出了。他的卧室一直在一个月光仅照到一角的角落。月光中墙壁全部挂满渔具。月光穿过犄角，留下很深的黑暗——他在窗口微光里不知疲倦织渔网——更让何必明丈二和尚摸不着头脑的是：他在怎样折腾着这一个夜晚？何必明从庭院鸟瞰他的屋。从没动静。有时从自己低矮的茅屋仰望去，仍不见赵涵波的身影。赵涵波偶一出院，也是站在挂满墙壁的渔具前反复挑选渔具，之后便又回到那个月亮照到犄角的屋里，如蒸发了，再无声响。何必明从走廊穿过。他没把握能见到赵涵波。一次，何必明从廊道走过，见赵涵波出来，可立刻又回去，消失在犄角下的屋，再没出来。他走了一个半圆。这是一个什么人？他给自己提出这样的问题。他摸不出一个人的轻重是轻易不会放弃的。他更多的时间用来注视、分析捕鱼人。一天，他捆绑渔网没捆绑好，愤怒地大声喊。他看见他用力擦动两根渔竿往网线上系，摩擦力很重，以致两根渔竿发出火光。何必明思量了良久。赵涵波最不满意自己工作时常说："这是干什么呀？"他精心选择渔线，到了苛刻的地步，他常常在选择中怪斥自己如怪斥他人："攀扯这些干什么？这是什么品级？品级很高的渔竿，能和那些平分秋色？"这天涨河赵涵波确实是忙得乱了分寸。他从卧室出来几乎是光脚的。他刚才还见他平头正脸地坐在卧室窗口前。他正凭这一点不相信他马上会出来。他有他的棋路，他有他的招数。何必明佯装摆弄石人实际在观赏他的动静。赵涵波对渔网进行了不下二十次比较。换了别人就不会这样。可赵涵波不一样。每次出门上河上垂钓、捕获，他都是庄严持重的：他的步履如进入宫殿、举行仪式般庄严，从不轻率地迈每一步。如果沾沾自喜于捕捉了几条大鱼那赵涵波就不是赵涵波了。一个只满足偶然所获的人，他认为不是垂钓手，是愧对这条河的。在河涨的头一天夜里，在"轰轰隆隆"的涨河声中他就见他屋里一晚上灯亮着——他举火把寻找诱饵，在黑暗中摸索墙上的渔网，在朦胧的走廊出来进去，黑暗吞噬了他又吐出他。"涨了!"他说。第一缕曙色渗进走廊的缝隙，他就扛渔具走出大门，像进行一番降龙伏虎的搏斗，铿铿锵锵走在大门外的曙色。他一边走一边摸怀里的湘妃竹钓竿。它让他感动。曙色中湘妃竹渔竿扛在他肩头风姿绰约，玲珑剔透。"安静! 我的宝贝!"他说。他分开撞击在一起的渔竿。何必明走在后边。他似乎嗔怒那曙光。因为它把网的顺序搅乱了。他背着渔网、渔竿之类显得孤独又可亲。他每放下一根不被选用的渔竿都要叹息摇头表示歉意。他在渔具面前甚至有点娇嗔的样子，讨好般，连背它们走道也显出谄媚态。在摸每一根渔竿、每一条网线时，他总先深深吸一口气，然后才轻轻伸上手，慎重地摸它们。

"河涨了!"赵涵波说。他站在河岸瞻望河面。河水澎湃。"我在夜里就听到了轰隆声。"何必明说。"鱼群要逆流而上，河水涨得很厉害。"赵涵波说。"每天我坐山上都会看到你垂钓，几乎大鱼扑腾乱了光线。"何必明说。"我要截住它们。"赵涵波说。他往下放渔具。何必明放下凿石工具。他坐在石雕间。"你是什么星座?"赵涵波问。何必明一惊。"巨蟹。"何必明说。在霞色中坐下的何必明显得鸠形鹄面的。他如一个石雕。"你在喂曙色?"何必明说。赵涵波在霞光中忙碌着装诱饵。"安静!"赵涵波说。这时何必明才发现他取锤子与铁凿发出刺耳的撞击声。那些要命的渔具被他摆放在河岸像整装待发的战士。赵涵波在责怪自己。他把一支渔竿倒立了。"你能帮我一个忙吗?"赵涵波说。"可以。"何必明说。天哪! 每支渔竿都穿有衣服般的皮套。这哪是渔竿，分明是一群幼儿园的孩子; 赵涵波如百般呵护幼儿的阿姨。"我必须强调，我们互相不干涉工作。"赵涵波说。赵涵波一根网线一根网线结着结说。"你对我有看法吗?"何必明说。何必明这种口吻让赵涵波意外。赵涵波严厉地看了何必明一眼，迟疑一下，又低头结网结。"我为什么让你来你应该知道的。因为你是一个安静的人。"赵涵波说。好像何必明完全默认了。"可以。"何必明说。赵涵波笑了。他做了一个"可以松手了"

的手势。何必明谨慎地看着等候在那里的赵涵波。"在我投入工作中，你要安心地凿石，今天，明天，甚至更久，你能做到吗?"赵涵波说。"可以。"何必明说。"你可以走了。"赵涵波说。

何必明怔怔地站着。赵涵波"投入工作"了。他要干什么?不!还是埋头自己的雕凿吧。有的是时间。也许放开些时间了解他了解得更多。可这与河涨有关系吗?他在思考中，应该埋头凿石头。他已经告诉他互不干涉工作。难道他还需要他说些什么吗?不是为了了解他，掌握他，他又何必住在这里?如果一个人在一条河上一无所获，花费二十年时间守候毫无意义。赵涵波每天出去时，何必明的目光就跟随他了。他瞧不起一无所有的人。赵涵波分明不会一无所有。

四

赵涵波洗漱后，穿得整整齐齐，站在五花八门、丰富多彩（阳光照射着）、井井有条的渔具间，低头整饬那些渔具。

何必明站在门口。卜爱红向门外走去。

"那孩子来找你。"何必明说。

赵涵波从渔具间抬起头来。"她来干什么？"赵涵波迟疑着。何必明摇摇头，显出无可奈何的样子。"她要参观你的渔具，还有那些标本，甚至从水藻边走过都恋恋不舍赶不走。我怕她顺水牵羊拿走你的渔具，哪怕是一条破废的渔竿，那不是你的财产，不！是你的心血！她对什么都感到好奇。她到了书架边，没经过允许，兀自翻阅那些书。我赶走了她。我不能让你的这些渔具受到丝毫损坏，更谈不上遗失。"

赵涵波站起来。他跌跌撞撞走来——他太激动了。他的目光定格在何必明站立叙述的神态中。这个凿石人竟如此爱惜自己的渔具！那孩子竟要来参观他的渔具！他一直把他、除他之外所有的人看为对立面，他怕他们夺取他的财富（渔具、河、二十年的所得）、践踏它们——他们的本质竟如此好！也许是他与他天天在一起被他影响了，那孩子也是，竟不仅爱戴河，也爱他的垂钓，他应该反省自己。

"对！我完全赞同！你，包括那孩子，我都喜欢。我以为这个世界除了我，再没有人喜欢垂钓的了。这是最重要的。"赵涵波说。

他走过那些渔具。他颤抖着双手摸着那些渔具。"这是什么？"赵涵波反问自己。"我和河的联结点。"没有非凡的气魄一个人不会在河上一蹲就是二十年。他和过去的生活分手，是因为这一支支渔竿。"我要告诉你一些事情了。我一直以为你什么也不懂。为什么我要驻守在这里，孤自一人？我闻到河流的芳香，芳香，你懂吗？河流是有香味的，河流也有生命！它会说话，跳舞。大风起了，它风驰电掣！一泻千里，浩浩渺渺，让你茫然；风和日丽，它乖顺得像一只兔子，它会和你亲近、娓娓道来地叙述，不愉快时还会哭泣，在你面前毫不掩饰，老朋友似的，还需要更多吗？干吗呀？还有那些鱼，我从没把它们当作猎物，它们也是我的朋友，它们从河上游来，高雅地蹦在波浪间，咬钩，是杀戮吗？不！它们在杲杲日出中戏嬉，在隔夜后再来到你面前，是与你交流，交谈。你爱河吗？"赵涵波激昂慷慨。

何必明显出惊异的样子，看着赵涵波。

赵涵波望着何必明，他的眼里含有泪水。何必明很吃惊。他走近赵涵波。那双手骨节很大。他天天鼓捣渔具、渔网，双手关节就变形了。那些话他并没有听懂。可他还是点点头，表示赞同。既然他那么激昂慷慨地说，没有几分真情在里面，哪来那么大激情？"好！好！"赵涵波说。何必明赞许他的认识，故而他属于他一类，尽管他还不懂河、垂钓，这些有着欢蹦乱跳生命的渔具，它们是他的朋友，也该是他的朋友。他深深吸一口气。何必明摸那些渔网，如摸一个自己心爱的孩子小心翼翼，充满柔情。难道他不值得信任吗？让他了解这些，一条河、渔具、垂钓的知识，不应该吗？包括那个来参观渔具的孩子。

卜爱红站在门口。

"你好，赵老师。"卜爱红说。她也称他老师？何必明惊奇地看着卜爱红。"我劝你走开！你又来了！"何必明说。赵涵波摇摇头。显然他否定了何必明的所为。"请过来！"赵涵波说。今天他太高兴了。这孩子几次三番要来了解他的垂钓，何必明则万般地呵护他的渔具、标本。赵涵波前面走，卜爱红按赵涵波指示跟着走在后面，何必明迟疑了一下，也跟了去。"非常感谢！"赵涵波说，"如果你想对我有什么要求，尽管说，我答应你。"何必明想说什么，嗫嚅着。赵涵波在挂着渔具的墙壁前停住，等卜爱红过来。"我为什么不满足你的要求呢？你这么热爱垂钓，我不这么做，就是我的错。"赵涵波说。一支渔竿歪斜着，何必明看见了，马上上去用手小心翼翼扶正。赵涵波愕然。他错愕着。虽然只是一个小小的动作，他看出何必明是如此珍视他的渔具。渔竿顶端有几丝灰尘，出乎赵涵波意料，何必明用衣襟拂擦。他懂它们吗？赵涵波点点头，他肯定了何必明的举动。卜爱红竟看得如饥似渴，如获至宝，像一个第一次见到宝藏的人，一点点从第一件渔具不错眼挨个往过看。在那支湘妃竹渔竿前，她断然地站住，其庄重严肃的表情让他惊异。她的辨识力是短浅的吗？不！得！你瞧！她深深地点点头。她低矮的身子站着，竭力引颈相眺。很好！为什么不呢？它们就应该得到尊重、敬仰。就在早晨，它被他捆绑着，被他扎在一堆渔竿里搁置了。她的目光显然是在惋惜它被随意搁置了。她、他竟是如此热爱河流、他的所有！"我爱河是对的！"他大声说。他闭上眼。他太激动了。他激动不是因为这些渔竿，是因为他找到了知己。河里涌来浪潮，河被浊浪吞噬，他爱那吞噬河的一片茫然不见；鱼从四面八方飞蹦上岸，一条条被甩打在岸"啪啪"地惨响，他爱那欢蹦乱跳的繁忙；他的渔具被浊浪涌走，他断然跳入河流去救那渔具……河毁坏得比想象得更快！一天，何必明站在河堤看着被毁坏的河置之不理，冷若冰霜，这个卑鄙的家伙！他生气了。他竟取开水闸让河堤崩裂涌入浊浪。污水夹杂废木沿河冲进来，可怜的一条河……"放开我！救这条河！我的河，渔具……你这个家伙！"他的身子被残酷地缚着。他清楚这是一场有预谋的浩劫。河默默被侵吞。他愤怒地叫喊。他从梦中醒来……这个梦是他记忆中最残酷的梦。他的河毁了。渔具被吞没，不知为什么，每次望到凿石的何必明他就想到这个梦。他错了。"可以让卜爱红走了？"何必明说。这是堆满工具的重地。太没必要留她在这里了。赵涵波带卜爱红从标本房出来，何必明站在前面，眼里就表达出这个意思。他把走廊的网归整得整整齐齐，地板都擦得一尘不染。赵涵波停住。他用那种出乎预料的眼神盯视着何必明。这个凿石人竟比他还爱惜他的渔网。赵涵波朝里边的一间阴暗的小屋走去，不多一会儿，他捧一支渔竿出来。这是他记忆中最古老的一支渔竿。他祖父告诉他，它是从他祖父的祖父那里得来的，是他们世代在河上垂钓的见证。他捧渔竿站在何必明面前。"这是我的传家宝。"赵涵波说。从何必明的眼里，赵涵波看到有生以来一束最亮的光芒。他太低估他了。从他接手过这支渔竿，他除了开初的惊喜，竟是呆若木鸡的愣神。当他捧着它在他面前，他几乎是不敢触摸地、轻轻摸索了一下，接着火烫着似的缩回了手。他竟感动得双眼含泪。在他捧着它时，他脱下了外套，用自己的衣服裹住它，谨慎地接过。他双手颤抖地捧住。与他一起居住很久了，他还不知道他竟如此热爱他的渔具。

　　"我要溯河而上去考察河了，得走三个月。"赵涵波说。卜爱红眼里露出担忧。她担忧河流在他不能看管时遭到破坏。何必明则是喜悦。他喜悦他对河经过考察会有更深入的了解和探讨。"那好，我在你去往的河上修一条石道，背运这些渔具是要绝对安全的。"何必明说。门外的情景让赵涵波意外：什么时候堆放了那么多铺路石？"他说要砌石道。他说这为你好。有石道走背运渔具就安全了。"卜爱红说。赵涵波倍感鼓舞。他望去那条河。河流的波浪在阳光中翻滚，偶有鱼蹦出波浪，被阳光照得金黄透亮。赵涵波走近何必明，握起那双天天凿石磨得粗糙结茧的手，差不多是讨好献媚般地说："你太出乎我意料了！""还有你，真让我满意。"卜爱红嘴角露出真诚的笑意。"我想让你看一件东西。"何必明说。他像一架低空飞行的飞机，从走廊一直飘到他低矮的卧室。"太跌份了！"他说。那些"要看的东西"堆着，何必明显得既激动又羞愧。"我手工缝制的，粗糙了些。"何必明说。赵涵波含泪看着。它们是他给他渔竿缝制的布套。何必明额上渗出一层细汗。"渔竿套！"赵涵波说。何必明点点头。"只尽我的一点义务。"何必明说。赵涵波走到面前的椅子上坐下来。他的精力被集中到垂钓本身上。他有时对垂钓感到厌烦，他就沿河走。他端详河。他端详的时间有时要比自己规定的多些。一个自我放纵的人是一事无成的。他每每都在享受这种约束与被约束获得的胜利的喜悦，他走在河上，目光所及是那些熟悉的波涛。他瘦骨嶙峋的身子在河岸移动，目光里除了河没有其他所见。在那波涌中有鱼会蹦出，渔钩在水中游动，渔钩与鱼对话。他从不作任何迁就，哪怕目光所及任何一道波涛他都要分辨它的来去及游动在里面的鱼群走向。在放情端详河流中便又获得力量，重新再回到不厌其烦的垂钓中。垂钓以外的时间他要用来晒网、发掘诱饵、整饬渔具，也等于用在垂钓。他的思考中充满自我的对话，在这里，他的另一个自我常常要扮演一个愚蠢的门外汉，尽管他百般辩解，终归会被打败，一个毫无邪念，一心向往自己事业的人总是不可思议地成为胜利者的。"这个凿石人懂他、懂垂钓！"赵涵波说。从他脱下衣服包裹他的那支古老的渔竿的小心翼翼中，他看到那支古老的渔竿在很久前的河上垂钓的情景，这是他的启示，二十余年，他一直寻求它，每每那感觉让他嗅到——很久很久以前先人在河上垂钓河被渔竿牵连散发出特有的河腥味——他的心就像被针扎了一下，从凿石人用衣服包裹的那支渔竿中，他又嗅到了那味道。为什么没想到给渔竿缝制护套儿呢？整天热爱垂钓，在这个凿石人默默缝制了渔竿套时，他显得虚假，不老实。赵涵波责备自己。"你看这些墙。"卜爱红说。"怎么回事？"赵涵波说。何必明匆忙走开。他端来一把椅子让赵涵波坐下。赵涵波终于搞清楚了墙壁被擦得露出了亮光，渔竿清晰可见，一支支似乎如姑娘飞红的脸。二十多年，他挂它们，可只擦渔竿，还从没想到把墙擦亮。赵涵波尴尬起来。他感到羞涩，在这面墙前。

　　"墙是挂渔竿的，墙壁上还被晒晾了渔网。"何必明说。赵涵波克制着自己激动的心情。"我早就应该想到的。"赵涵波说。他又嗅到了久远的被那支渔竿牵连的河的芬芳、腥味。"你明白渔竿是挂在墙上的。"赵涵波嗫嚅。"他从一来了这里就擦墙壁了。"卜爱红说。赵涵波嘴唇颤抖。他竟产生过撵他走的念头。他是一个应得到诅咒的人。还有什么没想到？想到过做一个渔具的奴仆吗？自己只想着天天利用它们。它们是他的工具。而他竟心甘情愿成为它们的保姆。在垂钓面前赵涵波第一次感到羞愧。不论是在河上，还是在这面墙前，他的所作所为都与获取关联，而他呢？他爱的是垂钓本身、那条浩浩荡荡的河！

　　"你们可以走了。"赵涵波说。他痛苦得坐不下去。他要独自思考一些事。何必明扯扯卜爱红走开。赵涵波在走廊走来走去。"你这条丰满的河！"赵涵波说。假如想不到它的宽阔，他永远不知觉自己的卑微；没有何必明把挂着渔竿的墙面揩擦干净他也没想到河。河是一个启示。"我是在河上有二十年了。守候二十年每条波浪都刻入情感。二十年足以认识一条河。"赵涵波摇摇头，"错了！都错了！与一根钓鱼竿相识不到一年的人，他做了它的仆人。没有对河有着奔涌翻滚的情感会对河如此热爱，哪怕是一根与河仅有一线之牵的渔竿也如此爱惜?!"他的记忆全是河流。刚刚学会走路，就是被父亲牵着把脚底印在河滩。随着岁月流转，他可以把网撒得更大，渔竿甩得更远。他很满足。因为他觉得自己的渔钩钓到了河。从那面挂有众多渔竿的墙壁被擦亮以前，他一直在如墙壁一般灰暗的思考中认识着那些渔具，他把习惯当作自然，每天扛着渔竿往河上走，就觉得他又要去钓到那条河了。而从家到河的那条走道上，他也从没想到会跌倒，渔具有着被折断的危险。祖宗通过这根渔竿、被凿石人用衣服包裹接过的渔竿，牵拽出河，从波浪里看到他的肤浅。赵涵波沮丧地站在墙壁前。二十年在河岸有什么用？"道"是用时间悟出来的吗？赵涵波抬头望去。何必明一个人蹲在那些水藻前给水藻浇水。每次，他这么侍弄它们，他以为他是为了留居为了报答，他今天才看出他仅仅是因为对它们的爱惜。他双膝跪在泥土里，全部身心投入自己的所为，仿佛恨自己不能变成溉草的水，变作水藻成长的泥土。还需要证实吗？他这么做，只是为了那些水藻，并没有让谁看。我的祖辈，通过那根渔竿联结的那条日夜浩荡奔流的河，一坐在河岸就又嗅到的那种久远的芳香，联结我与过去、将来、河流，祖宗的那个意志，它让我惭愧，让我看到自己的浅薄。这个凿石人与垂钓毫无关系，只是与他居住一起一年多的人，他的虔诚竟然连接了这一切。"我差点误入歧途啊！"赵涵波说。

知错就改。这是赵涵波心底发出的声音。他是他的祖先、老师。还有什么不能信任的？一个人被人尊敬，不仅仅是品质，更主要的是他的虔诚，他对事物的态度，他与那些根本性的东西相联结的情感。赵涵波不再思考这道被擦明亮的墙壁给他带来的问题——它再明白不过了——他大步走向那个侍弄水藻的人。他迟疑了一下，见他僵直地站在自己面前。难道他哪里做错了？他伸过手，拉他起来。"我不应该浇这些水藻？"何必明说。这个在河上蹲了二十年的人总是很古怪。何必明随他被拉动站起来。"这里是属于你的。"赵涵波说。何必明审视着他的双眼。赵涵波脸激动得通红。他把他推在先前他搬过来让他坐的椅子上，让他坐下。这又是干什么？

"请接受我的一拜。"赵涵波说。他跪在他面前拜着。"不可以。"何必明说。何必明看着久跪不起的赵涵波。

五

　　所有的人都一本正经坐着。那个"渡河人"脖上满是皱纹，就连夹菜抓筷子的手背也是皱皱巴巴，青筋暴突。何必明给众人夹菜。他为了今天的宴请，特意穿了一身新衣服，衣服袖口的商标还没去掉，表明着制衣公司的级别。"渡河人"东方宫很有节制地举起杯，用那张皱纹满布的嘴唇轻轻嘬口酒，又用皱纹满布、青筋暴突的手放下杯子。他是赵涵波请客中第一个来到的人，也是何必明特意邀请的人，他和何必明同在一个河岸，何必明坐在石头间凿石头，他就从河里爬上岸躺在河岸晒太阳，这条河不仅是他赖以生存的场所——他一天来回泅渡驮过河的人过河——也是他展露自己才艺的所在：他光着身子泅河，背上驮着渡河的人，如一头鳖，在浪波中穿越，漂浮，把人从此岸摆渡到彼岸。他相信自己一次可以驮至少三个人过河，一次，他泅渡，竟驮着三个人泅渡，成功地突破了泅渡的纪录，实现了他的誓言，从此人们叫他"鳖人"。他对赵涵波庆贺结识何必明知己摆设的宴席略略感到不满意，因为宴席没有把那只红烧鳖摆放在正中央，尽管全是鱼等水产食品：他的位置没有突显出来。"不过，我还是要祝贺二位的。"他说。他说赵涵波是幸运的，竟在河上结识了何必明这位知己，而且是在二十年后。谁能理解自己一直从事的事业？他驮了十余年人，他们只是主客雇佣关系，他们于他的理解还不如一道波浪，一道一眼望不到边际的河岸。赵涵波坐在餐桌前，近一个小时了，突然发现自己没有和何必明说一句话。他是从何必明不快的脸色上发现这一点的。赵涵波起身忙给一旁的何必明敬酒。他用这一举动弥补自己的疏忽。何必明苍白发青的脸变得红润起来。每个人都需要面子的。鳖人把讥诮隐藏在狞笑里。这哪是崇敬，分明是施舍，至少是敷衍。不过何必明理解为一种道歉。他从来给人盛酒就在表达自己的歉意。

赵涵波渐渐不自在起来。因为来客个个都是美食家，他们更感兴趣的是吃，而不是被他请来的用意：理解。那个渡河人的嘴从来了后不是不停地吃喝，就是喋喋不休地说话。这是赵涵波最反感的。他后悔这次宴请了。他被何必明感动，可离开他的渔具、离开那条河，此时，能够联结他们在一起的，除了桌上摆设的鱼宴，几乎毫无牵系。而这些鱼宴，他们从没想到它们是来自哪条河湾、从他垂落的渔钩上钓来，他们张大嘴巴，把他崇尚的东西全嚼碎了。这时，赵涵波想起了卜爱红："他们还不如一个孩子！"那个跷起的二郎腿——鳖人跷着腿——把河远远地甩到看不见的地方，孩子游来，给他带来的是河的温馨。卜爱红他只见了两面，可他感到二十年来天天与她在一起。她和他一样爱惜这条河。而这一群人，当想起卜爱红，他相比之下一下感到他们是那么可恶，他从他们身上、吃喝的方式、谈吐的声调中，一点也不能想象一道河的清澈。请这伙人来，还不如当初只请那孩子一个人来！赵涵波摇头。

这条河属于我们。赵涵波想起昨天何必明和他说的话。这是他最近的想法吗？属于我们，是与他一样对河的崇敬，还是拥有？假如他有了对河的占有欲，那么，他用衣服包裹那支渔竿，清擦挂有渔竿的墙壁以及缝制那么多渔竿套的举动就一钱不值，而且应该引起他警惕。不过，赵涵波马上自责起来。怎么能这么猜想那么热爱自己渔具的一个人呢？真恶毒！赵涵波谴责自己。由于意识到自己的龌龊，赵涵波满脸绯红。何必明自如地款待来客。他在想什么？赵涵波望着墙上的渔竿。渔竿在阳光中徜徉。他太了解他了，他从坐在餐桌前心就没在这里，在那些阳光中徜徉的渔竿上。究竟请不请这些客人来，他踌躇了很久，直到他又一次完整地揩擦了挂有那些渔网、渔竿的墙，他久久地站在他背后，眼含热泪看着他擦墙，才手一挥决定："请你的朋友来家做客，庆贺我有了你这样一位不可多得的朋友！"赵涵波面无表情坐着。这是他被邀请来居住第一眼就看到的表情。几年中他的这种表情像冬天的树木随季节变暖泛绿，变得有了笑容，直到那天他用脱下的衣服包裹那支渔竿，接过渔竿，他眼里噙满激动的泪水为止，今天又面无表情坐着。鳖人不停吃、说，也许他反感他？那条河是不可分割的。今天的宴请，完全是因为那条河。他和他们有什么共同语言？难道我有过多的时间消遣，请这些人来吃喝玩乐吗？"我们一会儿去河上。"赵涵波说。"去河上？"何必明说。何必明反常的惊叫让赵涵波吃惊。赵涵波审视着何必明。何必明马上低下头。其实他只是本能地一说。他滥用了他主人给他的权利。对那条河，他是无可辩驳地热爱，不允许任何人质疑它的高尚。"是！河是高尚的。它有人格。"赵涵波说。"今天的宴请就到这儿。"何必明抬起头。赵涵波的表情是严肃的。他一旦什么事情作了决定，那是无法更改的。何必明送客人出来。河在远处流淌。当何必明回来，再想跟赵涵波寒暄，赵涵波完全变了一个人似的，头也不抬，专心致志在编织渔网。他是否和他说话，或和他一起编织那张渔网？他从他的表情判断——赵涵波紧盯丝线认真的样子旁若无人——他并没有想跟他交流的意思。赵涵波透过渔网，看到的是河流、鱼群，何必明站在一边，他只能从他专注的表情判断他的心理活动。但他必须和他讲话。他是有目的的。

"你觉得这样可以吗？我为什么要和你一起居住，我帮助你织那些网，揩擦那些墙壁，仅仅是为了你垂钓、捕获？"何必明说。

赵涵波正从网眼里窥看着河流、鱼群。何必明的话让他顿时跳起来："住嘴！这是我的工作时间！你再唠叨，我立刻赶你出去！你这个问题不需要讨论！即使说，也得等我干完工作、从河上回来！"

赵涵波把门啪地关上。他怎么可以在他工作中粗暴地和他谈话打断他的工作？何必明没有坚持，看一眼关上的门，走去。他已经做到仁至义尽了。他愿意请那些吆五喝六的人来做客吗？他的不少时间已被他们占用了。他的意念中，从来除了河，就是这些渔具。他还不顶他一支渔竿重要呢！他只有一个人静静坐下织网、侍弄渔具才是最开心的，这样他就与河、鱼群在一起了。他总是要被俗事困扰，为此他理解某些官员、商人的烦恼。一个心境不静的人是体会不到安谧的好处的，也得不到那种享受，当然，更看不到他时时刻刻可以看到的。那种世俗的烦恼，从他热爱上垂钓，这条天天静静流淌的河，从领悟到这份工作的高贵，它就一去不复返。一个穿行在人声吵嚷的街巷的人怎么可以理解一个河岸上蹲着垂钓的人的乐趣？宁静的河，让他看到不宁静的世界的悲哀；垂钓，不仅仅是钓到一条鱼，一只虾，是他钓到自己的生活。激动的时候，他可以在河岸急走，因为河里有他可对话的鱼群；寂寞的时候，他能在河岸一蹲一天，因为这时河告诉他，太阳照射在河面，他的欢乐在那些波浪和光芒里，它只告诉了他，而行走在街道村巷的人是不通灵的。一只小小的渔钩，他把自己的全部生命都拴系上了，它被甩入河流，他随之纵身一跃跳入河，与河融为一体，他是河，河是他。河流淌的岂止是河流，是他的幻想、猜断、希冀，倾诉的是他心里的话，表述的是他对生活的理解。没有河，很难想象，他还能在这里度过这二十年的时光！

赵涵波思考一根渔竿到底多长才为最佳垂钓状态，在河上渔竿不仅是用来垂钓，它是联系他与河的意念的，它与他的情感、思考息息相关，有时候，一条长短理想的渔竿会让他感觉到河流的每一道细小的波纹的颤抖，有时候，一条不合时宜的渔竿就阉割了垂钓者的智慧，让他看到河，感觉不到鱼群的到来，甚至不能认识钓上来的一条鱼。是，渔竿只是一根木杆，但它仅仅是木杆吗？它曾经有生命，那么，今天，它变成了渔竿，它的生命从此消亡了，生命萎缩在了生长它的根须？不！任何物质都灵魂不灭，它原作为一根枝干的渔竿，现在，它变成了渔竿，它的生命转换了，它的灵魂在他手里、拴系渔钩的联结处，它渴望理解，它再不是生长在土壤，它生长在他的手掌、河流。如果说过去它凭靠根须吮吸营养，现在，它是凭靠渔钩吮吸营养成长，无尽流淌的河是它茁壮成长的土壤。

"这就是我爱惜渔具的原因。"赵涵波说。

凿石人对他的破坏力越来越显现了。今天的请客，宴请后嘈嘈嚷嚷走去的客人留下的空间，仿佛像被掏了一块出去，赵涵波感到形成巨大的不适与困扰。这种困扰挥之不去，没有随客人走去而消失，而是顽固地挺立在他的思想里，让他没法工作。凿石人也像在他的宁静中凿出了一个洞，且黑魆魆，让他惊讶。他凿雕的石头，堵在了他与河的感情通道，让他束手无策，又愤怒不已。原来他请他来是认为找到了知己，他孤独的心灵认识了另一个同样的心灵，没想那"再一下、再一下"敲凿的，是他对河流的执着，是在消磨他二十年培养起来的追随波浪的意志。

赵涵波站起去取一根渔竿。他要对比他手里渔竿的长度。凿石人眯着眼站在他身旁。他贪婪的眼神捕捉着他的一举一动。那该死的侧影重重压在那支渔竿上，它扰乱了它的休息。这是他与渔竿需费用一个钟头才能培养起来的情绪，它此刻被凿石人侧影压迫着。由于憎厌这个人，他对堆放在墙角的铁凿、铁锤也厌恨起来。他恨不得一脚踢开它们。可他没有对付它们的办法。他从他一搬进门就把这块地方"封"给他了。他不再侵占他的地方就可以了。赵涵波十分提防何必明说话。尽管这种提防他说话的心理从未消除过。何必明走了。他按约定离开。

赵涵波终于坐在了挂满渔网的墙壁前了，这是他最幸福的时刻。他坐下休息超过了恢复精力需要的时间。这种独坐对他垂钓十分有好处。有了渔网，在河上垂钓、捕获，还有一条浩浩荡荡奔流的河，还需要什么？他把之外的一切视为多余。幸福总是从无厘头间产生。幻想是需要有依托的。一根渔竿并不算什么，可是，当它被握在手里，被垂钓，所要的一切就出现了，结果表明，他钓上的，不仅是鱼虾，是他希望的一切。

赵涵波在静坐中出现了幻觉。他在这幻想里多逗留了一会儿。这一刻很短暂，但他知道快感即将来临，它伴有波浪的声音，鱼群的穿梭，被自己战胜的懦弱，直到如雷贯耳的快感波涛般汹涌而来，他认识到，他的懦弱不是缺点，是某种等候的持续生出的忍耐，是他的长处。

有多少人能有这种忍耐，忍受这种折磨？一个人面对渔竿、河流是孤独的，可这些渔具、河流有生命呢，凿石人并不了解它，他躲开，不是出于尊重，是因被限制。

赵涵波把已经来临的快感继续延长。这是必须的。他被打扰得太多了。他在这时可忘记许多他不愉快、不喜欢的事，这主要是因为它们不值得他记着。在阳光中他睁开了眼。他可以清楚地看到那些网眼里的光芒。他在烦乱中是从不去看那些网眼的。他只在凝神静气时才去观望它们。其实，在他凝神静气的时候，他不再观瞻它们，他也能感知到它们在阳光下的欢快。有那么一刻，他嫉妒这些光芒。不过这种感觉很快就消失了。因为它们同样是他产生愉悦的所在，即使在波涛汹涌中，他也能感到它们总被阳光塞满，它们仍在阳光的温育中。

赵涵波趁阳光照射，向生长旺盛的水藻培植屋走去。他可以准确地嗅到哪团水藻是出自哪道河湾，哪种气味是在哪道河湾产生，里面曾栖息哪一类鱼虾。这种气味赵涵波可以嗅出它们的博弈，互相渗入。他过去不曾有这样敏感的嗅觉，现在只要某种水藻散发出自己的味道，他立刻就捕捉到了。他的两只鼻翼非常适合判断水藻的味道，有了这种判断，即使他远离河，也能清楚河水里一天的状况。在房屋一角，他犹豫了好久。因为那里堆放着凿石人的工具，影响了他的直觉。如果他的判断又准确地出现，那不是因为他的一双鼻翼，而是因他与河的感情，河总不会欺骗他。

　　嗅觉简直是一种武器，它会把虚假的味道摒弃，直接捕捉到事物的本质。他凭靠着自己敏锐的嗅觉，把河分解成若干阶段，尽管这对河是一种肢解，但它改变了他过去认为河是一个完整的物体的偏见，从分解中认识整体的河，让他受益匪浅。从这个意义上讲，他的生活只凭借嗅觉就可以了，它不仅支配着他的认识，对河流也有支配作用——他可以跳过那些他不愿耽搁时间垂钓的地段，直接到他认定的河湾垂钓，事物之间是相隔离的，也是相联结的。一条河可以从这些不同的水藻味道中彻头彻尾地显现。谁说闻到的只是水藻的味道，谁说这味道不允许进入河流，时间可以分割，味道也可以分割，人的判断，往往是依赖这种嗅觉而作出的，尤其对一条河来说。那些笨拙的人才只是凭靠视觉判断事物的。他的判断，在赵涵波这里，仅凭靠一双鼻翼就可完成。如此清晰的事物，在他们那里成了谜团，如果他们有着敏锐的嗅觉，那一切完全就不同了。赵涵波没有逗留多久，他从这些味道中获取对河认识的多少是他的权利。那些凿石的工具低矮到尘埃里去了。在这种味道中他变得十分强大。那些在空气中弥漫的味道互相见面又分手使得赵涵波不由得喜欢起它来。味道也有性格啊！

　　赵涵波要去河上了，他锁上了门。

六

、

　　河流在他的垂钓下面。何必明一下一下凿石头，看着垂钓的赵涵波，不时与河滩上坐下休息的东方宫对视。他清楚地知道，东方宫也在觊觎这条河。他已做了规划，河湾再不是赵涵波下网的捕场，可以建一个码头，到时造一只船是必不可少的，许多石雕需水运出山外，山上的石料需要运输进来。渡河人东方宫比他计划得更具体，在赵涵波垂钓的岸台上，要向外修一条栈道，它可以直通山外的城镇，那样，他就再不是一个摆渡的鳖人，完全可以建立一个热热闹闹的旅游站，若要他下水，那就不是摆渡了，是表演着他从河此岸驮人到彼岸，背上驮载的再不是一般的渡河人，是掏大价钱游玩的大老板，当然，每次摆渡必须得到他满意的价钱。"下河吗？"何必明问。东方宫侧眼瞅他。他的注意力分明在垂钓人身上，似乎在说：他还能在这里蹲多久？何必明诡谲地笑了。是的，这也正是他的想法。

　　何必明凿着石。他对占领这条河，把赵涵波从河上赶走越来越有信心了。东方宫走了过来。他倚在一尊石人前坐下。赵涵波很投入地垂钓，双眼始终盯着河面上的漂子。只要他往河上一蹲，他就旁若无人了。而在"哗——啦、哗——啦"的波涛声中，那"再一下、再一下"总要相随而来，这正是他最宁静的时刻，可他并不知晓"再一下、再一下"中他在打他的主意。

　　赵涵波坐的地方，何必明从多个角度已做了观察，哪里建运石雕的港口，哪里启船，怎么装货，发展起来的雇用人员住宿在哪里——雇一个开票兼看场所的雇员是必不可少的——他都做了计划。他最担心的倒不是面前专心致志垂钓的赵涵波，而是此时坐在身边的渡河人东方宫。他太了解他了，同类人从来是自己真正的敌人。

"你这是干什么？"赵涵波说。

何必明一哆嗦。他也不清楚他什么时候站在了他身后。不过他立刻就镇定了。"难道你有必要这么提防我吗？我还不至于想占领你的钓鱼台吧？我不明白你为什么这么大惊小怪，这么对我警惕！"何必明说。渡河人也站在凿石人一边。

呵呵！呵呵！竟这么放肆了？赵涵波叼上一支烟，观察他身后的两个人。他要是甩起渔竿，总能把他的半张脸打肿；同样，他也会揍他一渔竿。不，应该用网缚起他们，像网鱼一样，把他们缚束。长期的捕捞，培养了他的想象，尤其鱼群入网的挣扎，是他最喜欢看到的情景。

何必明也盯着赵涵波看。他明确地注意到他有挥动渔竿向他进攻的图谋。东方宫看看他，两人诡谲地相视而笑，心照不宣：这个笨蛋！从这条河上滚蛋是迟早的事。何必明前面走，东方宫紧跟上去。赵涵波把没有甩出去的渔竿又投入了河里。他的渔竿没有甩出去，被他握在手里，他又呆子似的蹲下垂钓了。在"再一下、再一下"凿石中思考，总使事情的进展分外有节律和步骤。那个呆子以为这是一种宁静呢。何必明和东方宫相视而笑。

他是不是太懦弱了？换一个人，与他同居，他可以把他赶出去，并让他从河上消失。以他强壮的体魄对付他赢弱的身子，打倒他是不费吹灰之力的。这种躯干的人，不是残废就是智商颇高的人。他说一句话鞭辟入里：干事是不只用体魄，脑袋比身体作用更大。他是一个智慧型的人？他不断向他阐释垂钓的技巧——他有时听得几近谄媚——可以看作是他人的脆弱。他是一个凿石的石匠，这一点他明白得如晴天太阳，他一双粗糙的手与人握手，从对方被惊讶得一哆嗦他就知道他是一个干体力活儿的，可他又有什么高于他的呢？一个干体力活儿的粗人装作使用头脑吃饭是很可耻的。他没必要装扮自己。可在渡河人眼里他是一个很了不起的人。这倒不仅是因为他能把一块顽石雕凿成一尊漂亮的工艺品。因为他与赵涵波斗智斗勇，他看出他始终高赵涵波一筹。

使用头脑和四肢工作是他从赵涵波那里学来的。在未认识赵涵波以前，他从未把它们进行分解。并且，从与他的交往中，他明白了使用四肢工作含有某种歧视，而使用头脑工作则被大加赞赏。在他动脑筋思考后干某一项工作，哪怕微不足道的小事，他就首肯，而且如好钢用在刀刃上：恰到好处地称赞他。这时他就不由得高兴得手舞足蹈起来。可立刻，他又停住了笑：因为他的高贵从他手舞足蹈的一刻立刻被显现。这是很要命的。

可不能就这样坐等果实的成熟呀！何必明停住凿石。那个渡河人似乎与他有同样的想法，也从河滩上站起来，走向垂钓人。

"这条河不仅是你一个人的呀！"何必明说。

什么？赵涵波显得有些懵懂。他正投入地工作着。他掂量着他的话。这是一个砝码。他必须把自己的要求押上去。"是！这就是我的意思。"何必明说。

"你不是一直在山脚凿石头吗？"赵涵波说。

"那又说明什么呢？"何必明说。走过来站下的渡河人点点头。他是他的盟友。

"你想来我垂钓的河岸凿石头？这可不行！那会吵闹了河的。你知道垂钓是需要安静的。你不该有这个想法。"赵涵波说，"我可以给你留一块休息的地方。"

"我要工作，不是休息。我再不能在山脚凿石头了，我的石雕需要运输出山外。而从山里运输是没有其他交通道路的，只有河运。你可以垂钓，撒网捕获，我运送我的石雕和石料，像你垂钓不影响我工作一样，我运输也不影响你。再说，垂钓又不是在河外的工作，只在河里。当然，你也不愿看到我的物品只堆在这里自己观赏，至少，一个人不能只考虑自己，我想你不是一个自私得不管别人死活的人。"何必明说。

这可以理解为一种叫板吗？简直令人发指。没有结识他之前，这条河是干干净净的。他没想到过这样的后果。对！这种叫板本身就是肮脏的。许多时候，陷入困境，就是因为自己的误判。他不是同类。赵涵波感到揪心。可他要求站在他的角度，又哪里错了呢？"你说。"赵涵波说。

"谁也不愿把一条河让出来，只因在憋窄的一个山旮旯。我的情况更特殊：我的石雕需要运送出去。要是遇着其他人，一条河让白白占有，天天蹲在犄角旮旯凿石，那实在是一种屈辱。难道我是一个白痴、蠢蛋?!"何必明说。

他要用这条河运送他的石雕，运输石料。这个要求应该是不过分的。他说得对，他的产品和石料除了这条河是没法运输的。

"那你需要我怎么样？我怎么才能帮到你呢？"赵涵波说，"是不是要先建一个货台？"

何必明先回家了。他既然要他建一个货台，那他得为自己的产品负责，人为什么不争取自己的权利呢？何况一条河又不能由一个人独占！他要独占吗？

他回来，他站在门口等着他。这是什么意思？

"建一个货台，除了原料外，还需要人工。"何必明说。他居然这么得寸进尺。他的脸色铁青。

"我说出来你会吓一跳。一个货台，不仅需要砌货台的石头、水泥，还要有其他事情去做。你是不可能动手的对吧？建一个货台不是那么容易的。我先回来，我打听了，找了五个人。大家都一样，需要支付工钱。我只是一个凿石的工匠，产品又没卖出去！"何必明双手一摊，做了一个无可奈何的动作。他的眼睛盯着他手里的渔竿。

"你要拿我的渔竿卖了换工钱？"赵涵波瞪大眼露出无法相信的神情。何必明又耸耸肩。再明白不过了，他已经打定了主意。这是他曾经提出、答应过他的请求。赵涵波从墙上取下两支中档渔竿。何必明刚接过渔竿，赵涵波就摆摆手，很厌恶的样子：你可以走了。

何必明拿着渔竿走出门外。他知道五个人中一个人早已琢磨着了赵涵波的渔竿，既然货已到手，他就要按自己心里的价格出售。为什么不呢？它挂在墙上是钓鱼的工具，此刻，它成了自己的财产。他一个激灵。因为它让他想到一个开端：那壁墙上挂着岂止一根渔竿！当然还有那些价值不菲的渔网。至于在河上建立一支运输的船队，那是需要工夫的，他并不着急。他是自己来的吗？他为什么要让一个人白白地居住呢？答应一个请求本身就是一个给予。一个凿石人是凿不空一座山的。可至少从河上看到了将来：繁忙的船运不仅运出他的产品，也可运销那些集市急需可售的货物！在此之前，这条河竟被这个垂钓人一人独占！

"这钥匙得我来管理，因为我雇用的人随时出入，你能保证全天都在家里吗？"何必明说。他的神情是坚定的。从他习惯说话抖动耳朵中，他又抖动耳朵，可以看出这没有商量的余地。他被激怒了，他没轻易让步的时候。由于怒愤，他显得结巴。建立一个货台，需要经管这些钥匙吗？"你要钥匙？"这用问吗？耽误了工期谁负责？见他皱额、抽搐，何必明鄙夷地冷笑了一下。"你天天在河上垂钓，而我只有我卧室的一把钥匙。事情都有一个轻重缓急。我花了工钱误了工期怎么办，又只是因没法打开门工人取不了工具？"何必明出奇地冷静。"我不开玩笑！"何必明说，赵涵波笑笑，摇摇头。"钥匙你可以配一把，但我建议尽量不带钥匙的好。那些工人是小偷。你又只是专业雕塑家，无法防备他们。我的渔竿、渔具丢了是找不回来的。不要急，先让工人搬运点河岸的石头嘛！"他竭力回避着这样一个事实，他要逐步侵占他的家、财产。"也可以。"何必明说。这个可憎的人！他大略匡算了一下，搬运石头到全建码头需要十五天的时间，也就是说掌控这个家他还需再等待十五天。一个人在无路可走的时候往往会拿拖延的办法搪塞对付对方，他看出了他这一点。他可以摆脱偶遇的卜爱红，渡河人，但他是他摆脱不掉的。

太阳一从河面出来，何必明就带着他雇用的五个人到了河岸。他一路上就与他们激烈辩论。宽打窄算这些钱是够了的。他对那个津津乐道拿渔竿兑换工钱的人很反感。不过，太离谱的事他是不会让他去做的。"你们全是我雇用的。我要告诉你们，十五天，就十五天，其他我不管，我只掐工期。卖了渔竿兑换了的工钱在我手里攥着的。"他的声调让他们感到拿不上工钱是极有可能的。他说话坚毅的表情助以无法商量的手势让五个人难以忘却：货台筑建有一点马虎都有利害在里面。何必明把工人背来的石头看了一遍，敲敲，用耳朵伏下听，直到他确认他们没有欺骗他才放弃监督。"这个货台是一个水陆码头。它哪能建成一个不成样子的货台！有的地方要考虑承载上百吨的泊位！"何必明说。五个人打量着站起来的何必明，他们以往只是在河流给大公司干活儿，对工头的好怨喜怒判断只局限于大公司，何必明这样的凿石人对他们来讲很陌生。他的双眸里闪烁着一种狡猾的光芒，按以往的判断，他有敲诈他们的嫌疑，但他不一样，这种眼神，给人一种模棱两可的印象，仿佛他会耍手段，但又会很隐蔽，直到他们上了当。几个人相视而笑——这是他们常年对付工头形成的默契——互相点点头，他们如约兵分两路，一拨人在东边砌码头，一拨人在西边蹚水运石块，以此分散他的精力。用这种办法，他们对付过无数监工，以此捞取钱财。可何必明像是识破他们的伎俩，他坐在岸边，我自岿然不动。经过近一个小时的合作，他们失去了激情，他就等候他们这种状态出现，于是他站起来，按他的要求布置工程进度，这是他们最不愿意接受的，而正因为他们无力反抗，被动接受，他们显得异常不情愿、痛苦，但不得不按他的要求进行着工作。

何必明从包里取出一沓钱数，这是他的一个策略，因为他清楚这些人都是被钱驱动，在钱面前，他们真是经受不住考验，像往常一样，凝结起的力量立刻被瓦解，而何必明像根本没去在意他们的反应，只顾低头数钱，而他越是投入地数钱，就越让他们眼馋，他们的干活儿的劲头和凝视钱的热情一样高涨，"这家伙钱真多！"他们又互换眼色，但这次的眼神与刚才的眼神截然不同，在贪婪中含有索要的意味，而按他们的经验，要想取得这些钱，就得按工头的要求去做，否则那钱就永远不会到他们手里。

何必明数完钱，把钱装进包里，便一声不吭走了。他知道说话是多余的，而金钱的魅力是永恒的，即使他离开，他也知道，那些建筑码头的人也会被牢牢吸引。渡河人蹲在河岸吸烟，何必明从他身边经过，他不用看他，就知道他近日的成就已让他羡慕不已。还用交换意见？彼此都在觊觎这条河了，而他已抢先了一步。

"你好！"何必明说。

东方宫点点头未答。他瞅一眼远处蹲下垂钓的赵涵波，掂量着他还会蹲多久，什么时候这条河变成一个水陆两用的运输道路。"适可而止吧！"东方宫说。"你是说我，还是提醒你自己？"何必明说。这种劝导让人厌恶。"你渡河要小心掉客人于河中！"何必明厉声说。东方宫用一种不连续的咳嗽回应他。长年河上风寒，他早已厌烦了摆渡，这条河明明是可以建世一个旅游场所的。"同样可以这么提醒你自己？"东方宫说。

"当然。"何必明说。

"你觉着你很走运？"东方宫说。

"哦不！我难道要坐失良机，等你建起旅游场所，我在山下凿石，或许你把我的场所也变成一个景点让游客来观看卖钱？像你这样的人应该只老老实实地摆渡。"何必明说。

"为什么？很难说。我不赞成先下手就是强者的说法。"东方宫说。

"可我在建码头了，你一定很羡慕吧？"何必明说。

"那是两回事。"渡河人说。

"你大概……你不至于抢我的饭碗，成为我的竞争对手吧？可不付出怎么能得到呢？你没有与他一起居住几年嘛！"何必明说。"我马上就要购船了。假如我愿意，我可以购进十只大船运输在这条河上。那时你一定会说，我是侵占了别人的，伙计，我选准了要什么，从没中途放弃。我占用了这条河运输，你怎么想？我给你留一席之地摆渡你不会反对吧？姑且不说这些，我一个凿石为生的人哪儿去找这么大资金，但你无法想象，他是跟你我不一样的。你应该知道一根精品渔竿的价格。"何必明说。

"不要想得太乐观。"渡河人说。

"如果你不介意的话，你可以到我卧室旁的大厅看看——那里是从未邀人参观的——都是价值连城的垂钓用具、捕鱼网，仅收藏的各种水藻标本、鱼虾标本，就会与这条河的价值等量齐观。你一定说那些财物不是我的，像这条河上我正建设的码头你曾说不是我的，可将来呢？爱这条河就可以永久占有它吗？热爱与占有是两码事！不图得在这条河上做点什么，来这里有什么意思？你倒可以，用摆渡吃一碗饭的。"何必明说。

何必明说得很激动。在阳光与水波的作用下，他像有着一身鳞甲的鱼。"我不给你做什么预测。但我坚信你永远是一个渡河人。"何必明做了一个可望不可即的手势，他一定会很绝望！是的，他从他眼里流露出的惆怅与生气的神色知道他对他的嫉妒无以复加，而又无能为力。何必明十分温和地笑笑。此时，他的从容会更加激发他的愤怒。这正是他想看到的。"这是一片广袤的田地，我正在这儿耕播！"

东方宫将将袖子吸烟。这是他无奈的一个动作。"我提醒你，你不要忘记自己的专长。请你相信我，我有能力赶走蹲在那里的那个垂钓人的。一个人有某种专长，为什么不凭靠它吃饭、发挥它到极致？这里，任何人都与你无法争比。当然，我也在天天凿石。可我仅仅会与那些石头对话吗？错了！赵涵波曾这么认为过我。一个人仅有一技之长是不够的，像你，像赵涵波！我就不一样。这条河为什么不可以用来有更大的作为呢？你会感到惊讶：原来你选择与他一起居住是早有图谋！我特别要向你说明，我的能力不仅局限在凿石上。有能力不去充分发挥，把它发挥到极限，那是对这种天赋的极大亵渎。"为了说服东方宫，何必明向他靠近了一些，把握在那种既亲近又让人敬畏的距离。

自认为征服了新的竞争对手，何必明就又去码头监工了。他赞成自己先前的判断，那些背石、砌码头的人在他离开后仍被控制在他数钱时对他们的诱惑中。他坐在正投建的码头边，认真地缕析了刚才的全过程：码石人的思想、渡河人的打算。他指挥着他们干活儿，猛不丁地取钱数钱，他们立刻就被吸引了。人在被调整一种状态时往往不需要施行多大的伎俩。在一个以苦力为生的人面前，金钱往往具有很大的魔力，哪怕只当着他们的面数数它，他们也会被征服。他实在想不出什么比装作投入某项工作更能诱骗垂钓人对他信任的办法，他已经是一个胜利者了。既然他已做出了让步，开弓没有回头箭，他要继续引诱他，步步紧逼，步步为营——这可以理解为一种麻醉——直到他净身出户。在利用友情的力量进攻，与之较量中，破除友情的崇高感至关重要。他起早贪黑与他到河上工作仅仅是为凿那些石人、石碑？那样的话是对他智商的极度低估。他需要凿那些永远凿不完、销不出去便毫无价值的石头吗？一个蹲在河岸凿无用的石头的人是连起码的尊严也没有的。对一个聪明人来说，他步入他的领地，他就应该懂得这是一个暗示：要至少侵占一部分！那些雇佣工干得很卖力。他们是从两个用工处雇来的，他巧妙地利用了这一点，使他们形成分化，当他的决策出来，他们总是具有两种不同的意见，而分歧出现，凿石人就分别单独找他们谈话，在双方共同出现时，凿石人就故意出一方的丑，而另一方则依仗他的势力，百般奚落这一方，当这一方由于凿石人预先给了暗示，凭此肆无忌惮，向对方猛力进攻，对方便显得措手不及，束手无策。这个战术十分给力，凿石人常把它玩得游刃有余。此时，他又当着另一方，带起这一方。而这一方，凿石人并不是要遗弃的，那样游戏就没有意义了，在他领走另一方，回来不失时机与这一方又貌似亲近地交换过意见后，双方见面，此方进行强猛攻击，彼方挥戈反击，反败为胜。而这时的凿石人，让他们放肆地争吵，他会把心思用在比这更重要的事物思考上。

何必明秘密探勘航道了。这一点让渡河人十分吃惊。在他冲劈波浪摆渡时，他在河岸拍手称赞，原来，冲劈的线路正在为他开辟着梦想之路，加之与他坐河岸闲谈被他掌握了他无意讲述的河道走向等，他悄悄地就规划了航线。尤其是他装出为人敦厚的样子，让他失去了戒备。他成了他的同谋，伙同人。何必明冲他笑笑，走去。河面静得像一面镜子。何必明的眼光从这光亮无凸的水面望去，目光可穿透河面几米的厚度，一道成形的航道在他目光中展露出来。

"对不起！你只知道皮毛！"渡河人鄙夷地弯曲了嘴唇。看来他无论如何不会懂得他的智慧的。他以为他竟日在凿石头，他炯炯的目光盯他的石锤，并没有看到他的思想。那天，他在石人中踽踽独行。他还不至于那么闲得无聊吧。他就是眼拙。从码头到河道航线，具有多大宽度，什么船只可驶入，最大限度多久可驶离河岸，承载多少吨位的浮力……他对他太不理解了。"你的一片好心真让我感动。谢谢你的忠劝！"何必明说。愚蠢的家伙！"如果你真的能建起航运队伍，找出一条可运行的航道，我可以做你的雇工。"渡河人说。"对不起！你这话谁听了都会感动的。可我还是给你留了一块地方，人们来往过河是需要摆渡的。"何必明说。"你将会成为这条河上的一个失败者。"渡河人在诅咒他。"这样我就不喜欢了。"何必明说。他总是不让他顺心。"那就走着瞧了。"渡河人看着何必明沿河岸走去。他真的会占领了这条河，开辟了一条航线的。

七

　　赵涵波排除了许多干扰坐了下来。他可以透过那些渔网孔看到河的走向、风在波浪间游动、波浪对风的抗御。窦大梅向他走来。她是河汊管理委员会委员、巡河人，专门负责这条河流。只要遇着她的人，都要哈腰向她致敬，好像都欠她很深的情分似的，而仅一个低头致歉似乎还不足以表达自己的歉意。其实人们的哈腰低眉是多余的，因为她从他们身边走过从来是昂着头，并视而不见的。她是一个不可多得的河道看守人员，她对侵害河汊的事从不姑息迁就，对破坏河汊的人更是不予放过。最严重的一次，她让一个企图挖掘堤坝的人在水里整整站了一天，且头颅不到十分钟就让雇来的人摁到水里浸泡五分钟。她有着一双让人捉摸不透的眼：它们向西瞻望，人们万万想不到它们在研究东边的人或事物，而西边出现在它们视线里的人和事，只被排在下次琢磨，而那时，它们又盯定的是另一个目标。由于她多年在河岸行走，她可从来人的走态判断出一个人对河的好恶。像她观察所有人和事一样，她只用眼睛余光扫描对象，并且不超过零点一秒，就可得知，且从未出错。对于赵涵波，她怀有敬意，在无数次经过他时，他仅仅哈过不到三次腰向她致敬，她从他身边走过，他就视而不见了。尤其他投入地垂钓或捕获时，她经过连一颗尘埃经过也不如，引不起他的注意，他双目炯炯盯定河面，激动的时候会"啊！""哎哟！"惊叫起来。不过，她第一次看到他蹲在河上时没有客气。当他一动不动蹲下垂钓，她经过他视而不见，她一下生气了。这是对她的极大蔑视。"你在干什么？"窦大梅喊。她的喊话成了一种自问自答："没有听见？"赵涵波领口被抓起来，渔竿险些丢落河里，可赵涵波太投入了，由于专注他的身子显出额外的定力，格外沉重，窦大梅没有抓起他来。这让窦大梅大为恼火。这关系到她的威严。这条河流上，还从没一个人对她如此不敬。当她正要再次去抓他领口时，他乖乖站了起来，并显出十分地懦弱与无助。这让窦大梅深感意外。她本来像一个空降兵一样，两步跨来，出其不意抓起他，让他从此见她不敢怠慢，经她这么一抓，他先是屁股一沉，从她手里脱落掉，在她二次出手时，他却投降了，自己老实地站起，显得十分可怜。

窦大梅挖了一个坑道准备埋人，而当接着要进行搏斗时，被埋的对象却自己跳入了坑里，这很伤窦大梅的自尊心。因为她从不向一个弱者施暴。窦大梅于是蹲下来，示意他继续垂钓，她不想打扰他工作。赵涵波略显诧异后，便也解除戒备，拿起渔竿，重新进行垂钓。当他得知她是这条河流的管理员，他深感歉疚，得知自己能安静地在此垂钓完全归功于这位常年的巡河人，尤其是一个女士。为了说明他是多么愿意遵守她所立的河岸作业规矩，他带她看了他筑建的撒网台、晒网场、蓄水养鱼池，并且告诉她以后准备建筑怎么样的垂钓场，而且没有一处敢超越河汊管理规定的范围。窦大梅差不多要夸奖这个垂钓人了，他简直是一个模范的河规执行者。在赵涵波再次坐下来规矩地垂钓，而且他没有往河里丢任何垂钓的杂物——这是任何一个垂钓者难以做到的——窦大梅显出格外的激动。但她适时地控制了自己的情绪。一个掌管河汊的人对一个遵守河规的人的行为首肯是可以的，初次见面就进行夸奖将有失身份。"好好干！你遵守了河规！"窦大梅说。窦大梅说完站起走去。

赵涵波从此得到河上所有工作的人的敬重，成为遵守河规的楷模，虽然赵涵波从不知道那些河规是什么。谁要来河上寻找职业，他必须先得到赵涵波处看他三天怎么垂钓，这是窦大梅在河规以外，自己又规定的一条规矩。

像往常一样窦大梅从赵涵波身边走过，赵涵波沉迷于自己的垂钓，头也没抬，窦大梅走去，赵涵波沉静地思考着波浪中的渔钩入水的尺度。这是一个节日。此时的他，双目紧闭，面孔冰冷得让人诧异。他严肃地坐着，如一个冬眠的人。任何急躁不安，不停甩动渔钩的行为，他不仅认为是缺乏耐心、涵养，甚至是缺乏某种良好的品质。他的渔钩在河底游走着——如一个山里采撷者游走在山里——在鱼群蹀躞，它摸索千变万化的水波；在水藻中回旋，它奔去又折返。这一切都心生其相，由他闭眼遥控。一团水藻与另一团水藻间形成碴口，渔钩从碴口入，见了耸立的石礁，几近谄媚而被蒙骗的石礁放松了警惕，它悠然穿过，令石礁们瞠目结舌，而它如一个步过险关的行者，笑嘻嘻走在敞道，超然得像个大神仙。垂钓人仅凭一只手控制着水下的渔钩，让在水波中行走游刃有余。当鱼群来临，渔钩传递了他的意志，静得似一枝枯草任水波漂摆，一动不动。在鱼群试探它的真伪时，它会装作成一个孤儿寡母，发出回肠荡气的鸣响。一旦鱼群识破了它——它们一接近它立刻就嗅到了那铮铮钢铁的杀气——"轰"地奔离，它便以比它们更快的速度，比它们反应更快，如一只梭子追随织网线，"嗖嗖"地穿越来自四方八面的水波，头也不抬，在奔离逃生者中，直到让它们的鳃套进钩里。他手里的渔竿是传灯弟子。他从没把它当作一支竹竿。他让连接它的网线、渔钩在水里鸣叫，打雷，单程奔去，满载而归，游弋得宜。它在他的手里哪是一支渔竿，是他的智慧深入掌控河流鱼群的道路。

　　赵涵波双手抱起一块青石挪开在他的视线外。可石头沉重得超出了他的估计，让他的愿望没法实现。他再次试探地搬动它，它仍然没让他搬动。"你们先在水池待一会儿！"他把篓里的鱼放入水池，谄媚般地，回头看看，又过来试自己的体力。"这个凿石人！"他责怪何必明用石头堵了他的视野。他几次较量都败下阵来，因为石头的重量远远超过了他想象。当初是谁让把它们运来？是他。当初是谁招他与他住在一起？是他。可为什么又要嫌弃这些石头呢？石头是无辜的。可它的存在就梗在他心头。窦大梅走来。"请帮一个忙。"赵涵波的请求让窦大梅很开心，因为她从未在他面前展示她女汉子的体魄。那个凿石人让她很反感，于是她身上增添了力气，她把对凿石人的厌弃投注了石头的上面，愤怒产生力量。一个凿石人为什么不老老实实待在山上凿石活儿而要占有河岸的一席之地呢？她虽然惊奇把一块顽石雕凿成一件不可思议的艺术品，但从不认可凿石人的智慧。她是从他使用的铁锤推敲使用者的头脑的，一个用铁锤工作的人头脑也一定像一只铁锤一样不开窍。

　　"他在哪儿？"窦大梅把石头当作凿石人，这样就增加了她的报复心理，由此也产生了某种威严。赵涵波指着石头，窦大梅蔑视地看了一眼，双腿叉立，让人从她结实的臀部和绷紧的腿部肌肉就可看出她有足够搬走石头的能力。窦大梅冲双手啐口唾沫，满不在乎地甩动一下双臂，但她只用它拢了拢头发，因为她搬动它，根本用不着手，只用脚就可以把它踹走。"我让他（它）滚蛋！"她仍用了"他"，不是"它"，于是，她转身一个飞脚，把石头踹得离原地远了二尺；接着，她又用左腿踹去，结果，石头被踹走，滚了下去在河岸的坡下面。"好好钓你的鱼。"窦大梅说完，把双手叉在腰两侧，装作若无其事的样子，她巧妙地露出双臂的肌肉，如期让垂钓人看到，得到了炫耀，走出去，又冲赵涵波点点头，那仍叉立的双臂肌肉依旧结实地鼓胀着，明白地告诉他，需要时吭声，小菜一碟。

赵涵波其实并没满足巡河人的愿望，她一走，他就奔向河漕抓握他的渔竿了。那块石头像凿石人远离了他，他的眼里只有河，河面漂浮的鱼漂了。它曾经让他十分挂火。它光秃秃地像凿石人的脑袋令人生厌。它滚下了岸坡，岸上所有的草木都噤若寒蝉，只他的渔竿虎生生挺矗在河上。他像还一个心愿，双掌握着渔竿，双目紧闭，面向河做祈祷状。他从不浑水摸鱼。那不仅是一个水平问题，它涉及一个人的人品。他垂钓，他和鱼有着说不清的关系：他爱它们，也诱惑它们；他在它们成群结队来咬钩时，他的钩如一条鱼在它们中穿越，它们越是想咬它，它越是穿水波如梭；它引诱它们进入深水域，浮游回水湾，又进入主河流，它是它们的死神，也是它们的救世主；在它们贪婪成性时，它成了它们的刑场；可当它们随它穿越游跃，它会把它们带到激流涌涛里，而那是它们的乐园。要是仅凭靠自己，它们一个季度也找不到那里，而他的手掌就掌控着这条河，包括那些激流涌涛。

在很多的时间里，他的渔钩属于静止状态。在无风的水里它摆来摆去，那不是他的性格，也不能说被他掌控着。简直可以说这支渔竿在镇定着河流，他可以让它没有波涛，没有飓风，安静得像一个睡熟的婴儿。这支渔竿躺在卧室的角落，它像许多动物睡着一样，呈现出的是一种物我无碍的样子。可它被他扛上，挺立河上，握在他手里，它便成了另一个他、河的另一面，他与河的结合体、与河的化身，它的每根神经都流淌着他的想象和智慧，它饱含了河的期约和渴望。他进入河，是通过这支渔竿的；他与鱼群对话，也是这支渔竿作中媒。而河、鱼群要告诉他的，全从他紧握的柄竿上传递了来，它翻译河与鱼群的语言，不紧不慢，不急不躁，他的手掌此时是一个同声传译器，手掌能听懂河的语言、鱼群的好恶，而他介入河的遐想，也是静静的，不紧不慢，从渔竿步入，进入河里，游向远处。他喜欢宁静的河，这时他双手掌握着渔竿，通过渔竿领略着河的宁静与伟大。可浪涛翻滚也不是他讨厌的。白浪滔天，当是另一番情景。那时，他让鱼群任意在浪涛中飞跃，他的渔钩，此时是一个向导，而不是谋图它们的凶器，它与它们相互嬉追，融为一体，追波戏浪，河成了鱼群的天堂，他的渔钩成了打开天堂的钥匙。说这时他在垂钓它们是对他的侮辱。他对它们怀有深厚的感情，对河有着深深的敬意。偶有一条脱离水域的鱼蹦往钩上，他轻轻摆动渔竿，让鱼从钩边巧妙地游去，并小声地对此表示歉意。眼前涛涌波飞是他最亢奋的时候。他知道鱼群是多么喜欢这样的水域。可不管风浪多大，河一直在他双掌中控制着。越是波涛滚滚，他越是喜悦。因为他可以从手掌中感到它的激情，他又能制止它，直到它被驯服得像一只乖顺的绵羊。

赵涵波放下渔竿。他决定下水，用肌肤亲触河的热情。其实，他大可不必这样。二十多年，他一直与河肌肤相摩，只不过是通过渔竿。可今天，他要进入河里，与河对话。他走入了河。

那是一个诡计多端的人对你犯下的弥天大罪。他自作聪明地要改变你的行程，他们称他为英雄，可这是搬起石头砸自己的脚。他叫大禹。他仿佛看到他又在治水。治水，多么愚蠢的一个词！人太自作聪明了。一个人在一条河流面前显得多么渺小。可他无知地并不了解这一点。他竟三经家门不入，过高地估计自己的能力。这水是多么柔软，比身体还柔软，不然鱼虾怎么这么喜欢呢？与那个讲"无"的哲学家相比，他倒更敬重"上善若水"这一理论。水是伟大的，它岂能被改造？他受益于水，企图又想改变水的方向，这是对水的叛变，他在采取人类的残酷的措施，和水较量，你是这么亲切，他们怎么一点感觉不到你的关爱，把你叫作洪水猛兽？赵涵波完全躺在水面，接受水的抚摸。人的智慧从哪儿来？从水里来，从这柔弱得让肌肤如进入梦乡的水里得来。不只是农田、树木等敬重水、生长于水，就连认识万物也是源于水。中国人怎么看待他们自己？是从河上浮出水面的那只龟背纹上领略了水，从而推敲了万物的存在与生长规律，他们把它叫《周易》。我承认，比起庞大的水，我是一分子，一滴水，泡沫，可我从自身能找到、嗅到水的博大精深，怀柔与关爱，宽容与忍耐。《圣经》里也讲到了，此时触抚着我的水，耶和华用它惩戒了不守信用的人，水不仅抚育万物，也惩罚越轨的人们。那个禹是对你犯有罪行的。要不是那个叫女娲的女人去补天，你会像耶和华淹没有罪的人类淹没了今天我们可轻松地蹲下垂钓、凿石人"再一下，再一下"凿石的土地，一切被你带走，归为无。可那个狂妄自大的禹虽然离开了人世，他留下了同他一样不知天高地厚的后代，他们仍时刻图谋改造你，践踏你的思想，改变你的方向。每当我坐在岸边垂钓，我都要检点一下自己：是不是像他们一样狂妄自大了？是不是也对你产生了不敬，哪怕一点点？让人更痛心疾首的是人们对禹的态度。一个刽子手被敬拜，那是怎么一个可憎的局面？他漂流在波浪中。他的肌肤被击激，一会儿抛到浪尖，一会儿甩进浪谷，这正是他渴求的。可以说，从二十年前他就把自己交给了这条河，这是他对河的信任，也是崇拜——他从未相信河会伤害他。从他热爱这条河开始，他就与世界上所有的事物分别了——一个人的思想被一条河全部充斥了，哪还有其他事物可以占领？凿石人之所以被他接受，是因为他有与他一样的品质，也许是惺惺惜惺惺吧，但他没有走入他的世界，他心中只有河。一个没有信仰的人是很容易被世俗的污浊淹没的，河是他的神。那滔滔的洪水至今应该还留在他们的记忆，它让他们恐惧，不是他哪壶不开提哪壶，要专门提醒他们是他们愚蠢的殉难者，他是要帮助他们，让他们认识自己的过错，牢牢记住教训，要记住那个被补住的缺口，还会洪水泛滥。他热爱河，这一点也不假。和他一样，他向所有人大声喊：我属于河，是河的一分子。可他的爱因为要改造它大打折扣了。河能改造吗？河是博大精深的，企图改造它的人都是异想天开，最终被河毁灭。自从他来了河上，他就不是他，是河了；或者说他找到了他，以前的他不是他。水可附形。如他附河一样。他不会盲目地崇拜一场灾难的制造者，为他文过饰非。对于那场灾难，他要有足够的勇气承担属于自己的责任——这是任何一个禹的后代都推卸不掉的。你要是问我你已经变成一个彻头彻尾的叛逆者了，为什么还要对它负责，我不得不羞愧地告诉你，任何一个责任的逃脱者下面都有一个被挖空的人形，无论你逃到哪里，你永远是一个要被人谴责的罪犯。

赵涵波睁开眼。河是那么温顺。一个心中没有河的人活着到底有什么意义？他们很危险。因为他们心中没有河。没有河，就很容易被其他东西塞满，比如欲望。这样的事在他身上发生了：他变成了一条河，终于把庸俗的事彻底摆脱开，作了清算。自认为河流是可以改造的，禹的肤浅遭到了河的报复。人是有罪的，而罪是需要清洗的。

赵涵波上了岸。他沉默地看着流去的河水。它望去那个凿石人以及凿出的石雕，满含挑衅。他不忠诚于这条河啊！不然他的憎恨从何而来？他留居他是不是一个错误？现在的事情发生了，他不安于那些石头了，他的铁锤分明要砸在这条河上。他很困难地走过那个正在建筑的码头，是不是他怀有歉疚？那个码头岸口分明成了河的一个伤口。从这里开始的，将不是他曾希望出现的，可能是一场繁忙的争夺。这是多么令人绝望的事情。真是请神容易送神难。

谁会真正热爱这条河呢？他们利用河的时候，会体察河的善良吗？他们占有了河，却从不去爱护、装扮河，而只会因为争得利益加倍糟害河，随意伤害河，出卖河。赵涵波感到疲惫。可他是敬重河的。他坚定地走在河岸，他看到自己的影子东侧西歪，现在想起来了，这是河在摇晃，他是镇定的。他要证实这一点，他走路要显得更加镇定。他坚定地走着，由于他的想象里鱼群在飞跃，波涛在由他掌控，随之一种成就感产生了他权力的膨胀：河的源头从他心里产生，他不仅知道它的流向，终结也在他的意念里。他只要那么一想，便产生了某种印象：它需要宁静，那波涛立刻就销声匿迹了。他开始与河交流——当然很痛心，那个他留居的人伤口般地建了一个码头——他与它融为一体：只要我在，我保证不会对你干残忍的事情。他长长舒了一口气，谢天谢地，河变得安静了，像他此时一样缄默了。好像已经打赢了一场战役的将军，很有把握指挥接下来要进行的战斗，赵涵波身上产生了一股不可忽视的力量。河的行为太可爱了，完全变宁静了——它接受了他的某种暗示——缄默不仅是他期待的，也是他生活的最高原则：河几百年、几千年不是一直缄默不语吗？浅薄的人往往怀疑这种缄默，认为是出于理屈词穷，其实他们对此一无所知。他们几代人、几十代人的话，加起来有多少是非讲不可的？谁能明白缄默中包含了多少要讲的话？

今天与河的亲密接触太有意思了。他原来是从不讲自己的想法的。可今天他要说。因为有些家伙尽管你耳提面命他仍愚顽不化，但他有责任与义务，那种懵懂未开的状态是河不允许的，这就是他的使命，通过与河的亲触，他要把所悟告诉他们，他们的愚顽不化，是因为他们的灵魂被世俗之魔偷走了，它一定要被找回来，哪怕放弃一切收获——与之相比其所得值几个钱？——他大声说：回到河上！在河上，什么也能产生、生长。河是救世主。关键是要回到河上。

统领一条河太不容易了！赵涵波感到身心疲惫，力不从心。他见河摇晃着。可他要迈出坚定的步伐。他感到双腿不听指挥。他是想给河做出一个坚强的样子走在河岸的，这种身体与心力的斗争持续着，直到他倒下。

八

何必明几乎是打着口哨回家的。那些自作聪明的家伙以为不出力就可拿到报酬，简直比幼儿园的孩子想得还天真。他们被支到一座桥的涵洞里住宿，没有比这种安排更得体的了：省钱，也配他们的身份。

渡河人几乎是一下午都在和他说话。他发誓说他不会觊觎他的营运业，但他建码头他能得到什么呢？一项毫无利益的工程只有傻瓜才会参与，当然，他不会袖手旁观看他在自己的工作场所旁边进行一项轰轰烈烈的工作，而且前景十分看好。在他吆喝工人第二次运来石头建码头时，他居然跟在他身后要求在合伙人栏写进他的名字。他说话的语气简直比河里流动的水还柔软，可这是一个多大的胃口：与他平分秋色！他能干了什么呢？"我们同在一条河上，我十分看好你的项目！"他说。他会干出什么？何必明满脸憋红：与其说合伙，还不如明着说要抢夺！"你能干什么呢？"何必明说。"你要问我能干出什么。"渡河人说。他果然不出他所料：他利用这条河要敲诈他。"可以。我愿意与你合作，但你知道，任何合股都是要有本钱的。我没看出你的能力来。"何必明显得十分鄙视他。渡河人笑了。这让建码头的何必明十分惊恐，与其说是笑，不如说他在给他下通牒令：他用摆渡的手指指自己。什么意思？何必明瞪大眼不解着。他自己？拿自己入股？渡河人看出他由不解到理解，又笑笑，并点点头。渡河人的表情变化之快，让何必明惊诧，他指完自己的身体后，接着用它拍他的肩头：他要分享他们未来的成果了。"你说我们一起？"何必明说。渡河人点点头。他要理解他吗？渡河人加入，他的工程会顺利得多：他没有本钱，至少不会捣乱。何必明读着他的表情：那一切都是白纸一张，竹篮打水。他拿他的"准备捣乱"入股。

何必明摇摇头。他说，归根到底，他也只凭了一双凿石的手，如他凭游泳摆渡挣钱的手一样，除此一无所有。这一想法仅仅开了一个头。当然，建造一支运输队在河上，他需要与人合伙，这是任何一个企业家都会走的一步。"我是不愿让人加入的，但你是一个例外。"何必明说。在河上不是就渡河人、我、蹲河岸垂钓的三个人吗？先不去管他早十年、二十年来到河上垂钓，但要合作，需要资本，他当然是盼望有资本的人加入了。至于那个垂钓人，他几乎像钓鱼竿一样木呆不懂世故，更不用说经营。他是与他在一起居住。这没错。可能说明他与他具有一样精明的生意头脑？他把石雕堆在他的屋子，使那里再不像一座死寂的坟墓。那个巡河的窦大梅是无须理会的。因为她巡河时他从来在山上工作。他在河上建一座码头，运输队往来河上，只会使死寂的河变为有生机。这条河是不能再沉闷了。

渡河人跟凿石人走得更紧密了。如果货物运送不安全，他可以押解货物；码头靠船是需要人指挥的，他也是能指挥这些船只上的运输工人的。要是能把垂钓人撺走，那就更好了，显然他一个人居住自由舒适，但工作是第一需要，一切要为生意让路，他可以搬过来和他一起居住。

这是肯定的，一个运输队建起来，工作繁忙程度难以想象，一个总指挥怎么能兼做许多具体的工作？但要撺走那个垂钓人，还得再商量，毕竟他在河上垂钓二十多年了，而且，他爱河和垂钓如爱自己的耳朵和眼睛，而这么固执的人要让他离开，软的办法不行，硬的更难奏效，当然不是没办法，只是需要开动脑筋。仅那些古老的渔竿、渔网、多年积攒的鱼标本就价值连城，何况还有一条河。但合作毕竟要有资本，同时要精诚，这是首要的，从没有两个互相拆台的人经营好一个项目的。

渡河人给何必明撺身上的尘土。他一天忙碌在河上显得风尘仆仆。他还是很容易被说动的。他虽在强调他的能力，但他已看出他已经被说动了。而他必须认可这一点——他不成仁便成贼、成事不足将会败事有余——也完要认可。至于精诚合作，这没有问题，他们是利益共同体，至少现在是，它也不是如投入资本那么具体，他能认可。不过，这种人往往也是最狡猾的人。往往一开口就应承所求，这些人他从不轻易相信。他又一次掸他肩头的土。这样他可以随他回头看到他的表情。对于从一个人脸部变化判断其心理活动，他从没失准过。

"谢谢！"何必明表示感激。这就对了。他读准确了他的表情。一个在河上垂钓二十年的人，何必明撇撇嘴，怎么才能让他一下消失呢？他像一棵扎了根的树，而且盘根错节，他何尝不想把他连根拔掉让他立刻滚蛋？要让他离开，是需费些思量的。从每天他一出门他就告诉自己：他今天要消逝。那天他下河滩，他多么希望他再也不回来。每次他回来他总不无失望。他怎么还不消逝呢？比如有更能吸引他的所为，他毅然决然离开河，或他痴迷地以为自己和河融为一体了，像那天下水游泳，再上不了岸。这需要时间。但他会影响他在河上建造一支运输队吗？至少目前他还没看出这个迹象。渡河人停住伸出准备第三次掸凿石人背上的土的手，吃惊地看着。他马上摇摇头，做了一个自我否定的动作。他随他走去。凿石人前面走，渡河人后面紧跟。他们像哼哈二将。"你看到澧澧漫漫的水了吗？"何必明指着日光下流动的水面。这是什么意思？渡河人迟疑一下，然后作出懂的回答：轻轻点点头。"现在基本的矛盾不在你我间，在他与我俩间。"凿石人做了一个强有力的动作：这是肯定的！"假如呢？"渡河人说。"没有假如！"凿石人说。"假说你产生了矛盾？"渡河人说。他狡猾地看着凿石人的脸。他脸色陡变。"那我要首先灭了你！"何必明说。渡河人笑了。"我只是假设。"但他心里明白了一个道理：在他动手前，他要先下手。想到这里，渡河人顾自乐了。凿石人感到莫名其妙。"我是不是开门揖盗？"凿石人说。渡河人又笑了。你何尝不是"盗"？渡河人没说出口，他看出他在等待。"他在等待我的回答。"渡河人痛苦地摇摇头。他误会他了。何必明自责起来。"对不起。我不是那个意思。"何必明说。渡河人蹲了下来。这样最能表达自己的真诚，并且是被伤害了。何必明用双手扶起渡河人。他接着拍拍他的肩。他是真诚的。他说过合作首先需要精诚，这就对了，他是真诚的，而他这么问他，虽唐突些，但是出于对他尊重的考验。"我懂你的意思。"渡河人说。这就对了。他就需要这个效果。

他真的会破坏他的计划吗？家门上还闪着落日的余晖。他几乎一直在他身边喋喋不休。他真的入股又会怎样？如拒绝了呢？仅仅是一个开始。一切预示着良好的兆头。那个木头人或许还没回家，或永远地离开了这个家。那是最好不过了。可这种可能性有多大？每一个人都得提防。别看他从早到晚就在河面摆渡挣钱！那是小钱！他在觊觎他的运输业。他费了多大心思才从他的地盘获许了建码头这么一块地方。他居然拿"无赖"入伙。真正难对付的或许不是垂钓人，或许是他河上龟鳖似驮人过河的渡河人东方宫。今天告诉他的全部内容加在一起只一句话：他做不了什么，可能做了什么。这是威胁？不！他干得出。但在对付渡河人前，首先要对付的是和他合居的人。

走进大门，屋子出奇地安静。他蔑视地看了一眼挂在墙上的渔具，磕绊地走向夕晖残照的走廊。真可恨，他竟用展晾的渔网遮盖了他的石雕。那些渔网，夸诞地从墙顶飘下来，简直像酷虐成性的野兽，把他的凿石工具吞没了，它们乐呵呵的，他的工具却如哀哭的弃婴。何必明过去，毫不客气，三下两下，扯撕掉渔网，并且把扯撕下来的渔网压倒在石雕和凿石的工具下，然后，双手叉肋，愤恨解气地看，离开。

一根缆绳从前屋通向后屋，像穿山甲，穿过走廊，而且后边的一头像穿山甲的尾巴摆头，前面的一头像头悸动着。这倒引起何必明的好奇：难道屋子成了岸头的河，缆的那边系有一艘船只？这个人是什么奇怪的想法都有，什么意想不到的招数都会想出。在这一点上面，他从未信任过他，他什么事情都能干得出。他走过走廊，用手摸着挂着的大大小小渔竿，他一次曾高兴地和他说：你知道我这些渔竿值多少钱吗？我的每支渔竿就是一根金条。他没有小觑他。他也没把他的话轻易忘掉，当成废话。他是一再掂量着这些劳什子的价值的。真的那么值钱，他要掉入河里，死了，他还需要天天凿石吗？一个人把两人居住的房屋全部用来堆放自己的工具是很不道德的。尤其那些渔钩，林林总总满墙挂放，像一个倚门卖俏者，这不止一次引起何必明生气。但他有他的韬晦之略。一个深谋远虑的人从来是把计划和时间结合考量施用的。他不是束手无策。他到时会重磅出击，让他措手不及。这一点他未告诉渡河人。与其说渡河人是他的合伙人，倒不如说是潜伏在他身边的第二个垂钓人。干大事的人从来是不露声色，出手就把对手扳到深沟的。他把生气地要推掉墙上林林总总渔钩的手缩了回来。这是一个时间问题。何必明没有推掉渔钩，却用它捧起一只杯子喝水。他沿夕晖向缆绳的另一头看，它果然在动。小偷？有人抢在了他前面？这让他多少有些意外。他是盼望他被勒在缆绳的另一头，而不是出现一个小偷。何必明捧杯端详了良久，见缆绳的另一头仍晃动，放下水杯，用捧杯的双手捧着鼓胀的大肚子走去。他很好奇。当他从一缕夕晖的缝隙看去，进入眼帘的是一团皮肉。他像一个品评产品质量的专家，竟捧着大肚子品看着这堆余光中的皮肉。突然，他看到皮肉隐现黑暗中一条颀长的腿，他起初有些气馁，像专家对产品的质量失望一样，叹口气，摇头。"这日光太像一个日戳了。"他笑笑，摇摇头。那团肉，在夕晖中的部分显得很儒雅，被阳光扫描着。他向它射了一痰。他心生厌恶。"什么事？"他叫起来。他从靠近他的皮肉处读出是一个人，并且不是别人，是他的居友赵涵波。他这时警觉了。"你怎么啦？"他威严地问道。他太不理解了，这个时候他是在侍弄被晒的渔网，怎么躺在这里？他死了。这是他反复翻动他得出的结论。那根缆绳像支射猎的箭，从前屋通向后屋，直指赵涵波。他是被拖进来的。可怎么被拖进来？如果他这样死了，他和他居住一起，他居然不知道，这会影响他的声誉。何必明轻轻抽动绳子。他像一个受气包躺在那里一动不动。难道他不是一直冀望他死掉吗？没错，这太合他的意了。可他不愿他这么快就离开人世，他只同意或部分同意他的死法，但不同意他死的时间。这不符合他的计划。他嘶哑着嗓子叫着他。他希望这声音被人听到。因为这声调里含有一种哀感和震惊。他全身很松弛地躺着，很安详，只有向上翻出的眼白让人悚然。

"不许动！"何必明一抬头，看见巡河人窦大梅又立在地上一双有力的腿。"我在这里很久了。"窦大梅说。她在河上巡河也近二十年了。从他第一次蹲在河上，穿着蓑衣垂钓被她认识，她就几乎天天与他见面。从他搬来居住，她就注意他的行踪了。果然，他今天向他下手了。"不要怕！"她说。凿石人此时惊畏的不是躺着的人，倒是一改凶残面孔、温和得像河里的水一样轻声细语和他说话的窦大梅。窦大梅过来拉起何必明的手，像对一个亲爱的小弟弟，她拉着他，笑眯眯的，并用另一只手拍拍他被拉的手。这双手对他从来是发号施令时挥动的，他还是第一次触及它。她似乎要发火，可这一点没等他得到准确判断就潜伏进入了微笑里，要不是她脸上的横肉，它们会很舒展地散发出来，可惜被横肉阻挡了。习惯了被怒斥的何必明，窦大梅的微笑让他十分惊恐。"你刚走进来？"窦大梅说。"是的，刚刚。"凿石人说。凿石人眼里分明是不解她的问话。"他倒下，像是暴死，类似心梗、脑溢血？""很像。""你正准备报案，但还没来得及？""有这个想法。你说得对。""这时正巧我进来了，这下有人作证了？""你说得对。你说的正是我想的。""他的死与你无关，对吧？""当然。这是完全可以认定的。"他站着双臂垂落完全像一个无辜的人。她绕他转了半圈，始终显得很有涵养。他的架势太像一个无辜者了。"告诉你们，这位垂钓人是心脏病突发死亡，与这位同居的凿石人毫无关系。我是一个巡河人，我只对河流负责，而且我只是路过，此时看到的是垂钓人死了，凿石人刚刚回来，他只比我早一步看到他的死，这一点，我可以作证，并且他是准备报案的，只是没有来得及，他的死与他毫无关系。"窦大梅在假设警察勘查时大声说，凿石人则在一旁不住点头，也只说："是，是的，就这样。""我这样说可以吗？"窦大梅说。"完全对。应这样说。"凿石人说。"够了！"窦大梅说。简直是在表演！比一个卑劣的劫盗还卑劣。她径自走来，他正站在死者前面。他的表情任何人可以看出不是惊诧、悲怜，是幸灾乐祸。她是曾十分看重凿石人。他被邀住一定有他的道理。何况他天天只安静地在山脚凿石头。正是这一点蒙骗了他。可她是没法被蒙骗的。二十年在巡河干什么了？"人是你杀害的，对吗？"

何必明被巡河人突如其来的问话惊住了。这正被她看作是一种判断的确信无疑。巡河人冷笑。这让凿石人毛骨悚然。"难道说……"凿石人说。"难道说不是这样？"巡河人道。"……是我干的？"何必明补充了另一半疑问的话。"你说呢？"窦大梅口吻满是确认事实后的嘲讥。"……我从没有……""从没有停止过谋害他的打算吧？他的每一支渔竿是一根金条，杀了他，制造了假现场，他是暴死身亡，他的财产自然归于与他同住的人……这主意不错。""警察同志，朋友们，我来了，他就死了，凿石人几乎是和我出现在同一时间的，我可以作证，请不要对凿石人采取任何手段，不得怀疑他……听着：你是凶手！你没法逃脱法律制裁！"

巡河人正准备这样说——她已经板起了脸孔，这是她训斥河上工作的人前常要显现出的一种表情——突然，赵涵波醒了、在动。"他没死？"窦大梅几乎被惊得向后倒下。她放松了脸上的表情。

"他活了！"何必明不敢相信自己的眼睛。他居然站起来，坐在旁边的凳上。"我做了一个梦……我可能是感冒高烧了……"赵涵波用手托着额，显然他还不够清醒。窦大梅和何必明都瞪大眼。"他活了?!"两人同时说。他们都很失望。巡河人二十多年在河上平淡无奇，每月两千元的工资领得十分乏味。她曾不止一次地幻想某个工作人员突然掉进河里，或因某次工伤事故进行一次紧急的抢救，他们其中的人竟突然心梗，她就可以以一个施救者的身份在现场进行施救。众多施救者高喊大叫乱成一团，她严厉地斥责他们：安静！或许有人并不懂抢救的常识，她就教他们如何捺他们的胸和给他们嘴对嘴吹气。让她直接抢救吹气是不可能的。这不仅因为她是一个女人，主要是她的身份不允许她做那么具体而微的工作。她不希望天天过平淡无奇的生活。可生活就是天天平淡无奇。每天，太阳从河东岸升起它总一如既往要从西岸落下。这让她很烦恼，为什么没有一点变化呢？由于有了某种渴望，她甚至不止一次想到垂钓人遇着山洪暴发被冲入河流——那种在水中挣扎呼叫的场面她从未见过——他向她求救。她这时完全掌控了事态的局面，救与不救，完全由她决定。她可以看着他任波浪冲走，也可下水把他救上岸。但她是一个见义勇为的人。不给她这样的机会它怎么能被表现出来？她奋不顾身救了他。他得救了，从此她成了他的救命恩人。一个救命恩人对被救的人的好恶分寸是很难把握的。可她能把握，她既不对他颐指气使，也不对他怒气冲天得理不饶人，更不会让他见她低三下四，她对他不卑不亢，甚至不说话，他讨好她——他会这样的——她只笑笑。这样他就永远摸不着她想什么、怎么想。那样，他就会对她毕恭毕敬。这时她也是微笑置之。这样，他就会丈二和尚摸不着头脑地与她相处。这样她的生活就不是那么平淡无奇了，甚至有些趣味在里面。今天虽然不是一次惊天动地的抢救，可至少是一个突发的案件，而她在场，一个图财害命的人的表演被她识破，警察局作为案件调查她是唯一的证人，假如开庭审理，她会被请到证人席上慷慨陈词。不说那种轰动效果，就是观察作案人的表演，识破他诡计的过程也是十分令人刺激的。余下来还有很多事情要做。比如形成文字留存档案就需她用整天整天的时间去动脑筋斟酌各种文字的使用，还有分割死者的财产：作为巡河负责人，大量的工作得由她来调停，她可以分配给此，也可以分配给彼，或此彼都不予分配，她把它充公了，义捐了，完全由她决定。他居然活了。何必明惊异之后，走过去蹲下吸烟。他几乎是不想说什么的样子。在他睁开眼的一刹那，他以为自己的眼睛出了问题。当他慢慢爬起来，往凳子上一坐，他证实他确实活着，他看到他活了，他从他的突然醒来造成的惊诧中缓过来，承认了这一事实，便走过蹲下吸烟。这本来是一个极好的开端：他意外死亡，这房屋和财产是再没有继承人的。假如他动心思让他离开，既费筹谋，又需要时间，而他建造船运是迫不及待的。他也顶多是悲伤过度或装出悲伤过度，没法去河边凿石——建造码头，也可以停工几天，收复一道河岸，变卖那些"金条"，足以补偿他丧葬花掉他的时间与精力。对他的突然死亡，他尽管无数次幻想，比如他某一天回来，突然倒下了，或睡觉，早晨他去推他门，他已经死了。这是很好的结局。今天，当出现了这种场面——他真正直挺挺躺在地上，他还是很震惊，甚至遗憾。因为事故的突发性他没考虑到，他还没有建起码头呢。但他的死与计划的出入比较，他的死还是更让他愿意接受的一个事实，他更愿选择它。由于接受了这一事实——他已经接受了——他从思想里已经进行完了斗争，突然，他又出人意料地活了过来，它由于事出突然又让他吃惊，然后又承认了这一事实，他不免失望，由失望到无话可说，他便无言地走去，独自蹲下吸烟。他不仅感到生命的无常，更多感到事物的变化多端和不可确定性。他对这种变化除了一种应接不暇之感外，目前还没有新的态度。

"他很好。"何必明平静地说。

"拿水杯去！"窦大梅愤怒地支使平静的凿石人。但她没等说完就自己去取了水杯，并给坐在凳上的赵涵波饮水喝。见他取过水杯自己喝水，窦大梅露出得意的笑容。她有了一种成就感。

"我想下河里，水太冷了，回来我就发起了高烧。给你们添麻烦了。请帮我把带回来的渔网晾开。谢谢。"赵涵波说。

这回是何必明起身去晒晾堆放的渔网的。尽管他很失望。

九

　　余下来赵涵波的日子过得很热闹，巡河人三天两头来看他——当然她是巡河人，她只是问问他今天怎么样，服药了没有，以后要多注意之类的话，她对他的关照把握到一个河流负责人对河岸工作人的尺寸内。渡河人常悄没声地出现在居所，当被赵涵波发现他便一怔，立刻满脸堆笑走到他病榻前："我抽空儿来看望你，好多了？"他与巡河人相撞面，巡河人会以河流负责人的目光，严厉地瞪他，或说：你来干什么？他满脸堆笑应和：没事的，只是经过。然后走掉。可他并不走远，只是等巡河人走后，他便要溜进凿石人的屋，他们说什么，便是赵涵波天天观察，但始终没猜透的事。而何必明这时就显得大度多了。他每天给赵涵波一日三餐地送饭，让他不至于生病下不了地做饭吃，但仅限于此。他又不是他的什么人，他没义务全权照看他起居。

　　"你要照看好他。"巡河人说何必明。何必明端碗自己吃饭："没有我，他早就饿死了。"窦大梅同意他的说法。他招他入住看来是一个正确的决定。

　　赵涵波很不习惯老躺在病床上。可这是一个没办法的选择。尤其他看到渔竿的尘土一天比一天厚，由于没人打理，金属渔钩有的竟生锈了，他要去照料它们，又拖不动生病的身子，心里很烦乱。"我来看你。"渡河人从他身边走过，他鬼头鬼脑不仅让他生疑，更是生厌。可他又没其他选择。他很想知道属于自己的河岸怎么样了，知道那些鱼群在没有他的时候是否会回流而上，又顺浪涛回到回水湾。他的卧室与晒晾渔网的工作室相隔一条走廊，他几次想去看它们现在的状况，一直没能如愿。一天他感到有了些体力，从床上起来走去，可没到工作室，他就晕倒了。而在那里窃窃交谈的渡河人与何必明看到了他，渡河人要过来扶起他，何必明制止了他：不要理他。我是吩咐过让他不要动的。赵涵波躺在地上约一个小时苏醒过来，坐了起来。

　　何必明几乎不回避赵涵波，与渡河人商量怎么利用赵涵波垂钓的河岸，怎么把他从岸头赶走，给他新置一块怎样的垂钓地。为了阻挡赵涵波和他的渔具与他的工具、雕塑混在一起，他在赵涵波通往他卧室与他的工作室的走道上挂起了一张赵涵波的渔网，赵涵波若要看到他的渔具，只能隔着网观看，如果他冒昧地践踏，他就会像网兜一条鱼似的被兜住。而那是赵涵波最不愿意实践的，由此他会永远被隔在工作室这边。在每天给赵涵波送去唯一的饭食后，何必明就去整理那些渔竿、渔网、鱼标本、水藻，他曾说过，这些东西是价值连城的，他没有整理它们的义务，也只有傻瓜才会那么做，他是借整理清点这些渔具及水藻的数量，估摸它们的价值。他曾和那个游泳的卜爱红说他将来离开，可以把这些财产、属于他的河岸交给她，她完全可以过上这条河上最富裕的生活。这话也许是为引诱他服从他，说给他听的。但窦大梅也说他的每根渔竿是"金条"，假如是真的呢？借着与渡河人商量运输队的话题，何必明指桑骂槐："一个将已老去的人凭什么要占有一条河？有的人为使他不孤独，竟陪他住在一起，可他懂得感恩吗？自私的人以为自己的财产就是自己的，不惜让对他好的人一天天风餐露宿工作，他要那么多财物干什么？哪怕卖掉几根渔竿补贴一下他的恩人也是可以的啊！不怕，这些事没有做不是就错了，没机会补救了，在别人提醒时就应该去办，这时仍执意孤行，那还叫人吗？一个人生病谁去照料？不至于让一个救命恩人在河上开一条航线的可能也没有，这同时又影响不了他什么。仅凭靠友情无限度索取，这种人能让人尊重？财物有多少是够呢？"

　　他这么教训般地说，一旁的渡河人不停点头，时不时插一句："说得对。"随着赵涵波的沉默，何必明不仅一有机会就这么敲打他，并把与渡河人密谋占用赵涵波的河岸予以了公开，在赵涵波躺的病床外的走廊，他们公开计算赵涵波河岸的多长可以建码头，多长可以建货台。哪道回水湾可以泊船。何必明高兴的时候，就一边蹲在赵涵波床边吃饭一边说：到时我会给你找一块地方钓鱼捕获，我的船队建起，白天运输繁忙你是没法捕鱼的，但你可以利用夜里我们休息的时候。要是遇着他不快，他就会干脆说：从明天开始你就迁走！这条河上你会碍我的事！

何必明的"教训"对赵涵波没有起多大作用。在何必明喋喋不休时，赵涵波听着窗外河流"哗——啦、哗——啦"声，思想进入了河流里。他莫名其妙地笑了。那是因为成群的鱼虾按他设定的路线回溯到了他设定的回水湾的目标里。他会突然地大叫，因为一条鲤鱼跃跳"龙门"跃跳的方式不对失败了，重重地摔在了激流滩；他有时会沉默，因为河流里成群的鱼虾逆流而上，它们距离相等，速度同一，他注意着它们的方向。何必明跺脚喊："一个人凭什么占有一条河？！"赵涵波竟躺了下来，哈哈大笑。他喜欢的鱼群在戏耍着水波中的阳光，这是他最愿看到的。每次，它们跳跃在水波的阳光里，他就会情不自禁大笑。天地多大，一条河可以联结。他就蹲在河这边。那么说，河的那头的天地也在他的垂钓里。渔钩是小，可他能钓起一条河啊！垂钓简直太有意思了。

只有何必明送饭的时候，赵涵波才会让他出现。他冲他笑笑："谢谢！"难道要他消失吗？借着他接过饭碗，"谢谢"刚一停，他就大声叫喊："凭什么占一条河？！"他没法等他静下来听他说话。一个自私的人，总把别人当不存在似的，他必须得让他听进去他所说的。如果以为佯装可以对付他，让他放弃自己的念头，那是一个愚蠢的想法。从入住那天他就没有改变过自己的念头。他简直是在和他较量：他告诉他什么，他都若无其事干自己的事情；他送上饭，他说"谢谢"；他要告诉他要告诉他的，他又自私地把他"当不存在似的"。他生气地夺过了他手里的饭碗。对这种人，只有惩罚才奏效。

他对他的喊叫不仅习以为常，并且产生了轻蔑。他确切地明白了他要在他拥有的河岸建运输队，现在他正在竭力筹谋中。轻蔑正从这里产生。一个垂钓的人难道只有拥有一道可观的河岸才能懂垂钓、才拥有河吗？凿石人像他手中的铁凿凿石一样有多局限。占有了一道河岸，河岸能有什么价值、作用？理解一条河从一支渔竿开始，他并不知道这一点。如果他摸透了一根渔竿，像他一样，懂它的习性、专注，甚至感情，那会引起他警惕。把一根渔竿说成是河的灵魂一点不为过。占有了河岸就拥有了河？放弃和拥有，这其中的奥妙，许多人是在谜一般的局中。

有时候他也听他说话。像从渔竿的上空窥看照射在河面的光芒一样，他希冀通过第三方了解第二方，即他专注的对象，通过他的聒噪，确认一条河在他以外的人的眼里的价值，即第三方是怎么看待一条河的。如果他把他的喋喋不休看作为一种鱼群的呼叫，波涛的骇喊，并且在阳光中、风中、雨中，它将如何增加一条河的气势，那有什么不好，在住所，他同样可取得在河上观察河的效果，这不是事半功倍的事？他对在河上工作把河作为盲区的人，他给他们作了定义：没灵魂的人，或者说如凿石人凿出的石人，只有人的具象，没人的情感、头脑，凿石人就是这样的人。他听他聒噪，对他又有何妨呢？

对那个粗壮的如男人般的巡河人，赵涵波从她进门，到走到他床前问候"你好，今天怎么样"，几乎如空气不存在一样对待：她关心的是他哪天可以到河上垂钓，因为这关乎她的收入——他们的收入总按她规定的比例如数被她抽走——而这他从不看重，他有必要注重她的来去吗？

窦大梅除了关心赵涵波什么时候到河上垂钓，还不无希望看到今天别于昨天可发生点什么事情，他一如既往躺在床上总不免使她失望，哪怕是他突然失语，而她进入，他又突然开腔说话了。他吐字不清，她可以逐字逐句校正他，他能准确地把"每条河"说成了"一条河"，她会和他兴奋地击掌，即使他体弱无力做不成功这一动作。由于日子平淡无奇，窦大梅总可以编讲出一些让人匪夷所思、闻所未闻的故事来。比如在凿石人等在河上工作年月有限的人面前，她会说"十年前"的事情；在河上垂钓已经二十年的赵涵波面前，她会讲一些"老人们说"的故事。因为她巡河也仅有二十年。至于这些故事的惊人程度，那就要由被听人的专注程度来确定。假如她讲述中他听得目瞪口呆，她会讲得悄声细语——这主要是为增强故事的神秘感——"那天云朵黑压压堆积河上，我简直不敢相信云会这么沉重地压在河面，突然，一条龙从云朵跳出来——太吓人了——张牙舞爪，大喝一声，没让我反应过来，一下钻入水中，天地一片混乱，也是就一刻钟时间，它变了，变成一头巨龟，慢慢浮上水面——这时，天上的云出奇地淡了、散了，阳光也出来了——背上居然驮着八卦图……"她的想象力局限于他所懂得的，但为增加故事的可信性，她会利用肢体语言加以说明，比如巨龟浮出水面，她讲述中突然伏在地面，并做龟泳状，使人相信是她亲眼所见。当听述的人没有兴趣继续听下去，或被她发现有走神的状态，她会突然停住讲，会制造一个悬念。她企望他记住这个段落，而她的经验是，在一个不确定的时日，他会重新提起那个故事，问询结果。在她讲述中，她从来注重每个细节。这关系到她日子的变化。

在赵涵波生病卧床期间，窦大梅几乎天天来探望他，她关心他的程度超过了凿石人。按照往常，她只"今天怎么样""多注意休息"等说句客气话就走了，可随着探望的次数增多，她开始讲她"遇到的事"多了起来，这些故事当然是"老人们"说的故事。在故事开讲，凿石人必须屏声敛气的，就连走路也轻手轻脚不敢发声。一个河流负责人对河上工作的人是有绝对权威的。这恰恰是赵涵波喜欢的。因为巡河人开始讲述，它会像凿石人的石锤把凿石人的喋喋不休"凿"进他的嗓子眼，让他停止聒噪，或不敢聒噪。在她讲述中，他必须得专注听讲。因为她的讲述如发布河规一样重要，尽管她是讲给他听的。在她的"故事"里，他更愿意遐想，比如河流奔流到大海，鱼群像回溯的河水一样逆河而来。比如她讲的巨龟——它们只可在海中生长——沿河逆流而上，进入他垂钓的区域，把河水都挤得要溢出河岸。几乎她讲的时间的长度与他遐想的长度一样，等她讲述完他的遐想也就结束了。这就造成一种印象：赵涵波十分专注听她演讲。赵涵波喜欢在她讲述中遐想，可由他的专注激发了她讲述的激情，这就让巡河人的讲述不能停下来，这时候出现了偏差：她仍兴致盎然，他则显得力不从心，失去耐心。这需要垂钓人付出十二分的努力才能维持的场面，出现了讲述人激昂慷慨讲述，听述人则一动不动，毫无表情听讲。但好在赵涵波的表情已在多年的训练中达到出神入化的地步，她激昂慷慨讲述，他能"貌合神在"。而在讲述状态的窦大梅，并不十分重视他的表情，或因她投入地讲述对他听讲程度的考证忽略了，而赵涵波装作认真听讲的程度基本达到让窦大梅不能识破的程度，但这是需要赵涵波竭尽努力的。这段时间赵涵波是十分痛苦的。

办法总是有的。赵涵波常常被自己想出的奇招惊呆。"她是一条鱼！"他说。在窦大梅激昂慷慨余兴未尽的讲述中，难耐的赵涵波把她想成了一条鱼。这是他突然想到的。他就把她想成了一条鱼，他操着渔竿垂钓，她上钩了，他钓到她，她激昂慷慨余兴未尽如一条蹦跳的鱼——任何一条面临死亡的鱼都是如此亢奋——于是她的讲述即使在他没兴趣的时候也变成了一种面临死亡的"蹦跳"。这样他就不以为意了。她在河上巡河二十年，她讲述，也就是在河里游了二十年的一条鱼嘛！这个可怜的人，对河一无所知，竟然天天在河上巡河，如一条鱼不清楚河的习性游动在河里，且失群成独，连对河的猜想也没有，讲述无聊无趣，充其量只是说话，对别人毫无意义，而自己的信心、乐趣全在讲述，只要他一挥竿，就可以把她钓上钩，让她闭嘴。

在十分畅快地游摆后，河里游动的"鱼"站起要走了。她余兴未尽地看看旁边屏声敛气的凿石人，她满意地点点头。因为他在她讲述中自始至终没离开，一直全神贯注听她讲述，而他，垂钓人，她也是满意的，正因为他的聚精会神听讲，才使她今天的演讲如此成功。"我明天再来给你们讲。"巡河人说。她这样的故事是不给一般人讲述的。她摇摇头，表达了这一层意思：因为他们是她"手下"工作者，所以她才不遗余力给他们讲了。这个世界就是这样不公。有的人虽然也是在河上工作，比如渡河人，他就没有这样的幸运。什么叫近水楼台先得月？她本是给垂钓人讲述的，由于凿石人在身边，他便沾了这个福气。但这是没办法的。不是她给他俩吃偏饭，她没法对每一个人做到公正。但那些没有听她讲述的人不是她不去关心，在讲述中，她一直为他们没能听到她的讲述感到遗憾。

望着窦大梅离去的背影，赵涵波长长叹口气。他的坚持达到了极限。因为她讲述的时间超过了他垂钓一条鱼的时间，而他聚精会神的时间长度是他二十年垂钓培养而成，很难改变。但余下的时间让他十分高兴，因为他看到凿石人已经精疲力竭，他是不喜欢他亢奋激动的样子，因从他的亢奋激动中他揣测出他的某种图谋。巡河人的讲述虽然无聊，但它可击垮凿石人，使他的生活变得像失去意义而他对什么都索然寡味。只要它对凿石人与他的关系有一点点改变，他就不否定它的意义、价值。这种讲述由于巡河人的专制变得冗长，令人不耐烦，甚至于让他可想起久远的已被遗忘的痛苦与难挨，但没有这种痛苦和难挨之感她是变不成一条鱼的。而这个巡河人不清楚她已变成一条鱼给他带来的遐想、愉悦。更主要的，不仅仅是她的延长讲述延长了他的难耐与痛苦，也延长了他的快感：凿石人完全变成了一个废人，对事物毫无兴趣，自己的图谋彻底绝望——这正是他愿意让它天天出现的局面。可以说，巡河人的讲述利大于弊，在她的讲述前他幸灾乐祸，他看到他如此不耐烦——现在是他看到他被彻底击垮而幸灾乐祸。于是，他可以忍受凿石人天天与他在一起给他带来的不快了。因为经过换算，他的不快被抵消了。在他的生活中，只要他不离开河，他就是愉快的。窦大梅的讲述没有让他离开垂钓。这样，他不仅不反感、惧怕窦大梅的来临，反而有些盼望她来讲述了。

在窦大梅的喋喋不休中，何必明也不是一味听她讲述——全是废话——他没有停止对河流的谋算，赵涵波家什的估摸。他并不认为赵涵波是一个很能坚守阵地的人，他之所以在河上坚守二十年，是因为没有人图谋这条河。现在要进行一次彻底的清算了。在与他的加减乘除里，得数一定是他建立一支庞大的运输队。巡河人是不能得罪的，至少目前是这样。当然，他也不会永远容忍她喋喋不休，到一定时间，她和他一样，滚蛋！对她的屈从，是时间问题，不是本质问题，他对她长时间的讲述会腻烦，但他不反抗，这是出于策略。在她尽兴讲述完走后，他也是十分疲惫，一个人的忍耐是有极限的，但这并不等于他于是放弃了自己的计划。占有这条河像铁钉一样被他钉在自己的计划里。等他走到自己的房间，他的思想立刻又活跃了：那幅繁忙的河里运输图又马上浮现在他脑海。他像一只蜜蜂筑巢一样，一点点琢磨着完成这幅蓝图的步骤。

他最愿看到的是赵涵波被赶出这条河，一个人背井离乡走在荒道上的情景，所以每次遐想，这是第一个出现的画面：赵涵波只身一人，顶多背一根渔竿，或一根渔竿也没有，只背简单的行李走在离开河的荒道。而在繁忙的运输中，他最大限度容忍渡河人一个人游河渡人，尽管他天天谋划和他如何建立运输队。赵涵波的许多"金条"、渔具、标本，他是会按市场价出售的，这些卖掉换来的钱，正好补填他建运输队的亏空。或者，他压根不出售它们，他建一个垂钓渔具俱乐部，这个生意也是有可观的收入预期。假如赵涵波不愿离开河，他也不会做得绝情绝义，他可以给他在河上安排一个适合他的工作，比如垂钓教练，教人如何捕鱼。他迷迷糊糊的样子，成为他迷惑他的一副面具，他往往在这种状态下去清点渔具。他挂在墙上的渔竿共计三百零五根。墙上、墙下堆的网共一百四十三张，其中最精致的网达一半以上：八十一张。标本稀有的一百六十七个，一般的四百二十一个，稀有标本都是连博物馆也没有的。

他迷糊的状态也被带到了他工作的时候。巡河人的喋喋不休还是会影响到他清理他财产的进度的，所以，他在她来之前就拼命工作，而这时赵涵波是躺在病床上的，况且，他的状态也可以迷惑到他。当然，不论出于策略还是目的，他在经过他躺的病床边还是要不住地发牢骚，凭经验，这样发牢骚不但有某种安全感，还可增进工作的进度。为了迷惑病床上躺的人，他把这种牢骚增加了三倍，这对一个躺在病床上不堪一击的病人是有威慑作用的，一个人在身强力壮时是一个状态，在气息奄奄时则是另一个状态，尤其坚持不放手自己财产时，在他生病无助中，严厉的斥责往往会让他妥协。事实上，他也尝到了甜头。在不少情况下，他已对他做了让步。

在谋算他的财产的事情上，何必明已经克服了最初的羞愧感。这条河本来就不应属于他一个人，凭什么属于他？没有这条河，要这些渔具有何用？由于他认识到事物的本质——这河属于大家，而没有河，渔具全是废物——何必明在赵涵波面前变得理直气壮起来。他可以在他对他的斥责中大胆地清点渔具，可以在他注视中去标出各种标本的名称：这些标本总有一天是需要标出它们的名称的。至于他的凿石工具，某些石雕，他可以随处堆放。属于两个人的空间，凭什么只能堆放他的物品？

赵涵波在冥想的垂钓中，终于康复。他准确地猜断出自己可以走出屋，上河上垂钓了，他便操起渔竿走出了门。他不仅走在明媚的阳光中，也走在凿石人的严厉的斥责声中。

十

　　赵涵波兴致勃勃走在土道上。道路有些干结，这对他的脚有好处。几天躺在病床，他的双脚差不多遗忘了走路，现在踩在干结的道路上，他明白实实在在走下了病床。他是他的同室，可他成了他供养的人。这不要紧。但他天天和他念叨河岸、河，这让他受不了，每次，他如厕什么的遇到他，他便入无人之境似的，清点他的渔具、标本。在他盯着他看时，他向他拱手鞠躬，然后不吭声走开。一天，天黑下来的时候，他在走廊遇到他，他鬼鬼祟祟在摸他的网。有一点是肯定的：他不能让他占有属于他的河岸，除赐予他的那块建码头的地方之外。假如他再偷摸着琢磨他的渔具、标本，他就要毫不客气地把他撵走。

　　他进了屋，和往常一样，给他递水杯，问他的身体状况。一个心怀鬼胎的人眼神与平时是有区别的。他像一个绝育的人，客客气气坐在他床边，矜持的样子令人可笑。他明明白白在和他战斗嘛！他很有节制地开口和他谈话。他始终在贯彻自己的意图。他是傻瓜吗？他的慢条斯理，更暴露出他是抱有明确目的来与他交谈的。他把他看成了傻瓜。不过这让他更好将计就计。他明确的目的是"不让步"，而不让他明了自己心里的活动或许比明确地告诉他对事情的处理态度更好。"今天好点了吗？"他说。我是傻瓜！"或许问我对他紧锣密鼓干的事觉察到没有，或者说我的身体是否足以能察觉到这一点更好一点。"他是谨防这一点的。他一惊，装得很逼真。他脸上掠过的紧张不易被觉察，但逃不过他的眼睛。他的淡漠是在不易觉察的惊恐之后出现的表情。"我是关心你。"他说。泾渭分明！这个"关心你"是在多理智下表述的。他要落入他的圈套吗？愚蠢的人往往是过高估计自己的智力的。"你很有境界。"他说。这话一语双关。像他这么聪明的人不会不理解的。"你听说过镜花水月这个故事吗？像我打鱼，往往想着一网下去满网收获，可愿望往往不是结果。我想你会明白。"他盯着他看。他低下头。他显得很拘板。他第一次见他，他就是这副表情。它还能迷惑他吗？"你真会说话。"他说。他仍在装傻。这话或会被他理解为夸奖。这正是他机智的地方。可魔高一尺，道高一丈，一切逃不脱他的眼睛。"这么说吧，我想知道你要干什么！"他说。这句话应该说是一把刀子，直刺他的心脏。"那我请问，我能得到什么？"他叫板了。这个目的在一开始他就抱有了。他那时是那么蠢。他一年多与他相居，他满脸堆笑，安静得一声不吭，成了他进入他思想的一道篱笆，正是由于对他的信任，他才和他走到今天。他要利索地拆倒这道篱笆。他很优雅地扬着头。"这是你来这里居住的真正原因吧？"他说。他低下了头。他装出很痛苦的样子，像他无限地冤屈了他。"谁都可以误解一个怀有善心的人。"他说。他摇着头。他的话像流矢在他们谈话中穿飞。他成了他的靶子。一个斗智斗勇的人就是这样表演的？他拆析了一下，问他身体怎么样，客气得像一个本不应该做绝育手术的人被做了绝育手术而显得无助。他直截了当说出目的，他先是一惊，接着装出什么也没发生的样子："我只是关心你。"当牌被摊开，他就露出本来面目："我能得到什么？"这一招失灵，或眼看失败，立刻苦不堪言说被"误解"。这是一个多么险恶的人！"我的渔竿，竿竿都是'金条'，是吧？"他略略侧过身，并且改变了语调。他喜欢和他和声细语交谈，那么，他就放下身段和他谈话。"这是你的财产。我哪敢……不敢……"他摇头。"……我是什么也没有的，除了那些石头……"他说。"我只要求你安静，仅仅如此吧？"他说。"那么你呢？你应该如何对待我？"他说。"我除了垂钓，除了这些渔具和一条河，之外的你都可以拥有。"他说。"你说的是你健康的时候。像这几天，你生病了，前些日差一点……既然你这么看重这些，那总不能不考虑以后的结果吧？是我不足以让你信任对吗？我除了要建一个码头，我要求什么了？难道浩浩荡荡的河流里只有鱼，只能用来垂钓，不是这样的吧？"他说。

"我要你离开这里！"他说。

"离开?"他说。他再不是毕恭毕敬了。他原形毕露。看看你还会有什么花招?"难道我只是一个客仆,你什么也可以拥有?"他的脸上没了怯懦,没了奴颜,没有惊惧。

"离开这里!我要一个人静坐。"他说。

"你在半月前为什么不这么说?是谁救了你?我一直耐着性子!你要和我闹?可以!但你想过没有它的代价?!我只会凿石头你这么认为是吧?一只兔子你杀它,它还要咬你一下呢!你能断定是我离开吗?没有了公理……"

赵涵波静了下来。因为他看到何必明极度悲伤的样子。一个凿石人,天天守着一座山,他为什么不能与他一起享受河给予的愉悦?是的,一只兔子还会咬人呢!他为什么要和他居住在一起?他得到了什么?在他坐在河岸垂钓时,他只"再一下、再一下"凿石,内涝,哪里听到过这样一句话?对!他的愤怒、悲伤,是内涝、情感的内涝!为什么不从他的角度去想问题?他悲伤到尘埃了,他用这种情绪在安慰自己。他不该伤害他!

赵涵波走到阳光里,阳光无限地把他拉长,又一下缩短。他是康复后第二天上河上的。他多少年培养了一种生活规则:从不半途而废,也不中途出发,干任何一件事;都要从整数算起。他早晨出发。他看着手里的渔竿,渔竿在阳光里闪闪发亮。他把它擦得干干净净。为什么要这么对待他的工具?一个一无所有的人总是喜欢为别人喜欢他的工具做点什么,比如揩擦干净它。自己却误以为他在觊觎他的财产。如果是他心怀叵测,他又何必要在他生病时服侍他?揩擦那些渔具错在哪里?一张黏糊糊的网,谁愿意去抚弄、晒晾它?他把他的凝视看作觊觎。他从挂网的墙壁攀缘而上,他替他清点每张网的纲绳完好程度,怎么可以理解为一种不轨行为?为难一个无助的人不道德,误解一个人的友情更是千夫所指。他从河上蹒跚而回,一无所有的人难道要走得铿锵有力?匍匐下揩擦渔竿很不容易。没有对他的敬重,谁愿意迁延在这里,并侍弄那些工具?看看他清点它们时蜷曲的样子就全明白了。为什么不可以理解为一种赠予、他将要赠予他的财产?一个凿石的人头脑简单得也像一块石头。由于他的这一弱点,他把简单的事实复杂化了。他在被误解中,自己也在折磨自己。每个人都是有边界的。他的边界就在被误解中。他因被误解而伤心，因恐惧而变得顺从。他有过过失。但为此深深地伤感。他的思想支配过他的行动，为此他沾沾自喜。他觉得自己是卑微的，不可靠的，所以他才处处要把自己的想法和他捆在一起，这让他误解了。他的担忧怎么能没有呢？他身板挺直走在走廊，那是他快乐的时候。因为他觉得在他生病躺在床上时为他做事是最为幸福的。一个居住在他人房屋的人总是为主人操心。他认为这样才能使自己的未来得到保障。绝望的情绪是应该理解的。他有过没保障的念头吗？让一个客宿的人从容不迫地过日子是不公允的。他老说"我有什么"，难道这不是事实？他要用一块河岸建一个码头，这不是他真实的目的，只是借口而已，他在强调自己的存在。这条河是拒绝一个与它不相干的人的。他用它表达他对河的向往。他无知到意识不到自己的好意被人反感的程度，是他心灵纯洁的表现。要说爱这条河，他才是最相配的。

赵涵波有着从未有过的快活。像又得到一个知己一样，他真正认识了被他误解的何必明，不快很快被驱散，心头感到愉悦。由于重新找回过去曾有的感觉，他停下来，看着阳光里的河流，那些一排又一排的波浪没有打扰他，他摇摇头，因为他看到了他喜爱的鱼群在波浪中穿跃。那是它们散发出的味道，他嗅嗅，感到亲热，他捡起一只贝壳，它联结那些波浪、味道，它是一个鱼群、一条微缩的河，他碰碰它，如碰一条河、一群鱼。赵涵波看见一条条鱼跃出波浪，在阳光里翻跳，他笑了：它们在和波浪、阳光说话！沿着波浪望，他能看到成千上万的鱼站在河里，它们互相招引，像生平第一次从河流经过，像永远与河流告别，也像永远要在河里，满含深情。一道水波吸引了赵涵波，他很想喊一句：是鱼群掀起的波浪吗？可他走近，它们又分开了，成了无数道波浪，它们在阳光中纹痕恹恹，汹涌的波浪变成温柔的细痕，而且顺从着阳光，如哼着的歌声。这是他二十多年天天见的情景。他点点头，他从未烦腻过。他瘦骨嶙峋的身子倒映在河里，他忍受着被浸泡在河里的痛苦。他想他是多么孤独。谁能理解他这么热爱这条河呢！那个鱼一样在河里游泳的天才自从那天在河上见她游泳后再没见面。

"你是一颗定时炸弹！""没有。""你多大年纪了？""十六。""你叫什么名字？""卜爱红。"……他把她看成一个游泳的天才。她从河上出现后，在河面飞跃上岸，与他谈完，就消失了，再没在河上出现。她不像他，天天在河上。她或许到了另一条不知名的河上，或许穿行在街道，像一个普通人，购物，闲逛，或许现在没在河上，也没穿行在街道，她参加了游泳比赛，从此被胸前挂着的奖牌压在下面，再不游泳了。可何必明呢？他一直陪伴他，在孤独单调的"哗——啦、哗——啦"声中"再一下、再一下"凿石，他不是他的真正伴侣、知己吗？

赵涵波走向相反的方向。他是一个知错就改的人。他不能再伤害一个为了自己而被误解着深深折磨自己的人。这个人有权利得到快乐。那个卜爱红还有游泳可以栖宿自己的欢乐，他毫不利己专门利人的行为被误解为一种贪婪，将会变得无助孤独。一条鱼还会寻找族群呢。一个天天只拿凿石消磨时光的人让他永远地在这种单调的工作中了此一生，而作为他的室友，他把他作为唯一的朋友，视而不见，见死不救，这是极不道德的。他仇视践踏河流的人与行为，所以才要建一个码头。因为人们生活、工作在没规则中。码头是一个入口，也是一个河上工作的规矩所在。除此他毁坏河岸了吗？因为爱惜河流，他爱屋及乌，天天擦洗他的渔具。他在他生病期间代替他做了他生病前做的一切。他清点他的财产，好吧，何必要防备，他要告诉他财产的全部是要他替他整理它们，让他有了头绪，有另外一个人关心它们吗？这有什么不好？他把自己的工具、雕塑大量堆积，他已经有了姿态：这些属于两人共有，这不是明明摆出的事实？他清点他的渔具，其实是借口，就是让他的财产也属于他的一部分——他已把他的财产关照在先，这些，属于他，只是出于尊严，有朝一日，它将会全部属于他—— 一个凿石人本来就一无所有，他的姿态，就是要告诉他：他的渔具、财产，包括他的石雕、凿石工具，将来都属于他，他先清点只是要给予前的借口，出于尊严！给予他的知己财产又有什么不该？他就是这个态度！他竟误解了他。赵涵波摇摇头。"我是该谴责的！"赵涵波说。

赵涵波在屋子前站住了。他不知道该马上进屋去，还是掉头重新回到河上。在对待一份友情上采取怎样的态度，他缺少经验。多年与河一起，他已遗忘了除此之外的感情，当意识到以后，他显得手足无措。友情不仅是甜蜜，更多生出的是烦恼，至少在赵涵波这里是如此。要忏悔，还是补救？友情一旦变成了一种罪过，它就变得沉重不堪，让他踌躇不前。接着该如何做，他像一个小学生，想知道某道题的解答，但又不知从何处入手，同样想着找不到答案的后果。摒除这份友情是懦弱的，是逃避；可又没法面对，找不着途径，又让他烦恼焦虑。在一条河上，在垂钓中，他遇到难题会迎刃而解，不是踌躇不前：常年的独居生活，他遗忘了处理友情的办法和措施。遇到鱼群跳跃飞奔，他能冷静研究出它的走向；而遇到一个如鱼的活动、工作在河流的人的情感问题，他往往会像让漏网之鱼跑掉而又无能为力抓捕它。两种思想分裂着他：马上进去，像对待一个恩人一样，表述自己的感想，举手投降、认错；另一种思想是走入河流，让思想与河共融，河我为一，忘记这一切。但这后一种思想一冒头立刻就被他否定了。他这是蔑视友谊！河流是干净的。他逃入河流，用河流做挡箭牌，撇开对友情抱什么态度不说，对河是亵渎。这办法不仅生硬，也愚蠢。

"我是一个没有情感的人吗？"他问自己。但他立刻自责。这么说不是在谴责河吗？是什么把他变成这个样子？"不！我的感情像河流一样充沛！"他的这一想法立刻被他反驳了。"那为什么不敢面对凿石人，你到底怕什么，显得手足无措？"他又向他提出反问。他在思考。他走进屋。他站在网前。像他曾经见到他一样，他鬼鬼祟祟在摸网，见了他，立刻拱手，然后要走开。"不！"他说，"你是我的朋友！这些属于我的东西，同样属于你。我们共同拥有这条河流、财产！"

何必明笑笑，什么也没说，走入自己的卧室。这是他看到他最平静的一副姿态。这反而让他惊异。

十一

　　赵涵波把清单交给何必明，何必明举起看着。他的清单与他清点的数目大相径庭，起初他以为他只给了他一部分，进而认为这个数目是出于他忙于垂钓记性出了差错，他也怀疑是自己记错了，可当他再次审核自己清点的数字和赵涵波给他的清单上的数字，并且经质问他再次肯定了清单的正确性，他生气了。一个人的诚实是得到他人信任的根本。对待欺骗有什么客气而言？但何必明还是没有马上发火，道理虽然是这样，但从策略讲马上翻脸是愚蠢的。他的目的再明确不过了，不是与他交好，是得到这条河。这么赤裸裸提也没错，因为这是自己的构想。与赵涵波交手，他还是蛮认真的。方式和目的从来是两码事，方式的索取选择是为更好达到目的。

　　为此，他曾与渡河人进行了商谈。尽管他是他的竞争对手，但眼下他们是盟友。渡河人也并不傻。当何必明征询他的意见时，他佯装摆渡让他已精疲力竭，他闭眼躺在河岸不吭声。在凿石人喋喋不休，感到乏味无趣准备结束谈话，他坐了起来。他不发表对凿石人对赵涵波清点财产出入产生困惑该采取什么方式解决的意见，而是大谈特谈河流将来建起运输公司的热闹情景、利润飞涨的状况。渡河人憧憬未来的情景，让凿石人既嫉妒又惊讶。一个人意外地憧憬未来的样子他还是第一次见到。尤其他在憧憬中表现出的贪婪，不仅让他惊讶，更让他警惕。他同时表现出的另一面是凶狠。这一点也是凿石人第一次发现。他说："运输队建起，河流再不是鱼虾乱蹦的河流，而是汽笛鸣响、来往船只穿梭、商客云集河岸的场所。"说到这里，他假设了垂钓人的固执——

"他可能会阻止，或一直蹲在河岸不离开"——他手臂一挥，做了一个"立刻把人摁入河流淹没"的动作。在渡河人憧憬未来的同时，何必明同样被吸引了。因他描述的图景太逼真了，以至让他这一刻以为它是真实存在的。在渡河人的描述中，何必明一时忘记了他来的目的，忘记了清单与清点的出入，是渡河人话锋一转——他的幻想结束，或他已尽兴、对幻想乏味——重新回到清点的数字出入话题，何必明才清醒过来来的目的。"他是不是写错了？"渡河人说。何必明摇摇头。"那是只给了你一部分？"何必明又摇头。"你清点的你确认没错？""是的。"何必明点头。"有这份清单已是够了！"渡河人说。显然他看出何必明的疑惑，他笑了。看来聪明人往往在自己最关切、最迫切要得到的某一需要时是愚蠢的。"等候。"渡河人说。他说什么叫既得陇又望蜀？许多利益，如无数的台阶；当你一无所有，你只幻想第一台阶被你唾手可得；当你步入到第一台阶，你想着的是第二台阶；你在第二台阶，永远再不会去回头想第一台阶的所得，也不会想第四台阶、第五台阶……顶阶，你只会谋得第三台阶。他说拥有一块河岸建码头是第一步，他已经迈出了。得到清单是第二步。他说他要一口口吃下，而不是一口吃成胖子，或因噎废食。这条思路让凿石人产生了遐想，他是一个聪明人。他不要再多的提示——尽管渡河人仍喋喋不休——已足够了，他沿着第一台阶步入第二台阶……步入顶阶……办法是有的，他如切割机，一点点切割了他的财产，最后整个河流被他占有将是水到渠成。这次是凿石人憧憬了。区别是渡河人在叙述中的憧憬吸引了凿石人，凿石人的憧憬是在渡河人的喋喋不休中，渡河人的不断讲述，既让凿石人充耳不闻，又成为某种思考中的伴奏，如他专心凿石河水的"哗——啦、哗——啦"声。在憧憬中，他不仅看到自己未来骄傲的形象，也看到垂钓人背井离乡的情景，同时，他也看到渡河人被他利用后受雇于在河上建立的旅游公司，当渡河工具来回摆渡游人吃力游动在河流的情景。由于凿石人的憧憬时间多于渡河人的喋喋不休，在渡河人停止说话后，凿石人的憧憬痴迷情景让渡河人看到，渡河人没有像先前凿石人发现渡河人的憧憬般惊异，他更多的是鄙夷。他认为凿石人过于浅薄，以至忘了思索对付垂钓人的办法。而凿石人的痴迷更多是来自找到了"上台阶"的办法，在这里，渡河人成了雇用工具，渡河人才是愚蠢的。他的鄙笑背后，隐藏着一个卑微到尘埃的渡河人，而他对此茫然不知。

"清单的数字没有错。"赵涵波说。

"那么，多出的渔具是自己在变魔术？哼哼！还有那些渔网、标本、水藻样本？"何必明说。

赵涵波在专心致志钓鱼。何必明站在身边。赵涵波一旦垂钓，他就如入无人之境，物我双忘了，何必明的反问他充耳不闻，他的表述，也是在专心的垂钓中嘴让他这么说，心完全跟河流走了。

何必明走过他垂钓的鱼篓，他对赵涵波的视而不见生气了。"你是不是在耍弄我？或许，你更信任的是那个游泳的卜爱红，你认为她会成为游泳冠军，她才是你唯一信任的人吧？是的，她已长大成人，二十一岁了。她进入你信任的年龄。你就明着说：你要把财产全部交给你最信任的人，卜爱红是你最赞赏、最信任的，对吧？而我，天天和你一起居住，在你生病中救护你的，你只给我部分清单，让我只明了这些，将来真正有价值的东西，你要给她，人都是这样无情无义吗？"何必明由于生气，脸都憋红了。

何必明瞪眼看着蹲在河岸垂钓的赵涵波。他估计他会羞愧。一个被人指责到不加掩饰时仍无动于衷，那就太卑鄙了。渡河人说得有道理，人只有登上第二台阶，才能企及第三台阶。他是站在一个台阶上与他讲话的。

赵涵波双眼紧盯浮子。它是水里通往水面的一个标志，他正是通过它观察河里的动静。在他回头间，他看到仍站着的何必明，但他没有看到他由于生气憋得通红的脸。他说："这没错，我的就是你的。"

出于尊重，何必明没有发火。横竖他讲了一句"我的就是你的"。头顶红艳的太阳。他在红艳的太阳下垂钓这么说了。他不仅给他留面子，也因他在光天化日下的承诺。一个步步紧逼，已经答应"我的就是你的"的人承诺了，仍逼着不放，这有失风度。何必明走了开来。有句话叫"放人一马"。往往放人一马，从效果上说，要比步步紧逼更好些。要说他的领地，已经被他建了码头，四分之一的地方已堆放了他的雕塑、工具，不是由一个个台阶登往顶层吗？他是尊重他的。因为他没有表现出对他不起的地方，尤其在他生病期间，他悉心照料了他。他的自尊心是有些被伤害。从那张清单与他的清点数的出入就有被谴责的嫌疑，因为这个出入明白地告诉别人其中有一个人在撒谎。而财产的拥有者往往是极少在上面做手脚的。他没有发火还有另一种解释：他感激他给予的。这正是一个正人君子的品格。何必明什么时候没有感激他？不是出于这种品格，他会在他生病中悉心照料他吗？至于清单与他清点的数字有出入，这问题可以从长计议。交出清单首先是一个态度。至少表明他要与他合作，或没有戒备他。

在何必明走后不久，赵涵波也收拾渔具了。这条河今天又让他获得他需获得的。这种获得在赵涵波这里不是几条鱼的问题，是他与河的默契、交流。有时，一条鱼也钓不着，他仍感收获满满。因为他或聆听了河的诉说，或他的讲述被河倾听了，在一般人看来，他是孤独的，但蹲在河上的赵涵波不这么认为，孤独是没有倾诉的对象，没有聆听的人；他对河倾诉了二十年，河也聆听了他二十年，他很繁忙，也一直在快乐中。那个清单给了何必明，就像丢给他一条他垂钓的鱼。他不喜欢他那么认真的样子，清点数与清单有出入是什么大得了不起的事？世界上非此即彼的大的事多的是，何况这一个区区数字的区别？

吃饭时两人默不作声。赵涵波在思索今天在河上的垂钓：鱼群遇到钩怎么躲过，这去的浪波经多久才会撞击对岸，然后复返，而一日、一年回返的波浪还是先前那道波浪吗？它在经过漫长的旅行，是不是像一个人经过岁月的磨砺，由一个少年变成成人、老人？谁说波浪没有生命？在赵涵波这里，水不仅有生命，还有人的喜怒哀乐。当一道波浪悠悠晃晃随河流而去，它是欢乐的，也是哀伤的。它们在飓风中舞蹈，也在飓风中哭泣。从遥远的对岸撞击后沿路返回，它像一个疲惫的长途旅行者，每次他看到它们，他不仅惊喜若狂，也感伤不已。它如同他，在河上二十年，变得再不年轻，变得沧桑。"又一拨波浪走了。"他说。

何必明一惊。他没有，也没法听懂赵涵波的话，像任何植物经过秋天都要变黄、变枯一样，任何一句话，经何必明听来，都会变成一个数字、一笔财产的给予或夺走。他认定赵涵波在计算让他明了的财产部分，他并偷偷地在删除他明了与未明了的部分。赵涵波思索河流的经过，让何必明很痛心，他认为他在白白浪费时间，他没必要这样计算得失，把私下藏匿的财物老实交给他就可以了，前边提的他已经答应他的"我的就是你的"，既然如此，何必躲躲闪闪，又有什么必要斤斤计较，患得患失，以显得不光明磊落？！像每清算出一支渔竿剜了他的肉似的，当他质问他具体数字，他的目光充满质疑，似乎他在盗窃，策划侵吞他的所得。在赵涵波关闭了灯睡觉，何必明仍躺在床上琢磨清单与他清点数字的出入。当然，那条河被安排了他的运输队，无数出入的船只，来往的商客与他谈价、运输，已不止一次在他想象中忙碌着。从赵涵波被赶出屋，他到了河上，河上已经来往着繁忙的运输队，他怅然若失——不然还会怎样——然后背一根渔竿沿河向下游走去。渡河人要和他竞争，可惜他已捷足先登，谋算早了他一步，他除了被雇用别无选择，他成了他摆渡的工具。后来谋算在河上发展的人的谋划是十分可笑的。从来没有在一个人挖出一桶金后的洞穴再能挖出第二桶金的。"你太歹毒了！"渡河人骂他。他讥笑他，是他太迟笨！计算自己的敌手，不计算同谋在敌手消失后会变成第二个敌手的人求发展是愚蠢可笑的。"你也可以计算我，是我在你计算我前我计算了你，你落后了。落后就要挨打！就这道理！"他说。"我要感谢你的愚笨！"他说。何必明起身取自己的"计划"。他把它写成文字。因为他忘了某些步骤，像渡河人告诉他"第一个台阶"道理一样，他请君入瓮，以这个道理制裁于他的合伙人。何必明看到"第一步：先稳住渡河人……"几乎朗诵似的大声念起计划来。对付合伙人的兴奋程度丝毫不比对付被侵吞人的兴奋程度差，反而，由于有着更多的智慧在里面，让何必明感到更刺激。在这个"计划"里，渡河人显得卑微无耻。渡河人起先是愤怒，因为他被要弄了。可后来他变得像泄气的皮球。因为他别无选择。在他第二次、不需要第三次通知他去旅游点摆渡运输游人，他老实地去了，由愤怒到无奈是一个过程；由无奈变成目含感激又是一个过程。一个人的成功全在决策上。假如事情翻了一个个儿呢？"这是我们的董事长。"渡河人向游人介绍他。此时，他并没有去应和渡河人及那些游人，而是把目光投向了远去的垂钓人。一个曾经拥有一条河流、现流落为一个乞丐一般的人是令人同情的。当然，这同情里同样有某种令人骄傲，也不会对之产生鄙夷的东西。任何人在不可一世的时候都应该想到沦为乞丐的后果。谁会甘心放弃自己的财产？智慧的较量它不会偏护任何一方，再没有比智慧较量公平的了。他恐怕是他，包括渡河人遇到的最强敌手，也是最具智慧的人。他曾经很谦虚。这一点他们没有看出，是一种策略。他相信、信任他，这本来从一开始就是错的——让敌手和你交心？ —— 一切鸿运从他的错误中诞生。难道财富不是斗争得来的吗？

在财富的数字计算中睡觉是令人激奋的，何必明就是如此，他把自己清点的数字演算了多次，又把清单的数字进行多次核算，感到不论是清单的数字还是他的计算，都会让他满意。河流是一个无法计算，又远比清单和清点数大的财富。他激动得几乎要哭了。他悄悄地爬起床向窗外望去。他企图借曙色看到那条他想象变成他的河流。他也从窗口一遍又一遍看那些挂在墙上的渔网、渔具，不动声色品味得到它们的喜乐。一年多来与赵涵波一起居住，因为总在留心他的举动，赵涵波起床的细微声立刻就让他的耳朵捕捉到，以至于他穿上内衣，正在穿外套，要下地出屋，他都如所见般清楚准确。赵涵波出外触摸渔竿，就连他自己也听不到的声音，能让屋里睡觉的何必明听到，并且听出他对渔竿的感情。简直是一个魔鬼，何必明想，每天早晨起床第一件事就是摸这些渔竿，如它们是他的孩子。

十二

　　他用手摸索着墙上的网，他就站在卧室的门口。"出工吗？"他问。他也问同样的话。他的思想已在天天蹲着的河岸了，他漫不经心地嘟哝了一句，伸手去拿一支渔竿。他一直固执地认为第三根渔竿比第四根渔竿在今天的风浪里更容易钓到他愿意钓到的鱼，可取起第三根渔竿，对第四根渔竿怀有强烈的不舍之情，这种取舍给予的折磨只有他才能深刻体会，当他再次问他"出工吗"，他便显得极不耐烦，甚至是愤怒。不知出于怎样的感情，他选择了第四根渔竿，把已经两次举起的第三根渔竿又挂回了原处。昨天使用了第三根渔竿，任何一个爱惜渔具的人都会做出这样的选择：它已经在河里浸泡了一天，它需要休息。正是这个理由让他放弃了选择第三根渔竿，取起了第四根渔竿。"那我们上河吧。"他转过身，与走过的何必明撞了一个满怀。因为他密切注视着他的选择——这些渔具已经是属于两人共有的了。

　　他站着并不走开，等他开口；他也一样，盯着他站着。他盯着他看比他盯他看时间长。他生气了，他推开他，走去检查"属于共同的财产"。出乎他的意料，他竟打乱了它们的顺序，整个重新进行了排列，这就让他不能很顺利地点数出它们的数量，他怀着极大耐心、含有愤怒地清数它们。尽管他以他能达到的最快速度清数着它们的数目，但由于赵涵波捣乱了顺序，他竟数了三遍，约十分钟时间才吻合了他心里的数字，他于是走过来：

　　"不允许再搞乱它们的顺序！"

　　他此时在盯着他摆放在墙角的石雕。不管这些石雕的命运如何，它们都是他一凿一凿凿出来的，由石头变成了一尊石雕，这里面有他的汗水。可以鄙视它们工艺的粗糙，这纯属从艺术的角度评价，但每一滴汗水都不应被藐视。赵涵波满是尊重地对它们点点头。

他的每一细小动作，都被他观察到。要说获取对某一物质的关注，没有比何必明对得到这些财产更专注用心的了。自从与赵涵波居住在一起，自从认识到这条河不能仅属于赵涵波，认识到它与自己未来的命运的重要性，他几乎是倾注了一生最集中专注的时刻的精力，注视着他的一举一动。他注视自己的石雕，分明在说明这里所有的东西都属于两个人拥有，这样，不仅是那些"金条"，还有一条浩浩荡荡的河。一旦河流里漂流的不再是鱼群，不再是一张张网，而是来往运输的船只，这个已蹲在河上二十年的垂钓人，也只能看到他背着行囊沿河而去的背影，顶多雇用他，像渡河人一样，在河上帮助游人游玩表演垂钓的技能了。

"我喜欢你在河上凿石。"赵涵波说。他很生气。这太自私了。说是喜欢他工作，倒不如说喜欢他凿石发出的"再一下、再一下"声音，因这种声音与河浪发出的"哗——啦、哗——啦"声构成的某种宁静是垂钓人极需要的。

"你是喜欢凿石吗？"他反驳他。

赵涵波对他的反驳没有弄清楚他真正的含义，他粗浅地认为他的回答是某种默许。他不是历来屈从他吗？这种回答在赵涵波这里被理解为："那好，你喜欢的就是我愿意做的。我会像往日安静凿石的。"还奢求什么？他一切都屈从他，包括他工作发出的"再一下、再一下"声音，为了他安静地钓鱼他会不停息去凿石，他不是一直希望这样吗？

两人默默地走在去往河上的道路。在赵涵波望着何必明扛着铁锤、铁凿走在土道，感到某种默契，何必明的心里则如即将到了的河流里的波浪一样翻滚着。离开居所他盘算着身后的渔具，瞭望到河流时，那条河上就漂流着往来的运输船只了。与赵涵波往河上走，他轻易不吭声、讲话，他满脑子河流、船只、码头、渔具，一张嘴这些话就会出来，即使他想着要打哈哈讲一些无关紧要的话，可谁知道它们会不会立刻变成他脑子里想的渔具、河流？他对制止这些话脱口而出花费的工夫，和想得到他想得到的花费的工夫几乎一样多。他摇摇头。他对自己是不信任的。

何必明心里很矛盾。他希望赵涵波与他交流，也怕他说话。只有交流，他才能摸清他的思想；可又怕他反悔——他答应"财产共同拥有"是难能可贵、来之不易的。他一旦张口说出反悔的话呢？他不吭声地走路，对他是安慰。但害怕却是巨大的、强烈的。沉默，往往是某种要推翻先前承诺的先兆。在改变某种想法时，他就是不吭声在思索；一旦思考成熟，他就会做出改变原来想法的决定。由于对赵涵波的沉默提心吊胆，何必明心里并不宁静、轻松，由于害怕，他把他得出的结论无限夸大，甚至认为他会立刻张口告诉他，他改变了主意。就是这种不满的结论，是他因紧张判断出现了偏差，往往是赵涵波什么也没想，是他的一种主观臆断。因为有了这个结论的前提，何必明不停地责怪起赵涵波来：我哪里对不起你了，值得这样对我一点也不信任？在他心里，出现了他和赵涵波的对质："你为什么这样对待我？""你值得我信任吗？""在你生病中，是谁照顾你的？人不能没一点良心。我不喜欢你的健忘。""你是为得到我的财产、那条河！""你答应了的。""我反悔了！"……何必明几乎哭了。这一年多在一起，是与他白居住了！谁的时间是可浪费的？有必要、有道理这么绝情绝义吗？

何必明几乎没有兴致去往河上了。向赵涵波撒气，他没有勇气。他这时想起渡河人。凭什么要他一个人承担这些？他口口声声"大家是命运共同体"，可在危难时他去哪儿了？一个人只能在河上摆渡是没有作为的，像他只去凿石没作为一样。可要想得到，就得付出。哪有那么便宜的事！不！他才是一个真正的混蛋！将来，这一切都要由他来承担。他现在有什么？只是一个想法。但他已大量地分享了这一想法带来的欢愉，而他还在苦苦思索中。

赵涵波满脑子是鱼群、浪涛、垂钓……在片刻的安宁中他也会回到他的思想里垂钓，何必明的默不作声，被他理解为一种服从。他清点他的渔具、偷偷摸摸摸索他的渔网的行为，被他窜改成一种对他的尊重、爱屋及乌。既然他销声匿迹，他有什么理由不回到他热爱的垂钓中？鱼群云雾似的顺流而来，顺流而去；他的渔钩已经不是渔钩，是鱼群的伴侣、向导，它同样有生命，它游动在水里，是他对河感激之情的诠释。为什么不感激呢？二十多年，它们像血液流淌在他躯体里，一刻没停止在他心里，它不仅激活他无趣的生活，让它里面奔涌的鱼群也成为他的朋友、谈话的对象，没有鱼群的交流，他的生活是多么寂寞！通过鱼群，他不仅从此岸走向彼岸，也把陆地忘在九霄云外，成功地沿河进入了大海，真正在一个短时间内完成了对大海的认识。在他们无语的行走中，他又回到二十年前到了河上的时光里。他虽然没去凿石，可那种状况改变了，"再一下、再一下"不仅与河浪声此消彼长，而且节奏均匀了许多，正与他的意愿合拍。他确信，河流，河流旁的大山，河岸，都进入了他的思考。他是善良的，今天安静地走在河岸就是一个表征，他从不滥用他对他的友情。在到了河岸，他放慢脚步。这样可让他感受到他对他的尊重。他担心他会赶走他。这种担心是在情理之中。因为他与这条河毫不相干。他觉得他应该适当放肆一点。过于的谦卑反倒让他歉疚。其实，他完全可以与他大胆说话，他对他的畏惧是多余的，尽管有点畏惧是必要的，但在他向他表达了自己的友好意愿时，他应该和他以朋友相处。他紧走几步，他是看出了他放慢脚步的目的，但他没有像他希望的那么大胆，只是怯怯地跟着他，并等他先开口说话再说话。他延长着他的失望：这样就有距离感了。出乎他的意料，也在意料之中，他取出手帕，擦着肩上的渔竿。他仔细地揩擦之后，竭力做出讨好的样子看着他，尽管他装得像什么也没有发生，但他的不快还是让他看出来了，他立刻脸红了。他装出什么也没发生一样，径直走去。他其实并没不快，只是觉得双方应该少些客气。他不是告诉他，他们"共同拥有"吗？何况一年多前他就接纳了他。

　　何必明开始在山下凿石。在"再一下、再一下"中，出现的是赵涵波清单上的数字。他在"再一下、再一下"凿石中有足够的时间清点这些数字。他一直对他向往看到的、被他一直上锁的库房的思量放不下。谁会不琢磨呢，一间偌大的库房，完全可以堆放上千上万的渔具，何况又被他紧紧锁着，从不让他去观看。一条渔竿就是一根金条。这个被紧锁的库房，一段时间占据了他整个脑海，只是最近赵涵波"共同拥有"后拿出清单，他才没有去想、在天天核对他得到的数字与清单的数字。这种核对是必要的，也是必需的。既然说"大家共同拥有"，为什么不做到心里有数？对已经属于共同的财产马虎不计，是一种极不负责任的态度。像缴械一样，一支部队被缴械，放弃山头是必然的，一旦占有这些渔具，他在河上垂钓便再无可能。擒贼先擒王，占河要先占取了这些渔具。在"再一下、再一下"中，何必明目光炯炯，因为他看到渔具堆放在自己屋里，河流忙碌来往着运输船只，当然，那个紧锁的神秘库房也得打开，里面全是"金条"。

沿着这条思路，何必明走得比想象的远。河流上漂流的运输船只里，不仅有许多他的雇工，还有从山外运来的他喜欢的美女。对女人的喜欢，是何必明一直不敢去奢望的，是他最近的想法。谁会跟一个凿石人一起共度良宵，何况还居无定所。但不能想不等于不想。没有幻想的人是没出息的人。这条河再不是仅有两条寂寞的河岸，而是饭店商场楼厦林立两岸。这些财产，非他莫属，他是第一代创建这个或者叫"滨海市"的人。

何必明停止凿石。他有点嫌弃手里的铁锤、凿子了。他觉得这些工具几乎毁坏了他的远大理想。他应该放下这项工作，从事更有意义的工作。他的目光落到正在修建的码头。他之所以没有去监管码头的修建，完全是为了不引起赵涵波的注意。任何一项大的工程完成、一个大的想法，都要秘密进行。他的想法已经向他暴露了很多。他一旦明了他在这条河上的抱负，由于惊恐会做出他意想不到的举措。比如让他的码头停建，让他从河上离开也不是不可能的。因为目前这条河属于他。但想法与现实是有很大距离的。这中间还有许多事要做。付出并不一定能成功。没有智慧想得到这条河几乎是纸上谈兵。想到这里，何必明有些绝望。往往，他摆脱这种恶劣情绪的能力超出他自控的能力。为什么非要凿石不可？为什么不去凿石？他心里被这种烦恼煎熬，让他工作不得，又不得不工作。远大的理想与残酷的现实折磨得何必明苦不堪言。对未来的渴望与对付出后一无所获的恐惧，让何必明变得虚弱，甚至脸色苍白。他看看岸上蹲着垂钓的赵涵波。他必须在他视野范围内。他的一举一动必须让他掌握。因为他干着窃取他财产、把他从河上撵走、取而代之的工作。这项工作，虽然不尽光彩，可这是一项极有意义、极富挑战性的工作。世界上从来就没有共赢的事。自己的不幸，从来是建立在别人的幸运上；当然，别人的不幸，也成全着自己的幸福。垂钓人的安静，多少安慰了凿石人。不管怎样，自己已经在计划中迈出了一大步，而这个与他居住的人仍在迷雾中。得到这样的安慰，何必明丝毫没感到羞耻，他有那么一刻觉得自己是个贼，但由于自己的计划稳当地进行，对手仍在迷雾中，产生了对仍在迷雾中人的鄙视，一种从未有过的得意掠过心头：他是愚蠢的，我是机智的；任何一场博弈都不会嘲笑一个智者，赞扬一个蠢得要命的人。

何必明选择了一种适合自己此时心境的姿态坐着。这更有利于居高临下看对面的垂钓人。他从自己的思想摆脱出来，完全成了一个旁观者，他欣赏着自己的样子。那么一刻，坐在石头间让他沮丧。一个成功者、运输大公司老板是不该如此落魄。似乎周围有许多人，都在观察他，他姿态优雅、高贵，可坐的地方与身份不符。作为旁观者的他，看到坐在石头间的他，他有点窘迫。但哪个成功者不是从贫穷一步一步走来？他力求坐得端正。自身的力量完全可以让人看到他能压倒环境的不适，那些都能忽略不计。

因大胆的设想，何必明丝毫没感到羞耻，反而十分兴奋。人有时候在现实中是卑微的，但谁也阻挡不了把自己幻想成一个高贵的成功的人。这种幻想不仅廉价，而且让人倍感激动。那个垂钓的人不仅无趣，也无耻，占有了他何必明的场所，而自以为所属于他，并且心安理得。他把属于他们，不，应属于他的财产拉出一个不让他看好的清单，自以为得计，可以蒙混过关，可哪知他早有心理准备，他已清点在前。他蹲在河上垂钓，是，他二十余年了，但鹿死谁手，还是一个未知数。时间并不代表最后的结果。那把锁能锁住财产吗？它只不过是替他把守，他才是那些财产的最终主人。不管他施展任何诡计，但明确的目的最后总会实现。

当再次拿起铁锤和凿子，何必明感到惊讶。他怀疑自己是否真正干过这石匠的活儿。河流就在眼前，它可以为他提供钓鱼捕捞的场所，也可以成为一条运输的通道。既然它能成为一条航道，他为什么要让他占有，让他天天蹲在这里垂钓捕获？何况，作为一条航道，它的价值远远大于垂钓。出于对这份工作的鄙视，何必明丢开了工具。他竟干了十年。一个人有多少十年？它耗费了他人生最宝贵的时光。一切寄托在这条河上。只有当这些石雕变成商品，他的工作才有意义。而建立运输队，不可避免他要夺人之爱。为有更大的价值，他为何不能退出，这条河何尝不能运输呢？但见垂钓人坐下看他，他还是再次取起工具干活儿。这不是怯懦，是出于策略。谁说他会干一辈子凿石的活儿呢？现在，一切才是刚刚开始。

十三

　　赵涵波看着弓背造饭的何必明满意地点点头，随即，他去侍弄要去河上钓鱼的渔钩了。不知在什么时候，也就是说在赵涵波专心比对几只渔钩的分量、大小，他被一个高大的影子堵住了观察渔钩的视线，他回过头，见何必明在挨他很近的地方站着。

　　"该交接的要交接，那条河浩浩荡荡流了多少年，谁知道明天是鱼群生活的地方还是一支船队运输货物的航道。当然，这些渔具也要分割的，不然，一旦落入他人的手呢？那座库房至今还上着锁，我是你最亲近的人这一点你不否认，谁也是肯定的，难道它们要一直封存在里面，作为你最亲近的人，我能不担心它们一日会变得腐烂……"

　　由于只有他们两人，何必明变得放肆起来。当然，他与他居住一年多，他不可能不了解他直截了当说出原因他的反应。必须明确告诉他。既然他已说明财产属于两人共有，利益与权利是对等的，出于责任，他也不能不对他们的财产漠不关心，何况，那些也许是绝大部分财产还封锁在那间至今还没打开、他至今不知道里面是些什么的库房。由于得到这样一个比较充分的理由，何必明说话理直气壮，甚至含有恼怒。一个人太自私了很不好，明明属于两个人的财产，为什么至今还有一部分向他保密？既然是同一拥有人，账目、财产就应公开。从那天账单"公开"后，他一直埋头垂钓，清理、清洗渔钩，整理渔竿，晒晾渔网，一声不吭。有意思吗这样？装傻充愣，把他当什么人了？清单在他手里，可数量明显有出入。这就是你的伎俩？他就站在他身后。他就等他开口。一个人但凡有点自尊，有点脸面，都会感到羞臊。鬼是藏不住的。他不是那么好被隐瞒耍弄的人。

赵涵波惊愕地看着身边站着的何必明。他看他的眼神让他一时猜不透是什么意思。几周以来，他给他做饭，揩擦他的渔竿，清数他的渔具（他一定是怕它们被人偷盗或丢失），他默不吭声看着这些，像一缕光，一丝风，像空气，静静的，让他正好琢磨天天的垂钓。一个在河上垂钓的人，天天的总结很重要。没有他天天的研究，反复的比对，记录河流的走向，鱼群的状态，不会有他对河这么深的认识。功夫不负有心人这句话说得对，但锲而不舍、做事如连绵不绝的流水用功对成功而言更重要。一个静如处子的人一下粗暴地、不经他同意、突然站在他身边，大声喊着打扰他的工作，这让他意外。他看他的眼神，他一时猜不透它的内容。但他的举动他明白，他一定是遇到他不明了的情况，不然他是不会这样的。

他不会做出让他意外的事。看来他的河流、垂钓的工具或渔网、鱼标本、水藻遭受了什么危险，他要保护它，他没能力这么做，或他怎么做更好，他拿不定主意，他要征求他的意见。他因为事发突然，他不征得他同意，或来不及，他站在他面前，这不能理解为对他工作的干涉。身边有这样一个人有什么不好？他太专注自己的垂钓了。他的渔具需要人照顾，他的河流需要管理，这正是他请他来与他一同居住的目的，这一点至今没改变。是渡河人违反了规矩，做出让他恼怒不堪的事？或许窦大梅惹他生气了——他正安心整理他的渔具，她来了粗暴干涉他工作，诸如给他讲她又遇到一条巨龙一样大的鲸鱼从海里溯河上游，把河水拥挤涨到从未涨到过的岸沿；她今天从河岸走过，见成群的鲤鱼跃龙门，她看到，是一群、不是一条鱼跃龙门，看来要有大事发生了……她一讲起来就喋喋不休，但他又不能拒绝不听——他生气地要来向他诉说？那些挂在墙上的渔竿是谁向他交代的，他天天擦洗？本来就应由他掌管。它们属于他们两人，他不是早已说过了？他也担心这条河流，鱼群的走向，鱼虾的生存状态，除他之外另一个人关心有什么不好？幻想河流有一条航道，对人的精神是有好处的。一条河上居住二十年，他可以有鱼群，垂钓捕获，他只是一个凿石人，他用幻想填充空虚的生活没什么不该：航道打开，成群的船只往来运输，更多的人关爱这条河，鱼群那时与人和谐共处，人鱼其乐融融……当然渔具是需要分开管理的，不！全由他管理——他又不是外人——他专管渔具，属于共同的财物，他专心垂钓，他是需要这样的分工的。那座库房……倒也是，也可以向他打开……他不仅是他忠实的朋友，还是他最好的管家。

他哪来那么大热情？他对他财物和河流的热切关爱程度，有时让他嫉妒。他是一个爱河如命、爱钓如命的人，他的热爱程度竟超过了他。知足吧！现在，有多少人能像他一样二十年如一日在一条寂寞的河上工作生活？更何况，从来毫不为己，自己过着无聊的凿石工作，他则全部身心扑在他所爱之物、之事上，至少他二十年间从未遇到。他建一个码头干什么？用这么大功夫，不如建一个养殖鱼标本的场所。掌握一条河上生存的所有鱼类的数目，是一件多大的工程，意义多大？河联结大海，大海的鱼类谁说不会从河逆流而上？那么，小小的渔竿，再不是在探测一条河，是对一个大海、黄海、渤海……所有的水域进行探索、了解、掌握……以至所有水域的鱼类，建立了养殖场，就等于建立了一个微缩的黄海、渤海……世界上也有一些人在研究探索大海的秘密，他肯定他们的劳动，但他不认可他们的工作仔细认真超过了他。仅这二十年独自待在河上就没人能比得了的。他准备再用二十年的时间，经过彻底掌握熟悉了这条河、河里的一切，在海里的鱼类不逆水而上进入河流，他顺流而下，进入大海，了解掌握所有的水域，掌握所有的讯息。揩擦一根渔竿固然重要，但比起垂钓，以垂钓了解一条河的工作，那是小之又小。一个人了解一条河，不仅需要时间，还需要智慧、辛苦。像一个人进行某项科研项目，诸如原子弹研究，对原子及原子理论应了如指掌，对原子和原子原理与爆炸的关系也应了如指掌。

让一个人干自己的后勤工作，他把全部时间、精力腾出来垂钓，那样，接近自己的理想目标速度就快了。了解河流需要借助渔竿之类的工具，为增进速度同样需要借助别人的协作。分工是必要的。没有与自己相同的兴致是没法拉过来让他工作的。有这样一个与自己趣味相投的人来协同一起工作，简直是天降此人！他曾口口声声称他"老师"，因为他看到他所从事的事业之崇高。没有认识到这一点，谁会没缘由地付出，并这么执着、认真？一个处处依赖别人搞自己事业的人是让人瞧不起的；可他是与他分工，他只做出他力所能及的诸如清点、揩擦工具的工作，他是事业真正的发动机。他的付出值得尊重，但他请他来，仅仅是因为他的安静，在"哗——啦、哗——啦"的流波中他"再一下、再一下"谐和的凿石声。要是一开始就是利用他，那他是俗气的，功利的。他协助他工作，干他的杂务，让他腾出更多时间垂钓探研河，在他看来或许只为报答他对他的收留，但它的意义之大，他是在为一项伟大的事业增砖添瓦。人在世上活着，都要干事的。可干什么，这区别就大了。他因为干了协助他的工作，他的工作便不再是没意义，而是意义非凡。干一件非凡的工作，即使这一生什么也没做，即使做了一天，其意义超乎一生。从这一点上说，他认识他太晚了，一个人的时间有多少？从他来到河上，他已浪费了多年于凿石上。要是用手里的凿具了解一座山，那是另一回事，可雕凿为了钱，那便一钱不值，至少在他这里是这么认为的。从此要大踏步地走上了解掌握河流水域之路了。这是一个新开始。

蹲半天与蹲一天有区别吗？他不是已经蹲了二十年了吗？掌握某一事物的实质，不仅需要时间，对某一事物的认识，往往产生于顿悟。可没有久远的时间便没有顿悟。顿悟与日子是辩证的。这么解释，每一天在河上蹲，就是每天在向大海进发。今天和昨天，看似一个时间问题，可对他掌握一条河流，其变化之大，也只有他知道。

赵涵波这时从河里上了岸。在河里，他是与波浪、水藻、鱼类在一起，与渔竿和鱼群嬉戏在一起；上了岸，他便与何必明、何必明所从事的工作的伟大意义在一起。人是需要从事某项事业的，所以他才投入了二十年的时间；二十年有无数的点点滴滴的努力、汗水，是不为人所知，也不愿为人所了解的。一个专注从事某项事业的人是令人尊敬的。他的行为应被人效仿，也应为人楷模。就像他沿河流可以进入大海，掌握大海的一切，人们正是根据一个高尚的人的所作所为规范自己，从而从事某一工作的。

清点这一工作一经得到认可，他对他的一切所作所为都不觉得丑陋，不认为是错误了。在每天看到他独自清数它们的时候，他是怀着赞赏的目光去看待的，他完全接受了他的这一行为。在这么一刻，赵涵波责怪起自己来。一个人知错就应改正，尤其冤枉一个人，被冤枉的人受到伤害，必要时应去向他道歉。赵涵波没有明确向何必明道歉，可他让他从他的眼神、出门时相遇的举动——他礼貌地让他先走，他跟随其后

（之前是他阔步走去，对他视而不见）——感到了他的歉疚。一个人对另一个人的诚实认识是需要时间的，也需要考验；他对他的诚实也是经得起推敲，具有时间性的。他的行为起初他不认识、疑惑，到认识、感激，就这么一个过程。他会为他崇高的工作尽力，从河流步入大海，世界上的水域他掌握了，大海里的奥妙他是第一个全新了解的人，他的幸福，一半被他分享，他更加倍为他工作，这种感情将用以补偿他曾经的过失与不当。人要学会谅解人。

一切都向更好的方向去努力、设想。他是这样才居住在河上二十年的，也是因此对河流有了这样卓有成效的研探，这一点不仅是他的信条，也是他乐趣的来源，于是他高兴得搓手顿足。他已进入人生最愉快的时刻，不容多想，诸如他是否做得得体，他的对与错——他便开始构建未来了。

赵涵波拉过何必明说："我要进行一场宴请！"

进行宴请？难道疯了，一个在河上寂静地蹲了二十年的人，从未与人多言，只默默盯着河看、静静地等候河面的动静，也总是对他人视而不见，从不与人交往，突然要说宴请宾客？"为什么？"

"你不要管！我告你，你只按我的嘱咐做便可！把窦大梅、渡河人邀请来！让他们见证一个伟大的时刻！"

何必明又一头雾水。晴天霹雳。怎么就有了伟大的时刻？难道他要离开，告别河，要把全部财产转交给他，从此销声匿迹？这是一个好主意。这一时刻是他一直盼望的。"好啊！"何必明满心欢喜盯视着赵涵波。

"现在！马上！"

有那么急吗？至少应该先把财物交接了。至于河流，人一走了之，当然就属于他，建立什么规模的运输队，什么时候，那就与他毫无关系了。"这是不是早了点？至少应做了该做的事。"

赵涵波怒火中烧，脸色通红。还早？大局已定，木已成舟。"我们不是已经商定了吗？"赵涵波不容置疑地说，"马上！"为了强调自己谈话的坚定不移、不可辩驳性，赵涵波又强调了时间性。

"我的态度很明确。这一切是我们共有的。"何必明盯视着赵涵波。他从赵涵波眼里看出了他对他说的话的坚决肯定："这是我早说过的。没有第二个人可以替代你！我十二分愿意与你分享我们成功的快乐与幸福感。但这一时刻太重要了！我需要有人见证！"赵涵波说完大手一挥。何必明狡猾地点点头。"可我需要那条河……"何必明试探地边说边判断赵涵波的真实心理。"难道你还需要再担忧河的所属？从我的渔竿第一次垂入河流，它就属于这条渔竿了。顺河流而下，它钓到的是大海！你天天揩擦它们，你不是拥有了它们？"何必明疑惑起来。这句话让他费解。揩擦它们，他只是觉着它们不久便要更易主人。他压根没有把它们与河流作联系。对河流的占有是从码头开始，与占有这些渔具毫无关系。"我建了码头……"

怎么这么不明事理，絮絮叨叨。"整个河都属于你！"他的脸上是坚毅、坚定的表情，并从话一出口，就看出他期待的感谢。"为什么老是河、河的，明明白白的嘛……"赵涵波的不耐烦，显然是把悬而未决的事早做了了断，他的纠葛让他已烦恼了。"对不起！我是一个石匠，我的工作性质是一锤一凿，既然铁板钉钉，那我要求你形成文字。这样我心里才有底……"

"我和你开玩笑？"

"人总需要一个保障嘛！"

"请来他们，让大家见证！"

让他们见证？他不仅拥有河，拥有那么多"金条"，还有一间秘而不宣的库房。从那间库房被铁锁紧紧把守，他就没有信任过他。他不仅注视他的举动，并严格分析他所说的每一句话的含义。与他交谈，是他最庄严的时候。他太狡猾了。一不留神就会被他要弄。一个在河上蹲二十年的人难道是一个老实没想法的人？他不仅要与他一起居住，还要从这里驱赶他。由于对他财产、那条河的向往，他渐渐壮大了他没曾想到的胆量与勇气。从称他"老师"开始，他已不再卑微。因为从他称他作老师中，他发现了他对他失去了警惕。他是从他称他"老师"后他的自鸣得意中得出这一结论的。他设身处地为他着想：当明白他要占有他所拥有的，他会做出如何的反应？当这一点明确之后，他便明白了自己的"进路"：首先要他立下字据，策略上要步步为营。在这一切没明确时，巡河人与渡河人是不能请来的。真正要庆贺的，是他胜券已握的时候。

"那请来他们时我们要干些什么？"他的试探到了露骨的地步。这一点被他意识到，他先惊得额头渗汗。"我只关心你的事业……"

赵涵波眼里含着泪水。他被他的话深深感动，并自责自己又一次对他的误会。他被他所说的话的表象迷惑了。这本来是再清楚不过的事实，他竟以为他在与他争财产。绕了一个很大的圈子——这圈子完全是由于自己的多虑造成——他回到了问题的核心部分：关心事业！二十年在河上寂寞地考察为了什么？一个凿石的人，居然一语道破，而他百思不得其解！有必要苛求一个自己事业之外的从业者直奔主题，从一开始就与自己热爱的事业同心同德、亦步亦趋吗？他是忍受了多大的误解、受到了多大的伤害，而这伤害又来自于一个被协同工作的人的误会！为了表达自己的忠心，他天天揩擦、清点他的渔具；怕落入他人之手，他担心地战战兢兢和他絮叨他的观点他要保护它们……他的吞吐质疑，他的欲语又止，他的恐惧与不安，一切都是为了"他的事业"！只可惜他不懂垂钓，他进入河上太晚了！亡羊补牢，未为晚矣！他要教会他从手握的渔竿去认识一条河流，手里的渔网纲举目张，从而如何捕得一个大海……他的恼怒从他脸上彻底消失了。"我要把这一切交给你……"

他算彻底击垮了他。任何成功都是软缠硬磨换来的。何必明高兴得几乎要叫起来。这是他多年努力的结果。这本是值得庆贺的。"我就要你这句话……"

"你把三十张网整饬了，一天一张网，三十张网用三十天，正好一个月；渔竿、鱼钩，包括垂线要干净，因为河流是洁净的。只有干净透明的渔具才可进入纯净的河流思想——我说的是思想。任何事物都具有思想。你在河上蹲二十年垂钓，天天握着渔竿二十年，你就会懂得渔竿、河都是有思想的。三十张网像三十个人的思想。可任何一张网的思想，都与河流息息相关。这不仅是我二十年在河上的体验，也是我蹲在河上二十年的理由——大海遥远吗？你懂得了一支渔竿、一张网的感情、思想，你就懂得了一条河、一个大海。再不要怪怨自己是孤立无助的。你凿石，通过一锤一凿，你可凿通一座大山，可听到它的心声，能与它对话。当你从某一条道路走过，你用双脚在亲吻它，土地的温暖你怎么能感受不到呢？人是土地、河流、大山的儿子，也是主人。但你用手里的锤凿凿不通自己，用手里的渔具传达不了自己的想法，你怎么可以拥有它们，它们怎么会惠赠你，与你交流？跟着我做，去认识一条河，从一支渔竿、一张网开始……"

何必明瞪大眼。什么意思。他是不是要采取手段，把他即将到手的夺走？他从未对他信任过，所以，他对他示好，他猜测他的阴谋；他愤怒，他或针锋相对，或迂回应对。他总要立于不败之地。"你难道要收回成命吗？"

"不！不！刚刚开始！不然我不会让你去通知他们两人来进行宴请。开始就需要庆贺。"

"我明确我的目的：要建码头，要建运输船队！要那些渔具。它们一根是一根'金条'！这是你说的。我明告你！"

"不！河流不得侵犯！真正认识它从今天开始！我要依靠你的协助！"

"我要依靠你！"

"是我要依靠你！"

"哈……"

两人停止争吵。窦大梅出现在他们中间。两人四目相视。窦大梅坐了下来。远处，渡河人站着。"哈……你们知道我今天遇着了什么？不要以为我是一个老处女！你们不在我面前说我也知道你们会这么说。说'窦大梅没人要啦'……'所有的男人对她视而不见'……错！告诉你们，今天，就是刚才从这儿走来在河上，我就遇到一位男士……风度翩翩，怎么形容？王子！对！像一个白马王子！他骑着一匹马，立在我面前，我被他的美惊呆了。当然，是他忘情的眼神让我着了迷！是他先着了迷！我不好意思了。他看我的眼神会让任何一个被看的人都难为情。'我只是一个普通女子……'我说。他下了马，把我手拉过去……他说：'我跟踪了你很久……你太美了。我不得已……你知道了我爱你……我要向你表白……'我这时才感觉到我要落入他的爱河。可我并没有感觉。我是那么容易让一个人的甜言蜜语打动的女人？我从他手里抽回手，我说：'不可能！本女子还没打算恋爱！'我的举动让这位白马王子惊呆了。他绝望得几乎要哭了。他跪下来，说能不能给他一次机会。'让我再好好想一想。'追求我的人多的是！我为什么要马上答应他的请求？当然，出于我未来的考虑，也考虑到他的自尊，我说我们慢慢了解……最后，他和我约定，每天上午七点，他来河上和我会面。我当然要从许多钟情我的男士中进行挑选呢……"

在窦大梅冗长的"爱情"中，赵涵波、何必明"苏醒"过来，已忘记了两人的争吵。窦大梅天生是一个演说家,她的绘声绘色的讲述,把赵涵波与何必明带进了那条"爱河"。窦大梅一会儿激昂慷慨,一会儿悲泣掩面;一会儿因兴奋激动满脸飞红,一会儿因绝望悲伤脸色苍白。她一边讲述,一边为强调故事的真实性,手舞之,足蹈之。赵涵波问:"后来呢?"何必明说:"你们谈妥了?"窦大梅换了八口气讲完了冗长的"爱情故事",当无话可说时才意识到赵涵波与何必明在争论中:"你们刚才争论什么?"

赵涵波瞠目结舌。

何必明也目瞪口呆:争论什么呢?

远处站着的渡河人大声咳嗽着。赵涵波这时才明白过来:何必明是要从河上赶走他。而何必明也明了了赵涵波,始终没有忘记在河上垂钓。

十四

　　当何必明明白了赵涵波的真实想法，他不是感到浪费了时间，而是懊悔自己明白得太晚。不过他还是得到安慰，从彼此的言谈较量中，他感到他占了上风，并控制着局面，在这场博弈中，胜利最终将属于他。由于最根本的利益会有保障，他变得比赵涵波坦然，至少看上去是这样。

　　赵涵波明了何必明的意图，没有像何必明那样在思想上引起震荡，明白就明白了，明白过后，他就立刻进入了河流，河流于他像一条鱼于河流一样，也像鱼对付捕捞者后便忘我地游入湍流，赵涵波与何必明交涉明白，他便义无反顾走入河流，想象、希冀、情绪，全部被河流所占，人坐在岸边，心里已装满鱼群，奔流在那些波浪了。

　　"这是不易之论。"赵涵波说罢，要走开。窦大梅显得怅然若失，渡河人蔑视般咳嗽一声后便略带一些傲气地躺在了河岸，这一切都告诉他，该去山脚凿石去了。像摘到一颗青果，咀嚼到酸涩的味道上，与其说是果子没有成熟，不如说是自己伸手太早了，他望着站在河岸的赵涵波，这事不宜操之过急。他表面看去一切如往，可他看出他的一种不祥，这是结果使然。任何一个出乎意料的结果，在他的表情里都得以隐藏，只不过是他并不清楚，或许这就是某些人说的玄幻。从本质上讲，他恨不得立刻就得到他要的，从策略上讲，他需等待，在他还没有失去理智的时候。为了证实他的真心，他拿出了财产的清单，尽管那间密室还被一把铁锁把守，但这已能安慰了他，他的全部计划进展还未进行到终点。让他目前打开密室的铁锁对他是困难的，也是他计划中明确告诉他不宜轻举妄动的一点。他对他的供述又进行了一次核对，并把它们的价值与他的计划进行了比对，这些财产已能购进他要求的船只，变卖得好些，还会有结余。加上那座迟早要打开的库房里的财产，惊人的数字更使他受到安慰，库房的数量，可以消除他未得到它们的不安，也能抵消他的过失：他一日拿到这些财产他就会谅解他。不过，他惋惜的一点是，他身体太健壮了，要不是如此，他也完全可以等待他生病，不是太晚地死掉。在他明了了双方争吵的结果，他立刻便投入自己的所好就是证实。他没有再争吵，也没有表现出愤怒、失望，只是点点头，进入了自己的那条河流，像一位将军领兵进入战略防御，当一切争论都明了了，原以为他会像五雷轰顶，或如遭毁灭性的打击被击倒，出乎他意料，他选择了另一条路径：遁逃，逃进他的世界。

何必明走在回家的路上是无精打采的。像举兵进行了一场进攻失败了，他为这场争论付出了许多，或许还抱有幻想，一锤定音。在走到居所门前，他站住了。他显得有些怅然若失。他不知什么时候巡河人追来，竟站在自己身边。似乎还没有讲尽兴，她又要喋喋不休讲"故事"。这种补充式的讲述是令人生厌的，可作为一个河上被管理的工作人员，何必明还没有足够的勇气拒绝她。何必明皱着额。这是他烦躁的状态。窦大梅对他的烦躁与否似乎并不在意，或者说根本不去理会他是否烦躁，只要她感到她讲述的快感还没有彻底完结，她就要讲述，只要是河上的一个工作人员，多年的朝夕相处方式，不仅习惯了听者的忍耐，也习惯了她的肆无忌惮的讲述。这回她独辟蹊径，从她的经历讲起，开辟一条通道：她是有人爱的，而且无数男人在追求她，你会从她讲述的道路走入她爱情的王国，从而对她产生敬畏，而不是轻蔑。在这些讲述中，会看到"无数男人"的惨状，也会看到等待追求她的人的侧足而立。她一讲述开，要求听者诏媚与羡慕，因没有从何必明脸上观察到这一表情，她略略感到不快。听与自己毫不相干的讲述是需要极大的耐心的，尤其又在筹划一件事情。但长年形成的威慑力威慑着何必明，他几乎是硬着头皮倾听，又不得不装出听得津津有味，而讲述者讲述得头头是道已让他领会。窦大梅说："令人肠断！"何必明立刻点点头表示极大的赞同。其实，他并不清楚她讲到哪里，什么地方让她这样痛心疾首。本来故事要结果，看到何必明听得痴心入迷，窦大梅来了劲头，他的专注极大地鼓舞了她，她要不遗余力讲完，最大限度满足这位如饥似渴的听众。一个人的好奇心是可爱的，何必明更多的专注不仅让窦大梅满意，也让她尊敬。对自己讲述专注倾听的人她从来是不唾弃的，她之所以一次次成功地演讲，它是建立在听众的投入与专注上的。他们不仅需要互动，更需要互相敬重。在窦大梅的不断讲述中，何必明很难完成一次完整的思考。赵涵波不是十分好对付的，毕竟是白手起家，夺取他的财产。为了走出第一步，他已足足花费了一年的时间进行了周密而有步骤的计划；当事情完全按自己的计划如期进行，他更不能大意失荆州，他更要步步为营，或一点点计划周密地蚕食掉他。为了占有这条河流，赵涵波一守就是二十年，他在河上思索了二十年，不仅思想与河流融为一体，而且他在河里已扎下了根。他要连根拔掉他。虽然多年的听讲习惯了让她任意讲述，他可貌合神离，思索自己的事情，但今天，他怎么也不能从她的讲述中走出来。这不能怪罪她讲的故事太精彩，吸引了他，也怪他听得专注，增强了她的讲述能力。当然，何必明并没有完全被窦大梅牵了牛鼻子，在他混乱得不能完整地想一个问题时，他还在想赵涵波此时在谋划什么。因为赵涵波没有被干扰。

在窦大梅"尽兴"中何必明完全被分解了，思想被分解得支离破碎，身体和思想分离；当窦大梅"尽兴"完了，什么时候走掉，他已忘记。如在山脚吃力地凿了一天石头，听完窦大梅讲述，他回到屋里，瘫坐在床不得思想，十分地悲伤起来。他本可以马上入睡，但觉着这样结束一天很不划算，于是又坐起来。悲伤如任其下去，它会让人一蹶不振。经过强有力的遏制，悲伤不久便凝聚成一种力量，他从一种仇恨中站起来：一定要打垮对手！由于新的计划产生，他立刻要付诸实施，既然赵涵波可以封存那座库房不让他进去，他也完全可以封存他的另一座房屋，让那些"金条"、渔网受他保管。这些财产是属于共同的，这已毫无疑问；共同的财产，也可由他掌管，也可让他来控制。

赵涵波的卧室亮起了灯光。他佯装着什么事也没发生，坐下端详一支渔竿，他实际上不可能什么也不想。他从没低估他的智商，正是他高度警惕，他才这么疲劳，但用这些疲劳换取他计划的实现，是可安慰他的，它们用它们的价值犒劳他。他今天的变化也让他警惕，他不像先前，从争吵结束，立刻就进入了他喜爱的河流，他似乎从那里走出来了，这就构成他思考他的危险。像往日，他回来他给他做好饭，他要与他一起用餐，当然，他没有再侍候他，但他也像从未想吃饭的人要吃饭的样子，只坐着端倪一支渔竿。他似乎很沮丧，从进屋到一直亮着灯，没有丝毫想唤他的样子，似乎那支渔竿要离他而去，似乎他变成一个孤寡之人，一切像与他无关，只渔竿可倾诉似的，他长久地握着渔竿，一直望着它。他摇摇头，那是一种愧疚的举动。他有点看不起他了，谈自己的计划手舞足蹈，一旦事与自己无关就变得麻木不仁一声不吭，这是很自私的。他尽量给他沉默的理由，一起居住一年多，这也可算一种回报，因为摊上了这么固执的人，他没能宽宥他，未免说得过去自己是宽宏大度。

这种观望显然是浪费时间，他主动走到他门前。他可以在河上一蹲二十年，他可没计划那么大把浪费时间，他不是体味一条河，他要在河上做文章。在打开门的一刹那，他告诉他："我把储有渔具的房屋锁起来了。"忍耐对他来讲没有比得到计划的实现力更大，他使他看到紧锁上的锁，如果他还没看到房屋已锁上。墙上仅留了一张网，库房储保它们是必要的，捕获用一张网完全过得去。当他发现他麻木不仁仍在观察手里的渔竿，先是一惊，后来径直走去，把墙上仅有的一张网取下，扔到他开着门的门口。"其他的网我都封存起来了，这是属于你的。"

似乎除了手里的渔竿这个世界不存在似的，赵涵波脸色茫然，他的话他像没听见：今天这是怎么了？像一次河流风浪汹涌前他坐在屋里天昏地暗，不久雷声大作般，河浊浪滔天，漫过了河岸，淹没了四野，他失去对河的记忆，几乎成了一个白痴，他那时就这样，呆若木鸡坐着，像等候某一灾祸发生。"看到了吗？它们，从今天开始，都属于我，你只要乖乖待在这座屋，我会给你饭吃，让你仍可得到安宁；如不，我会将你赶走。"他的愤怒和他的痴呆表情成正比，他越是麻木不仁，他越是要愤怒不止似的，他拽了他出来。一个人被拖来拖去无动于衷如同死尸，让他吃惊。在他的印象中，一只兔子逼急也要咬人，他竟然一声不吭。举手投降是卑鄙的，可谁又不想得到争斗所得？在对他鄙视的过程里，他的胆量大到让他也感到意外，他竟给了他毫无表情的脸上一个耳光。在这一漂亮完美的耳光完成时，他略略有点自责，不过，这种情绪很快就被计划中的下一步计划实施替代，他不再去想，拽他到被锁上的门前，一个再痴呆的人总不至于认不出一道已锁上的门。

赵涵波像一个没一点良心的人，从被锁上的门口经过。他似乎发现了墙上的网与渔竿不见了，呆站在空空如也的墙前。他的厚颜无耻让何必明生厌，他还从没见过这样没心没肺的人。同时，何必明感到骄傲，像一个不费吹灰之力就击倒拳击对手的人，他喜欢看着他的别扭劲儿：因墙上被改变本身就别扭了，赵涵波叹口气，要走开，可又回过头，出乎他意料，他伸手去摸那空无一物的墙。他这一举动，不应该说是热爱渔具之举，更像一种根深蒂固的义务感，像每天要吃饭睡觉一样，他对墙上的渔具，哪怕是一支破渔竿，一张未晒干的网，他都怀有一种柔情蜜意。何必明很愤怒他的无动于衷，因为它很像一种抗议，而这一点是不能让他满意的。"你以为我是侵吞你的财产，要从河上、从这座屋撵你出去？从我来那天，被你邀请来，我就有了这个义务、权利！一个人需要占用一条河吗？垂钓又需要这么多渔具？我不仅要管理这些，锁这一座屋，在我愿意时，我同样可以锁起其他屋子。被你锁上门的那间屋，我打开它是迟早的事，要取决于我的兴趣。"

　　何必明的大喊大叫让赵涵波感到陌生。他回想着今天发生的事，几乎忘了他们争论了些什么，但一个结果他记得：他不是要与他合作去领悟了解这条河，是要在河上建他的运输队。这个迷人的结果让他亢奋，他记得他说出自己的想法时兴奋得满脸通红。一个凿石人的听觉器官是很好的，他可怔住听着"哗——啦、哗——啦"的波涛声有节奏地敲击出"再一下、再一下"的和音，他感到意外，他的贪欲与他的听觉一样强烈。现在的世道变坏了，一个凿石的人与一条河有什么关系，通过一块石头打一座山的主意就够让人生厌，通过与他一起居住，居然琢磨这条河，他百思不得其解。他的脑海出现的何必明一下变得不仅是手持铁锤、凿子凿石头的人，而且要敲开他的头颅，寻找占有他头里的河。他的想法是迷人的，他为此付出了日日夜夜的思考，他竟在他的琢磨中。要把最早领他入住的他与现在的他分开，人是在变化的，不能认为他一开始就有这一念头。这也许是在给自己找一个理由，但不从这条路径往下想，他没法建立自己的信念。谁能预料到未来会发生什么事情呢？二十年间，他的思想全部在河上，谁又知道，带他来到，是让他懂了引狼入室这个词的含义？

　　他完全可以撵他走。想到这一点，他就放弃了对它的实施，因为他同时想到的是一个卑鄙的小人。人是他领来的。但一个君子怎么能又赶出被领进的一个人？同任何一个人交往，这个人不管开始还是后来变坏，都不能把一切责任推离自己，这是他的理论。他以明显的反感回忆着，同时，他又深深地自责着，一条河，自己可以占有，那别人喜欢又有什么错？门被锁上，它表达的是他对那些渔具的关爱，从这个角度理解，这个行为是没有错的。当一种不便讲的情绪产生，人应该抑制，此时，赵涵波便这么自责着。在不断地思考中，赵涵波确立了自己的信念：人不能推罪，并且，他找出根源，这句话产生于《圣经》。他固执地认为，他找到了事物的本质，并不断反思，在反思自责中阐述了自己的思想。对自己新思想的产生，他一时感到惊喜。反复论证中，赵涵波开始推翻先前的想法，并确信了他的想法的正确性。"他有什么错？"何必明表现的贪婪中，蕴藏着对这条河的无限的热爱。

既然自己懊悔了，就不能只让它折磨自己，更应让他知道他的懊悔。赵涵波去敲何必明的门，门没开。这种安静让赵涵波非常高兴，同时又产生了对他的信任，空荡的墙让他产生了无限的怜悯：没有爱，他会把它们全部撤下、封存在库房？也许他睡了，他被折磨了一天，按他的本意，他想立刻把他叫醒，分享他对他的宽宥带来的双方的愉悦，出于尊敬，他成功地克制了自己的冲动，悄悄地走开了。他是需要休息的，不能打扰他。在进屋躺在床上，他又生起气来：这样会让他在被误解中仍要煎熬一个晚上。经过一番思想斗争，他还是放弃了唤醒他的想法，估摸掂量，让他安稳睡觉比立刻让他从睡梦中惊醒更重要。不过，他还是要告诉他：他错了，这一点很必要，也很重要。于是，他起身写了一张让他宽谅的字条去往他屋往他门上贴。当他做完这一切，如释重负折回来进屋睡觉，出乎他意料，他卧室的门被锁上了。

赵涵波百思不得其解。刚才他是开了门出来的，他怀着深深的歉疚，怕把对门睡觉的何必明惊醒，蹑手蹑脚摸去，企图再一次证实门是开着的。他对自己的举动很满意，因为果真如他所愿他轻步走没发出一点声响。一个高大的身影挡在他面前，他不明白随他走动，那黑影也在移动，因为他判断它是一堵墙，墙怎么会移动呢？既然是一堵墙，他没有必要躲闪它，他用手摸住它下面，企图沿墙走进门。一个很合他心意的想法随之产生，他既可很棒地躲在它下面，也不惊动对面门里睡觉的何必明。他判断何必明睡得很踏实，立刻就宽慰了。他需要休息。不过，某种不快还是留存在心里，他们没有合作成功，或将合作工作停了下来。他会怎么想呢？把他赶走是没有的事，可类似的想法不能排除。谁与他在一起，能完全无我地工作？想到这里，他心里略略平静了些，不太那么自责了。垂钓的工作要进行，他还需要他的合作。这条河永远属于他们这是无可非议的，也是经他们一起达成的共识，他不是同意了他讲的河是属于共有？假如蹲在他建起的码头垂钓，那是有损他的尊严的。但谁又规定在河上不可建一个码头？

就在赵涵波这么思索中，他看见了对面墙似的站着的人是何必明。他怎么也不敢相信他的眼睛，因为事出突然，在他的思想里，他应是安稳地睡在他屋里。"这个屋子我锁了。你今天要睡在走廊。"他简直不敢相信墙发出这样的指令，他高高兴兴锁上门，并把钥匙挂在了裤带上，虽然是一步之遥，他立刻觉得隔了一条沟壑。对于转身就失去了居室，他很难立刻接受，走廊的墙上，月光照去，神神秘秘，像一本钩沉小说，他百思不得其解，他感到一下就孤零零站在门口了。他把话说完，就去移动墙脚下的凿石。他是一个做事认真的人，他一件一件移走那些渔竿、鱼缸，又一件一件搬动自己的工具、石雕，摆放在墙角。赵涵波望着被改变后的墙沿，一种十分陌生的感觉让他一时难以接受。在刚才还挂着渔网的墙上何必明拉了一根挂晾衣服似的绳，立刻，上面就挂满了石锤、石凿。他有一个很大的怪癖，每只石凿、铁锤的下面，都要立一根赵涵波的渔竿。他把他心爱的渔具当成了支撑物，这让赵涵波看上去很不舒服。这么做后，何必明立住，用很诡谲的目光盯他看。"我要离开这里吗？"赵涵波第一次有了这想法，也是自己的安全感第一次出现了问题。"你似乎需关照一下那渔竿？"赵涵波说。何必明立在一边观看，如在一个观察哨观察敌情，观察着刚才上锁的门是否可被他打开。月光下，何必明光秃秃的头亮晶晶的，看上去让赵涵波产生了一种不可置疑之感。像一个专注的裁缝码边一样，何必明用一根线把自己的工具与作品圈围了一圈，当这些干完以后，他发现赵涵波仍没有如他所告去走廊寻找可睡的卧铺，他的迟缓让他愤怒。于是何必明嘴里开始讲起最刻薄的话。他骂他不知好歹，一个有道德的人早应该知道自己应离开，不这样死皮赖脸等别人驱赶才走；他说他霸占了河已经二十年了，谁规定它要让他永远地占有？骂一个不懂情理的人，他说是罪有应得，而且是出于某种责任。如果自己深思熟虑，就应该很轻易地接受这种唾骂。他像他豢养了他，他唾骂他，他起初是惊诧，接着觉得理所当然，没一点反抗。他们是患难与共、风雨同舟的，既然这种友谊不容置疑，这种指责又有什么不该？准确地说这唾骂不是唾骂，是另一种劝说的方式。他是爱护他的，他觉得他对他的伤害程度达到了让他愤怒的地步，而且他的原谅达到了极限，他揍他几个耳光也未尝不可。也就是在他这么想的时候，一道黑影掠过，于是他的脸上热辣辣的。他经手一摸，才知道他抽了他一个耳光。对于他的打，他是不反对的，并且同意了他的选择，但他是期待他责骂后再动手，这出乎他的意料。

由于自己某一想法产生，闹得两人大打出手，鸡犬不宁，赵涵波能够理解，但他连续打他，他开始觉得被打得太多了。他连珠炮似的骂他，起初他还分析这些话语的内容，后来他就没时间考虑了。他很顽强，每骂他一句，就揍他一下，并且没有一点停止的迹象。最后，他狠劲儿一推他，他一个趔趄，差点跌倒，他以为他伸出的手是护着他怕他跌倒，没想是拽着他头发，怕他逃掉。在他没知觉中，他伸手摸走了他裤带上的钥匙。他应该感到内疚，他想，他觉得这样轻易摸别人的腰包很不礼貌。"不应该！"他喃喃地说。

假使他还有一点反抗，他或许会停止。他愤怒不仅因他过去的行为，也因他的软弱。他从认识一个人开始就讨厌一个人的懦弱。他曾经有一种与他缔结同盟的想法。他的懦弱让他想到这种计划像上当受骗了：居然与这种人合谋做事！径情直遂，他从揍他得到了所要得到的：河、财产，也得到了报复的快感。他是一个开明的打手，他不全揍他耳光，也揍他身上。那么一刻，他躺下不动弹了，在一阵质疑后，他似乎觉得他在耍阴谋，于是他抓住他的头发把他拎了起来。"从一开始，你就暗算我！这是你罪有应得！"何必明明确了他并未死，又连续抽了他三个耳光。"我要建一支船队，在河上，明白告诉你这是谁也阻挡不了的！"何必明从躺着的赵涵波躯体跨过，走去自己的卧室，他会起来走去走廊寻找睡觉的地方的。

十五

　　赵涵波十分鄙视起何必明来。他回忆起来，他打他的方式是一种暗算式的，而且是从侧面进攻，他很瞧不起一个人对另一个人偷袭。他让他去走廊睡觉，他离开，在他往走廊走的时候，他侧面就被他踹了。这很不地道。因为他已按他所说离开卧室去往走廊。另外，他锁门的行为也让他反感，尽管他也是把一间屋锁了起来，可他锁那屋，纯属为自己的财物安全，他是爱它们，不是怕被他人占有；他锁门，未征得他同意，是断他后路。这大可不必。对他搬走他的渔具，堆放了石雕石凿，除搬移他的渔具他有不同意见，他是认可的。自己的渔具自己的心爱堆在墙角，他同意珍爱自己的工具、作品，为什么就不可以堆放呢？至于把所有的渔具上锁了藏入库房占有它们，他的贪婪没让他厌恶，但他的迅雷不及掩耳的速度让他惊诧，有必要这么快封存起它们吗？想起他早已答应这些属于共有，他这么不信任他，这么早下手，他略略感到悲伤。再让他怎么样？共同拥有河，一起在河上垂钓，认识鱼群，一起干共同愿意、喜欢干的事，他是答应并持欣然应诺态度的。他对他打他也不苛求，但觉没必要这么以强凌弱。一些事情必须想清楚。一个具有事业心的人是凡事要有清楚的思路的。同时，作为一个正人君子，也必须首先从自己身上找原因，他热爱垂钓，热爱河，二十年的朝夕相守，他懂了河，并且与鱼群交为朋友。他的垂钓是一种阅读，他一直这么认为，通过渔竿阅读河，甚至海。这种相爱错了吗？他否定这一想法。二十年，河给了他多少？只有他心里明白。除了河，人生还有意义、价值吗？他没想出比河还更有可认识价值的。那么，是他过于热爱河，从而忽略了其他感情？凡事要执着，但要去执着心，这一点他比其他人更明白，也没有那样固执地追寻河的一切、奥秘，一切都在淡然平静中。他在河上打禅似的一坐一天，难道没说明这一点？二十年相处，君子之交，正因为看到他天天如他一般坐山脚下凿石，从他的执着宁静中他才邀了他入住，他们在共同的喜好中走到一起，他是平常心做事的。邀请他来错了吗？他的宁静、他的"再一下、再一下"与河流的"哗——啦、哗——啦"的谐配，正因这一点造成的宁静，打动了他，他邀请了他，多少年他遇到一个同类、与自己一样恪守信念的人了吗？他为什么要想到占有他的财产？不！至少他不承认他是要占有他的财产，他或许比他更爱垂钓，更渴望了解河流，他才这么急迫要占有它们。人在强烈期望实现某一愿望时往往是会失分寸做事的，那他的行为，虽然有点过激，但又何可非议？对于一个已举手投降施威的人他是从来蔑视的，他打他，或许是对他恨铁不成钢，或许是觉得他没有全身心用在河流的了解掌握上，那么，这样一来，他就不是施威，是为教训他让他改正过去的过错，至多是矫枉过正。一个人的时间是有限的，他不能把过多时间用于思索他对他的态度的对与错，他要进入河流，每一天的河流都是变化不定，形式多样的。比如今天的某道浪波，它已经离开岸，它要一步一摇到遥远的对岸，从河流进入大海，或许是几年、几十年，触摸了某一海岸，是渤海、黄河，或太平洋，在上面猛烈撞击一下，然后义无反顾回来，来到他蹲着的脚下的岸，仅它们带来的惊喜就可以使他兴奋不已，也可以让他在河上坚守一辈子，观察它们，如人一般了解它的悲伤、欢乐、艰辛与痛苦……它们是几千年、几万年这么循环往复，无始无终行进在河流、大海的啊！一进入河里，他就忘记了一切。一个狡猾的人是没法如他这么爱一条河的。在赶他到走廊睡觉，他对此举无可非议，但他拖他去往的时候踩踏他的渔网让他心疼，他如渔网疼痛一般疼痛得不能自已。多少年，他除了自己，从没信任过任何一个人对渔网的态度，不管风吹日晒，自己多么疲惫，他都是亲自去挂网晒网。就是某张网被挂在一堵单独的墙上，它们被风吹着，他感到它们的凄凉，缺少安全感，他时刻感到它们像孩子依赖母亲似的，时刻渴望得到他的呵护，他要一直陪它们被晒干取走。在经过对河的遐想，他对河的眷恋之情油然而生，从而他似乎感到身上不疼痛了，体力也似乎恢复了许多，于是，他像一个要全速奔跑到终点的运动员，全身心思索河了。河有着无穷无尽的奥妙。他的生命是有限的，时间是有限的，对河的探索是无限的。没有足够的时间待在河上，是不会认识到河的感情的。河在风里静而不动，在月下明眸闪烁，在日光中波浪嬉戏，风雨在河流中的舒适惬意，一道久别的浪波的生死契阔……他认定除他之外，没人识得……

何必明一直坐在门口，如一只老虎坚守着猎捕来的食物，守候被锁上的门，盯紧着赵涵波。这些财产一日不被转移到他认为安全的地方，他一日就不得安宁，要一日这么守着。转移的地点他还没想好，放在渡河人那里等于投入虎口。他比赵涵波更贪婪，如果说赵涵波拥有它们是为垂钓，渡河人一旦得到它们他立刻就会赶他离开河上。面前的人在躺着，可谁能保证他不起来反抗？

赵涵波几次要站起没有成功。在他记忆中，他还从未被打得这么严重，或从未被人揍过。他想从走廊的墙上抓到什么以凭借站起，哪怕是一张网的纲，一支渔竿的线，可他落空了，因为墙上挂的渔竿、渔网全被何必明拿走了。他望着面前坐着的何必明，他分明在监控他，他的眼神满露恐慌与畏惧。他一直这样盯视他没有睡觉吗？从他的眼神判断，占用那条河还未列入他的议事日程。也许，那座正建的码头是个开始。他必须站起来。二十年他还从未有一天没有到河上。如果没有一个健康的体魄，他的探索就会被中止。这座房子也够沧桑的了。它陪伴他二十年与河共处，现在，它竟空空如也，没一丝可让他抓住、凭靠之物让他站起的。

"老实躺在那里！"何必明说。他第一次看到他眼里冷酷的眼神。他不畏惧这种神情，只是感到失望。

何必明不仅反对赵涵波起来，对他挣扎着要起来的痛苦表情也十分反感。这好像是他的过错，他要起起不来每一龇牙咧嘴的表情都像一次控诉。仅仅监视他是不够的，要想让他放弃夺回这些财产的想法，只有把他赶走才行。他喜欢看到一个人被赶离河上背着行囊从遥远的河岸走去的背影。他盯着挣扎要起身的赵涵波，从与他对视的一刻，他向他表达传递了他的这一计划，并让他明白了他的想法。

赵涵波此时只有一个念头：从走廊起来。他揍他不仅伤了皮肉，也伤到了骨头，这一结论是他第三次挣扎起没起来得出的。他要站起，骨头好像咔嚓咔嚓响着。光溜溜的墙没让他有所托扶站起来，但他成功地避免了一次摔跤。而这一所得正是他心里要到河上的强烈的愿望起了作用。他终于站了起来。他的第一件事就是跟跄地走去墙角取那里仅剩给他的一根渔竿。一摸到它，他就有些激动，它是他的生命。

赵涵波的坚韧程度让何必明感到意外，同时，他后悔他最后几下没有往他致命处打。当时，是由于怜悯，也是出于疲劳，但他认为疲劳的程度大于怜悯。因为他自从进来一起居住就计划占有它们了，一年多的时间足以克服了他软弱的心理。因为他的站立与他的财产有关，所以，他认为应阻止他起来，于是，他走过去，夺取了他已经当作拐杖的渔竿，并把他推倒。说是推倒，倒不如说是他自己跌倒，因为他已经弱不禁风。当他颤颤巍巍又一次站起，他判断他是否要进攻，尽管他知道他不是他的对手，但他还是不免防备他。他自己就跌倒了。

他应该得到惩罚，赵涵波想，因为他在他面前示弱。一个软弱的人，谁都不会尊重的，尤其是对方把你当作敌手，赵涵波感到脸红。他从没像狗一样爬行，他几乎是匍匐前行的。那条河既亲近又遥远。这种遥远感与他的身体状况有关。他一定在讥笑他，同时他也会得意，因为他是被他的拳头击倒的，尽管他认为他采取了不正当的手段。一个没信念的人是可悲的。一个有着事业心的人同样是艰辛的。一个凿石人为什么要贪恋一条河？他不仅觉得他的选择不当，同样觉得他改变自己的职业是可悲的。他之所以打他，夺取他的财产，他今天才认识到是他的"贫穷"所致。一个贪欲极强的人哪有精神的财富？这就是他穷凶极恶的原因。在贪欲中过日子是不幸的，同样，有着自己很好的追寻是幸福的。赵涵波跪了下来。这不仅是身体的问题，也是信仰所致：想到自己的未来他不由自主跪了下来。他膜拜河。河懂他，也知道他的辛酸，包括现在的状况。他这时有股莫名力量产生于躯体，由此，他与何必明相比了有一种优越感。这种感觉很好，让他马上从无助无能中解脱出来，立刻，他也站立了起来。对面的监视不见了，变成了一条河。他敢断定，在他坚强地站起后，他销声匿迹了。他心中有强大的河。

他居然摇摇晃晃向他走来，要向大门口走去，何必明没料到他恢复得这么快。他双腿紧夹，左臂护着胸，头略略抬起，看样子他要逃跑。

没那么便宜。在他走到门口时，他挡住了他。他像检视一件工具一样检视着他的身体。他希望他乖乖地倒下，这样就省得他动手了。他对他视而不见，他不认为是身体所致，他认为是他对他的毫无敬畏之感。他要把他去往河上的企图变成泡影。他明白他是要去河上的。与他一年的相居，他把他的每根神经都摸得一清二楚。那根渔竿就在脚下。他用脚踏住它。他知道第一反应是要操起渔竿，果真如他所料，他弯腰去拾渔竿。渔竿对他是探寻河奥秘的工具，他把它当作系拴他的绳索：他取不走渔竿是不会去往河上的。

他果真站在他面前不动了。他的警惕变成某种滑稽可笑的东西——他以为又是墙挡住了他的去路，他也警惕某件物件压在了渔竿上使他不能如愿，当他明了他要摆脱的对象是何必明，他才恍然大悟：他仍在他控制范围，其实他的思想已跑出了屋外。一种严重的不安攫住了赵涵波，他困惑自己落入某种圈套为什么不能逃脱。他睁开一只眼，闭上另一只，用眼测试他离他的距离。他企图预测他在不到一米的距离中有着摆脱他的阻挡的可能。他一边目测，一边保持着强硬的姿态，即他无论如何要绕他走去，即使对方把他的去路堵得严严实实，也没有打乱他的计划。

他的计划让他笑话。就这把骨头，能站起就是奇迹了。对他靠近他的距离他有着确切的认识，他只用臂肘轻轻一撞，他便一个趔趄倒下。他懒得说话。他只用眼睛示意他，今天从这里经过，是他最后一次在这个走廊的走动，他要把他扫地出门。他要他明白他的意思。当他看见他企图站立，他趁势扶了他一把。他与其说是扶他起来走路，不如说是扶他让他仰头看他的眼神。在他盯着他看他的眼神时，他站着一动不动，他不打算打扰他。他双手抱臂，这样既显得冷静，也显得高贵，他把这一动作做得恰到好处，由此让他产生高山仰止之感，这对他放弃自己财产的决心有好处。他的脸上浮现出不愉快的表情，甚至是沮丧。这一点他已料定。他在从这个门净身出户是不可能愉快的。

赵涵波沮丧地摇摇头。他感到何必明居高临下的表演潜能之大，此时达到精湛的地步。这一点以前被他忽略了。他竭力想逃开看他的那凌厉的眼神，但立刻证明努力的徒劳。他越是想摆脱它，他就越是被盯视。他有点后悔自己从走廊走过了。他很尴尬地笑笑，既有某种歉疚，也表达自己的无奈。这几乎是一种举手投降，他明了这一点，所以他难过地低下头。他希望他给他让开一条道，这几近乞求了。这么做很危险，他明白，它意味自己已是刀俎之肉，他将会被他宰割。果然，他看出他宽容的笑视。说是宽容，倒不如说是鄙视。他知道这笑容在以后多少年回忆起来会让他羞愧，他的头颅扬到一个新的高度，他也不看他，像只在思考。一个岸上施救的人望着落水之人打主意是否下水拯救的样子应是这副表情，赵涵波在这种高傲的表情下卑缩到尘埃里了。从前他是富有的，有河，有满屋的"金条"，渔网，标本……一夜之间他不是变成一个乞丐了吗？他的怒气一天比一天大，随他把渔具全部锁起来，他的卧室也被锁起来，他感到真正被锁起来的是他，他再不是他，是连一根渔竿也不值的人。如果老老实实从这道门走出去，再不回来，他不仅饶恕他，同时不计前嫌，当他永远没有存在过；如有半点捣乱，他会像他的渔具一样的下场，他只是他要锁或不锁在屋里的一根渔竿，他同时可以随时出卖他，变成钱，他读懂他的表情。凭着他的直觉，他猜出何必明心里的变化：他不是阻挡他，是要赶他走。他在这里，他妨碍着他的计划，这是他明明白白告诉他的。

他没有对付一个强者的经验，可他处置窝囊废不是第一次了。在对待渡河人与赵涵波的策略上这完全是两码事，他的手足无措，可以说增强了他的放肆程度，也刺激了他对弱者的凌辱感，阴谋与策略有什么区别？只要目的一致，什么也是手段。他生来就是一个用智谋取胜的人，他不管他称他什么策略家或阴谋家。在他被他挡在门口的转折中，他的技艺发挥到了极致，他的每一个表情都是对他投去的致命的炸弹，他哆哆嗦嗦活在他高超的技艺的威逼下。他完全被搞乱了，这正是他要的效果。有那么一刻，他担心他报复，可不久，他稳操胜券，他完全掌控了他，他的担心完全是多余的。他不能容忍他在这里，他恨不得再揍他，打烂他的头，可有这个必要吗？他向地上唾了一口唾沫，他装出强抑了自己的怒火。他是强大的。他要是冷酷，没有比他会更冷酷的人。

突然，赵涵波倒了下去，头重重砸在何必明身上，倒地了。何必明仍然岿然不动。他一时没反应过来，以为他在施计。他大喊着："装死有什么用？哪怕今天是你的忌日，你爬也要从这里爬出去！"他还想喊："起来，这一切伎俩是没用的……"可他没喊出来，因为他确实看到他的变化。赵涵波一团泥巴似的瘫痪在地。

　　他的躯体再不由他支配，他感到全身都散了架。他没有扶他，也没有再打他，只鄙视地看着他倒在地上。他的无情无义让他绝望。世上真的有"友谊"二字吗？他的腿有人在拉，他明白是他在往出扯他，像扯一件物件。他从他站的位置被拉过去，拖到门槛，他清楚地感到他躯体经过时被磕了一下，头"咚"的一声，他被拖出了门外。随着他又一猛拽，他被投出了很远，然后是"吱呀"关合上的门声。

　　"真不要脸！"他说着，往屋里走去。

十六

　　赵涵波无目的地在河岸走着，为了节省体力，他把随身带的包袱丢掉了，要是波浪没那么大，或他有体力，他会游泳，他两天没吃饭了。不过，回到河上，他还是被安慰了许多，虽然他的工具、房屋全丢失了，但他还走在河岸，他不是因为这条河才在这里建了房屋、购买了渔具，不也是因为河才一蹲二十年吗？渡河人光着脊背上岸，向他的茅屋走去。到渡河人居住的地方，是他此行的目的地：他并没有全部掌握了他的资产，那里有个土包，他把多年捕获的收入和最昂贵的渔具埋存在那里。河上有些垂钓的人，赵涵波与他们交谈，他得出的结论是这些人全是叶公好龙，他们不是垂钓，是亵渎河，没有二十年垂钓是谈不上热爱河的，何况，他们无知到愚蠢的地步。也有一些河岸的鱼贩子，他们盯着他的渔竿，像盯视一张钞票，再没有比这种贪婪让人厌恶的了，当他们与他打招呼，他阔步走去，视而不见。和垂钓者比起来，他更愿意看一眼河里的鱼。他不开口便罢，他仅讲了这条河的来历，听众就瞠目结舌，如听天书，惊奇得不得了。这里的人有几个读过《山海经》《水经注》？了解一条河必须得了解所有的河，河与河之间是血脉相通的。河一旦进入理论探究，它就不是流动的了，它凝固成历史。一条凝固的河不仅是一本书，也是一首诗。给无知愚蠢的人讲述，既让他生气，也让他满意，因为他从中体会到它的价值。在讲述中，赵涵波忘记了被赶出来的烦恼痛苦。从听者毕恭毕敬的倾听中，他不仅明白了洗耳恭听、如饥似渴的含义，也清楚了自己对这条河热爱的程度。在第一天讲述中口干舌燥，他说明天不讲了，他要休息，可当第二天被众人围住，他克

109

制不了满足他们请求讲述的冲动，于是，他又不惜一切、不遗余力地再给他们讲。他不知道他在一周中是怎么度过的，他几乎忘记了他要干什么，他把河的历史讲述得有时亲近，接着又说得很遥远。他觉得这是十分必要的，一条亲近的河触手可摸，但它的顽强、遥远感你永远体会不到，自以为是是十分可悲的。一天，在他讲述中，他看到远处渡河人在侧耳倾听，一个传道人，他是永远不会丢弃任何一只羔羊的，渡河人的无知，是他早已料定的，一个人在河上求生存必要，可仅仅为了生存居住在河上，实在是可惜了一条河，河是让人来认识的，不仅仅是为了生存，他招呼了他过来听讲。那些挎篓卖鱼的人娴熟地装鱼、卸鱼，与购买者交谈讨价，他从他们的满意中感到某种凄凉。他们失去的，远远比他们的所得多，可悲在他们对此一无所知，他教导了他们。渡河人躺在水面摆渡，也极大地刺激了他，那么一条五彩缤纷的河，河上琳琅满目，应有尽有，他视而不见，这样的人待在河上不是在糟蹋河吗？每只耳朵都竖起，每个人都如饥似渴倾听，赵涵波后悔以前浪费的时间太多了，一个人博学多才有何意义，普度众生，让所有的人认识河才有意义。大海太遥远了，遥远得让人望不到边际、想不到它的宽阔。这些可怜之人！准确地说没有在河上把握二十年渔竿的功夫，一个人是永远望不到、想不到大海的边缘的。他告诉了他们大海的样子。在众人感触良多、由此点头认可他的讲述时，他沉默着，如一个老师讲到恰到好处让学生思考不去打断一样，他让他们消化他讲述的知识。这些人既让他好笑、可怜，也好气，在他讲述中，他们集体地在懵懂中，他感到压抑："无知也是一种强大的压抑！"当他讲到他们感兴趣之处时，他本意要求他们沉默、默思，可他们竟然嘻嘻哈哈，似乎他们已领略了要旨，让他痛苦。他深刻体会了传教者的感受。不过他的目的很明确，要让更多人认识、领略河。能走多远走多远。他给他们开了不少书单，让他们去阅读。认识不仅来自听讲，也来自阅读。理论永远是指导实践的。他是因迫不得已离开了那些书籍、渔具，可它们并没从他心里离开。一支渔竿、一张渔网，永远在他牵挂中，他也讲述给他们听。他服从河，由此也可做出任何退让，但他对河的伤害行为寸步不让。他似乎恍然大悟，他几天把自己的聪明才智发挥到了极致，而以前是执迷不悟的。人一旦被某种思欲支配，思想就会变得狭隘，现在，他感到他在支配他的想法，并把它播撒到众多虔诚的听众耳朵。这个看似无形的工作，它在发挥着意想不到的力量。没有认识，河是空空如也的河。

星星满空，河岸仅留赵涵波一人，他这时才想到自己是被赶出来，是要去寻找被早日埋藏了的所得。他不客气地拒绝了同去岸上居住的渡河人的邀请：与他一同去茅屋居睡，满天的星斗，一句话不说躺下来再孤寂也无妨。他希望在河边温暖的房屋过夜，如果拿宁静与河岸有一间宽敞明亮的房屋睡眠比较，他宁愿独自躺在宁静的河岸睡觉。星辰在天空是宁静的，河流冥冥忽忽流动无比可爱。和与那无言以对的人居住在一起比起来，一个人躺在河岸，他觉得惬意开心。看到那些听他讲述后面带喜色离去的人，他明白，他一天过得很值。他不仅精确地测定每道波流的走向，并明白自己是一个称职的河上的垂钓人：垂钓人不仅仅是垂钓，也包括让更多的人认识河。当他躺下，他感到无比沉重：这时他才感到河一直被他肩负，他一刻没放下它。他觉着月光普照的地方没法安放河，阴暗的岸崖更安放不了河，他的思想在河里，河也在他的想象里，他如何能与河分离？要是有支渔竿就好了。它可以分享垂钓来的河的乐趣、快活，快乐也具有分量。由此他想起了卜爱红。她游泳的快乐被他分享，它不是一直搁在他心上？她让他长久想起，占用了他的时间。每次独自在河上，他总看到她兴高采烈从河里上来，走在河岸的样子。对她的思索回忆成为习惯——因为走在河上——它就变成他垂钓的一部分，她是在他垂钓中出现的。现在，他又惊讶想起了她。"你又要游泳吗？"她向他走来，他问。她坚定地走去，坚决而严厉地说："这您就不要管了！"他猜想她是仅要从岸上走一段路，接着要下到河里。一个在河上居住的人，她如一只蛙，在水里比在陆地更舒适。"我喜欢你在河里自如如鱼的样子。"她的远处是一只筏子。她用它泅渡，畅游在河。从第一次看到这只筏子，就给他极好的印象，它像他手中的渔竿。"你知道，我还从没见过像你这样的人……"她在一旁听着。她矜持地扬起头。每当快乐的时候，他就想起她。他们是同一类人。渡河人与他不同。认识何必明可以说是误入歧途。那位曾紧挨他坐的听者向他走来。他看到他面前堆放的"河"的书有些吃惊。多年养成的习惯，他要在这里读关于"河"的书。"你能帮我把这些书整理一下吗？"他说。当他问他需要不需要打包，并取起他一旁的书包时，他立刻严厉地制止了他："不！你只整理好了！我正在阅读！"这个听者是一个年轻的流浪汉。他三天前才来了河上垂钓。他深入浅出、旁征博引的演讲吸引了他。他迅速帮赵涵波如嘱整理了书籍，便匆匆走入不远处的茅屋。

"他是一个很怪的人。他睡觉需要一张铺席。"他说。需要铺席是他的猜想。站在茅屋门口的渡河人向河岸坐着看书的赵涵波望了一眼。他明白他已被赶了出来，但他相信他有更多的财产被他藏匿，何况这条河还没有彻底地交出。"你可以去睡觉了。"他狡黠地笑笑。"我去陪他。"年轻人没有离开。"他像一个学者，白天又要讲述河，他讲述河的知识那么精彩。"

"你把我卧室的铺席取出来。"渡河人说。他与其说告诉他赵涵波睡觉没有铺席，不如说告诉他一直想打开他财产的缺口，知道他财产的藏匿所在。他知道雪中送炭远比锦上添花更感动人。

"他刚才在看着那个人。"年轻人指着远处木筏上漂荡的卜爱红。"你去睡觉吧。"渡河人又进一步催促年轻人。渡河人知道卜爱红深得赵涵波赏识，可她一年四季在河上游渡，鬼知道她什么时间才能再回来这里。"我们是老交情了。"渡河人取过铺席要走开。

"你先前还说不认识她……"

"我非得向你交代所有的事不可？你这个傻瓜！我要你睡觉！就现在！这里没有你的事了！你走吧！"渡河人扛席铺走去。这样的对话年轻人很满意。他不仅称羡渡河人游泳摆渡的技艺，也喜欢看他发怒生气的样子，因为他从小到大从没见人大动肝火的样子，他从他身上总能得到某种满足：他一生气，脖子上就有三根筋暴突出来。他来河上三天，第一天就选择与渡河人住在一起。因为他第一天就被愤怒地斥责了一顿。刚才他去找赵涵波，就是遭受了他的怒斥才去的。他磨蹭着给他整理书籍，问需要不需要装书包，他就是为看到他发怒。在他整理书籍中，他看见他一直在茅屋门口面含恼怒地站着看他。

赵涵波把见到的卜爱红完全规放到想象中了。在他思想里，无数次想起卜爱红，所以，她的出现，与其说在现实，不如说是在又一次回忆里。在回忆中，卜爱红变得更真实，更契合他的要求。尤其那只木筏，他更喜爱。他从木筏看到他的渔竿的重要性。"爱河的人都是需要一个媒介探寻河的奥秘的！"赵涵波说。当她在他回忆中再现，一个高大的身影出现在月光下。自从逃离居所，赵涵波已成功地克服了现实与幻想的距离，在现实他可以进入幻想，幻想会变为现实。难道这也是幻影？

"我给你带来了铺席。"

年轻人几乎是怀着嫉妒的心情看着渡河人了。他没有入睡。他尾随渡河人走来。他觉得他还会发火。他也从没看到一个人对另一个人能到如此殷勤的程度。他真希望献殷勤的是他。至于如赵涵波般被尊敬他是从不敢想的。

赵涵波陷入回忆不能自拔，在他的想象里，卜爱红如他所望畅游在河，与鱼群嬉戏，如鱼群跳上浪顶，冲下波谷。当高大的身影挡住他视线，他看到身影里站立的年轻人。"你又来干什么？"赵涵波明白了一个道理，凡是蹑手蹑脚走入者，都有非分的想法。何必明不是口口声声称他为师、见到他总是缩头缩尾吗？但渡河人除外。他只是好心地给他送来睡觉的铺席。"我其实睡在河岸就足够惬意的。"

渡河人没有径自走去。他明白他会在这里待些日子。一条计谋施行需要时间。他在这里度过的日子足够他实施自己早已思索成功的方案。

赵涵波并不知道自己躺在铺席上不是渡河人送来的友情，是一个圈套。他独自一人躺在铺席上，把与何必明居住的日子与这几天和众人在一起的日子进行了比较，结论是愉快的，他失去的是某种纠缠，一个人只有在自由状态才会有创造。他已领略他演讲天才的发挥让听众得到满足的快感。如果说占有了一个人的财产就是占有了他的思想，那这个如此认识的人是蠢材。他由此推彼认清了何必明的面目。他为什么要想起何必明？为什么不从思想里彻底清除了他？他不仅觉得他玷污了他对河的感情，也觉得想起他就是一种丑恶，一个高雅的人是不应让一个满身污秽的人进入自己的想象中的。他算什么？一个石头一样的凿石人！几十年的铁凿，凿通了他的智慧思想了？他第一次感到可怕：他竟然与这样的人一起居住了三年！要是渡河人，他有防备，他用自己的躯体一天天在侵占河，他与河的切肤之交让他警惕，他时刻防备他玷污了他心爱的河；可凿石人他没防备，不仅如此，他还被他与河流的"哗——啦、哗——啦"和"再一下、再一下"声迷惑，误认为它是他发自内心的声音，他是他的挚友。他身上有那么多恶习。他像他凿石一样，一点点凿敲着他的所有，丢失那些财产不可惜，可他的恶习传染了他，他让他过多地关注了他，好多时间忽略了对河的探索，对那些可爱的鱼群也忽略了，要不是今天跑到河上，他仍意识不到这一点。怎么想到与他共谋探索河呢？在河上，他从没想到被河淹没，但他时刻警惕被世俗淹没，他在他的提防中出现，他竟麻痹了，要不是他豪取了他的财产，他离开他，他不知会被迷惑多久，会跌怎样的大跤！是河支撑了他，拯救了他，让他看清他的把戏，重新回到河上。一个人抱着一支渔竿只有捕获，将会变得如何必明铁凿凿的一块石头，没有生命、生气；但思想也不能走得太远，二十年，他就是凭此信念，融入了河里。他把他从家门赶了出来，但他是怕他出走的，他出走，并没陷入迷局，他是又走入一个世界。他现在守着他的财产在哆嗦、恐惧，谁又能说得好呢！

那些钱财以及精致的渔竿就在那座茅屋旁的土堆埋着。这是他不明了的。他满以为占有了那座屋子的渔具、渔竿就拥有了一切，差着远呢，仅仅土包堆放的那部分钱财对他就是个未知数。那些财产是有分量的，他被紧紧地捆住了，他困在了那里。他身轻如燕，一个人愚蠢到如此地步，以为财产是翅膀，可以借助飞翔，岂不知它变成了他的枷锁。他从一开始就谋算他的家产，他是被投入监禁。河在那些渔竿上吗？只有他抱着渔竿才能走入河里，除此之外，任何人握紧的渔竿只是渔竿，没有生命。真庆幸，在他最需要离开他的时候他摆脱了他。

河上的木筏漂流而下，漂了很远。

在夜晚河岸独居，白天给倾听者讲述河海的过去与未来，它们的动与静，博大与微小，它们的久远与短暂……赵涵波不觉在渡河人不断送铺席、食物，年轻人站着欣赏到渡河人莫名其妙的愤怒与出乎意料的献殷勤中哈哈大笑地度过了一个月时间。他用传道者的坚毅精神，和在河岸生活、工作的人分享了河的知识，不惜用尽最后一点体力，走遍了有限的河岸。一天傍晚，在木筏消失的河流里，他看到河里升腾起的云雾，感到茫然。这也正是渡河人多少天耐心等待的时候，他为此纠集了不少人，做了充分准备，迎接这位"终有一天会失魂落魄"者。那座朦胧烟雾中的茅屋他没有想进去，尽管那里灯火闪烁，似乎有着迷人的魅力。继续讲述？听者的理解力非常有限，怎么能一下接受他二十年的所知？他第一次感到空虚与孤独，哪怕是一种高处不胜寒的孤独。最终，月光照射下的茅屋吸引了他，也是在他得到土包埋藏的钱财之后。

赵涵波站在月光下，有点不屑一顾地看着月下的茅屋。这种蔑视，多半是来自他对茅屋的主人的轻蔑，对渡河人，他是从来不正眼看的，哪怕他游渡河游渡得再好，他把他视为河上讨饭求生的一类人，简直不如一个诸如剃头铲菜刀的小手艺人。不过，茅屋里的情景完全出乎他想象，没等他进入，就听见里面人声鼎沸，吵嚷得不得了。他原以为里面居住的只是像渡河人一类游手好闲的人，第一个出来的人就让他吃惊，竟是一个鱼贩子。而他要与他打招呼，他置之不理，出来取了一杆秤，头也不抬就又进去了。没等赵涵波进去，一个上年纪的白发老人出来，接着，跟着渡河人、鱼贩子出来七八个吆五喝六的人。这些人一个不剩从茅屋拥出，也没一人和赵涵波打招呼，前后走向恍恍惚惚的河，然后立在那里吵着什么。赵涵波不能确认这是否进行着一场赌博，但见渡河人一头扎进河，然后在接近河的中央浮了上来，接着，吆五喝六的人中的两个，也一头扎入水中，也在河中央浮出水面，那里，有一只船，船上载着六七个人，渡河人与另两位靠近船只，如潜水等客上船般，稳当地停着，让船上的人登上他们的背，然后进行摆渡。不难判断，这是在表演，但见仅渡河人背上，就载了四人，他稳稳妥妥，如一只鳖向彼岸游去。

　　由于对河的热爱，赵涵波被渡河人的技艺攫住双目，他不能相信他们的背上有如此大的功力，七八人乘游，简直像一只鳖背上驮着几只蜻蜓。不过，赵涵波还是以蔑视的目光去看这场表演的，凡是表演，都有卖弄之嫌，这条河上，任何卖弄都显得轻蔑。不过河岸上的人让赵涵波产生了兴趣，他们一个个张大嘴巴观看，瞠目结舌，他们的样子，似乎更具有河的品质。在吵吵嚷嚷中，随渡河人归岸，一个个乘渡者也上了岸，接着，两只鳖似的泅渡者也登岸。

　　渡河人向赵涵波走来，接着，另两位也向他走来，与他坐在一起。

　　"被赶出来了？"

　　赵涵波仍看那冥冥忽忽的河。渡河人的表演吸引了他，但那条月光下的河的波纹之美丽更能吸引他，他从波纹中读着那只月亮表达的日月，它正是月圆之时，而波潮与日出是有很大差距的。"难道不是问你吗？"渡河人生气道。渡河人与他长年相处，赵涵波只了解到他狡诈的一面，他对他的提防也是惧怕上他的圈套，他生气与他说话，他还是第一次遇到，他不习惯他用这种不友好的态度与他说话。"你看到了，我的生意不错。"渡河人指着月光下的河对岸，那里聚集了不少等待摆渡的人。"你曾经想用你的渔竿探究清楚一条河，我知道你是对的。可你没有意识到一根渔竿的局限性，而它又仅仅是一根渔竿……"赵涵波愤怒了。除他的渔竿之外没有任何一件东西可以用这种口吻与他说话，渔竿是神圣的，他不允许用任何话语如此地亵渎它。"你不懂……"赵涵波刚一开口，渡河人制止了他："我懂，你听我说完……你的出发点很好，但结果呢？不要怪罪凿石人赶你出来，你要是不出来，任何人都赶不走你。我和你一样，要了解这条河，可我和你不一样之处是我用我的身体，你只用你的渔竿……身体和渔竿是不一样的；河的温度、喜悦、恼怒，河交给你的，身体都感觉到，只要进入河里，而渔竿是不一样的……他赶你出来，你不是还有二十年的垂钓吗，我说的是时间、经历、经验，这是谁也夺不走的。它死死地与河焊接在了一起。可它不被激活它就死掉了。它需要激活。怎么激活？你愿意和我合作吗？仅仅合作，我帮你走入河，不！你说你已经在河里二十年了，不需要帮助，不！你错了。要是不懂得最后这一点，说明你还在河流之外活着，你要活在河里，二十年时间被花费，你不是期望这一点？开悟！懂吗，你需要开悟。我刚才是表演，你认为表演是虚情假意在其中是吗？对！表演不像二十年蹲在河上垂钓实在，可我为什么表演？是为这些人？为泅渡的人？不！为你！我知道你被赶出来了。你需要人拯救。我要拯救你……"

赵涵波听得目瞪口呆。表演？拯救？渡河与拯救能同日而语？渡河人笑了。"你以为一个人驮载三个人、四个人是技艺？不！是证实河的力量，任何一个人能在河上生存，都需要它的力量支撑，像一条鱼在水里游刃有余上下游渡。我只是一个摆渡人，我摆渡的方式与一个艄公用船摆渡只是一个用船、一个用身体的区别，你这么认为吧？如果有人说，你垂钓只是紧握渔竿蹲在河上一蹲就是一天，其他人垂钓与你的差别只是时间问题，耐心问题，你同意这样的看法吗？你刚才仔细看了没有，我每游一尺，不是凭靠的体力，是借助河的浮力，波浪的推动，仅有这一点够吗？要懂河，从河的意志出发，顺从河的意志游，仅有这一点够吗？这才是关键——从顺从去认识、领悟河，像你梦寐以求的，探识河，进而认识与河相接的海，所有的水域。从这个意义上说，一个人生来的全部意义是来游泳的。不会游泳是多么可悲，不幸！我生来就学了摆渡，用我的身体，我体会到了常人没体会到的东西。那个雇用我的白发老人他懂吗？他以为雇用我可以给他赚钱，岂不知是我在操纵他。等着瞧！只要你还想了解河，还想摆脱凿石人，夺回被凿石人夺走的，不再失去凿石人想占有你的河，听我的，与我合作，我不侵占你的，我只是与你比翼双飞，我们各得其所。"

在渡河人的讲述中，有海出现在赵涵波眼前，它是那么浩大，可它被一条河联结，他没法深入到海里、了解海，可他能从河入手，从而探寻它。赵涵波吃惊渡河人的表现，更惊奇他的高谈阔论如此精深。他对他刮目相了。为什么当初不认识渡河人、不领渡河人一起居住、带回了凿石人？那"再一下、再一下"的宁静，能抵上他的一句话？他在提出每一个问题时，赵涵波都在认真地思索。但出乎他意料，他自问自答，他把每一个问题都阐述得一清二楚。从他的谈吐，他感到自己的缺失：他太专注自己的方式，没有兼收并蓄。从前，他十分自信二十年带给他的认识，很快，他建立起来的自信将坍塌，他的知识渊博，大彻大悟，看事透彻让他嫉妒。他很自信，在这条河上，他是最了解这条河的人。这种自信，他也曾有过，哪怕被凿石人赶出来，这一刻，他认识到自己的浅薄。

在渡河人讲述中，不仅赵涵波，其他所有的人都静静坐下听他演讲。（他才是一个河的传道人。渡河人讲述不受人干扰，仿佛只要河在他身边，他就有了靠山，他的滔滔不绝，如河的波浪，如他所说，河支撑他，给他以力量。）这种听讲的专注，刺激了他，在众人的全神贯注听讲中，他很舒服，也更加激情四射地讲述。凿石人只不过是一个过客，从他坐在山下凿石，到窃取了他的财产，充其量是一个盗贼，这是没法和他比的。是不是要处置他，是他一直在考虑的问题，他让他放心，他即使建起船队，也会归属他俩，他是白费工夫。谁将是这条河上的主人？是他俩，他要占领这条河，那是天方夜谭。现在的问题是他要相信他，全部身心地听从他策划。通常的情况他是不讲这些的，这是很玄妙的东西，但他相信他能懂，因为他在河上二十年了，既然懂了的东西，就应雷厉风行去实施，他这么做有点捐输的意思。去哀求不可取，恐吓更是无能的表现，只有听从他的去实施才可取，他从一进入河游渡就想成熟了，明白了结果，虽然他已经二十年在河上。听说过空谷足音这个词吗？现在是最好的时间，从被赶到河上，一切空空如也，一张白纸，能画最好最美的图画。从被赶出，到完全掌控河，这是一项跨度很大的工作，但应感到快慰，在他无路可走时遇到了他。许多旷古未闻的奇迹产生于灾难之中，但要取决于能否遇到一个帮手，什么叫救世主？就是这种造化。人之所不学而能者，其良能也。从个人的体验看，任何成果的取得，不仅是功夫，需要天赋，天赋加勤奋，才会成功。

要说几天在河上"讲述"让赵涵波上升到一定高度，经渡河人的滔滔不绝讲述他被降低，再降低，低到了尘埃。他像一个待在凉爽之地观赏火焰灼烧之人，被一下拽到火堆来不及反抗便变成灰烬，渡河人高大到高山仰止。否定凿石人就是否定他的过去，现在连他的二十年也一同否定掉了，追随面前这位高山仰止者已是唯一的出路。渡河人明确看出赵涵波已被他摧毁，他并不鸣金收兵，他接二连三打击他，让他再也不能从二十年中站立起来，描述着他一个人独立撑下去的暗淡前景。在他的描述后，赵涵波不仅看到前途未卜，并确认往前走一步就是陷阱，他应悬崖勒马。聊以卒岁可不可以？他心灰意冷到再没法在河上待一天的地步，渡河人怎么摆布他，他任其摆布，渡河人已看到他举起了双手。什么叫马齿徒增，赵涵波此时的感受就是这样。他从没有这么厌倦自己的工作，也按捺不住一次又一次失落情绪的袭击，哪怕连对自己此时表现的愤怒也消失殆尽了。旁听的人像都不想放过对渡河人讲述的聆听，这种专注，更让赵涵波败到一塌糊涂，或许这全是故意而为，他们的兴奋劲头有增无减。渡河人的讲述脉络分明，一条直指凿石人的未来，一条明白告诉赵涵波何去何从，在岔口做怎样的抉择，并且，毫不含糊，没一点客气，指出如不服从，只有死路一条。

赵涵波不清楚到茅屋是吉是凶，但在滋长的恐怖中明了了找到一条路，至于这条路能走向光明还是黑暗，他暂时理不出头绪，也觉得还不是此时要考虑的。一个脱险之人回望万丈深渊冒冷汗，此时赵涵波就是这种情形。他实实在在感到了被拯救。他摸了摸自己的脉搏，脉管里的血液冲击着，他几乎不能把握。多年来，他一直有种强大的敌人潜伏在身后，也有一个隐匿不现的救世主在他身旁的感觉，他在一定时候要出现。他现在似乎弄明白了，为时不晚，正像人常说的，亡羊补牢。他一次又一次愤怒地叫喊，他莫名其妙地喜悦，今天才明白，是因为他过去一直未遇到渡河人的点明。听众给渡河人鼓掌，称他是赵涵波的救命恩人，他是他们认识、领略河的指路人，赵涵波木木地呆在那里，应诺似的点头。渡河人竟是开悟他的人。他藏而不露，竟对河有这么深的体悟。过去，他不是用愤怒的眼神去看出现在凿石人身旁的渡河人，就是对他的所作所为嗤之以鼻。他在一段时间里甚至认为他们是狼狈为奸，他深信他们在策划谋算他拥有二十年的河流，现在，他是用批判的精神看待那些时日自己的表现的，他是多么狭隘，甚至卑劣！在谈到赵涵波过去的失误，渡河人不仅很大度，并很智慧地轻轻一点，似乎是完全在可谅解的范围，并且还夸奖了他的坚守。他对赵涵波的垂钓，贬后褒奖，达到从未有过的高度，并说他为他们的合作打下了扎实、良好的基础，如没有赵涵波占有了这条河，他们的一切计划将是无源之水，无本之木。在渡河人讲述的间隙，雇用渡河人的白发老者也不耻下问，请教他以后将如何行事，让他指点。吆五喝六的人开始吆五喝六，但不是针对渡河人——他高高在上已尊为他们的导师——也不是针对赵涵波，是一种互相指责，这样更凸显渡河人的高瞻远瞩。一切都形成众星捧月的局面，加之赵涵波最后一点自信心已被打掉粉碎，渡河人显得高高在上。白发老者气愤地说，这条河上怎么能没有渡河人，他以前以一个雇用者身份出现雇用渡河人摆渡，简直是有眼无珠，有眼不识泰山。他的失败、每况愈下，是因为他过去与渡河人的不当关系；现在，他看到了光明，出路何在。

在众人称羡的目光里，渡河人挽起赵涵波走向月光里的河岸。被信念彻底摧毁后，赵涵波几乎是任人摆布，如死人般跟在渡河人后面。这正是渡河人要达到的目的。在月光照耀的河岸上，坐着那两位泅渡人，他们早等候在那里了。接下来是渡河人向赵涵波讲述战略战术了，那两位显然是同谋，渡河人拉赵涵波坐了下来。"你可以让出你垂钓的地方。"渡河人说。"除了不停止垂钓，我什么也可以让的。"赵涵波说。渡河人说要帮助他们认识了解河的沟沟汊汊、湖泊水泡，这显然也是另两位的意见，他们冲赵涵波点头。赵涵波说可以，既然我们共同拥有这条河，我们殊途同归，他什么也可以做。担心赵涵波反悔，必须得把他们要求的理由讲充分，渡河人示意两位，两位点点头，开始讲述这么做的必要性。"这是必须要做的，如摸清一个人的脉络才可下手针灸用药，既然大家达成共识，那这是你的义务，你了解每条沟汊、湖泊，需要掌握对不对？你知道什么叫科学分析吗？没有了如指掌，就难以准确分析出数据，千万不要理解为我们要占有河，像凿石人做的事我永远做不出，你懂了。你今天从土包里取走钱了吧，你几年垂钓的积蓄？谁都知道你捕获垂钓了二十年！那些鱼不是白送人的……当然，不为我们共同的事业我们不会要求你拿出它们的。你也许觉得不应该拿出来，随你的便，这不仅仅是为了我们，你找到帮你实现理想的人了吗？什么都需要付出代价，这个世上没有天上掉馅饼的事，凡干一番事业都需要慷慨解囊的人，你就是那个慷慨之人，这一点我们没看错。但我们该怎么要求你呢？你先拿出一部分钱，余下带我们去规划河汊，这不需你付出。你以为我们要占有属于你的河吗？没那么回事，我们只是帮助你实现理想的人……"

虽然知道这么晚就去兑现所求不可能，但并不说明渡河人没这么想，他盯着他，沉默着，至少判断他是迫切要兑现他的理想的。他们两人不是他想一起合作的，可没有助手能办成这么大的事吗？"你为什么不说话？"这是他又一次的重申，含有某种不满与威胁，于是，赵涵波脸红了，他还没有做出要付钱的准备。何况，他刚刚从何必明那里逃出，那里截留了他的全部家什。"我没有钱……"他硬着头皮说了谎。像卸掉一个包袱一样，这么说后，他立刻轻松了许多。"是吗……那好，我们走着瞧！"渡河人说。走着瞧是什么意思？难道他识破了他的谎言？两个同谋冲他笑笑，不怀好意地看他。"谢谢。"两人说。某种恐惧从他心中升起，尤其这莫名其妙的"谢谢"，几乎是一种恫吓。"我们需要你的帮助，走着瞧！"渡河人几乎与两位同时说出这句话。

赵涵波坐着十分尴尬。两人同时盯着赵涵波，也同时审视端坐的渡河人。两人一致认为第一个好下手些，但第二个性价比更高，因为他终将骗取到他的财产，占领这条河，为此，他们觉得琢磨第一个要比第二个少费工夫，而与第二个交锋，不仅需要隐蔽，更需要智谋；让他误认为同谋是非常必要的，并且要一直隐藏到最后，也就是他夺得了他的全部财物后。经过比较，两人不仅得出最终的结论，也分析出两人的心理，并想出了对付他们的办法。他要求他做到的，大多是单刀直入。因为他已全部征服了他。再直白他们也不怕，两人互交眼神统一了思想：他暴露了目的，并不代表他们，也许会于事更好些，现在他们必须佯装是他忠实的助手。

当他向他几次介绍他们时，两人总是很警惕，他们担心他出卖了他们。并且，与他结成同盟，因为他们清楚他不仅是一个很狡猾的人，而且言而无信，一般来说，他现在是要依靠他俩，并很好地利用他俩，尽管他恨不得把从他手上夺来的全部占为己有。暂时没想，不等于没想，下手是迟早的事，像对赵涵波要下狠手一样，对他们迟早下手，只是条件成熟与否。对待心狠手辣的人，他能与人相处与虎谋皮，他的时机选择也必须选为他们选择的时机。

由于两人的警惕，引起渡河人的警惕；尤其是他们在他与他交锋、交谈，他们几乎是在合谋他，这是他不能忍受，也万不可忽略的，于是，他把话锋一转，矛头对准了二人。两人见风向转变，企图引他重回"战场"，但为时已晚，渡河人放弃对付赵涵波——他已是一条死狗——方向直奔二人而来。"他是我的朋友，他要把这条河拿出来与我们分享。我不许你们对他打额外的主意！你们要放弃对他谋算的想法！"两人几乎是同时显出惊愕："谋算？我们要谋算他，成为拥有河流的人？这是一个多么不恰当的指责！"他为什么不可以直截了当、单刀直入？"对！你们心怀鬼胎！"渡河人生起气来，脸红脖子粗。两人为了证实自己的无辜，也急得满脸通红争辩。赵涵波由一个被攻击的对象，现在变成了一个观战者。但他并不明了他们都是要猎杀他的猎人，他不明了这一点，所以没有一点负担，并且竭力分辨着二者的对错，力求站在真理一边。"你是说你吧，我俩是靠豪夺起家？我们从你这里得到什么了？你是什么人需要我们指出吗？你把我俩也看成傻瓜了？"渡河人看着赵涵波，此时他似乎意识到这样争斗的后果，认识到真正要吞入口的肉在哪里。两人也似乎醒悟了这一点，他们看着沉默下来的渡河人，也缄默了。赵涵波奇怪他们争吵得如此激烈，竟一下静了下来，但同时庆幸不争吵了。大家是利益共同体，本来嘛！渡河人又开始表演了。他伤感到要哭了。是的，说得对！我们是利益集团，为什么要窝里斗？只要你认识到这一点，我们举双手赞成。两人同时说。赵涵波也打心眼里赞成三人的意见，他不敢讲过多，只怕说过多的话哪一句让他们引起误会又争吵起来，不利于合作。二人说他们的技艺应该说不比渡河人差，大家同在一条河上吃饭，只是出于尊重，当然，为了与赵涵波合作这一点他们特别强调了，他们尊渡河人为老大。赵涵波赞许他们这种大局意识，说这才是成功的前提，为此，他差点感动得说话都哽咽了。可渡河人不这么认为，他明白二人的阴谋，二人也从渡河人蔑视他们的目光中读到他的认识，渡河人说这或许是真的，但要看怎么认为，他当然有他的看法，在对一种认识上是有保留自己意见的权利的。二人诡谲地笑笑。在赵涵波面前渡河人含而不露的攻击，他们认为是一种怯懦，尽管他是被胁迫的。渡河人看到二人在利用这一点，显得很恼怒，他说了一句既含混，又明白，也就是二人可听懂、赵涵波听不出其意的话："我看你们俩是天底下最忠诚于我的人，我不相信你们简直是天理难容。"对二人的攻击，二人表示感到无所谓，他是什么货色，对这样的货色应该忠诚与否，他们明白。赵涵波则不同。他越来越喜欢渡河人，及渡河人带来的二人了。他把三人与何必明做了比较，一种鄙蔑何必明之感从心底生起。做人就应该像渡河人，心里坦坦荡荡。对于他的泅渡到底能认识了解河多少，他心里没底。而与他们合作，能否推进自己愿望的实现，说老实话，他没有多大把握。但从他们这里，他得到了帮助，从而淡化了何必明掠夺带给他的负面影响，这是实实在在的，并且，从这儿生起希望：拉何必明一把，把他从贪欲的深渊拯救出来。

渡河人与赵涵波单独走在河岸了。他需要与他单处一些时间，也就是说，他还需要进一步教化他，让他充满信心，不要半途打退堂鼓。二人知趣地冲渡河人笑笑。他们要渡河人明白，他们是多么服从他的领导，心甘情愿做他愿意让他们做的一切。渡河人对二人的表现十分满意，他也冲他们点点头。在渡河人与赵涵波走去的时候，二人走进了茅屋，他们急切地要与那个白发老人合计：这条河不久就要分割，鹿死谁手，这是关键的时刻。

"我知道你是一个爱河如命的人，我岂不是也这样？那个凿石人我是一刻也不想看到他，一个活在钱眼里的人怎么能懂得我们这样活在另一个世界里的人的理想？我看见他就犯恨。你我是强强联手，你二十年在河上，我虽只有十年，但加起来是三十年。你愿意失去这次合作机会再蹲十年浪费时日？坚持发展是我们共同的目标。你要信任我，只要让出这条河，你的所求唾手可得。"赵涵波的手被紧紧地握住，因为他每说一句话，为强调它的重要性，便使劲握一下他的手。这是一个爱河如命的人，赵涵波从他的言语，更从他看河贪爱的目光知道，他是遇到真正的知己了。他为了了解河，不惜赤身在河里游渡十年；那两个人缠搅他，他忍着性子与他们合作，他为的是实现如他的理想。他被雇用的日子快活吗？他在河上二十年垂钓还有一条河陪伴，他如一条鱼，一只虾，他只赤身于河，为了什么？如果没有人雇用，他会更自由些，但为了了解河，这就需要付出。河是神圣的。二人对河的态度可以不被苛求。他蛮合格做他们的老师。但他仍与他们兄弟相称。在那些漫漫长夜，他可以琢磨渔竿、渔钩、渔网，有更多引起他关注的东西，他只专注于河，想河，在河岸建立自己的人生尊严。这个时候，二人、雇用者，都躲在茅屋厮混，他们的吵闹折磨着他，他像小孩等候母亲归来，等候河上升起新的一天，那时他就又可进入河里体验河了。现在应该是他最开心的时刻，因为他大部分时间是独自一人守在河上的，与一个志同道合的人散步，这种开心他有体验，凿石人被他遗弃了，上帝又给了他一个新的伙伴，他是那么了解他。他能为他做点什么呢？他想到自己的钱包，但他立刻就否定掉，施舍是矮化对方的。"我带你去看看吧。"

渡河人既感到惊喜，也感到愕然。他求之不得他所属的河，可他真的就那么率真，仅仅认识不到一天，他就被感动了？"我愿意看到你希望我看到的一切，哪怕什么也不存在，只在这月光下走走。"

赵涵波把他带到第一道河湾。他一声不吭，这回是他挽渡河人的手了，沿河湾走着。他的知己会看到，他十年在河上大部分时间是浪费了，他不是要了解河里的各种鱼群吗？赵涵波站下，用手指着月光下的河湾，他相信渡河人惊诧难已：河面上浮出成群的鲤鱼。它们在河湾栖息。这种情景是一般人终生不能见到的，而且，第一道河湾面东背西，它是鲤鱼的栖息水域，接下来，每种鱼群，都有栖息之所。直白告诉他会让他自尊受挫，他要让他用他的眼去看，让他喊出惊讶之语。出他意料，渡河人没有惊叫，而是默默地看着，没错，这是一个河上生活之人一下看到可捕之物如此壮观的细腻感情，赵涵波不揭破这一点，而是让他看由少到多的鱼群，由小到大的鱼类，波光涟漪中鱼与鱼成千上万聚集形成的波光涟漪。鱼群拥挤、翻腾，赵涵波歉意地笑笑，因为它们如此之众有炫耀之感，要他原谅。不知什么时候，二人站在了身边，渡河人喃喃道："陈懂得，周晓得。"赵涵波也不去理会，他继续往前走，他知道陈懂得与周晓得也跟随而来。在第二道河湾，他指着新显现出的鱼类：白鲢，见渡河人眼盯着河面，深深地摇摇头。刚才还大喊大叫的二人——陈懂得、周晓得现在不吭声，只站在月光下盯水湾里成千上万的白鲢鱼群了。他们肯定是第一次见如此壮观的鱼群，他们也许会计算这些鱼群的数量，得到他的网会捕获多少吨鱼、卖多少钱，像何必明一样，正谋算侵吞他的所有，但他们是夺不走，也得不到它们的。他们没有捕获的工具和技能。站在第二道河湾前，渡河人又深深摇摇头。这些都属于共有，但不能这么说，那样会伤害到他，他不是一个唯利是图之徒。第三道河湾、第四道河湾……二十年在河上，不仅仅掌握成群的鱼虾的栖息所在、运行线路，掌握所有河湾的宝藏、水藻，并且对河的习惯脾气了如指掌，这样，不论在河上探勘，还是建造运输船队；不论开掘水下资源，还是利用水资源本身——如果他愿意的话——都易如反掌，唾手可得。当在某处指着河面漂浮的水藻，讲解它们的含量成分，别于他河的神奇用途时，在陈懂得、周晓得惊叫起来的嘴上，被捂上了渡河人的两只手掌。他大声地斥责他们的大呼小叫的短见。在每道河湾走过都有新奇的显现，陈懂得、周晓得大呼小叫，不用渡河人捂嘴，自己先把嘴捂了起来，三人看得目瞪口呆，三人目不暇接。在又一景观显现时，渡河人有赶走二人的意思，在他用眼瞪二人中，赵涵波冲他摇摇头，他不介意他们所见，相反，他更愿让他们看得更多，这对增加他俩合作的信心是很有用处的。从他俩身上，他似乎看到何必明的影子，他要告诉他们，不忠诚将一无所获，要得到一个人的全部所得，只有真诚才是可取的。为了证实这一点，他接着带渡河人——他是最真诚的——向新的水域走去，揭示新的秘密。他向他指着恍恍惚惚的河，讲述着河下的所藏。河在赵涵波的讲述中，不但变得迷人，也诱人；不但丰富多彩，而且神秘、神圣，让渡河人感到他以前认识的河远远不是河，只是一个河的概念，一道波流，载着波浪的河川。在恰到好处时，赵涵波不无炫耀地站下指着河湾："今天，我就介绍到这里了，作为合作的条件，我赠予您这几道河湾，您足以拿它们得到您想要的一切。"渡河人被这意外的收获惊住了。他惊异地瞪大眼，双手不由自主地握住赵涵波的手，颤抖地说不出一句话。陈懂得、周晓得也惊得瞪大眼，但他们惊异的是只赠予了渡河人，没有提到他俩半个字，这是不公平的！在二人争着往前挤中，渡河人捷足先登，拉过赵涵波，语无伦次，他竟然把"谢谢"说成"够了！"，他说他要的就是这些！赵涵波笑笑。在被别人恭维中，人是很容易忽略掉其中的歹意的，尽管陈懂得与周晓得明了了，以明确的眼光示意他——他想到的不是渡河人的贪婪，认为这是一种感激的表现，人在得到某种渴求的时候忘乎所以，当冷静下来，他自己也会纠正这种不得体。渡河人紧握赵涵波手，生怕他跑掉似的，忘了身边的陈懂得、周晓得，他把他们堵在身后，仿佛他们是和他争抢的对手，紧握的手也是他将得到的"将要想要的一切"。赵涵波用指示河湾财富的手，一根指头一根指头把渡河人的手掰开，歉疚地笑笑，仿佛如此贪婪的是他，他说："余下的，是要亲自下河去掌握了，这些只是河的皮毛。"陈懂得、周晓得被冷落仍着急地往前挤。何必明一类人是什么也得不到的。今天所指，不是馈赠，是给二人讲述了一个道理。

也就是赵涵波得意的表情还没从他脸上消退，他的脸上立刻被惊吓攫住：一扭头，四周站满了人，先前围观渡河人与二位游渡的人，这些人在惊诧之后，"哄"的一声就拥向鱼群满布的一、二道河湾。河里立刻人声鼎沸，一片混乱。当鱼群被惊起，河面一片混沌，空空如也，如鱼群的人一下涌上岸，紧围了渡河人与二人身边的赵涵波，吵嚷声中赵涵波明白了是要向他要说法：为什么偷偷告诉这些秘密于渡河人和二人，他们要他带他们明了河里所有的宝藏。仿佛他把这条河上的宝藏全做了记载。立刻，数不清的手上来把他身上摸了个遍，甚至怕他戴的帽子里藏了它们，被摘下翻了一个底朝天。在一片吵嚷声中，赵涵波听到每个人的计划：捕了鲤鱼卖钱买田搞种植小麦；捕了白鲢卖钱盖房屋……人头攒动中目不暇接的赵涵波看到，又拥来的一批人竟是他几天来自认为满意的讲述中被"传道"的听众，他绝望地感到他的讲述原是对牛弹琴。任何一个人都有贪婪的强盗的本性，只是需要条件才得以显现。他从人们把他推来搡去的疯狂举动中，才觉得河流在这里是躺了几百年，几千年，它并没激活人们心底的善良，对它的认识。本来是要寻求一个志同道合者，他真诚的带领昭示，竟被众人谴责着，认为他是在背着他们暗示个别人发财。河里还藏有什么？还有什么秘密没有透露？他像一块石头被众人推来搡去。

他要誓死保卫河。要保卫它，他闭嘴不言。就连陈懂得、周晓得的眼神中他也读到贪念。他得出这样坚定的结论：再不告诉他们半滴水的秘密。在他一旁，人群在互相斗殴，他们明白了占有自己所求的人原来正是对方，于是放弃赵涵波，互打起来。赵涵波为轻易获得的安全庆幸，更多是因为河的其他秘密没有被他们从他嘴巴撬出。他顺着河岸，向河的下游走去。

"简直令人惊叹！"赵涵波坐在河沿，刚刚感叹自己轻易摆脱众围还没反应过来，一抬头渡河人操一支渔竿站在他前面的月光里。渡河人递给他的渔竿，正是他刚才被围困丢掉的渔竿。在他惊诧中渡河人低声神秘地说："我终于抢出了它！我知道它对你的宝贵，所以我不惜一切代价，奋不顾身从人群抢出了它！"渡河人的举动显然深深感动了惊魂未定的赵涵波，他由于被感动，握着渔竿的手也颤抖了。他惊得目瞪口呆："这是真的？"他不仅这么问对方，更多是问自己，因为他的真诚举动远远超出他日常经验的范围。冒着众人抢夺的危险，勇敢地抢出了一支渔竿，它对他毫无用处，可它是他几十年操握的垂钓工具，他通过它与河日日交流，它是他的生命，仅为了他，他为之不为、难为，赵涵波刮目相看渡河人了。难道他真的一眼就看对他？他仍不相信自己地问。"这是我应该做的。"渡河人说。赵涵波真想拥抱渡河人，出于习惯——他只看到别的人在激动感激之余相互拥抱——他只紧紧握着他的手。"我不想得到什么，只是……仅仅是，要得到你闲置的渔网……"渡河人说。他已知道他在居所之外，另储存的渔网了。他向他诡秘地笑笑，证实了这一点。他被他拉着往前走了。他要他带他去取那"闲置的渔网"。他竖二拇指，做了一个非常坚定的动作：这算什么，这是没问题的。他像一个被做封闭疗法的人，一只眼闭着，一只眼睁开，像那注入的奴佛卡因麻醉剂正在起作用。他点点头：这很好！我只要这些！他前面健步走，他后面诡谲地笑着跟他走。"别说是几张闲置的网，就是我正使用的网，你都可以拿走。"赵涵波的慷慨解囊，让渡河人更兴奋起来："我只要你那几张闲置的网……""我不帮你认识了我认识了的河，绝不甘心！"嘻嘻！这是一个钢筋水泥焊死的堡垒！他只用一根渔竿就攻破了。他向他昭示了几道河湾，引起公愤，他被围堵了，不要紧，在他逃离时，他便俘虏了他，只用一根渔竿做诱饵。这是一条多好钓的鱼。他在河上垂钓二十年，他垂捕一条河，他只用几分钟就擒拿到了他。"这很公道，我帮你夺回了你的渔竿——它是你的命根子啊——你送我几张渔网，刚才从人群往出抢渔竿，我是冒了生命危险的！"这回不是赵涵波走在前面，是渡河人走在前了，因为他更清楚他的渔网在哪里，目前是个什么状况。"抢这支渔竿，不仅要勇气，更要智谋。你猜怎么引诱他们走开？刚才你也见了，他们简直疯了……"赵涵波向渡河人拱手。渡河人佝偻着腰显得十分谦卑。"请！"渡河人说。"你走！"赵涵波说。不仅仅是得到一支渔竿，他是捡回了对人的信任。由于凿石人夺走他的财产，他曾对人失去了信心。他与他一起居住，他被认作是他的股肱之人。可怎么样？背叛了他。人是可信赖的！渡河人再一次为他证明不能因噎废食，对人一概而论。人本来有坏人就有好人。先前的认识多么绝对！"你让我重新拾回对人的认识！"赵涵波说，可渡河人一度没理出头绪："你过去怎么认识人？"他担心从他身上看出对人的绝望。"不！不！人是可信赖的！我即使拿出全部财产馈赠你，也报答不了你对我的恩情。"渡河人释然了。"我只要渔网。"他适时跟进了话。这是一个具体而实在的要求。他必须要他明了。"走！马上到了！"赵涵波向前走去。"这三十张网全部由你使用。"赵涵波指着藏在一间密室的网说。渡河人佯装成一个孤陋之人。在这紧要关头，他绝对不能显露出他是老谋深算的。"归根结底，我们是合作者，这些网，我用它，或是为我，或是为你。"渡河人滚圆的身子在网边走来走去，已忘记身边的赵涵波了。突然，他像得了鹤膝风，一腿跷起，一腿直立——赵涵波惊异地看着——他巧妙地钩起一只渔网的纲，左手紧抓，右手放纲，一紧一松，网便聚成一团，掌控于他股掌。渡河人是早谋划了的，可赵涵波不清楚。他惊奇他对自己网的收缩拿取的熟练程度。渡河人用同样的手法，不到一刻钟，三十张网已如探囊取物，变为了己有。"我照收了。""当然。"赵涵波略一踌躇后，显出高兴的样子，它们已属于他了。这是早已应办的事。月光在网里不是流连忘返，而是横冲直撞。这让赵涵波多少有点留恋它们。这情景他不止一次看到，而每次看见都兴奋得满额是汗。月光映在网上，他心里河浪在轰鸣，鱼群在冲撞。不过，另一个想法立刻涌上心头：它们是物有所归。渡河人是自己的知己，合作伙伴，共同走向海域的同盟。出于情感，赵涵波又一次伸手摸了三十张网与纲。"不！"渡河人阻止了赵涵波。他误认为他伸手是要取回网，当从他眼神读出他只是出于爱惜，留恋，他才放脱抓住他摸网的手。"可以理解。"他说。

渡河人背起三十张网的一刻，双眼便紧盯赵涵波指示的三道河湾了，那些鱼群，再不是游弋河湾的鱼群，是他网里之物，囊中的钱财了。从他们建立起"友谊"那一天起，它们就一刻没离开他的思想。什么也要灵活机动，不能胶柱鼓瑟。比如今天交给他这支渔竿。渡河人一下变得愁眉苦脸起来。他对与赵涵波的分手——哪怕是短暂的分手——感到伤心。"那我只好与你分手了，尽管我是一刻也不愿离开你。以后再不去冒这个险了！为别人做事可以，搭上性命就不值了。我还能在河上摆渡？休想了！他们不至于傻到不明白我与你结成了同盟。不然，他为什么冒生命危险为他抢他视若生命的渔竿？他们一定会这么说。我不企望你腰包里的钱了。人得知足，尽管我是那么拮据，需要钱。不能！不能！你说把一些多余的钱给我——我猜你会这么说，因为你是一个助人为乐、乐施好善者——你这种行为我举双手赞成，但我要拒绝。反正我已没钱走过几十年了。"

赵涵波眼含感激的泪水。他望着他——仅这一点，他就应帮助他给他钱——他矜持的样子更让他感动。"过穷困生活的人不是你！我们一起经营这条河吧，我说的经营，不是商家说的经营……你懂。余下你的生活将是要由我负责。我们共同经营河！"

渡河人放下背上的渔网抹泪。他被感动得哭了。但他立刻又背上了网。感情归感情，网是任何人不能从他手里抢走的。"我从此是你的助手。"渡河人说。"岂止！我的就是你的。我们共同完成我们的大业！"赵涵波说着，做了一个让渡河人更是感动，连连点头的动作，赵涵波用力向下劈了一下，渡河人点一下头，又劈一下，又点一下头……

十七

　　渡河人很敬畏地看着赵涵波系渔竿垂线，没等赵涵波开口，他手一挥，他就递去了诱饵。几天与赵涵波一起垂钓，他摸熟了赵涵波的脾气，几乎不用猜想，赵涵波举手投足某事，他就明了了，做到很好地配合。"你应该捕获到了。"赵涵波系上诱饵，他立刻把渔竿把操起递给赵涵波，并深深点点头。为赵涵波工作，在河上引来许多嫉妒的目光，要不是赵涵波表现出对他的百分之百的信任，他会被众人赶出河的。他注视赵涵波系诱饵，与其说是全神贯注、心无旁骛帮赵涵波，不如说是做出样子让河岸注视他的人看。他太没地位了，几年来，只赤条条在河里游渡运人过河，没办法提高在河上生活、工作的人对他的信任。他十分担心被群起而攻之，因为他除了心计，没有比陈懂得、周晓得更多的财富、本事，仅凭靠给赵涵波打打下手，是很容易被众人看穿，一下一呼百应赶他走。但赵涵波的大度把他的担忧全掩饰掉了——他与他一起垂钓，一起睡在河岸，他们形影不离，如同手足，打掉他们的猜忌——他系垂线，他就适时递上渔钩；他要下钩，他早已完好地系饵于钩。他操一根渔竿，同时递他手里一支，并说："你是我的助手。"这样他就变得大胆起来，并对投来的疑忌回以不屑的目光。对于他来说，对付众人的猜忌需费脑汁，更多的是要分析垂钓人的心理，掌握他的思想脉搏，这才是最重要的。

　　在捕获上，他除了偷偷在夜里进入第一道、第二道……河湾下网，更多要依赖赵涵波，取得他的信任是关键。赵涵波撒了第一张网，开始网围，就交给他第二张网让他如此操作，教他如何撒网，他于是就位，像一个小学生，或装作一个小学生的样子，让他感到他有这样一个助手是十分重要的，没有他帮助，他不仅工作效率不会提高，同时是十分孤独的。"我真笨，总是撒不好网。"每次投网于河，他装作十分愧疚的样子，一再摇头否定自己。这让赵涵波很满意。他是反感不学无术之人，更瞧不上骄傲自满者。他不但谦虚，而且勤快，尤其在河岸众目睽睽之下，他更干得出色、卖力。由于他谙熟水性，一张网落入河里，他便游浮水面，像一条蛇，从这一头游到另一头，把网捋得顺顺当当。"在水里摆弄顺当渔网，是我最擅长的。"他一边说一边看着河岸站着观察他的人。赵涵波摆摆手，笑了，他虽然喜欢游弋欢蹦的鱼，又喜欢看它们蹿跃飞腾在波浪里，但不是很习惯一个人像一条鱼似的在水里爬行。这使他想到蛇。但他尊重他的勤劳，尤其他在欢快地干着这些，对他的工作表示出十二分的配合、努力，他从心里满意。他毕竟只是一个渡河人，没有他在河上二十年的时光体会河的感受，要求他从肌肤去感受河、认识河，显然这是过分的。他虽然多年浪费时光在河里——尽管他吹嘘他懂了河——但未为晚矣，何况又如此勤奋。热爱一条河流需要亲自进入河吗？这是他的局限，他只能理解到这一步，用垂钓的方法体会河教给他去如何游渡，恐怕是当务之急。也许对他是醍醐灌顶，他下河的姿势就没有半点灵性，开悟一个人，尤其头脑简单的人，是如此之难。渡河人很难安静地在垂钓中蹲上一个小时，他走来蹦去，不仅会惊动河里的鱼群，更让他难以接受的是他的浮躁，他猜不透他要干什么，这是垂钓的大忌。他在河里游来游去摆弄渔网，赵涵波很反感起来，他感到他的不道德，他从来不这样轻佻地在河里摆动网。对那些网他一直当它们是有生命的。他很尊重它们，从不像一条鱼被抓来揉去。但他内心又很矛盾：是任其去做他所做的事，还是应制止他。一个助手，总是想把事情做好，他会倒逼他开展新的工作，这又有什么错？一个只在河里摆渡的人，是很难想到垂钓之人的心智的，它只需要安静。但他的浮躁让他不安。

"我再干什么？"渡河人一边上岸，一边仰头看岸上的人。

"我只要你安静地蹲下垂钓。"赵涵波毫不客气地说。他强硬的态度让他满意：他太放纵他了。在他鞠躬转身取渔竿中，赵涵波坐下一动不动了。这既是一种姿态，也是说明：垂钓、捕获之人是反感蹦来蹦去的。"这多难受啊!"没多久,渡河人挪来挪去。他在河上多年是游动。他很不习惯长久地坐下。赵涵波好像受到了侮辱,红着脸说:"这仅仅是开始!""这就是你要让我干的……"他观察岸上的人的表情——他们猜度他的态度——"我是愿意这么干,可我愿干更多的活儿,不是吗?我是你的助手啊!""那就按我说的去做,静静地坐下垂钓。河只能在宁静中才可体会!"

渡河人再不吵闹了。河岸上的人很敏感,他有半点纰漏,他们就会立刻看出,他是骗他,他要占有那些河湾,他的志向又不在仅仅得到几道河湾。把自己硬逼着坐下是十分痛苦的。渡河人已在强迫自己的每一根神经要安静。他企图挪挪。但它会被看作是一种不真诚。何况那么多双眼睛盯着。他们都虎视眈眈,他们都是敌手,谁不想占有垂钓人得到的呢?陈懂得、周晓得几乎是很露骨地盯着他,要与他对垂钓人的财产平分秋色了。他端坐着,使人看上去对垂钓十分投入。赵涵波虽然全神贯注于垂钓,但他一刻也没有忽略掉渡河人的举动。他不相信他能安静地坐下,至少他要考验他。他从渡河人坐直的身姿看出某种虚假,也感到了一种被侮辱——垂钓是神圣的事——他坐姿僵硬,他越是留心他,他越坐得笔挺。他不仅僵直地坐着,连握渔竿的手也铅浇蜡注、僵直不动。他匡算了一下,他整整坐了一个时辰一动不动。赵涵波有点怀疑自己了:难道他误解了他?"以前是他错了,他宽纵了他,不能怪罪他。"这一点应该承认。可现在他是装出骗他,还是真的安心垂钓了?这样又坐了半个时辰,赵涵波觉着应该让他休息了。可赵涵波不愿说出"休息"二字。他等他开口。这样就可看到他内心究竟是不是真的潜心垂钓了。可渡河人一如既往地静静坐着,丝毫没有移开歇息的样子。赵涵波既不喜欢狂妄的人,也不喜欢人的愚钝。他倒有些喜欢渡河人了。他很符合他的要求,既不狂妄,也不愚钝,从他强调自己的意愿后,他就一动不动坐下垂钓了。对于先前他在河里乱游乱动,他是反感的。这一点很明确,不能否定。但他安静了啊!赵涵波开始想原谅他。这种坚持是他多年修炼的功夫,他竟一刻之中完成、实现了。他略带质疑地看着他,对他说:"该休息了?"他的回答是:"这由你来确定!"他在窥看岸上的人。他并没明了这一点。又过了一个小时,赵涵波又说:"该歇息了?"他仍一动不动坐着等他发号施令。"好!该歇息了!"赵涵波确认他的态度后坚决地说。他们歇了下来。

渡河人与赵涵波坐了下来。他们身边不仅有捕来的鱼，也摆放满渔竿、渔线、渔网。垂钓对他是陌生的，他在河上多年，还从未摸过一支渔竿、一张渔网。"让它们休息。"赵涵波略带责备地说。他已经开通了与河对话的渠道。"但你可以休息。""不！我要垂钓。"渡河人态度生硬。赵涵波惊异地看着他。他的表现出乎赵涵波的意料。他真的变了？原来以为对他的教化至少需半年，不知是他悟性好，还是他开导得得当。他过早地进入了他愿望之中，既让他惊喜，又让他怀疑。熟悉一条河，要从熟悉一支渔竿做起。他有必要讲给他有关渔竿的一些知识。"你知道收放机的天线吗？比如这支渔竿。"他进行了反推。"你要用渔竿制作支撑的木杆天线？"渡河人立刻拿起渔竿，准备配合赵涵波把渔竿改造成一根支撑天线的木杆。"制作？""这支正合适，不长不短。"赵涵波笑了。"你真会开玩笑。你不会想到河对渔竿是一台收放机吧？我慢慢给你讲，你可以躺下休息一会儿了。""没事，讲什么也可以，我愿意听。不！你可以休息，我不行。我要沿河岸走走，掌握更多的知识，尽管已是你全部掌握了的。我再去钓一会儿鱼。"

渡河人诚实地垂钓了。河岸上，所有的人都虎视眈眈。他不能有半点疏忽。他的理想比他们远大。他不仅要得到他们要得到的（他们只是要捕获更多鱼虾卖钱），还要占有这条河，并把捷足先登的何必明赶出这条河流，有可能的话，让站在人群里一刻不停盯视他的陈懂得、周晓得也成为他的雇员，或者是帮手，变害为利。这就需要调动他的大脑智慧，只有棋高一着，才能出奇制胜。在别人的河里游渡与在自己的河里游渡完全是两码事。仅仅与垂钓人在一起垂钓一天，一种优越感就产生了，这条河属于他那种感觉一定更美妙。与垂钓人在一起，可有两种感受同时产生：从目前看他是主人，他是客体，可长远看，他，及凿石人、陈懂得、周晓得全消失了，只他一人站在阳光明媚的河岸观赏波光涟漪的河了。他游在河里，河像他住宅中偌大的游泳池，他是它的主人。他太富有了，不仅有无数河湾的鱼虾，愿意的话，雇用凿石人，他不是喜欢运输吗，让他建立一支运输船队，为他搞运营，盈利当然属于他，他给予他足够的工钱，至多给一点红利即可。一条河上要干的事太多了，有人喜欢垂钓，可以，建几个场所收费，工作人员就雇用岸上这些觊觎河流的人。当然，他要先建立一个保安队。拥有这么多财产，一个曾赤条条在河里游渡的人，一夜之间摇身一变成为亿万富豪，没有保卫人员保卫他会被打死的。现在不能露富。凡事要谨慎行事。他是在干一番大事业，满岸的人，竖子不足与谋。这事必须秘密进行，如现在他老实地坐在河岸貌似诚实地垂钓。他要防备，不让看出有半点蛛丝马迹；同样，岸上的人更要稳住，迷惑他们，明修栈道，暗度陈仓，待他们反应过来，一夜之间一切全变了，那时他们只有悔恨不已，痛心疾首的份。一个人过来问："你真的这样安心垂钓，做他的助手？"他闭口不答。他的缄默显然有高傲的成分，但更多是"此时无声胜有声"，这是不问自答。"你要得到这条河，可以分我们一道河汊吗？""当然。"他完全可以慷慨应诺。谁会对自己说的话负责到底？只有傻瓜才信守承诺。"但我不会。我只是助手。永远。"这个补充非常必要，而且，他故意提高声调把话说得清楚，是为让一边坐的他听见。打掉他的顾虑是他天天要告诫自己的，并且，他一日三省地想到，也如实履行了，他每天安于垂钓，无动于衷就是证实。"我可以在这儿建一支运输队吗？"何必明说。他的眼神有着从未露出的哀求。这时他已占领了河，他变成一无所有的穷光蛋——河属于他，他皮之不存、毛将焉附——他不立刻表态。他只高傲地扬起头。他被等他回答折磨得苦不堪言。他几乎崩溃了。这种哀求岂止他一人？他享受着这种被哀求。"你可以得到百分之十的股利。"话音未落，他便跪了下来，连连磕头。一种从未有的奴役他人的快感产生。他等这一刻等了半生。为此，他付出多少。比如今天。这种报复是必须的。任何付出都要回报。

投来的贪婪的目光，既让他警惕，也让他厌恶。为什么要与他争夺？任何一种贪得无厌都让人愤怒，但这不是又很好吗？他们如像他藏而不露，关键时出其不意下手，这不更会让他措手不及？正是他们令人厌恶的目光，让他们过早暴露了目标，他及早掌握了他们的动机、欲求，使他不敢须臾放松警惕，防备着他们，从而占有了主动权，想出了对策。对面坐的人，实实在在是一个大傻瓜。他被凿石人赶出来，如丧家之犬，但自己仍不知这点，又把他作为同盟，与他一起谋划未来，岂不知这是一个螳螂、蝉与麻雀的故事。一个蒙在鼓里的人，既可怜，又可悲。

他一直是和人斗智斗勇过来的，他的生存条件不允许他过养尊处优的日子。就在这条河上游渡，他也是用尽心计蒙骗了许多人，赶走了许多竞争者才得以实现的。一个人赤条条浮在河面让四五个人骑在背脊驮着过河这是天方夜谭。可他们不明了。在与他们竞争中，他每次浮渡都在身体下面垫了鼓了气的皮圈。一个人哪有那么大的浮力？在击败对手后，他显得无聊。因为他高超的骗术再派不上用场。他骗不了凿石人，因为他只在山上求生，这好比是水栖动物没法与陆栖动物竞争似的，但并不表明他没有得到他财产的愿望，他双手紧握渔竿，不仅给岸上觊觎他所得的人看、给赵涵波看，也在证实自己是否修炼到炉火纯青的地步，因为他有着更大理想，比如沿河而下，有一个占有海的人，要与他竞争，没有魔高一尺，岂可战胜道高一丈？他紧握渔竿，双目紧闭，已融入河了。无为而无不为，他不知这句话从哪里来，但觉得很有道理，无为，不仅是一种状态，也是一种技艺，一条很深的河不是藏而不露、没有水波吗？他为他能用他的智能轻易蒙骗得了他对他的信任、岸上的人对他的信任而高兴，更为将来的前途无量感到骄傲。曾经有过豪夺他们财产的羞愧感，但现在他不这么想了，一个有智慧的人夺取愚蠢之人的财产这是再正确不过的事了，为此他也想到，他若被何必明暗算了，他也会哑巴吃黄连，与其被何必明暗算，还不如让这些财产归他所有。他对时间很珍惜，觉得浪费时光就是浪费生命，所以，在双手紧握渔竿做样子给他人看时，他抓紧时间想着得到这条河后怎么安排今后的工作，尽管这有点预支快感之嫌，可一个有志向的人谁不会须臾向往未来？先从第一道河湾下手，像吃饭要一口口吃，不能毕其功于一役。竞争不能没有对手，而所得也不能没有竞争，在第一道河湾捕获，他假设了陈懂得、周晓得等对手或更强悍的对手，快感由此产生。如将吃掉螳螂与蝉的麻雀，看到众人的争夺，陈懂得、周晓得与众人的争夺，他不仅觉得有趣，而且可笑，并被将到口的食物鼓舞，他思考的不是如何得到它们，而是从哪一个开始下手，并让他们知道他是一个老谋深算的家伙。他们这些争夺之徒，不仅被他消灭，更是要被他彻底打掉自尊，从心里佩服他的能力与智谋——他是不仅攻其城，而也在攻其心——"怎么，你们不是事先就下河湾捕鱼了吗？现在怎么样，都进入了我的网，你们是在替我工作。"他为被他奴役的对象的顺从程度感到惊讶：

134

这就是攻城不如攻心的效力吗？在第二道河湾，他赶走了陈懂得、周晓得这些无用之徒，他替换成何必明。没想到他同样被他高估了，他的顺从程度超过了陈懂得、周晓得等人。他比他们高明的是他不战而退，事前就预料到了结局。这让他多少有些遗憾，他还是希望看到他的惨败的。正因这一点，他没有放他一马，而是鞭打乏牛，让他强作坚强，被他打倒。也就是在他挣扎的时候，他迎头痛击，打得他落花流水，丢盔弃甲，落荒而逃。在胜利的欢呼声中，他哈哈大笑起来。他的笑声惊动了一边坐的赵涵波。

"你在笑？"

渡河人知道自己失态了，立刻装出明白了某个道理的样子——明了了某事理所当然要开悟似的开怀大笑。不过，他把这种表达控制在一定程度，接着他又严肃地坐下垂钓了，专心某项追求，是随时会被工作拉了进去心思的。渡河人皱着眉，似乎思索一些水流的对流速度，而这种速度会对垂钓造成什么影响，从中是否有规律可循。可垂钓中，总有失败的对手出现，不仅仅陈懂得、周晓得、何必明……形形色色的对手都出现了，有的落荒而逃，有的垂死挣扎；有的举手投降，有的负隅顽抗……一个家伙躲到他后面，企图从暗处攻击他，不要担心，他身经百战，立刻就识破他的鬼把戏，他以迅雷不及掩耳之势，反戈一击，擒拿了他，他不仅制服了他，对方还一副蠢相请求饶他一命——他也曾占有一片水域——"饶我的命，我愿把属于我的水域给了你！"他一点点吞食河，愚蠢的垂钓人怎么知道呢？他明白了"卖了他，他还帮助数钱"这句话的真实含义。他向他投目，他一副无事人的样子。岂不知他在明修栈道，暗度陈仓。只要他安静地坐在那里，一切都是安全的，包括他想象中的财产。这么想着，他的思想进入了这几天摸到的他的一些账单，上面，不仅记录他的财产，还记录着他掌握的每道河湾的宝藏、他二十年的勘探。这些东西是千万不能让除他之外的第二个人看到的。他们得到，他会首当其冲被干掉。因为垂钓人被抢劫一空，只有他是障碍、成为财富争夺的对象。一个只赤条条在河上摆渡的人，一夜之间成了巨豪，谁会饶了这样人的命？他干吗要摆阔气？为什么人说越富有的人要越沉住气、低调，他算明白了这个道理。他看看岸上的人。幸好他刚才由于想到那么多宝藏顷刻要变为己有而高兴得几乎叫起来没被他们发现。这些人的精力几乎全用在了揣摸他身上。"啊——"渡河人突然叫起来。立刻被吸引来不少眼光。渡河人挥动着渔竿，全身心在水里，他又叫着。这叫声有种旁若无人之感。这正是他要的结果。一个心无旁骛的垂钓者是对周围事物不管不顾的。一个专心于垂钓的人是不会与周围人产生冲突、竞争的。麻痹敌人是渡河人的拿手好戏。他用这个手段成功地迷惑过不少对手，然后出其不意打败了对方。"这是什么鱼，光咬饵食，不咬钩？"他进一步迷惑对方。他步步为营，诱敌深入。显然奏效，岸上的人被蒙蔽了，一个个摇摇头，似乎看到一个胸无大志的人：只感兴趣垂钓的技艺不关注河里的宝藏。"这样的人需费工夫猜度，需全身心对付他吗？"他笑着。他们一定这么想。在这之间，他又给了他们大量的时间思考：他一动不动蹲在河上垂钓能有侵占河流的野心？不浪费掉时间，他在给人们思考的时间里迅速地思索着对付每一个人的对策。

在被赵涵波看作无比忠诚的垂钓中，渡河人觉着坐得腰痛。他太不习惯长时间这么一动不动坐下专于某一工作了，可他必须这样。他开始思索每道河湾、每个水泊、每一丛水藻里的财富了。他不是坐在岸上，而是走入河湾、水泊、藻丛；他不是无所事事地旅行，而是积极进取，是在进行一场争夺战。这些地方所藏虽然早被赵涵波仔细地标出，而且数目明确，但没有谋算怎么取得它，用什么方式，这正是他要做的工作。谁也没有他聪明。他已偷偷地把它从他的兜里取出，并一条条熟记心间。他完全可以让他滚蛋，马上去开掘熟知的宝藏，但着急什么？好饭不急煮。他的竞争对手傻得超出他想象。他可以赶走他。目前不能打草惊蛇。目前敌我力量悬殊，他还处于劣势。这一点他很明确。什么叫韬晦之略？这就是韬晦之略。反败为胜，他等候这一时刻的到来。

他曾经无数次幻想——尽管这于是他极奢侈的事——整个河，只他一人游渡，河是他的一个大泳池、洗澡的大浴缸，上面是蓝天白云，四边是宽广的岸，他一个人游弋在成千上万鱼群的河里，每道河湾都有无尽的鱼群。每次想象，让他愉快，又让他羞愧。因为毕竟不是事实。今天，他是真正游荡在河里了，岸上所有的人都已消逝，只河里他一人。巡河人过来躬身问："今天怎么样？"他几乎不愿回答她。"这你是看到的。""你是主人，我是仆人，替你巡河的。"巡河人说。这是不用说的。

河只属于他一人，她的工作当然只是为他服务。他上了岸，在夕霞余照中走向那个茅屋——他没有赶他们走，只雇用了他们——所有的人都站在门口迎候他。他大摇大摆走在中间，有人立刻给他披上了浴巾，他一扭头见是陈懂得；周晓得要给他递水杯，他手一挥制止了——他要先休息一会儿。何必明一副懊丧相，站在一旁。他后悔了当初和他争抢河，本应该与他合作。不过，对他们的态度，他是大度宽容的，否则他不会成为大富翁。他摆摆手，意思他们应该明白，没必要内疚，他理解他们，宽容他们。"你好！"运输公司董事长在客厅恭候他，他向他伸过手。"你好，你坐。"他说。他让陈懂得给倒茶喝。门口又有等候约见的人。"喂！我是……"码头大厦总经理给他打电话，他放在免提与他讲话，在座的人都惊得瞪大眼。"你去接待一下！"又有人约见，他指使何必明代他去谈。一个没头脑的人只配在河上干苦力活儿。也许有人要问：你是怎么由一个游渡的人成为富翁、拥有了一条河，甚至一个大海、所有的水域？穷人与富人都有变数，面前坐的这位，也不是生来就是董事长；刚才打电话的也生来不是总经理。于是大家吵嚷起来。外面的人等候得不耐烦了："再轮不到我们被约见我们就闯进去见了！"陈懂得拼命解释、阻拦，满头大汗。"没有他，我们就没法做生意！我们要见他！""即使不能合作，给我们指点迷津也行！"他坐在河岸与人谈笑风生。员工们也焦急了。他的妻子——当年走红的电影明星——笑眯眯等候在那里。她很有礼貌地与他的客人握手后，肩披豪华貂皮披肩，过来挽起他的臂膀，邀请嘉宾入席。老板们都入座，他属下的漂亮女招待都各自服侍客人——没用他安排，都是属下安排的，他一进来，他们都站了起来鼓掌。他招招手，示意他们坐下。入座之后，他讲了开场白。在他讲话中，鸦雀无声，连地上掉下一根针都能听得见。他话音刚落，立刻响起雷鸣般的掌声。"女士们，先生们，请坐！"于是，都坐了下来。他们都是来聆听他的教诲的。他说的每一句话，每一个字，掷地有声，对他们来说都是如获至宝。陈懂得走到他身边耳语，他说门口等候的人要求哪怕打开一扇窗户，让他们听到他的只言片语，哪怕他们被推之门外他们也毫无怨言。周晓得建议可否让秘书录制他与他们的谈话，整理后制成光盘分发给那些未能入场的人。没用他说，陈懂得拉了周晓得一下：我两下去商量就是了。他瞟了一眼在座的大亨们。一个个引颈相向，期待他新的话语从嘴里蹦出。

"Sorry，"他说，"对不起，我还是讲中文好了。"他是一个成熟的企业家，他当然也是一个成熟的演说家，他滔滔不绝讲着河流的知识，河流与运输的关系、渊源、河流运输与经济的命脉，河流在各个经济发展阶段的分量……他是从河流认识生命、认识世界真理的，赚钱是他额外所获。说到这里，他开始讲艺术的魅力，只有精神才是至高无上的。这正是他赚钱的秘密，是他要讲给大家听的。

他认真分析了他的河流。不用赵涵波的绘图笔记，他把它们熟记在心了，他讲河流的秒流量，河流与所有水域联结的状况，河流的鱼虾储量，含有的矿物质……他讲述它们，不是要阐述他拥有多少财产，这是不言而喻的，他要向他们证实他的专业程度。"至于我为什么经营河，这是牵涉到一个很深奥的哲学命题，它关系到命运，我们看不见摸不着的东西，由此产生许多观点，我们常说的文化……"他说，"我也恳求大家，就这个问题展开讨论，它对我们的事业发展极有裨益，可我不感兴趣。因为我的时间有限……"许多人要和他握手，女士们投来恭敬的目光，门外要求约见的人更是迫不及待要见到他，因为他的只言片语已使他们茅塞顿开。他说，凡是与他共事的，都受惠于他，有不少已成了富翁。他为什么要白白出让智慧呢？他告诉陈懂得、周晓得，他是有偿讲述的。当然，这话要由他俩说，不能说是他的主意。他是大老板。"先生们，你们要出个大价，这样就可得到我们老板的完全教诲！"陈懂得话音未落，人们就争先恐后喊价了。有的喊一万，立刻就有喊二万、三万的；不久，便飙升到二十万！"好的！你们只要愿意，每人只出五万，共一百二十人，共六百万！我们把我们老板的全部讲话录音整理出，一人一套！"争吵的人静了下来，个个为得到的满意答复点头称是。他们都要发大财了。他们经营的小企业要变身成大企业。他们被陷入困境的要走出困境。

他是怎么走上富豪之路的？这个大家迫切要弄清楚的，包括在座的各位大亨，就连侍立墙边的侍女们也引颈听着。他在最不幸的时候，遇到一个比他还不幸的人：在河上垂钓了二十年的人，被一个盗贼窃取了财产，赤条条流浪在河上，他成了他的救命恩人。他本来是出于道义帮他重振旧业的。可他实在不具备这个能力，是扶不起的阿斗，他只好忍痛割爱，取代了他。起初他是自责的。他是一个正人君子。可眼看一条河就被荒废，眼看要被那盗贼全部侵吞，他认识到这种正直是伪正直，这君子是伪君子，当务之急，是要重振"河山"，于是，他当仁不让，牺牲了"小我"，成就了"大我"。他本来可以成为他的老板，他只愿做他的参谋、助手，但不具备能力重振旧业这是一个实在没办法的事情，他自责、失意，可这样下去对事业有什么裨益？出于事业发展需要，他只好当仁不让。他是一个谦谦君子。那些日子他非常痛苦。有一天，他再不能眼巴巴看着事业被毁，终于说出他的要求："这条河由我来管理！"他于是成为这里的老板。同时他为他的境地难过，但一个有为之士要分清是非，不能只有妇人之仁。以后的路子就顺风顺水了。他建起了运输队，水产公司，加工业，旅游基地，矿物开发……

要知道他是如何成为顶级的游渡冠军？它是他的立身之本，也是他独有的技能，上天赋予他的能力。他生来就是一个泅渡者，他从三岁开始游泳，十三岁就能身驮二人平稳地游渡黄河了，二十三岁，他的背上可以驮六个人过渡，而且没有一点摆荡的意思。起初，他把它当作了生存的手段、方式，那时总得吃饭嘛！后来，他从里面摆脱出来，他享受着游渡的乐趣：一个人到底有多大浮力？他用游渡在感受一条河，认识一条河。一个人一旦与河灵气相通，力量就大到无比，这只有他明白，他身上有着一条河的力量，河的浮力，河的认知。人们怎么也不能理解一个人在河上有如此大的能量，但他清楚。他浮在水面，背上可驮人，臂上可驮人，腿上可驮人，他本身就是河，他们如他浮在河上，但他们不清楚。有人问：一个拥有如此之多财产的人还需要驮人过河求生吗？是他浮在河上，还是河浮在他上面？这一点，他至今没有搞明白，他总觉是物我合一，物我无二。人们说他是一条河，有人干脆认为他就是传说中的河神、龙王。这些议论全是事实。有时他就恍惚中觉得自己变成了一条龙，一个掌管河海的神。有人就说他是河神、龙的化身！

渡河人一哆嗦，渔竿掉地。他赶紧抓起落地的渔竿，同时瞅着旁边的垂钓人、岸上的人。在确信他的这一举动没被发现，他才抹着惊出的冷汗。这样端坐的时间太长了，他感到浑身铅浇蜡注似的僵直、疼痛。他望望河岸，陈懂得、周晓得等人不见了；又看身边，垂钓人独自一个人坐着。他在干什么？这时他才发现他在帮他垂钓。这是一项多么无聊的工作！为什么他跑来垂钓，并且一坐几个小时？不为什么，为取得他的信任。何必要取得他的信任？与虎谋皮，对！这就是与虎谋皮，他今天才准确理解了这一个词的含义。既然是讨取他信任，他就不仅要做得像模像样，而且善始善终，不能半途而废，使之前功尽弃。他真的还有财产吗？他有，何必明仅拿走他的一部分，更主要的，他还有一条他能够准确地指出鱼群储量的河。他被掠走部分渔具没有倾家荡产，只有从这条河上被赶走，他才称得上是穷光蛋，这里才归属他一人。有赶走他的办法了吗？有，这就是他蹲了几个钟头的收获，他把细节也想好了。对！要装得像，像一个忠实的奴仆，比他垂钓还垂钓，哪怕再一动不动蹲几个钟头……

"对！这就对了！"他心头这么想，嘴上就讲出来了，他又不由自主地观望坐着的垂钓人。他完全信任他。他被他几个小时的端坐迷惑了，在他确信他对他没有产生怀疑后，他要起身，去看那被他单独储藏起来的财物。和一个已被蒙骗确信他是真诚的人再玩猫腻纯属浪费时间。渡河人是没有如他大把大把浪费的时间，天哪！二十年！一个傻瓜才会在河上浪费二十年时光。他一站起走动就感到愉快。他生来就不是蹲坐的，他是河神、龙，他不游动，就走动。宰了这个人是件轻而易举的事，可这太没刺激性了，没一点技巧、智慧在里面。他不仅要体体面面得到他的全部财产，而且要风风光光，有足够的炫耀的内容在里面，那样才可让他在日后咀嚼其味。何况，对付一个愚蠢的白痴用愚蠢的办法那是让他很瞧不起的事，他的愚蠢让他已感到斗争的乏味，再轻易宰了他，他摇摇头，这种人不是生来就要让人骗，是蠢得要命才会受骗。这条河不久就要改易主人了。不久就要变成一个大大的游泳池了。拿到那些财物是必须的。这不仅对他是一个试探，也是他初试牛刀，验证他的能力的一个小小的考验。失败了怎么办？不！他不会露馅，不是因为他的高明，是因为他的愚蠢。

没有比这再惬意的了，一条望不到边际的河属于他，并在一夜之间实现，虽然得到它采用的手段有些卑劣，但任何一个成功的人谁不是看结果，谁去看过程？有着无数的美女，有着无数的雇工，有着数不清的金银财宝，满世界他是最富有的人，哈哈！他太伟大了！"我成功了！"

"你成功了？我们？"垂钓人惊讶道。渡河人一动不动坐着垂钓。他是多么认真负责。二十年能寻找到一个志同道合的人已足够了，何况他也积累了多少年的经验，哪怕只是用身体，没有用钓鱼竿。什么时候那些被储藏起来的渔具堆放在了渡河人身边？难道是它们自己跑去的，抑或他交给了他、他忘记了？他曾忽略了他，现在他对他刮目相看了：他竟是一个办事如此主动积极的人！他哼哧哼哧拖岸上的网，他一放下渔竿就去拖网了，他恨不能一个钟头就把一天的工作干完。他像一个很有画功的画家把一根根网丝捋直，又把一只只网眼舒展开，如描花绘枝。

"我愿天天干这样的活儿。这是我的福气！"渡河人满头大汗拖起刚从河里拉上的另一张网说。一根网丝断了，他不像一些捕获者，毁弃了它，而是蹲下认真结织了起来。"千载难逢！有一知己足矣！"垂钓人感动得呻吟起来。

"我们的事业会发扬光大的！是的！遇到我是你的福气！一切都是老天的安排。"

"对！人应该知足。我也是寻求你这样的高级助手寻求了二十年，我们携手精诚合作。我保证没问题！"

"这仅仅是开始。"

"一个好的开端就是成功的一半。"

两人几乎是手挽手离开河岸向居所走去。

十八

　　对于那些鱼贩子，赵涵波怀有深切的痛恨与厌恶。一个人可以在河上求生，诸如凿石人、渡河人，可利用河掠攫财富，是可忍孰不可忍。同时，对不能制止肆无忌惮叫卖的鱼贩、不以为耻反以为荣的买卖交易，他也深感惭愧。他不仅对河有感情，也有责任，而他只眼睁睁看着他们践踏、侵犯河。如果说一个人可以对另一个人不道德的话，但不能对河不道德、侵犯它。他们背着鱼篓，里面装满鱼，沿岸叫卖。那些捕获者，充当他们的同犯，互相勾结买卖。没有买卖，就没有杀戮。他当然也垂钓、捕捞，但他在用它熟悉河、了解河，与河交友。赤裸裸的掠夺就让他不能忍受了。可有什么办法？于是他就以一个购买者的身份，购买了它们，再把它们投入河里。真让人痛心不已。一条条鱼，经过捕捞、装篓，然后沿岸背着叫卖，几乎奄奄一息，濒临死亡。瞧它们重新入水的样子！他不为感激，只为河、他相守了二十年的河，让河归于完整、完美。他永远忘不了那天他购买了足有两千尾的鲤鱼，当他投入河，它们是如此感激地游去又沿游走的路线游回，似向他道谢游了两圈，然后游走。而这些鱼是鱼贩子要高价卖出，他们讨价还价半天他出了高价才到他手的。他们应为践踏一条美丽的河而感到羞耻，应为以渔为生感到难过，应为他们买卖让他们无情捕获的鱼虾而愧疚，应为捕捞一日、叫卖一日，河一日一日在捕捞叫卖中变成一条无生命的河而担忧，应为自己只以贩卖河里的鱼虾为生感到惭愧，为不能保持一条河的宁静，河因失衡而会暴怒——以泛滥惩罚人类——感到不安。一条河有着神圣的思想，丰富的感情。它们体现在每一道波浪，每一只鱼虾身上。为什么不去做不践踏河流的事情呢？这是人的一种混沌未开，还是天生的罪性？是！他是把人们打捞的鱼虾买了回来，放生，可他到底有多大能力完成这一事项，能坚持多久？即使他有足够的钱购买了它们，放它们于生路，可要把它作为一项收入、生存的手段，他买了，放了，他们还会从河里再次打捞上它们，再次流入市场，再次买卖，循环往复，以至无穷啊！这是一项意义重大的事情，这也是一项无意义的工作。要想制止他们，必须得让他们懂得，他们要不为所为，懂河、河与人的交情。

可能吗？赵涵波站在岸上，望着疯狂买卖的人，心里疼痛。一条鱼在买卖中多么无奈、痛苦。在众目睽睽下，在无耻的讨价还价行径中，鱼失去河，如一个被贩卖的黑奴，一切交割完毕，它就要被带离河岸，离河越来越远，然后进入人们的烹调中、肠胃里。当这一现象无情地泛滥着，赵涵波就有一种想象出现——他带着巡河人，巡河人带着上百名警察，像驱赶苍蝇似的，驱赶着买卖鱼虾的人。他们被带走，鱼虾被重新投入河；以渔为生的捕捞者一律被禁止捕捞。而他，这个在河上清教徒般生活垂钓了二十年的人，手操渔竿，蹲在岸边，用渔竿与河对话……当想象停止下来，他看到的还是惨不忍睹的叫卖。赵涵波极厌恶地看着一个小贩背上的鱼篓，他简直想夺过它，投在地上，用脚踩烂它。这只背篓，是耻辱的象征。而每一个人，像背着十字架似的，背着耻辱。耶稣被钉十字架；人们将要被这只背篓钉死。他被满河岸走着的背篓压得喘不过气来。此时，他像一个罪犯，盼望一场洪水侵害，但有一个愿望：所有的一切被淹没，只有河浩浩荡荡流淌，与海相连。他沿岸走着。所见更让他伤感：凿石人雇用的人正热火朝天建码头。这对河是更大的糟害。陈懂得、周晓得在一只进入河里的船上吹着指挥入港的口哨，那里，搬运工人头攒动，河被根本地遗忘了，河面上布满油渍，船在布满油渍的河面滑行。陈懂得、周晓得似乎与凿石人结成同盟，凿石人点点头，二人停止指挥渔船入港。一只小木筏在水面游荡，凿石人坐在木筏上，向渔船驶来，透过机器的轰鸣，搬运工人的吵嚷声，可以听到陈懂得、周晓得二人向凿石人汇报着什么，凿石人在布置新的工作任务。这一切被赵涵波确信无疑看到，他惊慌得不知所措。他丈二和尚摸不着头脑：河一夜之间变得面目全非，并且找不出原因，搞不清责任在谁。这种蔓延式的灾患可以制止吗？他有这个能力吗？必须制止，像制止瘟疫可以使健康肌体不得侵犯，只有制止了这一丑恶现象，他才能确信待在河上，谁能保证一个纯洁如水爱河如命的人在污浊不堪的河上一直待下去？赵涵波感到心里绞痛，因为这一现象让他忍无可忍，他焦急不安——对河的践踏已侵犯了他的尊严——他急迫要改变、制止它们，挽救河，也就是挽救他自己。

渡河人双目紧闭，煞似悠闲地坐在河岸。他刚与陈懂得、周晓得见了面，在一阵点头、摇头、耳语后，陈懂得、周晓得走了，他便独自坐下歇着。那高一声低一声的叫卖声让他既熟悉又耳悦。他虽然不去看他们如何交易，但他对他们的交易了如指掌：他们出多少价，最终多少价敲定；一天交易量多少，一个好的鱼贩和差的所得多少，如被他掌控、操纵。他十分看好第一道河湾的捕鱼量，从第一天交易，成交额就出他所料，他捕的都是上好的鲤鱼，自从与垂钓人合作，他没有一夜踏踏实实睡过觉，在垂钓人深沉的睡眠中，他都忙碌在第一道河湾的月下。根据垂钓人的交代，这里的鲤鱼要在月亮当空时聚集河湾，而且没有任何提防地去睡眠，是捕捞的最好时机。渡河人不论在河上摆渡运输游客，还是在草屋睡觉，他昼思夜想的就是打捞出河里上好的鱼，然后换成钱币。这种想象，经过加工，一次次变得传奇，他竟成了河流的捕捞大佬，凿石人建造的运输码头堆积的全是他的渔货，船上运送的也全是他的产品。当捕鱼大佬是他许多梦想中的一个梦，他还有一个他最愿意实现的梦，那就是河是他的一个专用游泳场。这个奢侈的梦，不仅能满足他梦里所有的梦想，也能实现他精神层面的一个愿望：所有的权贵、富豪，都崇拜他，因为他不仅富有，而且技艺非凡出众，可以创造人类的奇迹，证明一个人之不能的道理——一个人浮游水面可驮载十个人渡河，而这一惊人的奇迹产生不亚于人可扇动双臂飞上天空。沿着这一想象，他的传奇式游渡惊动了世界，各大报纸、电视台转发传播这爆炸式新闻，国家领导接见他，联合国邀他去作相关科学报告。他游渡当然不是一种营业了，一个超人是与营业无关的，他在证实一个人是如何变成一个神的。他很满意现在的状态，他安详地坐着，他侵占的对象被他蒙骗，而他的一切秘密行动进展得顺风顺水。

赵涵波不是一点也没怀疑过渡河人。因为从他走入他的生活，一切变化得太快了，简直令他眼花缭乱，他猜疑他不涉及品质问题，只是对事物的合理推测。有几次，他要求渡河人坐在他身边，以至晚上睡觉与他一起入寝，尽管他编造了许多谎言，找了不少借口，诸如他夜里睡觉不习惯与人同寝，同寝难以入眠，赵涵波始终没有答应他离开他去独居。赵涵波虽然有点自责：他对他的怀疑只是从他对他的察言观色上，并未有实质性的发现，但为了保证河的安全，他还是强求了他。一个人热爱某一事物热爱到疯狂的地步，很容易偏激，甚至走极端，但那种热爱感没法摆脱，它会让你宁信其有，不信其无，赵涵波就是这样，包括渡河人，他极其信任的人，他都提防。对河的侵害的防备，不得须臾放松警惕的。

　　一连三天，渡河人被赵涵波控制了，赵涵波几乎是确信无疑般对渡河人在他背后搞鬼持有高度警惕。到第四天，他也不明白他为什么这么坚决，而且坚持了这么久。渡河人那种"跟屁虫"般的精神几乎让赵涵波崩溃了，达到令人厌恶的地步。他从未想到一个人如此忠诚，要求不让离开，他就寸步不离。他的工作，由于有了渡河人做助手，不仅是再不形影相吊，更主要是多了一种体验：他们如分头进行对接的两列车，走向同一方向，再不需他干了此再干彼。每天早晨，赵涵波未起床，渡河人就过来请安了，并且问：我们是否出发到河上？没等他出门，他就为他预备好了渔竿。对于渔竿的使用，渡河人总把一支长度适中的渔竿交给赵涵波，自己的渔竿总是差一些，他这种确信自己垂钓水平低于赵涵波，他只可学垂钓水湾一些较小的鱼的谦卑态度，让赵涵波很高兴。每次取渔竿，他总要迟疑着，似乎在判断拿哪一根、他是给他配备了哪一根。但立刻，也就是他判断出最好的渔竿是哪根，坚定不移，他立刻交给他，态度很明确，他的垂钓水平不及他，他在他面前甘拜下风。赵涵波开始考虑一个问题：这样的防备是否还需要坚持。赵涵波有些沮丧。因为他从中感到了自己的冷漠，甚至是一种冷酷。不然不会如此对待一个忠心耿耿的人的。而一个冷漠的人是不会善待河、在河上有作为的。一切成果都用热情、感情串联，完成。赵涵波又一次进行了反思。他得出的仍是同一个结论。他有点害怕了，一旦变得冷漠，他将成为一个废人。正是由于他有着孩童般的天真、真诚，他才得到河的信任，看到河之别人不能看到、听到河之别人不会听到、品到河之别人没法品到的馈予。他第一次来到河上，他就听到了河的心声，体会到河的坦诚，他听到河说话。可任何别的人都充耳不闻。他感受到河的哀伤，别人麻木不仁。他从渔竿看到河，从河可看到大海，别人鼠目寸光，见河如似盲区。人们称他是河神、海龙。能在河上苦行僧般一蹲二十年，就可知他对河一往情深。如果所有的人具备他一样的精神、品格，那么，河上就再没有买卖、叫卖声了。冷漠是事业之大敌。"我错怪你了！对不起！我不应该防备你！"赵涵波陷入深深的自责中。"没关系！"渡河人阴云密布的脸立刻阳光灿烂起来："我们为了共同的事业，没关系！误会可以消除！"

"我要崩溃了……"赵涵波把头埋在双掌里。渡河人惊恐了。"我从没背着你去河湾捕捞！"渡河人捶胸顿足，"我要到第一道河湾去抓获，天打五雷轰！"渡河人急得快要哭了，呼天抢地发誓。赵涵波摇摇头。他痛苦不堪地摆摆手："别说了。再说我就无地自容了！"赵涵波低下头，过一会儿抬起头。"我不怀疑你。"是应该让他做一个保证。但觉得这又是多余的：已经看到他是清白了的，已经明了自己怀疑的过错，还需什么保证？他笑笑，放弃了他的打算。渡河人释然了。他不仅看出他没有想到他夜里去偷着捕获，同时也洞悉了他的内心世界：他放弃了对他的提防。"你知道吗，在你睡觉的夜里，我是夜夜去守防那道河湾的。要知道有多少人觊觎它呢?！"渡河人撒起谎来天衣无缝，把谎言说得活灵活现是他的拿手好戏。他杜撰了一个夜晚，不但伸手不见五指，而且天空阴森恐怖，他一个人守在河上，一直高度警惕紧盯偷捕的人。在黑洞洞的河岸他一遍又一遍巡查，到大半夜，他一不小心掉入河湾里。但为了河的安全，他在所不惜，爬上岸，他仍坚守在河上。在渡河人讲述中，赵涵波沉默不语了。他在做着一个重大的决定！以后是不是可把这条河的看管权交给渡河人。一个人对另一个人的最大信任是多少？他具备这样的品格吗？赵涵波不仅考察对方，也在考证自己。是的。可以交给他，同样，他具有这样的品格。"我可以把河的看管权交给你！"他斩钉截铁地说。

渡河人看出了赵涵波的真实意图。为了防备他反悔，也为证实自己的无辜，他做了一个连连摆手拒绝的动作，并喊着："不可以！不可以！"赵涵波误解了。他以为渡河人不悦，不愿接受这样的邀请。在迟疑之后，赵涵波点了点头。他作为一个长年在河上垂钓的人，他是尊重别人的选择的。"可以。我尊重你的意见。你不需要看管河了。"赵涵波一出口，渡河人就着急起来。他没想到赵涵波会否定了自己的要求，做出如此决定。他想说：我不是那个意思。我是愿意的。可为时已晚。他不仅惶恐，懊悔，也很担忧后果。他老实地走在赵涵波前面，背着的渔竿似千斤重，走得如此不情愿。不过，赵涵波没有看出来。他以为他很高兴地接受了他的道歉。他拒绝了他的请求，他还会把这个权力交给谁？渡河人生自己错失良机的气。会不会被陈懂得、周晓得窃取？他们俩是无孔不入，无时不在打河的主意的。自从他俩来到河上，他俩就在虎视眈眈觊觎这条河了。不说他们两人，在河上的哪一个人不是图谋所得？可怎么挽回？还来得及吗？赵涵波走在背渔竿人后面，心想着这根渔竿在他背上能背多久。尽管他相信他是忠诚的，可对他对垂钓的兴趣有多大，能持续多久，他始终不敢确定。他在河上一蹲就是二十年，这期间，他不是没有见过信誓旦旦的人。但一个个前面发誓，后面就做逃离的打算。一般人是耐不住寂寞的。一个难耐寂寞的人是不会坚守河垂钓的。这么想着，他便觉得他不是扛渔竿去和他垂钓，是要带他进入自己设下的某一个圈套，让自己毁灭于此。把他假设成一个对手，这样不仅增加了安全感，也让他得到一种有备无患般的战略上的快感。待一切想周全，赵涵波放松下来。他再不用去受猜测渡河人是对或错的折磨，也不用为之绞尽脑汁而忘了享受河给他带来的愉悦。"这很好。"他说。

渡河人却没这么想。他琢磨的是如何挽回败局。他怀疑人是否有一失足成千古恨之说，也不解为什么一句错话可致前功尽弃，也怨恨心计这个东西，因为刚才就是滥用计谋造成如此后果。"一些问题可以重新进入讨论，这样会纠正某种偏差。"他摆出讨论与此前的话题毫无关系的样子说。"重新讨论你说？"赵涵波反而感到了兴趣。他同意这个说法。因为从经验上谈，他许多过失是因一锤定音、"只此一家，别无分店"造成的。"比如？"他反问。这正是渡河人期待的。他为轻易达到目的暗喜。"例如看管河……我只是说那条河是需要人认真看管的。""不、不！"赵涵波立刻就否定了。"我不能让你再受累了。整夜整夜在河上……不！这不可能！"赵涵波受这一话题的诱惑，进一步阐述了自己的观点，即强人所难是可耻的，人要学会尊重他人。"许多事情可以重新讨论、论证。但一言既出，驷马难追。有时候反复论证会起到出其不意的效果，可有时候出尔反尔会对人造成极大的伤害，比如让你去看管一条河。"渡河人脸红了，不知是因为着急还是因为上火——显然他是着急未达到目的而上火了。他愤怒地看着赵涵波。"扯淡！"他说。可话一出口，他立刻反悔。因为他还没有强大到有在赵涵波面前说这样话的资格。"不！我是说我说的话全是扯淡！"他纠正说。赵涵波笑了。自打打消让渡河人看管河的想法，他轻松了许多。他也真正明白了渡河人说的"反复讨论"的重要性。这一问题就是在他们反复讨论中使他明了的。知错就改。"你是对的！"他说。赵涵波的一脸释然让渡河人十分反感。他不知该骂他狡猾还是愚蠢，他的嘴脸既有单纯到愚蠢的一面，又有愚蠢到单纯的一面。"也许是吧。"他说。"难道你就那么绝情绝义？"也不知从哪儿冒出这么一句话，不知是不是鬼差神遣，他竟发泄起来。赵涵波又笑了。是的。他就是绝情绝义。这事，不论他背什么名，哪怕再狠毒地骂他，他也要改变主意。决不能让忠心耿耿的一个助手去做不愿做的事。

破坏河的行为必须要受到制止！此刻再没有让赵涵波如此坚定要办的事了。他的渔具卖掉足以收购这些鱼贩子的鱼。他要制止这让他痛心疾首的行为。他可以把他对河的了解，诸如河里鱼虾的储量、价值，河里的矿藏全告诉人，告诉与他志同道合并一样热爱河的人，只要河得到保护；但他对觊觎河的人绝不说出河的财富，因为他们对河已是垂涎欲滴，为占有河达到急不可耐的地步。对于渡河人的焦躁不安他反而感到欣慰，他的功夫没白费。他是与他一样热爱河的人。他不愿天天寂寞地守在河上，看管河，可他又对他的请求被拒绝深深地懊悔着，自责着。这是他能理解也是愿意接受的态度。假如他反悔，再次请求他去看管河，他仍是现在的态度：不许他寂寞地去守候河，这已成了他的底线、原则。

渡河人无精打采地走着，可马上，他振作起来。他似乎觉察到赵涵波在怀疑他，他的真诚的表现被打了折扣。干吗要这么急呢？有的是时间。岂止看管河，他是要成为河的主人，赶走这个绊脚石，竟让一个傻瓜当成一无所知的人来对待！

在第一道河湾，赵涵波看到了捕捞的痕迹，在赵涵波犹豫不决、判断是否出现过捕捞的质疑中，渡河人讲述了这个河湾的情景。他首先把河湾出现大量鲤鱼群的现象描述了一番，充分证实垂钓人的发现的真实性，接着，他虚构了一个故事：众人下河疯狂地捕捞。他是含着悲愤的心情讲述这一情景的："人们哪见过这么多欢蹦乱跳的鱼群？受利益驱动，一下涌进河湾开始了捕杀……"——赵涵波痛心疾首——渡河人瞅了他一眼："是！几乎和鱼群一样多的人……""怪不得这里一片狼藉！""不！"渡河人话锋一转，"那是我与他们搏斗留下的痕迹。""你与他们搏斗？你制止他们你是说？""对！以一当十，你知道吗？我以一当十与他们搏斗！我制止他们！我凭靠河里摆渡的能力赶他们走；我潜入水中抓住人就往水里摁……见到有人要被淹死，疯狂捕获的人停了下来，我一个个往水里摁他们，人们害怕了，一下疯了似的从河湾往出逃，停止了捕捞……"赵涵波被这一惊人的描述吸引，追问结果，直到明白了赶出河里全部捕鱼的人的过程，长长叹口气。赵涵波不怀疑曾出现这个场面，因为他清楚他对第一道河湾的鱼群量的关注度不比他们差，基于平日对渡河人积累起来的反感情绪，他同时认为他与他们搏斗多是出于自己的利益遭到侵害——他已把它当作了自己的财产——由此奋不顾身，显出英勇无比。赵涵波的态度同样被敏感的渡河人觉察，因为他从来把他当对手对待，警惕没一刻放松，他讲述完，显出十分悲伤的样子。"我得到什么？"从这句话里，赵涵波听出了他几天来跟随他一无所获的感伤情绪，也意识到自己的苛刻。他只是一个渡河人，他凭什么要奋不顾身与抢捞河里鱼虾的人搏斗，而且要求有自己都做不来的态度？"是的……"赵涵波承认他的说法。"你看看这些人多么贪婪。"渡河人同样显出失望。他摇摇头，似乎为赵涵波难受。"没有这些人就好了。"话里，既有讨好赵涵波的意思，也有自己的意愿。要独吞河的想法，他一刻也没有放弃。他不想把话题继续在狼藉不堪的河湾，因为尽管他有文过饰非的本领，但终归是自己干的，智者千虑必有一失。他担心露出马脚。"这里，我会让它恢复原样的。"他向他保证。这是毫无疑问的，他说，不然他跟随他多日是白跟随了他。

　　赵涵波看见站在人群中的渡河人，产生了巨大的怜悯。一个正直的人注定是一个孤立无援的人。这道河湾，几曾遇到一个热爱河的人不被冷落？一条河寂静无语，就是孤立无援的表现。所有人来到河上，都是想揩河的油。他想象渡河人与众多捕捞者奋不顾身斗争的情景了。渡河人的伤心，是他的伤心；他的孤独感，也是他的孤独感。他被排挤，是因为他与众人的价值观达不成一致：他要保卫河，他们则要破坏河。

　　渡河人突然笑了。因为他看到了几个人为河湾有无矿藏、多少矿藏争论得面红耳赤，不可开交。他的笑，是那种一个智者见愚者争论不休的笑，他要告诉的是：瞧！他们多愚蠢。一个只图眼前利益的人，永远是有眼不识泰山。在这条河上，他与他高高在上。他们从事的事业才是至高无上的。他的笑，嘲笑，得到赵涵波的赞同。"是的。是这样的。"赵涵波马上的表态，让渡河人增加了进一步表现的兴致，同时，他有了一个更大的阴谋：诱使赵涵波讲出那些水下矿藏。赵涵波果然上当了。他没有足够的防备意识，他甚至把此作为一种炫耀向他讲述。渡河人为引他完全讲出的兴趣，装作听得如饥似渴，果然，它刺激了讲述者，他不仅讲这里的储量，也讲他二十年来探寻它们的方法、路径。在讲到激动时，赵涵波忘了听讲的对象，一个没多少智慧的听讲者被反复强调是没多少意思的，何况还是一个志同道合的低智者。有那么一刻，他克制着自己的情绪。因为他一说到河、河里的财富就滔滔不绝，以至忘了听讲的对象。毕竟他是要他了解它，并由此爱上它，共同来保护它。贪婪要把人引向何处？他望着那些肩背鱼篓的人，失望地摇摇头。得小而必放大；反之，得大者必放小。让他们也像他，包括渡河人在内一样？缘木求鱼。这就是小人物的灾难所在。他们的伤心，他们的欢愉，在这个天平上称，一金不值。他怎么来的？他是看到凿石人侵吞了他的财产，出于义愤而来；他沉默不语，不仅是因未达到自己的目的，也是因被他伤害了。他遭到同志趣的人的误解。伤害莫大于此矣！"我一毛不值，一无所有，但有一颗忠心。"他说。"要求一个一无所有的人还要什么呢？"他说得对，他显然遭到了冷落，尤其在他不在的时候，在那个月亮高照的晚上，众人疯狂地进河湾捕捞，他以一当十搏斗，他为了什么？保护河！他是替他在搏斗啊！但他视而不见。

　　看着沿河走动的鱼贩子，赵涵波不仅愤恨，更多是怜悯；他不仅怜悯河，河被糟害，也怜悯这些无知的人。他们的心灵也被他们无知的行为糟害着。谁会穷追不舍无止境打击一个无知的人，无止境谴责他们的过失？他们已经得到了惩罚。他们背着背篓饿着肚子走在河岸错误地寻求生活，就是上帝对他们的惩罚，人在出生时就与上帝有契约，人早把命运抵押在了上帝那里。只要他们走错路，上帝就要惩罚他们。高尚的人与之一起，天天忍受着极大的被侮辱、伤害，比如他。可谁知道一个高尚的人所从事着的高尚的事业呢？那些低俗的人受煎熬，他们是怀有极大的怜悯的，可残酷的讽刺是他们同样被他们糟害，在同情中被糟害，他们成了他们的敌人。放下那些背篓吧，放弃捕捞吧，让鱼生活在河里，让河夜夜流淌。人们应向渡河人学习。他多少年如一条鱼生活在河上。一旦意识到河对人有多么重要，他就投奔于他，肩负起共同保卫河的担子，且奋不顾身与损害河的行为作斗争。

赵涵波激动得满脸通红。他长久地望着站在背篓人群中的渡河人思索着。他等了二十年，不是等来鱼群、矿藏，而是一个人的心，与他风雨同舟、同舟共济人的心。他终于得到了，渡河人，而这个日夜等候在河岸的人，初心未改，默默守候的人，就是他，赵涵波。他们将携手并行，日夜兼程，奔赴共同目标。

一个人跳入河，差点被淹没。他扑扑地爬上岸。

"你在干什么？"赵涵波拽了他一把。他气喘吁吁上了岸。他双手捧着一支渔竿。渔竿上有一行醒目的镌刻字：愿者上钩。为什么要跳入河？这是一个什么样的人？也和背篓贩鱼的一类，在觊觎河？

"你的行为很怪诞。"赵涵波喝道。

"我要缓解一下……"

"什么？"赵涵波皱眉。

"我是第一次来到河上垂钓……我是如此地激动。我以前一直以为垂钓就是垂钓人和一条鱼在周旋，除此没有什么了，今天见了河我才知还有什么……河是那么温暖，我是一个孤儿，我第一次得到如此大的温暖。我也不知为什么一下跳进了河里，我忘了钓鱼了。我需要缓解我对河的感恩程度，所以……"

他停住说话。因为他认出了赵涵波。他早听说有一个独守二十年在河上如苦行僧的人。出于崇拜，他激动地停止了说话。

"你不怕河把你淹死？"

"不！河不会淹死我。我爱河。河是宽大的，不会淹死人的。不！它不会！永远不会！"

赵涵波取过他手里的渔竿看。"这是我从别人手里买的。我原只以为垂钓是我与鱼的关系。河真是太伟大了！"

赵涵波紧紧盯着他。他被盯得有些紧张。难道他做出了出格的事？他经过检查，觉着自己没有不礼貌的行为，于是说："尊敬的……我不知道您的名字……我很崇拜您！"他被赵涵波紧紧握着手。

"你钓鱼是准备卖的吗？"

"这应该是卖得出的，河岸这么多买卖鱼的……"

"不！你要改变你的想法！"

"我能干什么呢？"

赵涵波不由分说，拉起他就走。从与他的交谈中，他知道了他叫黄鱼仔，是一个刚从乡下来的小伙。他被领到一个河汊，赵涵波停住。他告诉了他这个河汊的秘密。"什么？"当赵涵波告诉他这是一个甲鱼的栖息地，这里的甲鱼正在产卵，生育，他听说成千上万的甲鱼将在夜里爬到浅水湾产卵，惊得目瞪口呆。"你怎么知道的？"

"你要保护它们！"赵涵波不容置疑地命令。

"这就是你要告诉我的？"

"对！我不会认错人！这就是我告诉你的原因、目的。你要日夜守护它！你有这个责任。你生来就有这个品质！我信任你！从刚才的言行我明白了你这个人！"赵涵波当着他的面，把渔竿一折两截。"不要加入可耻的贩卖活动！"

渡河人目睹着这一切，他觉得赵涵波是一个大傻瓜。这个秘密可以告诉任何一个人，但绝不可以告诉眼前的这个人。在他眼里，一切人都是有所图谋的，谁能保证他不是骗子？他更可惜的是他上当在他之前，上这种人的当，于他一直在他身边来说，简直是一种侮辱，至少，他应该在上他当以前，上他的当。这个叫黄鱼仔的人骗他之前，他没有骗得了这块甲鱼栖养之地，令他不仅深感懊悔，也十分愤怒。他现在能采取的手段就是要告诉他上当受骗了。

"他是个骗子！"渡河人痛心疾首地说。

黄鱼仔摇摇头，显出茫然的样子。他是无辜的。

赵涵波摇摇头。他否决了渡河人的提醒。猜忌不仅会毁灭计划，也会毁灭成功，他已经吃过猜忌的亏，现在不能再猜忌一个人了。"这条河是无数宝藏的所在，我只告诉了这条河汊。你要好好珍惜。""假如有人再知道这个河汊呢？"赵涵波坚定地摇着头："那我就改变这里的甲鱼的栖所，让它们到另一道河湾栖息。总之你是唯一知道它们在哪儿生、栖息的，也是唯一的监护人。"他的生活来源？没等黄鱼仔说，赵涵波就猜出他的要求，尽管他很反感用河去求生："当然，适量地取些甲鱼变卖换取吃喝是可以的。人是需要吃饭的。""我是不愿意的。"黄鱼仔红着脸辩解。赵涵波郑重地把手里的一支渔竿交给他。"愿者上钩。"黄鱼仔点点头。"是要节制，仅限吃饭。""仅仅照护一条河汊是不够的。不过你已经很不容易了。"黄鱼仔点点头走开。"他竟这么好说话。"

在赵涵波与黄鱼仔对话中，渡河人走到陈懂得、周晓得前，几乎是带着责备的口气说："看到了吧？本来就不应该把矛头对准我！"话出口，他又想收回。他感到不仅唐突，而且露骨。因为目前二人的方向还不明确。刚才他们就和何必明在一起工作着。"我是说我们应该明确，我们不是敌人。那个黄鱼仔什么的抢在了我们前面。"二人审视着渡河人，他们明确他身上具备他们的特性，也有着同样的欲望，到底有几分是真诚的，渡河人每一张口，他们就免不了猜度。在确信渡河人来的意图的真实性后，两人点头了，至少目前，他们不应该对立，至于是否合作，那要看事态的发展。"我们没说不和你合作。"渡河人着急了。"我是说他远比我们笨！"二人点点头，这一点他们认同，他只用幼稚得不能再幼稚的一个跳入河的动作、说了几句谁也会随时编造出的谎话就骗取了他，要是他们早一步，得到河汊财富的人就不是他，是他们三人其中的一人了。二人提议是否与正在垒建码头的何必明合作，被渡河人摆手拒绝了。与他们合作也只是权宜之计，吴越同船，找凿石人只能是引狼入室。

渡河人与二人手舞足蹈的谈话，被赵涵波理解为他主动协助他工作了。他很满意渡河人工作的积极主动性。在他来说可以说是颐指气使，在他来说则为主动出击，见机行事。任何一项事业的成功都离不开这种精神。他把偶遇的黄鱼仔安顿下来，就走到正在"主动出击工作"的渡河人身边。当他过来，三个人立刻改变话题，而且十分默契，像商讨好似的，谈论他工作意义之大，达成共识。看到二人被说服，改变了态度，赵涵波满意地点点头。他十分欣赏渡河人的效率，对他的能力也很肯定，就在他给黄鱼仔交代一项工作当中，他就说服了两个曾是顽固不化的人，他不敢肯定他也能做到。

黄鱼仔走过来。他要加入他们的聊天。他也是他们中的一员。这个队伍迅速壮大出乎赵涵波的意料。像这样的速度进行下去，河岸上的迷途者被说服将指日可待。意识到这点，他有点推翻过去的看法了——人多并不是坏事，只要都变成爱河的人，多多益善——冲岸上背篓的人深深地点点头，似乎对前途有了把握。"这条河，教化了我，相信也必定会教化所有河上的人。为什么要怕人多呢？更多的人关爱河、认知河有什么不好？人可以毁坏一条河流，也可以改变一条河流，使之更美、更纯，但问题在哪儿？要有人做工作。什么工作？改变人的看法、行为。怎么改变？像你，还有你俩，你……一个人的力量是有限的，可手挽起手呢？谁说河流冷酷无情，谁说大海远离我们？没有！它们就在我们身边、心里！难道我们有生之年认识不了一条河？难道认识一条河仅有一条途径？不！悟在一念！不！认识河有多条途径！我是从一支渔竿认知河的。他不是，你们也是，是从泅渡河与河建立起了感情嘛！这取决于我们的态度。如果你不爱河，你终生将在河流之外，感觉、思想；真正认知河，是你走入河，河走入你心中。首先要改造自己。你能一下感到河的温暖，不仅是河的昭示，也是你的造化。谁感知到了这一点？我们在河上，好像懂了河，拥有了河，不！你只有是河的奴隶，河的仆人，你才能成为河的主人。让我们拜倒在河之下吧。让我们摆脱那种无知之苦吧。试想想一条河被成千上万的人践踏，贩卖它的人如蚁成群，河会怎么样？河是让我们来爱惜的，认识的！认识一条河可从渔竿进入，河也可通过一根渔竿进入你们的心灵。认识世界也如此，怎么没有乐趣？世界之大啊！好了！我只讲到这里。你们几位都是聪明绝顶的人。认识你们是我的福分。我们因河之缘而聚，从今天开始——也是你们点化了我让我明白——说服、改造那些践踏河的人！我们携手行动！每个人负责一道河湾？"

接下来出现了新的分裂：渡河人防备陈懂得、周晓得二人；陈懂得、周晓得防备渡河人；而黄鱼仔不仅防备渡河人，也防备陈懂得、周晓得，陈懂得、周晓得则还互相提防。他们都有一个共同的理想：成为这条河的真正主人。可在目标实现前，都有大量工作需要做。从垂钓人手里夺取这条河需要精诚合作，这个过程的复杂多变每个人都能估计到，但变到什么地步，这就很难把握了。出于利益的考虑，彼此联合达成共识不言而喻，但也出于利益考虑，互相防备是必不可少的。共同的目的可以凝聚大家在一起，也可以让彼此分裂，各自为政，互相为敌。渡河人率先要求看管第一道河湾，因为它已在他掌握之中，掌握之中的就不能丢手；至于第二道、第三道……河湾，一切在待定中，也就是说鹿死谁手还是一个未知数。这就有无限的可能：你在我中，我在你中，一切取决于谁下手早，下手快，下手稳、狠。这里不仅有胆量，更有智谋在里面。"我要第一道河湾！"渡河人举手后，接着提了一个方向性意见，"既然黄鱼仔认领了那道河汊，那么把第二道河湾就交给陈懂得、周晓得吧。"

　　他的提议立刻遭到陈懂得、周晓得的反对。他们对把二人打包一起认领一道河湾不能认可。就是一人一道河湾，陈懂得认为他的能力要大于这项任务，也大于管理第一道河湾的渡河人。一个人具备一种能力而不能人尽其才，这不仅是一个能否人尽其才的问题，也涉及管理层面，最终导致事业的成败。周晓得一声不吭坐着。他用沉默为武器进行抗议。凭什么要把他的利益与陈懂得捆绑在一起，可以让他和陈懂得看管第二道河湾，也可以把渡河人或陈懂得，或黄鱼仔打包一起考虑，大家都是平等的，为什么这样偏轻偏重？沉默不仅有进攻性，也能很好地保护自己，进可攻，退可守，毕竟还没有强大到直接提出主张的时候。黄鱼仔看着赵涵波——他用以柔克刚的策略——祈求他的偏重，他是最忠心耿耿于他的人。三个人于是把渡河人作为敌人，经过相互暗示，达成一致，形成联盟。渡河人一看局势不妙，立刻倒向了赵涵波一边。他说大家互相争夺，百害无一利，这有违赵涵波的本意，大家不能迷失。渡河人的主张得到赵涵波的认可，于是形成渡河人与赵涵波一派，陈懂得、周晓得、黄鱼仔一派，可尽管陈懂得一方人多势众，但形不成对抗，陈懂得首先看到这一点，他立刻反戈一击，站在了渡河人一边。在最危急关头，周晓得没有盲目选择新的站队态度，而是以不变应万变：沉默不语，它既可理解是同意，也可为反对。周晓得的态度被赵涵波首肯，他冲周晓得点点头，这才是一个合作者应取的态度。这就有种倾向，新的联盟立刻会得到瓦解，那么，周晓得就有可能独自得到一道河湾；而一个人独占花魁，凭此势头，会在将来的分割上捷足先登，条件允许，会成为老大，于是，聪明的陈懂得就又站在了周晓得一边。他们是老搭档了，他们合作才对事业有好处。但渡河人也并不傻。他见新的组合将形成，便放弃"纵横捭阖"，独自为阵："我只要第一道河湾，其余怎么分割，是你们自己的事情！"这样，把解决的最终办法，就交由赵涵波来决定。在赵涵波做过思考后提出自己的主张：同意渡河人的意见，把第二道、第三道河湾分别交与陈懂得、周晓得管理，黄鱼仔协助。这一主张虽然不能得到大家的认可，可在赵涵波最后的强调后——每个人视其管理的程度决定以后是否长久地管理——都缄默不语了，这既出于策略的考虑，也都担心赵涵波识破他们的谋划，因为他们四人加起来的力量还不足以战胜了赵涵波，他二十年在河上已扎下了很深的根，他们是要把他连根拔掉。毕竟大家心知肚明，都心照不宣：都是要瓜分赵涵波已占领的河的。四人都沉默不语，其意思是说：那好，由你来定吧。"大家同意吗？""同意……"显然回答赵涵波的口气不是那么坚决，但都是异口同声。

在各自认领河湾后赵涵波检查工作般去看望他们，一个个都是各尽其责，对所属之地严加看管，不容一个人侵犯。赵涵波的自信心得到恢复，是从检查第一道河湾开始的：渡河人在他到来时，竟未意识到他的到来，全身心投入到河里，从此受到鼓舞，他相信一个爱护、认知河的庞大团体不久要建立，而且会轰轰烈烈地工作，人人热爱河，投入所有。在他旁边，赵涵波看到几张被隐蔽的渔网。它们是用来捕获的，他用它们干什么？要是第二道、第三道河湾，他遇到这种情景，他会立刻严厉责问其因：要是欺骗他，他立刻收回成命！但不责问，不等于置之不理，他紧盯渔网，用质疑的目光望向他。渡河人不自在了，从他红着脸挪来挪去已在承认自己的过错了。他决定坐下来，观看他究竟在干什么。这个不忠实的人，一定会跪下请求他的原谅，他不会就此善罢甘休。他拿过他手持的渔竿，检查他到底是在做样子还是真在垂钓。渡河人的心理防线将坍塌，他觉察到被怀疑，感到受侮辱，用乞求的目光望他。任何坏的苗头必须得到制止，他经营这条河，从管理这几个看管河的人开始。

余下来渡河人讲述了他一天看管河的经过。他描述了河的波澜壮阔，他克制着激奋说："像您一样，我完全是从您那里学的，我紧紧握着渔竿，一动不动，我感受到了河，尤其在这样的惊涛骇浪中，我明白了，河要走入我们，我们要向它敞开胸怀……"赵涵波被他的阐述所迷——谈到河他就忘乎所以（这是他的弱点）——受到诱惑，他做进一步追问，在渡河人已理屈词穷中。渡河人的谎言世界一旦建立，他就大谈特谈开河流了。他只为推脱责任随口这么编造了，没想赵涵波锲而不舍，穷追猛打问他，他被逼到死角。急中生智，话锋一转，他谈开网："那些鱼群是干什么的？引领我去认识河的！我紧握渔竿，我从此进入河，鱼群引领，我进入浪谷，升上浪端；我随之漂流，河与我近了，河与我合一了。为什么不用渔网试试它们、观测它们是否会与渔网是敌对的？我看到了，它们来到渔网边，它们与网为友，它们没有与渔网敌对……""太好了！"赵涵波既是肯定，又是鼓励。可渡河人只认为是肯定，当他要"谢天谢地"停下编造，赵涵波立刻明白地鼓励："讲下去，接着讲下去！"讲什么呢？他望河面。他又开始讲述网了。他说天地就是一张网，人在天地就如在网里。可没有被捕获之感，为什么？天人合一！"对！天人合一！渔网也是合一的！"这是他临时发挥，急中生智讲出的。在无法讲述下去时，沉默是最好的答复：沉默中含有太多的内容。"这是我的体会。"

渡河人的讲述让赵涵波满意，他的沉默，让赵涵波更是敬重：他一旦与河合而为一，他就无以言表。这是最高境界。他说得对，天人合一、鱼网合一。他不是捕获，是用之于河、与鱼虾亲近。

接下来的检查也令赵涵波满意。但对陈懂得与周晓得的行为他略有不悦，因为他们总是心神不定，而且，没有像渡河人一样，一直要坚守到傍晚，并且像吃了亏似的，把渔竿不时收起、放下，像要蹲守，又像想离开。赵涵波对二人的斥责程度连自己也感到意外。"你们干得不错啊！"陈懂得摇摇头。尽管他知道接下来的话题内容，但他知道这是最好的应对方式：他在自责——至于周晓得，他不去管，也无暇管，人在自己和他人利害得失面前想别人的命运是愚蠢之举——"你们干的好事！"赵涵波大声斥责。由于生气他满脸通红。周晓得本以为他会被他俩蒙混过关——他们已在河湾进行捕捞贩卖鱼虾了（他们的疲劳是一天经营后体力消耗殆尽的结果）——他的言行出乎他意料（那么一刻，他只以为他生气愤怒只是冲陈懂得来的，有点得意忘形的样子）——他意识到他生气愤怒是冲他俩来的,立刻紧张起来。他见陈懂得站得比他还谦逊,比赛似的,立刻站得笔直,俨然一个小学生在老师面前承认错误般的样子。"你们知道,我为什么把这么重要的工作交给你们,陈懂得、周晓得?因为我是河的主人,这是其一;其二,对你们的信任。你们的一言一行都在我的掌控、监视之中!"两人点点头——都心领神会——"你们",不是单指他,或他,是两人,并且,在他讲"信任"中,他们就知道他们被谅解了,这是他们的经验,他一要进行缓和、和解,他就用"信任"开头,接下来的话不用他说二人也明白:"要精诚合作""不是离心离德","我是信任你们的","同舟共济"。而讲这些话后他们怎么回答,也是早准备好的话:"对!我们遵从您,听您指挥"云云,余下是他被哄骗,傻子似的满意而去。当然,他的训斥要一段时间。这是意料中的事情,也是他们能够接受的——为了利益不能接受一顿训斥哪是聪明人的行为!事情果然如二人所料进展,在他们抹着额上的冷汗、听得已经不耐烦的中间,赵涵波如期开始和解式的"训话":"你们被斥责是咎由自取","你们只有与我精诚合作才有前途","要一心一意"……两人互使眼色,并冲训话的赵涵波点头,再点头,直到他满意、认可他俩确实是对他言听计从、被驯服了,离开,两人同时躺了下来,哈哈大笑:"这个傻瓜,比一条鱼还蠢!"歇息后两人进行捕捞。

对于黄鱼仔的评价,他多出于想当然,因为他深信他是忠诚的——他在应许他协助他俩看管第二道、第三道河湾,又私下应许他另一道河湾——他没看走眼,他把希望全寄托在他那一类人身上。他想象他在背篓贩鱼的人走来走去吆五喝六的叫卖声中坐下看守倍受折磨痛苦,如果不是出于信念,他会崩溃。他如守护神守护河汊。在既不激起鱼贩子的愤怒,又能很好地教化他们,他不仅身教,也言传他们热爱河,放弃捕捞贩鱼。当他走过来,他一看到同心同德的他,立刻激动得眼泪盈眶,因为他是如此孤独。望着背篓走过的人,他避之如祸似的闭上眼。他为不能制止这种行为而难过。"你拥有这么多鱼的河汊,我们合作,你可赚得腰缠万贯",听到这样的怂恿,他伤心地背过脸——他的行为还不足以教化他们——像出此语者是自己,哭泣了。他或许决定将来由他来全部承管这条河,只有他在河上,他才可以安稳地睡一个觉。他是另一个他。渡河人可以同为他的伙伴,但陈懂得、周晓得就需下很大工夫进行改造，他是为河而来、为河而生。他可以教化了河岸走的背篓人。

"你是头儿。你不要往下走了，我说的是河的下游。我们并未认识那里。我们需要你的引导。但在之前，你要给我们自由。我们总要成长的。不是要共同完成我们对河的认识，教化河岸上的人吗？在上游的河未被全部保护，我建议停下来。你要放手。"渡河人在几周后向赵涵波提出建议，他点点头。为什么总要防备他们呢？总担心上当受骗，是心里存在一个骗子。一起合作必须得赶走这个骗子。"从此以后，由我们来自己监督自己，做这些，您只要听我们汇报就行了，一切会进展得顺顺利利的。"赵涵波点点头说："是的！按你说的做！"

十九

像被活捉了似的，黄鱼仔被渡河人抓住，拉过河岸一边。"这是火并，知道吗，火并！你不愿意吧？"渡河人说。黄鱼仔刚从河水里出来——他天天下水"体悟"河——气喘吁吁站下。他从没认为渡河人是好人，每次见到他，都是带着极大的耐心与极高的警惕与他交谈。

"我们要联合起来，不能自相残杀！"

陈懂得、周晓得凑了过来。他们时刻防备除他俩之外任何人达成联盟。渡河人气得发抖的样子，或是装出气得发抖的样子。他们是进行窝里斗。比如狩猎，首要的是合作，盯准猎物。在互相打斗中，最终损害的是打斗的人。他看着远方，装出看到的是渺无际涯的目标，他又做了一个动作：这块肥肉在嘴边，但搞不好是一个坚不可摧的堡垒。他进一步讲，四人如交战国，彼此壁垒森严，互相防备，只会削弱打掉堡垒的战斗力；只有结盟，精诚合作，才能百战不殆。

黄鱼仔迟疑地站着听，渡河人的话他几乎是句句猜疑。"继续说！继续说！"他的口气既带着挑衅，也有蔑视。而每次他这种态度被渡河人感觉到，渡河人就死乞白赖要证明所讲的真实性、重要性。而越是他旁征博引进行辩说，他越是不以为然，渡河人在未说服他后，立刻转向周晓得和陈懂得，开始说服周晓得、陈懂得。周晓得、陈懂得在进入第二、第三道河湾，自己的如意算盘是既得陇，又望蜀，在未得到已经所得之外，步步为营，待时机成熟，出奇制胜。在固守所得上，他们几乎把渡河人忘了。他们还没有把渡河人的危险估计到足以打倒他们的程度，只有他出现，他们才意识到他在第一道河湾，认为他也不可忽视。

他们也习惯了渡河人的一惊一乍。当他向他俩讲联合的重要性，他们在想：这第一道河湾什么时候才能到他俩的手呢？很长时间了，他俩就想先下手为强，采取诱骗的手段，把他从河上赶走，因为企图成为这条河的主人的人是不会坐收其成的。他大量的时间需要蹲在河上。因为每次监视，赵涵波首先要走入第一道河湾，而他的专注，聚精会神垂钓，总会得到赵涵波的赞赏，他会超出计划地多滞留在他身边，赏识他的真诚。只有赵涵波走开，他才能逃役似的，快速来到他们面前，或煽动他们起来对付赵涵波，或与他们商量对策。在这条河上，他俩、黄鱼仔，是他唯一的倾诉对象，也是他唯一警惕，但又厌烦的人。他可以在他俩面前敞开心扉。每次听他喋喋不休时，他俩也总能不停地认可般地点头。他们以极大的耐心听完他的纵横捭阖，一直到他离开，才哈哈大笑，然后去做自己该做的。他可以在他们这里信口开河，也可以胡说八道，这不仅出于策略，也出于尊重：毕竟他们有今天，渡河人是媒介。人是不能忘恩负义的。他也一样，看他的情绪好坏：他情绪好，说一会儿话走人；情绪欠佳，他要把交谈推迟到赵涵波来巡查，让他们得到他的斥责。黄鱼仔有时不解，认为任渡河人这样为所欲为，简直是对他的放纵，在他不着边际谈吐时，他们应赶他走，他俩笑笑，说："权当一个解闷的人解闷，一天守河也怪寂寞的。"他俩的话也可反过来理解：渡河人也是为了解闷，他守河也不具有表现出的耐心。

今天渡河人没有说废话，他是直奔主题。他俩理解，他有时说这儿，有时说那儿，东一榔头，西一棒子，话总有完的时候，严肃认真，是为引起他俩注意。他俩好久不把他说的话当回事了。渡河人双手分别抓住二人的手，使劲儿握着，仿佛强调重要性，又似谴责他们已长久不认真听他的话了："你俩认真听着！还有你，也过来一起听！我要重申我的话——"二人由于被他抓着不肯松手不得不紧挨他坐下听，黄鱼仔则冷漠地坐在一旁，他在他未开口时就断定他讲的是废话，表现出冷淡他已认为是对他的极大尊重了，否则他会走掉。

"要认可我，我就牵这个头，都听我的，每人寻找三个人，都像我们一样，是被赵涵波说服了的——告诉他在他语重心长的教诲后，被说服了的我们天天说服岸上背篓的人——放弃了捕捞，要参与他的爱河行动。要由我统一指挥，任何一项事业成功都需要一个强有力的领导者，我承担这个责任，这是由角色决定的。估计半个月之内，我们就可以赶他走了。"半个月？"首先是陈懂得的眼睛一亮。他太急迫占领这条河了。他向周晓得使个眼色。周晓得由于持有不认真听的态度，没有反应过来；在陈懂得的强调后，他才回过味来。这也是他梦寐以求的结果，不然天天守住一道河湾而不下手捕捞干什么？他冲陈懂得点点头。他同意这个打算，黄鱼仔只听到"半个月之内"，没搞清要干什么。他想着今天夜里他要怎么下河汊捕捞。他是不管他认识河还是理解河的。与他太遥远。

"大家既然认可我为头儿，那要形成决议。"渡河人拿出纸笔，让在他事先拟好的字据上各自签上自己的名字。仅仅是每人发展三个同样的人，下一步，怎么干，河一旦属于大家了，赵涵波被赶走了，再怎么分割，这需要说清楚。渡河人对此讳莫如深。他讲这是万万不可先讲的，要秘而不宣。只有秘密行动，才能出奇制胜。他保证，每个人首先保住已占领的河湾，额外所得是占取了之外的。经过仔细思考，三人觉得这也是一个不错的主意。首先不蚀本，何况现在占有的河湾、河汊仅仅是管理权。"一诺千金，一诺千金这句话知道吧？只要签了字，就不得反悔，要严格执行。当然，后悔现在讲来得及，可以不签。"黄鱼仔率先签了字。他只是单枪匹马一个人，他不能与陈懂得和周晓得同日而语，他们不仅是渡河人要防备的，随时也会给他设陷阱，只是时机未成熟。渡河人没有显出十分高兴的样子。因为他觉得从策略上应该生气，按规矩，应该是陈懂得与周晓得先签字，他这种行为有失体统，惹他俩生气就是惹他生气。"怕丢掉你吗？"他喝道。事情果然出现了：陈懂得拒绝签字。虽然他不签字的原因是出于对渡河人不信任，但渡河人狡猾地把它变更为对黄鱼仔先签字生气了，并且大声斥责黄鱼仔，把责任推在黄鱼仔身上。黄鱼仔虽然无辜，不能确认陈懂得的拒绝是出于自己的过失，但仍接受着渡河人的指责，一方面他怕三人合伙谋算他，另一方面由于不确定而部分地认可了自己过失造成陈懂得的拒绝而招来斥责。"我什么时候亏待过你，什么好处落下了你？"渡河人夸大地斥责黄鱼仔，企图蒙混过关，让陈懂得签字。"好好好！"渡河人斥责够了，与陈懂得妥协道，"写，把属于你的河湾写进去，没人跟你争夺。"陈懂得取笔签字。"我喜欢肝胆相照的人。只要你诚实，换来的就是诚实。写上可以。"陈懂得说着把笔给了周晓得,因为周晓得已迫不及待了,三个人,两个已签,再不签就意味着三人会吞并他的所得。"这是责无旁贷的事!"周晓得态度显然比前二者更坚决。

"好了!这就算完成了!接下来我们要按我的方案实施工作了。明天见!"渡河人收起证据走了去。

三个人一下没了底。渡河人在玩什么把戏?他可不是一个诚实的人。这简直是太阳从西边出来了,陈懂得说。他决定立刻找回渡河人,把合约毁了。周晓得本来还在即时签字加入的乐趣中,被陈懂得这么一提醒,立刻觉得上当受骗了,但没了主张,因为一言既出,驷马难追。反悔万万不行,已经很被动了,他的主张是"等等看",见机行事。黄鱼仔仍是以沉默为武器,默不吭声。他不是不怀疑渡河人耍圈套,也不是不担心上当受骗——他一生上当受骗太多了——他猜度陈懂得、周晓得二人的话真实成分有多少,他防备落入他俩的圈套。黄鱼仔的缄默遭到陈懂得、周晓得二人的无情斥责,认为沉默不仅是软弱的表现,也无耻,一个有正义感的人在是非面前不会缄口不言的。陈懂得、周晓得的斥责更引起黄鱼仔的高度警惕,他们为什么这么急不可耐、歇斯底里?如胸有成竹,会这样没有理智?肯定是一个阴谋。在相互怪怨、指责后,最后同意了陈懂得的提议:等等看,等明天渡河人出什么招再做考量。

按约定,陈懂得、周晓得、黄鱼仔各领着一群人来到河岸与渡河人见面。在高度警惕中,渡河人分别布置任务。渡河人很坦诚,他觉得他应该表现出这种态度,告诉大家分头到自己的河湾、河汊,各自坚守自己的岗位认真投入工作中,给被围起来的十人认真讲解河的重要,而各团队的十人,都要表现出如饥似渴的样子听讲,而且对所讲表现得心领神会。他按顺序先交代了陈懂得,然后交代了周晓得、黄鱼仔。在三人确信没有埋伏、骗局后,分头领任务走向自己的岗位。

在渡河人陪陈懂得走向自己的河湾途中,渡河人向他讲了自己的难处。"我为什么要这么做?为了我自己?不!为你们!"在他确信陈懂得认可了他做这件事会有苦衷后,他在到了河湾时具体指导了他们。他拿起渔竿自己演练一遍,然后让陈懂得照样去做,由于陈懂得没有静心去垂钓,遭到渡河人的大声呵斥。"一定要屏声静气、心全在渔竿,仿佛钓到了河，河联结海，海也在垂钓中……旁若无人，如入无人之境，全神贯注……"校正陈懂得垂钓后，他操练了十个人，他几乎是言传身教，手把手教他们了。经过几次的训练，达到他的要求，他交代："赵涵波一出现，千万记住，陈懂得，你要全神贯注垂钓，装出心里有条河在流淌……你们十个人紧围陈懂得坐着，陈懂得你要给十位表演垂钓的静声定气。当赵涵波站在一边，一看到他站在你们身后，你们千万不要回头，他的到来你们根本不知道，你们处于忘我状态，在他们十位如饥似渴的听讲中，陈懂得你开始教化他们，讲述垂钓的重要，河怎么被认识……发挥得越传奇越好。"

当赵涵波出现在岸上，渡河人已如此操练着周晓得和黄鱼仔二人了。在他的教练中，见赵涵波径直到陈懂得处，渡河人立刻按约定给陈懂得手势，陈懂得也立刻如约进入状态。渡河人的手势让走去第二道河湾的赵涵波看见，他深为感动：在他不在场时渡河人已统领起他的人马，屏声静气地进行垂钓了。他不仅感激如此尽忠职守、热爱河胜过一切的渡河人，也得意于自己没有看错人，这是一个多好的团队。当他走近第二道河湾，他看到的是让他一生最为感动的几个场面之一：陈懂得忘我地垂钓，十个陌生的跟随者放背篓于一边，全神贯注看陈懂得垂钓。在十人如饥似渴的听讲中，陈懂得给传授开河的秘密、思想——他是那么虔诚、专业——在讲述中，他落泪了，那是因为被他钟爱的河感动了他，十位一致发誓放下背篓，停止贩鱼，加入保卫河的工作中。河是否对所有人都有魅力？他曾问自己，因为他看到可耻的鱼贩子不知廉耻买卖毫无节制。今天他否定了自己的看法，并为曾经动摇了信念深感自责。怎么可以怀疑河呢？这是在否定自己。在他站着的岸边，一些人背着鱼篓走来，听陈懂得讲述，一个个被吸引了，他们也要放下鱼篓。这之中，陈懂得如嘱，讲得绘声绘色，出神入化，真正达到了"传奇发挥"，而围坐的十人，也如嘱听得忘乎所以，不顾一切，且一字不漏。在第三道河湾，渡河人如法炮制教练后，冲周晓得及另外十位点点头要走去，被周晓得拉住——这是渡河人估计到的，他仍怀疑得到所得的把握性——渡河人装出不耐烦的样子做出回答：这时的任何解释都不能打消他的顾虑，而这种"不耐烦"远远比信誓旦旦赌咒发誓承诺作用大——它已是不成问题的问题。"你是我唯一信赖的人，你信赖我，为什么我就不信赖你？""我可以……"周晓得吞吞吐吐。"所以我来了手把手教你和你的人，还怀疑什么？"渡河人拿过周晓得手里的渔竿，看了看，点点头。他是在确认渔竿是否符合要求，至于完成任务后能否如约实现所得不在他考虑范围，这是既成事实了。周晓得取过渔竿，以怀疑的目光再次望向渡河人，判断真假。这还要考虑吗？渡河人又一次表现出不耐烦。因为他事先知道周晓得会有这样的疑虑，他早做好了怎么打消他疑虑的思想准备。"开始工作吧，没问题的。"从渡河人的举止言谈，周晓得最终确认渡河人没有欺骗他的意思，他便爽朗答应，并迅速指挥十人工作了。赵涵波从第二道河湾检查完工作，马上就要来第三道河湾了。在教授黄鱼仔垂钓上渡河人费了双倍的努力、时间，他的忠诚大于他的智商，他几乎是被教了开头，忘了结尾；教授完结，他又忘了开头，他自己也被自己的笨拙所击垮，一度垂头丧气失去信心，打算放弃。渡河人本可以因他的行为讨价还价，在所得上打折扣，但他知道那是一个永远兑现不了的诺言，于是没有提这一要求，只耐心给讲述。

"我怀疑我能否做到……"黄鱼仔要放弃。渡河人生气了。人要有自信，只有自信的人才能战胜困难。你比别人少一条腿还是一只胳膊？你不会我再教你嘛。什么？做不了假？什么是真实的？他二十年垂钓真实？他是做给河看，你是做给他看。还有什么区别？首先要自信。相信自己所做的事是最真实、最有意义、最有价值的。至于结果，不言而喻，不要多虑，多虑只会干扰做事。

一直讲述等赵涵波过问、装作没看见是一个很漫长的过程，陈懂得几乎没词了，说了上句想不起来下句，就在他山穷水尽时，赵涵波亲切地蹲下问候他了，本来要叫出"我的妈呀谢天谢地总算完了"，一转念想到自己的使命，他立刻装出惊讶的样子叫道："您来了……我不知道。"由于赵涵波被深深感动，他忽略了陈懂得的表演，笑问："这几位是……""他们原是鱼贩子。听得我们保卫河，他们被说服，要加入我们的团队。""是这样……"十位如嘱向赵涵波肯定、证实陈懂得所说。赵涵波不敢相信地看着十位。十位如嘱显出羞臊的样子，并征求意见般向陈懂得投去一瞥，陈懂得点点头。赵涵波看到了陈懂得冲十位的点头，没看出十位投去询问表现是否得体的目光，他理解为陈懂得与他达成了某种共识与默契。"我选你来看管河湾，是我一生做对的少有的几件事之一。"接下来，赵涵波完全是按渡河人设计的去做了。在远处望着他指点着的渡河人窃笑中，赵涵波抓起身边一位的手，激动地拍拍另二位肩："走！跟我来！"陈懂得如释重负般叹口气，但立刻又警惕起来："他们十个人会不会占有了比他已占有的河湾更有价值的河湾？"在赵涵波带十位去认领新的河湾，他始终没有离开他们半步。在第四道、第五道、第六河湾，赵涵波交代了他二十余年对河的认识：这是一个虾类栖息的地方，基围虾、白虾……分别栖息在第四、第五、第六河湾。"你们来管理它！"垂涎欲滴的陈懂得不信任地看着十位。他们在之前是有约定的，他们将永远属他所管，他们所得到的河湾要交回他这里，谁会保证一个人在利益面前不变节呢？他决定在赵涵波分配完以后再作理论，这是一个原则问题；他在原则问题上是从不让步的。

在陈懂得与十位理论时，赵涵波已是进入周晓得的河湾了。渡河人毫不担心地望去一眼，严厉地教导着河汉的黄鱼仔。如前情景，周晓得也一副虔诚垂钓的样子，所不同的是，当赵涵波爱惜地拍打着他垂钓一动不动的肩，他毫无动静，嘴里念念有词："河、河！河……"他说这话，满含深情。当十个人向他请教河的知识，他表现出极度的厌烦，他正全心全意于垂钓，他怎么能被打扰？"我要你们闭嘴！"十人如嘱，一声不吭围着他，看他怎么垂钓了。他忘情地垂钓，似乎也让他们看到了河的内质，他们被吸引了。他们丢弃了鱼篓，全身心看他垂钓了。周晓得在意识到十人是被他的投入吸引了——他是如此忘我地垂钓——立刻不好意思地道歉。他明白教化河岸的人放弃买卖是一项多么重要的工作。同样，在十人如饥似渴的听述中，周晓得讲述着以河作生计倒卖鱼虾是多么要不得，只有携手保卫河才是大家的共同目标。当然，由于他讲述得太投入，根本没有看到身边站了很久的赵涵波。

如渡河人所料，赵涵波分配了第七道……河湾几十人。渡河人从没见过赵涵波如此坚定地下决心办一件事，他制止着他，因他激动的大声吼叫以及不能自已的表情，会造成某种不安全感：河岸每一个人都在觊觎这条河，盯着赵涵波。他要牢牢控制住他，同时，要造成某种效果，他从来对他是任其行事，不去干涉，也不重视他的所为。他把自己的聪明才智用到极点，它是他生存的法宝。他忙拉赵涵波到一个无人的角落，他怕人们发现他在煽动他，听到他对他的承诺，他拉他过去的理由是那里安静，他需要好好休息，他日夜操劳在河上，太累了。

赵涵波果然不叫嚷了。因为他的许诺被他领受，他们达成一致。是的，他太累了，天天关注在河上。人生有一知己足矣！他看着拉他一同坐下的渡河人，惊讶他如此理解他，也羞愧自己的粗鲁。一个蛮横之人不会干成大事，一个缺乏理智的人同样不能成事。"你说得对。我要向你学习。"渡河人有能力赶走侵害河的人，或者他会驯服他们。捕捞之人何止在捕杀鱼虾，是在捕杀他！渡河人可以委以重任。他是如此沉着，富有指挥、控制全局的能力。这正是他缺少的。渡河人说："急于求成，往往会事倍功半。只有沉着冷静行事，才能达到预期目的。"他佩服地点点头。冲动是多么要不得的。一招不慎，满盘皆输，渡河人比他更具领导风范。赵涵波平静地讲述着。他在渡河人的安抚下，又讲了一遍给十个人讲述的对河湾的认知。

在赵涵波讲述中，渡河人装出十分虔诚的样子听着。一个人二十年的经验是够他受用一生，这么一条简单的河，有这么多鱼群，丰富的矿藏，除了赵涵波还有谁能掌握？他不但如熟悉自己的躯体熟悉每道河湾、河汊，而且对河里的水藻用途、储量也了如指掌。他还能准确地讲出每道波浪的行程、数量，与风力在河上的作用……太有才啦！要不是他讲给十个人听，它们会惨遭不幸，任人践踏。这条河好神秘，竟有如此多的让人不知的故事。他的记忆力是惊人的，二十年的时光如在眼前闪过。"那些河湾让我放心了。我挽救了它们，有你这样的人出现。"河湾与河湾的距离，他检查了一下，准确无误。渡河人严肃起来。在听叙述时他总想用一支笔记录，又怕引起赵涵波猜忌便放弃了。在他讲述中，他用心做笔记，一一记录。这是他以后要用上的。正是他的专注让他觉察了不妥，他才严肃起来，因为他一专注听某件事情，就不由自主表现出一种贪婪，而随这种贪婪出现的表情是一种狠毒的表情，它像被分配埋伏的部队看见敌人立刻就蠢蠢欲动，会暴露军机一样，它会让他看出他的内心。基于他自我发现，他立刻警惕地做出纠正。这一过程，没有被感动的赵涵波觉察，他从他没间断的叙述得出这一结论。十个人听到他的讲述，没有一点感激，他认为更多的是他们的麻木不仁，不是他们的无礼。想到这一点他倒放心了，他这样就成了真正第一个聆听他讲述的人，也就是只有他才真正掌握了那些河湾的秘密。

赵涵波完全没意识到他的听众是要暗算他，他边讲边要停下检查一下自己有无遗漏的内容。如果不是全部，哪怕只是丢三落四，那和一枝半叶有何区别？和听一个道理不求甚解有何区别？他们十人他是放心的，因为他们全是好样的，"这功劳要归于你！"他说。"不！我不是商人！他们把我看成商人了。否则我告诉这些有什么意义！"他觉得强调这一点很有必要，即使是对渡河人也如此。

渡河人满意地点头。他从他的讲述中得知十人只是领了任务，并没吃透他要阐述的河湾有多少财富，而这一点才是至关重要的。接下来需要做的工作是他对周晓得、陈懂得、黄鱼仔了，哪怕流露一点点想与他平分秋色的意图，他也要无情打击，让它消失在萌芽状态。他的愿望不允许他们有半点非分之想。

在渡河人与赵涵波使用最机智的方式讨价还价时，周晓得、陈懂得和黄鱼仔站在了一边。他岂止是替他们领任务，他在背着他们谋求自己的利益，这是他们最为防范、最不允许出现的事情。渡河人看到他们仨，并准确掌握他们得知多少实情，冷静地看着三人；三人想从渡河人这里判断出更准确的消息，由于渡河人技高一筹，对他们所掌握的内容胸有成竹，藏而不露，拉赵涵波走开：他们在商量如何更好地看管、认知这条河。这是赵涵波最为关心的。赵涵波几乎是被渡河人挟持着——但他并不这么认为——渡河人觉得胜券在握，不仅河，河上所有的人，包括赵涵波，已经属于他，他拉他走到茅屋。他不允许他再随意向人透露他了解的河的秘密了。那等于向人讲述已是属于他的河的财富。当渡河人以自己的方式告诫赵涵波这一点，赵涵波歉疚地点点头，渡河人真想缝上他的嘴巴。还告诉得少吗？已经十个人，加上三个人，十三个人了，有这个必要吗？一定要保密。它们是他的。这只是一个时间问题。他将来看到的是他一个人自由摆渡的游泳池！过于生硬的办法会把他吓醒。稳住他是上策。一个人完成、实现一个疯狂的想法要让另一个人配合，心服口服，这个疯狂的想法是建立在另一个人的利益上，是一件多么难的事！渡河人深感自己的不幸，也感到孤独，不被理解。谨小慎微，如履薄冰，这里费尽他多少心血！要不是出现这么多竞争者，他宁愿天天在河上一个人摆渡为生。这个天天虔诚地蹲在河上垂钓、一蹲就是二十年的废物，也许不会相信河有一日会落入他人之手，但他相信那个人就是自己。他讲的渔竿可以感知河、掌握河，他从开始就觉得荒唐，他让他相信了他，是因为他的智商太低，换了他，一切全变样了，他等着的一天是他对他说："你二十年对河的了解是为我铺平了道路，这条道上唯一的绊脚石就是你这个在河上蹲守了二十年的人，清障后我才能到达目的地！"

讲完要讲的，赵涵波精疲力竭躺了下来。有一位知己在身边，那条浩浩荡荡日夜奔流，他相守二十年如一日的河，他没什么不放心的。何必明抢占了他的渔具，他一度沮丧，他以为他终其一生要相守的河将失去了，现在，与渡河人一起，他又失而复得。他是幸运的，也是幸福的；幸运是因得到了渡河人的帮助，幸福是因有一条河。

他终于一步步把他引到了自己设计的路上，为此，他觉得要加紧实施他的计划，时不我待！你说服了他，某种程度也是为别人扫清了障碍。他们要是捷足先登，他就等于前功尽弃。不能说痛打落水狗，但不失时机诱敌深入是必须的。他已经彻底卸了武装，对他及身边的人没有防范，难道要等他觉醒、周晓得等三人乘虚而入？他是始作俑者，一切还得从他身上开刀。寻找出路。当这一头绪理清，他就决定要把他从马放南山的状态再拽出来，让他再绷紧紧张的弦，当然不是针对他，而是他需要防备的另外一伙人，首先是周晓得等三个人。他告诉了他的危险状态，也讲了没有远谋必有近患的道理。也就是说，要保卫这条河，他们还任重道远。当然，一切都是娓娓道来，由浅入深，从最基本的道理讲起，掺进他的意见，直到说得他由忧虑到害怕。"你对你的河太不负责了！"他责备他，在他不失时机的谴责中，赵涵波哑口无言，直至垂下头颅。他是完全站在赵涵波的角度去讲的，所以每句话都让赵涵波认可；他的话几乎都是高标准的，正是这样高的要求，才让赵涵波感激、心悦诚服。一切机遇转瞬即逝，而一切困境顷刻也会峰回路转，这之间，就可分出高下。他谴责赵涵波胸怀狭隘，没有远见；他说他防备他是多余的，因为他死心塌地跟了他，对他忠心耿耿；而不防备周晓得三人是大错特错，敌人就睡在你身边。他为什么冒着失德之举提醒他？因为他实在看不下去，三个人蠢蠢欲动要占领他的河，个个狮子大开口，而他都视而不见，将被卖了还准备给数钱。他为什么要不顾一切告诉他这些？他太爱这条河流了……他说着竟流下了泪……

"好的！我明白了！"

"你是到了应该明白的时候了！"渡河人长长叹口气。尽管他看到那三人远远站下用不怀好意的目光看他，但牢牢掌握、控制了垂钓人，又有什么关系呢？

二十

在接下来渡河人认为牢牢控制了赵涵波的日子里，赵涵波也像真心找到了知己，完全倾吐了自己的衷肠。在他的讲述中，渡河人惊异他竟忘了已占有他全部渔具的何必明，而这些渔具早听说是万贯家产，从意识到它们的价值——图谋想得手也是从那一刻开始——他就认为是他的财产了，今天，竟麻痹到遗忘了它们！意识到这一点，渡河人几乎是痛苦地呻吟了，何必明占有了那些堆满财产的房屋，鸠占鹊巢；他侵吞了他，不，是他的财产，是可忍孰不可忍；他恨不得立刻就赶去，赶走何必明，立刻夺回他的所失！聪明的渡河人藏而不露，把这种愤怒隐忍、克制了。他静下听他讲述。要从何必明手里夺回那些财产，他必须全部掌握这些财产的数量，他是如何失去、他是如何得到的来龙去脉。

赵涵波讲着讲着笑了，他说何必明不是占有他的财产、渔具，是在给他看管它们。那些财产值多少钱？他说，有几代人传下的渔网，有稀有之木制成的渔竿，它们不是工具，是文物。讲起它们，赵涵波兴奋得眉飞色舞，手舞足蹈。在渡河人不停的点头中，赵涵波笑得前俯后仰："他自作聪明，以为我什么也不懂，其实他才是一个大傻瓜！有你在我身边我就踏实了。他算什么？去凿他的石头去吧！一个天天凿石头的人，怎么会是了解一条河、热爱河的人？他想干什么？拿一支渔竿就能垂钓到河？笑话！"

"这种人太多了！"渡河人几乎是赵涵波说上句话，他接下句话。那么一刻，为了显示自己对赵涵波话的理解达到百分之百，表示他对他讲的话的重视，他几乎是屏着气在听。"对这样的人你何必要客气，你也没必要放心上。""你说得对！和我想的一样。""赶他走！""我说过了，他只是我财物的保管员！""我帮助你！赶走他！"

与渡河人的谈话中，赵涵波几乎忘了他一刻不曾忘记的河。他除了讲述何必明的卑劣之外，就是与他一起商量解决何必明的对策。为了报答赵涵波对他的信任，渡河人边侧耳认真听边用手扶着赵涵波，像一个孩子扶着年迈的老人："我听你的……"在河岸上走了很长一段路，赵涵波几乎把对策谈了三四遍之多，直到渡河人再一次点头告诉他彻底明了了，赵涵波才恋恋不舍走去。这是渡河人早就巴不得的。他要马上去找周晓得三个人布置任务。一条河的秘密远远没有掌握。二十年时间，他不但在如数家珍地说起河每一道河湾的鱼储量、鱼种、矿藏时滔滔不绝，而且对矿藏储藏的深度、品质、数量以及种类了如指掌。要想更多掌握河的信息，必须发动更多人加入这个团队，它一直是赵涵波所希望的，也是他的计划之内的。在赵涵波满怀喜悦走去不久，渡河人就找到了黄鱼仔。他是一个老实人，他等候他布置任务。周晓得、陈懂得都很危险。要先抓住这个人。他是先讲工作的重要性，还是谈任务？不！他要问他已经发动了多少人到河上领任务了。稳住这个人，余下来另外两个就好对付了。当他讲他的工作多么地重要，他先是吃惊地看他，确认后低下了头。他对得到信任感到满意，有感激在里面。"你是我最亲近的人，这是必须的，我要先讲给你听，让你先领了任务。他们两人一伙，这你看得出，一切由你先来，这是我的原则。"从他不断地点头中，他知道他已被说服，于是他觉得是索要的时候了。"那些河湾要由我统一控制，我不仅这样对你，也同样对所有的人，要由我统一控制。我们是一个整体。你尽管去多说服一些人，多占领几道河湾，我之所以先对你讲，是因为你得到我的信任，我要在利益上最后倾向你。""那是当然。"他看了一眼黄鱼仔，宽恕了他的无知。"这个蠢驴，在我不在的时候一定被周晓得、陈懂得愚弄了。"他谨慎地观察他到底还有多少可能会背叛他。因为他愚蠢，所以他很提防他被煽动后跑去对方一面去。"好的！你尽力而为，去争取更多的人去。一会儿召集来人我给你布置新任务。但要把你得到的交给我。我们是命运共同体。"他投去期待的眼神，这是有种强令在里面的。"你可以走了。"在他再一次点头默认后，他说。

周晓得和陈懂得一直坐在河岸等他过来，他看得出来。这并不奇怪，因为他们已经得到了要得到的，当然他们要期待他再给予他们些什么。他一声不吭。他装出生气的样子。这条河上河湾到底有多少？他们有几分勇气、信心去做他要求做的？没有他的得力指挥，他们能得到这些已经得到的？那些河湾能属于他们吗？没有统一管理，一切不都乱了套？当然要发动更多人参与。没发动人，能得到已经得到的？当然要像先前一样再发动人参与。他讲了这些道理。他是用严肃的口吻讲这些的。他们坐下来等候本身就具有一种挑衅，他是不能容忍，也不能让步的。他们一旦占了主动，就会得寸进尺。"去发动人去！"他说。

　　在他给周晓得、陈懂得布置任务中，他看到黄鱼仔已带几个人到了赵涵波面前。在他奇怪的眼神中，黄鱼仔满脸通红地讲述着他是如何说服这几个人加入进护河队伍的，他说他讲述河的重要性后，他们立刻骂起那些煽动他们到河上贩卖鱼的鱼贩子了，他们说要不是他讲，他们被带领要杀害多少鱼了。他看出赵涵波被感动了，他一感动就搓动双手，他又搓着双手，在问几人一些相关的问题。他们的答复让他满意，他见他在几人讲述中不停点头首肯。黄鱼仔指着远处背篓的人气愤地唾骂，赵涵波喜欢他的愤怒，他看见他笑了，并拉起他的手，与另几个人去介绍河湾了。

　　渡河人交代得几乎事无巨细，他要他第二个出场，他在确认渡河人没有阴谋在里面后，迅速地找到头一天就说服的八个背篓人，就去找给黄鱼仔带领的几人布置河湾任务的赵涵波了。在赵涵波一一讲述河湾的储量、鱼群来往的时间、路线时他站在远处等候；当黄鱼仔和他的团队领受了各自的河湾走去，他领八人过来。按渡河人的嘱咐，他先介绍了八个背篓人，并让八个背篓人当场就争吵，开始辩论，八人如嘱辩论、争吵开。他们辩争的问题不是河湾的重要性、河湾有多少鱼虾，是分歧出在如何保护河的方法上。在八个背篓人为如何保护河争辩得不可开交中，他十分焦急：他要他们停下来，听取赵涵波的意见，赵涵波的意见才是至关重要的！可八个人根本不听他的——在他们心目中保护一条河是一件如此重大的事——争得面红耳赤。赵涵波也激动得满脸通红。这是他二十年来最期望的。"你做得好！"赵涵波向周晓得伸出大拇指。是让八个人继续争吵，还是停止，陈懂得忘记了渡河人的交代，一时不知

173

所措。但他看出对这点赵涵波很满意，他便做了一个无可奈何的动作，从效果上看他是无奈的，但他喜欢他们争吵。渡河人讲没有争辩便就没有感染力，要得到对河流更多的认识，就得争辩，尤其对刚刚认识河的背篓人，每道河湾都藏着他们要得到的巨大财富，除赵涵波外，这些河湾只是一道空荡荡的河湾，是他二十年的认识才明了了它们蕴藏的价值，它才对他们有价值。"争吵，并不是真正的分歧，是一致的意见。"渡河人交代得很清楚。争吵到了工具上，八个人便让何必明出现了——他们讲出了何必明，他们说让一个凿石人占有非分之得，是要赶走他的。当他竭力回忆渡河人临走的嘱咐——现全忘了——他看到赵涵波双唇颤抖，脸色变白。他这时会看到凿石人贪婪地占去了那些渔具，他被赶出来走在河岸的情景，果然不出渡河人所料，他气得哆嗦。他太卑鄙了，怎么可以占据他的全部渔具？八个人转变了争吵的内容，探讨如何从何必明手里夺回那些渔具，赶他走。一切不出渡河人所料，一切按部就班如渡河人布置地进行。渡河人太神了，他从心底赞叹，尽管他每次布置任务他都要质疑、审鉴。他这时要适时讲几道河湾被他看管后井然有序，可见鱼群欢腾于水，他讲了，赵涵波立刻转怒为喜，脸色大变，并爽朗地笑起来。要让他在极度悲愤中到高度的亢奋，再从高度亢奋中进入极度悲伤，渡河人说，他会像他们布置的棋子一样，由他们摆弄，果然，谈起管理得井然有序的河湾，赵涵波像忘记了刚才出现的何必明侵吞他财产、赶他出来引起的不快，快乐地听着他的描述。要是一切这么顺利多好，陈懂得产生了一种捉弄人的快感，赵涵波投入地听，更让他谈得栩栩如生，活灵活现，仿佛一道道井然有序的河湾就在眼前。八个人如嘱一直在愤怒中，仿佛何必明在身边，他们一定会杀了他，寝其皮食其肉。他们任务完成得很好，几乎如渡河人所交代讲得得体、完美。他说要从他手里夺回那些财富，全交托他管，何必明应该被从河上赶走，他表现出感激的样子。他太佩服渡河人了。不佩服不行。事实证明他是技高一筹。

在几次"极度悲愤""高度亢奋"后，赵涵波带领他与八个人详尽地交代了要让其托管的河湾，对他们没半点怀疑，并一再说"谢谢"。

赵涵波从没比今天感到更惬意的了，在陈懂得领受了新的河湾一把把拧自己的大腿，确认是真实的，他摆摆手，道别了越来越多加入其中的人群，轻松地坐在了河岸。他严格说不很感激渡河人及三位，以及带来的入伙者，他认为是河的力量把大家凝聚在了一起。他们为什么放下渔竿加入护河工作？因为河让他们认识到他们的价值：只有爱河，护河，人生才有意义。"凿石人、凿石人，多么肤浅、卑微！"他重复道。像河流带走沙石，带入财富，在河上越来越多的人爱河，离开了向河索取的人群。这二十年值！是他的行动感动了他们？渡河人是他得力的助手。他来在他麾下，他们又集聚在他下面，大家是一个整体。把一条河分段管理是一项多么科学的举措。从而，在河岸走动的人，再不是贩卖河里的鱼虾的人，是它们的保护者！爱心传递！他一个人有三头六臂能看管过来一条河？河需要了解，更需要爱护。河走入了他们心里。

在与赵涵波谈话中，周晓得自始至终在一种亢奋状态，他端详了赵涵波许久，像审视一张遗产遗书写明所有的儿女都可得到不菲的财产，他是得到了，但他不是乞丐，他付出了。他有着超人的聪明头脑。他佩服渡河人，一切都井井有条，布置得得体、得时、得当，但他不感激他，他们是合作者，不是索取者和给予者。人不为己，天诛地灭；人不为后代造福，也同样猪狗不如。这一点他周晓得再明白不过。他们是竞争者，黄鱼仔、陈懂得出于策略，他与陈懂得站在一起，渡河人不是时刻想拆散他们，各个击破吗？赵涵波显然是个傻瓜，但对付他不能掉以轻心，一招不慎，满盘皆输，今天他带背篓人去与他交涉，他就不断与他周旋，不但要让他看到希望，也要让他懂得没有他周晓得他将会前功尽弃，一切毁于眼前。当然，他与他斗智斗勇十分注意把握分寸，像渡河人嘱咐陈懂得的那样，让他从亢奋走向悲伤，再从悲伤的低谷走向兴奋状态，他一直游离于两端之间，他才会错乱，没他的迷乱，他就不好开展工作。他工作的目的就是为有一份可观的遗产留给儿孙风光。在陈懂得和八个人一认领了河湾，他就去了，尽管他知道他得到的河湾远不止于陈懂得、黄鱼仔一伙人得到的，但他还是担心他们抢在先，或者说他们占有了富饶的河湾。这条河仅他周晓得在盯着吗？不！可以说在河上的每个人都垂涎三尺。没头脑是不行的。相当于火中取栗。他不后悔刚才交给渡河人已经得到的。这只是权宜之策。要想得到更多，必须先放弃得到的。这叫欲擒故纵，放长线钓大鱼。他相信渡河人没有觉察他的打算，他也不打算把自己的秘密告诉他，他要让他蒙在鼓里，等一切成熟，神不知鬼不觉，出奇制胜。这个赵涵波太好骗了，他轻松骗得三道河湾，同样的办法，又轻松取得四道河湾。每道河湾有数不清的宝藏、鱼群，这些都属于儿女的。他是一个好父亲。他不会成为一个穷光蛋让儿女一无所有。这是他的抱负。几天的工作中他是快活的。因为至今他还没看到一个对手。在与赵涵波周旋中，比起与渡河人周旋，他轻松得有点无聊。要不是控制住自己，他与他交涉中会大笑起来。当他给他、他们指领河湾，河湾里所藏的宝藏、鱼群，他犹豫一下——这是必不可少的，而且也轻而易举地骗过他——似乎他不应得到这些，接着他就慷慨应诺："这属于你、你们！有你们掌管这些河湾我还有什么不放心的?!"对得到的河湾表现出迫不及待要不得，心满意足也为时过早。他对几分钟搞定四道河湾完全惊愕了。他太神奇了，简直是探囊取物般容易。他把得到的河湾一一计算，好家伙：儿孙几代人都吃不完！"来到这条河真是我的幸运！竟然遇到一个傻瓜和一个智商不如自己的骗子和两个没多少竞争力的同伙！"他把一条河与自己的儿孙的幸福联系起来思索，越想越感到甜美。今天自己的这条河还在他人手里—— 一切都会转瞬即逝——他要加快速度，巩固属于自己的河，它一刻也没离开那些有虎狼之心的人的视线，都张开一张嘴，时刻准备吞噬它呢！在与赵涵波轻松的周旋中，他十分忙碌：河此岸他要迅速建立一个运输公司，彼岸要建旅游所，河里的财富当然得开发，怎么开发呢？在他认领河湾后，赶走雇用者。何必明过来。他用贪婪的眼神窥看他的河湾让他很反感。他说这条河上他要建运输公司——这是他一直打算的——建议他与他合作。远处的渡河人本来在布置任务后—— 一切又顺利完成——要轻松地在河面游渡，听得何必明的话，停了下来。这个贪得无厌的人，一切奢望都建立在河上，这给他索取河增加了难度。"那是不可能的。""我们合作。"他在骗他。谁都知道何必明是一个狡诈心狠的人。

像熊瞎子掰玉米，周晓得和其他人一样，把前面得到的河湾交给渡河人，在新得到的河湾的岸上睡了下来。他恨不得睡在四道河湾上。他为渡河人索取了前面所得的河湾气愤，也为此得意：因为他在渡河人不明了的情况下，趁夜深人静，偷偷在捕捞。他是早准备了渔网的。前面的一群背篓人，后面的背篓人，都是他雇来的：夜里雇捕鱼，白天雇看守。如实履行诺言只有傻瓜才会去做。正是这一点迷惑了渡河人，也迷惑着赵涵波。在这些人中，他是最聪明的，最有心计。他坚信赵涵波掌握着所有河湾的宝藏，所以他才藏而不露，一直在他面前不露声色。在众多博弈中，只有藏而不露的人才能取胜。在与众人交涉中，他一刻也没闲着，闲着就等于举械投降。他伪装成一个傻瓜与他们交往，这正是他的高明处。他甚至愿意给他们造成印象，他连被雇用的背篓人都不如，稀里糊涂，听之任之，一切信以为真，就都对他放松警惕。"我在暗处对付明处的他们！"他说。能够隐而不露，不仅是斗争的技巧，也是一种境界。一切成败都与手段相关。如果把众多博弈都放在一个平台，真正的强者不是面对面斗争的那个，从背后捅去一刀的才是英雄。他目前渴求的，不是斗争本身了，而是迅速结束这场斗争。他已十分厌烦他的斗智斗勇手段了。

在周晓得给儿孙书写遗书时，陈懂得已经与十个背篓人交易了所卖的鱼虾。他担心被发现，事先来考察了交易场，确信所有的人还蒙在鼓里，他把头天夜里与周晓得一样捕获的鱼虾做开了交易。他们得到河湾轻易交给渡河人，他陈懂得不一样，他表面服从他，是为夜里把集聚河湾的鱼虾全部进行打捞。渡河人掌控了他们得到的河湾，但河湾有什么呢，他趁夜里捕获了鱼虾才是真的，他只仅仅在看守一道空荡荡的河湾。他与这些个个强如虎狼的对手打斗变得胆小了，但害怕他们算计不等于不去算计他们，尤其渡河人，什么时候操过善良心？周晓得是个聪明人，但他没有像他先想到在夜里捕捞，黄鱼仔是一个老实得要命的人，他不仅捕自己河湾的鱼，为什么不能趁夜里去捕他们的鱼虾呢？谁都以为自己很聪明，但都忘了先下手为强这一点，他是下手最早的那个人。

周晓得向他招手，要他过去。他担心他在离开他的工夫独自干出他害怕干出的事。他太聪明了。他不但知道该怎么做，也知道他要干什么。由于知道他心里想的，他便可十分从容地应对他施出的花招，他故作生气地走过去，并开口大骂渡河人。这就有了一个效果，他什么也没得到，仅有的几道河湾，刚刚到手，现在又被他要回去了。隐藏起来是必须的。等他们明了的那天，他已是腰缠万贯了。当然，他不仅要捕捞干净自己所得河湾的鱼虾，周晓得、黄鱼仔得手的河湾也不放过。不仅他俩的，渡河人最后沾沾自喜的河湾，网一下去，也是个一无所有的空河湾了。

周晓得与他坐下，黄鱼仔也走过来。谁说他没有监督他们的意思？

再傻的一个人在这条河上也会变得警觉起来。由于有了黄鱼仔的加入，周晓得也装出十分生渡河人的气的样子。黄鱼仔不明白他为什么生气，只是一个劲儿问："为什么？我们不是得到这么多河湾的财富了？"他不仅要迷惑黄鱼仔，更要迷惑周晓得，他将计就计替周晓得申冤屈。他表演得太像了，他看出周晓得在审视他到底有多少真实的成分。由于周晓得的一举一动都在他眼里，他就顺着故事往下讲：你不应仅得到这些，凭你的才智应得到更多。不过不要气馁，先把河湾交由渡河人掌握，到时我帮助你，你所得河湾一定能回到你名下。在劝说平复了周晓得后他又劝说平复了黄鱼仔，在此他再一次表现出无比愤怒。不过，他接着耸耸肩说："不过没关系。只要你们俩与我精诚合作，一切交由我处理，你们就不需要担心得手的财富失去了。"

渡河人走过来。他什么都估计到了，唯独在夜里陈懂得与周晓得偷捕河湾的鱼虾没有估计到，因此他很从容、快乐，并带来赵涵波。与三人的交谈他是快乐的，赵涵波几乎是笑得合不拢嘴——即使在三人虎视眈眈面对他时，他也是乐呵呵的。他说："我还有许多河湾没告诉你们。""这正是我们想知道的。"陈懂得与周晓得几乎同时说出自己的诉求。周晓得装出焦虑的样子。这逃不过他的眼。可以说他们是他天天研究的对象，像实验室分析数据一样，他们一颦一笑、一言一行、一举一动，他都做比对、分析。"我知道你担忧河湾被认领后的危险。"他欲擒故纵。"那当然。"周晓得傻瓜一样应和。"你们着急什么？心急吃不了热豆腐。"赵涵波微笑地指出。他感到有必要描述将来的幸福蓝图，渡河人看出，果然，他讲每个人的幸福都在这条河上，河把大家聚集在一起，让大家认识到保卫河的重要性如同保卫生命。为解除赵涵波的顾虑，陈懂得装出怀有浓厚兴趣聆听他讲话，他要看看，他们在彼此的较量中到底谁技高一筹，哪一个才是他要重视或打击的对象。"你们都愿意把全部时间、精力投入在我们保卫河的事业上，这么说？"赵涵波说。"你应该知道，我把自己的工作全放弃了。"陈懂得说。"我不是找到了一个又一个的背篓人，让他们放弃了贩卖，投入到看管你指认的河湾了？"周晓得说。"我也是，你知道。"黄鱼仔说。周晓得在审读赵涵波望向河上远处河湾的神情。这个狡猾的人在欺骗赵涵波时没忘记自己归根到底要干什么。陈懂得看出这一点。陈懂得肩膀颤抖着：他看到远处的河湾空无一人照管，不寒而栗。周晓得也看出他的伪装。他笑笑。赵涵波微笑着点点头表示认可。那些无人看管的河湾正面临被侵害的危险。当赵涵波明确表达了自己的意图，周晓得变得严肃起来，这是他高度关注某一事件所特有的表情。陈懂得则痛苦地不停摇头：看管这些河刻不容缓。黄鱼仔如听天书般听赵涵波讲述。当赵涵波认可三人的请求答应给进一步指认新的、有更多鱼虾储量的河湾后，三人的目光同时转向渡河人，要求他立刻认领任务；渡河人诱敌深入，要他们迅速寻找新的看管河的人，扩大战果。这一要求正中赵涵波下怀，也是渡河人要的效果，在赵涵波拉起他手要去认领河湾时，渡河人故作迟疑：他担心能否出色完成任务让他满意。这是必须要表现出来的。他可以瞒得过赵涵波，不一定瞒过面前的三个人，尤其是周晓得与陈懂得。

经过一番商量，确定能找到新的看河人，四人各自走开。赵涵波驻足望向浩浩荡荡流动的河。他在河上坚守二十年，他深爱这条河，河不是他生活的全部，生命的全部，是他的神，他通过手里的渔竿认识了河，通过河认识了他要认识掌握的，也深切感到，河给了他一切，也能给人类一切。对渡河人及他的团队他是满意的。他们的加入，不仅给他增添了力量，甚至让他骄傲：他凭靠一支渔竿带动起了一河岸的人进入他的事业。他为何必明感到悲哀。他居然占据了他的渔具背叛了他，也就是背叛了河。望着浩浩荡荡的河想起何必明，他轻轻地、痛苦地叫道："多么鼠目寸光的一个人！"他大声喊："从背弃河那一刻，你就死了！"他曾讨厌侵害河的那些污泥浊水，何必明就是那些污泥浊水。不——要说他的成就——他反衬了河的伟大。但这些人要防范。成事不足败事有余。分袂了！他说："自作自受！"他为什么胆小害怕？应该说明，一切不光明正大的人不言而喻，都是胆小如鼠。他们来自污泥浊水，将死于污泥浊水。谁知道呢，那些价值万贯的渔具财产不是他的坟墓？他分文都拿不到。一座风雨飘摇的房屋是怎么倒塌的？像他一样，必先作恶般拆了正义的柱梁，然后倾塌。以为被驱赶就是服软吗？退一步，天地自然宽广。干吗呢，把渔具全部抢走，像比谁更聪明，没有河，人人都是废物。巡河人会被误会。他以为隐藏得太深了嘛！她来找他，他去开门，问他呢，他吞吞吐吐，他到底在哪儿？巡河人紧追不舍地问，他装出着急的样子？内疚的样子？她等不及他回答，拽他领口——她不是一个太有耐心的人——她死死卡住他脖子，因为她得出了他撒谎的结论。她盯视着他。她确认他干了对不起人的事，拎着他不放。他戴的瓜皮帽掉地上了，露出谢顶的头。他是这条河的主人，谁都知道这一点，他在河上坚守了二十余年。在不断的争吵中，许多人围了上来，有热爱河的人，有背篓的鱼贩，都对他怒目而视。巡河人轻易地拎起他，然后，像丢弃一件废弃物，轻轻一投，他就"吧唧"一声被摔在了地面。没有人扶他，也没一个人制止巡河人的粗暴，巡河人又一次举起他，把他投掷在地。有人匆忙跑来告诉了他这一幕。

"他被她狠揍了一顿！"他冲怯怯走来的渡河人说，渡河人惊异地瞪眼不解。"谁？""巡河人！"渡河人怯怯跟在他身后。"这个何必明！他以为每个人都像他铁凿下的石头可以任其凿打！巡河人不会轻饶他！"渡河人不感兴趣凿石人的下场，让他进一步指示新河湾的鱼虾储量是他此来的目的。"又找到不少加入我们团队的人，你的意见如何，是不是现在就去指给他们……""我恨不得把全部河的秘密告诉我的同行。问题是你们只找到少得可怜的人。这条河上有多少财富你并不知道。这是一条富饶的河流。我二十年认识到什么？是冰山一角！它联结了大海。这么告诉你吧，凡是大海里有的，河里都有。我是从一支渔竿认识河的。你能做到？不！这没关系！那个凿石人大错特错！他以为占有了我的那些财物我就一无所有了。不！只要河一直在流淌，它连绵不绝，它就不会让我一无所有。我有大海，即使财物没有了，我认识了河、海，我是一个思想丰富的人。你还不知道吧？"他说到这里停住了。他觉得伤害了朋友的自尊心，接着补充了一句："因为我在河上二十年了嘛！"

赵涵波的喋喋不休被渡河人原谅了，他毕竟还掌握着未告诉他人的河湾。其实，他已没必要对他低三下四、卑躬屈膝了，因为他已掌控了他掌控的一半的财富，这样一对比，他已胜出他一筹。要不是他还掌握未告诉他的另一半河湾的财富，他早对他置之不理，至少不受他颐指气使了。另外，他刚才滔滔不绝，激奋不已说的何必明也使他感兴趣。他感兴趣的不是他本人，是被他掠走的财产。种种迹象表明，凿石人掌控去的财产价值不菲，并且，他要建一个码头，一个运输队，他完全有可能、有能力接管。他认为没有什么他得不到的，因为他比他们都聪明。至于怎么得到，这要看具体情况了。在每一件具体事情中，他是总能想出具体的办法。对赵涵波唯一遗憾的，是没早下手，让凿石人抢在了前面。像这么拥有财富，又这么愚蠢的人，放过他是罪孽。巡河人揍了凿石人，为了他？渡河人摇头。据他所知，他们早走到了一起，倒是二人商量，怎么揍他一顿，如未消气，可以把他扔进河里，没人去管。那些财产还在屋里吗？要不被紧紧锁进屋，要不已被转移，置之不顾是万万没可能的。要是变卖成钱，当然要另作思量，比如抢劫也不是不好的打算；要是财物，可以采用声东击西术，调虎离山，在他走出屋那一刻，财物就要易主。当然，更成熟的方式还要在思考中完成。

　　与赵涵波走在河岸，渡河人由于过多思量凿石人占去的那些财物怎么得手而走了神，一时被赵涵波误会为对他的轻蔑。当赵涵波忍无可忍指出这一点，他马上解释是误会，他怎么能对他轻蔑呢？但他是十分担忧那些财产已被转移的。这是多大一笔收入，在赵涵波领他去指认河湾中，因一直琢磨被何必明先掠去的财产，使他暂时忘记了目的，他说："要是转移了呢？巡河人要是与何必明联手，那转移或变卖是轻而易举的事。"他一边询问赵涵波财产的数量，一边掐指计算它们的价值。当他清点完数量，说出它们的价值：一百万！赵涵波点点头。赵涵波既没感激之情，又无惋惜之意让渡河人生气。这些财产是他的！他怎么能对别人丢失的财产没有一点惋惜，简直是冷血！"他们不会勾结的！"赵涵波说。在渡河人的字典里，没有对财产无动于衷这个词。当他再次强调这一可能性需要警惕，赵涵波摇摇头："我所认识的巡河人是一个正直的人，要说她有缺点，也是她的优点，她希望看到别人出事，每当这时，她就会幸灾乐祸，因为她最反感平庸无奇的日子了，所以总希望有新鲜事发生。"他二十年在河上，巡河人也同样长时间在河上，不能因为仇恨凿石人就污蔑会与他走到一起的巡河人，尤其背后的猜测，不是一个正派人应持的态度。"人为财死，鸟为食亡。"渡河人着急了，引出自己的座右铭加以说服执迷不悟的赵涵波，在他的世界里没有一个人不为财着迷，也没一个人高尚到对钱财视而不见，不蠢蠢欲动。赵涵波似懂非懂点点头。二十年在河上，他紧握一支渔竿，他感受的是河的脉，河的血，尽管有那么多富饶的河湾让他认识，但从来没对河及河里的财富产生过歧想。除了河是神圣的，其余一钱不值。

　　"也许有这种可能。"

"不！是肯定！我看得没错！"在赵涵波游离于"是"与"不是"之间时，渡河人予以坚定的口吻回答、说服。"何必明是狼，巡河人是狈，在财产面前！"

"这条河温顺得像一只绵羊。"赵涵波望着如若明镜的河湾感叹。渡河人没兴趣，他也从没对河产生过如此联想，他拽回他的思路。他仍不放心那些财产的命运："巡河二十年为了什么？一条枯燥无味的河值得二十年巡查？他为什么来凿石？窥探到你的财产！我是河上的一个摆渡人。仅仅摆渡？任何一个职业可以寻到发财的掘口切入。曾经有人认为我摆渡是为接触到女旅客的身体，那是对那些好色如命的人而言；我眼里只有钱！当一次一位女旅客被摆渡到对岸说她钱丢失了，她要用她的身体补偿，我本可以轻易得到她，但我只扣下了她的外衣，直到她拿来钱赎了回去。没有人轻易在钱面前放弃得到的机会的！尽管我也好色。"

赵涵波还是大摇其头。他深信巡河人除了喜好吹牛、夸大事实讲述一些子虚乌有的事，没有更多的缺陷。与她二十余年的相处，她是一个忠诚的巡河人，如他是一个忠实的垂钓者一样。一些日子，为了让他清静地垂钓，她竟赶走了河上所有的人，包括鱼贩子，当然她不乏编造一些匪夷所思的故事，诸如她看到河里有一条巨龙在出没，鲸鱼从海里游到河流里；赵涵波有一天垂钓竟钓到一条龙上来，是她帮助赵涵波把龙从渔钩放脱，在她推入它进入河那一刻，只听得"轰隆"一声巨响，震得河都浪涛汹涌，然后龙从河里飞向天空……她绑架他一同撒谎……但他喜欢巡河人窦大梅。因她与他一样二十年如一日在河上工作、生活，他把她当做知己。

"她知道你把她当朋友是吧？"渡河人抓住赵涵波胳膊声调都变了，"潜藏了竟二十年，让你上当受骗！她已经与何必明联手了！越快越好！那些财产于水深火热中！不马上抢救将一无所剩，都落入二人腰包！"

不能把猜测的人就认定为被认定的那种人，赵涵波劝解渡河人要冷静、理智。人当然有好人、坏人，可每一个人都是那么坏？巡河人有不实在的地方，又表现在夸大其词、言不符实上。一个吹牛的人怎么可以比作一个阴谋家？"她吹牛你承认这一点吧？可为什么你没想呢？一个人干任何一件事都是有目的的，她吹牛，你感兴趣听；她要是把一件事说得平淡无奇你会不会专心致志听？不会吧？问题就出来了：产生什么后果？你被她牵牛鼻了，你的兴奋点在她谈笑风生、挥洒自如上，可你上当了，在你的精力转移中，她琢磨你的财产了，她与凿石人勾结、狼狈为奸了，是不是？该觉醒了，我告诫你！"

"不！不！"赵涵波大摇其头。他说服不了赵涵波。他说不该这么猜测一个人。当然，害人之心不可有，防人之心不可无，但揣度一个人得有一定度，不能无限度放大看一个人，超过他的本质。现在的人许多没底线了，尤其在财产上。她一直坚守在河上，就是觉得一条河比一河岸捕捞的人还干净。"就是呀！我的见解与你一样，来自这条干净的河流，它告诉我要防备时刻要侵害它的人。我为什么一眼就看出她的阴谋来了？是河告诉了我！我是一个渡河人。我只知道天天在河面摆渡。现在我天天摆渡，将来也一样。财产是你的。我就是这样一个人，好为别人的事着急。巡河人呢？她背着你——因她讲述那些你喜欢听十倍、百倍放大惊悚度的故事让你忘记了不该忘记的——与凿石人偷偷勾结，占有了你被凿石人占有的财产，不！是合伙分赃！她又悄悄谋划如何占有你二十年坚守的河！我是你朋友是不是？我可以视而不见，但我能心如明镜看到这一骗局一声不吭？这不是我的为人！太可恶了！"

"你解剖得很透彻了！这一点我承认。但你说的她是借刀杀人，我觉得是夸大其词。人要学会宽解人，是不是？当然，我也不是一个乐善好施的人。我离群索居二十年在河上为什么？对穷困潦倒的正直人我会解囊相助；可对贪得无厌之徒，我是爱憎分明的。这一点还请你放心为好。"赵涵波从他几句话中见微知著，明了了他的意图。要说服赵涵波与夺回被何必占有的财产的愿望，两种愿望交织一起，让渡河人焦急。刚才觉得财产唾手可得，马上就变得遥不可及了。"她会不会采取暴力手段，比如强行赶你离开河上？"渡河人做了一个动作：一支达摩克利斯剑正悬在他头上。"灾难，迎来灾难！""这是不可能的。我们在河上相安无事二十年了。要采用什么暴力手段，她早采用了，何况没这个必要。"

有些事情在争论不清时就要停下来，过一定时候再去辩明是非，渡河人摇摇头，他、他们要倾家荡产，这是必然的。渡河人不吭声了。这个巡河人让他头疼。但他可置之一旁，暂不理会。他明白目前要对付的人是谁，尽管他的言行让他匪夷所思。在这条河的索取上，他变得有些神魂颠倒，失去理智。但他清楚，凡事要步步为营，万万不可急于求成，鲁莽行事。既然目前工作无法开展，那就不得去枉费心机，若是不报，时间不到。一件宝物，做梦都想要得到，有时鲁莽行事会适得其反。

赵涵波不去辩解了。渡河人的话，把他带回到对河的关注上。他二十年坚守凭着什么？对河的爱。没有河，他不知道自己怎么度过一生。他训导渡河人、陈懂得、周晓得、黄鱼仔，通过训导他们引导河岸的鱼贩们，就是为这种爱的传递。如果仍然与何必明在一起，他会纠葛在与他的恩怨里，因为他和他是截然相反的人，这一点他很清楚，不值得。他完全可以赶走他，甚至动员所有的人——他们经他鼓动，都成了热爱、护卫的人了嘛——缚束他到司法部门法办，他强占了他的渔具财产啊！如果那样，他就会在牢里和他交谈，而不是如渡河人所讲：与巡河人勾结，狼狈为奸。在一个高尚的人的面前，任何卑微小人的丑恶的一面都会原形毕露的，这是注定的。他没有怀疑巡河人，但不等于要放过凿石人。他准备动员起所有河岸的人投入到护河工作，然后公审似的带来何必明，让大家声讨他，从而达到让他认罪的目的。但有何意义？他的宗旨是要认识河、还河清静、让河成为每个生活在河岸的人心目中的神，纠葛在与区区一个凿石人的争斗中，必将会投入他更多精力、时间，从而淡漠了他对河的关注，他的时间又是如此宝贵，有这个必要吗？为什么不联合巡河人，一起做凿石人的工作？让他为此自责。

他不相信巡河人会与凿石人有蝇营狗苟的行为，但经渡河人几个小时的絮叨，不免会受到影响，因为每个人既有天使的一面，也有魔鬼的一面，谁会断定一个人在利益面前无动于衷？巡河人并不是天使。她爱吹牛，就是她虚荣的一面。难道凿石人一夜之间夺取了他坚守二十年的河不是一个爆炸性的新闻？问题在于这一天大的新闻不需要她搜肠刮肚编造，即使加工，也毫不费力气，并且会使之大增色彩。何必明抢占了那些财产，他正需要一个同伙协力相助。他们一拍即合。当然，当他们明目张胆合伙，与他针锋相对，他也会毫不手软，出其不意对他们予以还击，让他们不能得逞。在这之前是不是要找巡河人谈谈？他可以屏声静气听她吹牛，哪怕一个故事讲上一个时辰，蹩脚到漏洞百出，并且乏味得让人听不下去，他也要表现出在洗耳恭听的样子，这样她就可与他站在一起，而不会去理会凿石人。因为她是一个偏执于"爆炸性新闻"到匪夷所思地步的人。他不要求她成为同伙，只要求她不要站在对立面，与何必明同流合污。在鼓动起大量河岸的人投入爱河工作中，做巡河人的工作此时显得至关重要。河需要他这么去做，需要她加入他的行动，需要最大限度孤立背叛他的何必明，他用二十年认识河的角角落落，这是没人能比的。可他呢？凭靠他对她的信任，欺骗了他，骗走了他的全部渔具、财物，他是河的罪犯，他必将被最大限度地孤立。他可怜吗？不可怜。是他搬起石头砸自己的脚，咎由自取。这条河上最早出现的是他虔诚挚爱河的赵涵波吗？有多少无耻之徒，企图占有河，毁坏河，以各种名义巧取豪夺河，可结果一个个都被河淹没了他的妄想，河一直滔滔不绝流淌。人都是自作聪明的动物。何必明能逃脱此命运？他自以为侵占了他的财产就是把他从河上赶走，不！他由此得到了河的全部，河在他心里。他要是如他在河上二十年，他会贪婪到恨不得把河水全喝进自己的肚里。这样的人无可挽救。当河岸全部的人被动员起来，加入护河行动，他会变成一个可怜虫，让人人唾骂。他会是什么下场？或被人们把他与他的石雕一起捆扎投河，或引以自咎，自投河中。这是最好不过的事。

赵涵波与渡河人一起走着，他对身边这个因一些小事——他这么揣度——被折磨得焦虑不堪的人怀有轻蔑，比起河，又有什么？但他并没指出这一点，他是一个集中在某一事件上思考从不受任何干扰的人，他仍在想凿石人的下场。他很遗憾把美好的时光用在思索这样一个不值得思索的人身上。因为这是他目前必须要面对的一件事，要想重新夺回那些渔具，他忍着极大的耐心花时间去考虑。现在他是他面前的一块绊脚石。他甚至有些感谢渡河人了，是他提醒他去思索何必明的事，作为一个护河运动的组织者，他无暇去想起他，尽管他占有了他的财产。他和他喋喋不休谈论何必明、巡河人，他倒更希望他与他一起探讨河。他在与他朝夕相处时，层次分明，准确无误地介绍河、河湾的财富，他应该明白他的喜好。因为凿石人与自己同在一条河上，他此时倒又产生某种对他的怜悯。

"只要他有悔改的意思就可。"赵涵波说。渡河人的思想在关注着那些渔具的命运—— 一根渔竿就是一根金条呢——他叹口气，手不由自主地做了一个抓拿渔竿的动作。"他曾是那么安静地在河边凿石。我至今忘不了他的'再一下、再一下'的凿石声与河流的'哗——啦、哗——啦'匹配的声音听起来让我如此舒服。只是因为他心目中没有河，不同于你我。"渡河人显出十二分的不快，这是一种懦弱的行为。它包含了某种妥协的意思在里面。怎么可以拿他的财产去做交易呢？他十分不满意自己此时的地位，并且总是以一个建设者的身份出现，与他交谈。"你真的这么傻？没有河意味着什么？心中没河就是没灵魂。想想看，一个没灵魂的人你要宽宥他！毁坏河的人是什么人？心中没河的人！为什么他要无耻地从你手里夺走那些渔具？因为他不知道它们的价值，我说的是它们对了解认识河的意义。""什么？"赵涵波当听到"毁坏河"三个字立刻警觉起来。河在他心中如此神圣，听到毁坏他就战栗起来。何况真有人要毁坏它！"你知道养虎为患吗？斩草要除根。我一再说巡河人会与他勾结，一起图谋你的这条河，你没引起警惕。你要在你眼皮底下眼巴巴看着河被他们毁坏掉吗？我不说了。""啊？！"赵涵波惊叫着，他感到心惊肉跳，"不！绝不允许这样的事情发生！只要我在河上一天，河就不会让他们踏入半步！我将捍卫我们的河！"

他们走在河岸。他们边走边聊，渡河人的提醒让他产生了警惕，他像一个雄辩家一样滔滔不绝地谈起保卫河。在赵涵波口溅唾沫大谈特谈河中，渡河人是貌合神离，表面不停点头，心里在考虑着自己的事情。当赵涵波指着河，讲起他之前曾遇到的卜爱红，他说她是他在河上二十年唯一遇到的一个他可信任的人，渡河人认真听了。能够是"唯一"取得他信任的人，她的话对他一定是有分量的。不能说言听计从，也得说是言必称是。"卜爱红，干什么的？她在哪儿？""一个河流的旅行家。女。她漂泊河流十年了，在全国、世界上许多河流度过自己二十年漂泊生涯。她立志要成为一个全世界一流的漂流旅行家。她定期每八年从这里再次经过。""是这样……你确认她是你最可靠信任的人？""毫无疑问，是的。"渡河人老谋深算地点点头。"你说过，你可以把你的全部财产交给你最信任的人，包括你二十年了解的河的秘密，无遗漏告诉、交给她？""那当然。这是我的夙愿。我终会老去。"赵涵波瞧不上渡河人这种惊疑的态度。人为知己者死，看来他并未认识到什么叫真正的友谊。他讲了他第一次在河上遇到卜爱红的情景，他是那么惊喜，他说：

"你懂得一河不居二龙的意思吗？我们分开，是因为我们共同的追求。共同的追求要求两人必须分开。""如果我能找到她，她如果要你交出你的所有，包括这条河的矿藏、鱼储量，你会毫无遗留地告诉她，交给她吗?""毫无疑问，我说了，她是我最信任的人。"赵涵波释然地笑着，"如果你能协助她，当然要取得她的同意，我希望你们合力工作。"

渡河人立刻振作起来。赵涵波可以说逐渐厌烦了渡河人，尤其是他近日的表现，让他失望。在他极度关爱的河上，他投入的精力越来越少，他关心的什么巡河人与凿石人联手等等，是他迫于听的；渡河人又问了一些卜爱红经过大河的细节，诸如她乘的是怎样的皮艇、穿着什么泳装、相貌如何，让赵涵波以极大的耐心给他讲述。

二十一

何必明站在门口看着满走廊过道的渔具，咧嘴笑了。这些渔具、河藻以及各种各样的鱼虾标本鼓舞了他，使他有了更大的理想：不仅要在河上建立一支船队、一个旅游公司，甚至溯河而上在通往大海的海滩，开发盐场，海产基地，海域的石油之类，有可能的话也不是不可以办一个托拉斯公司的。对于得手的这些财物，因谋算已久，他都进行了认真整理：该归类的归类，该修补的计划修补，该打包的进行了打包，自从赵涵波被赶走，他几乎忙个不停。渔竿、渔钩、渔钩线各种各样，品质多样，他按自己的判断整理后，分门别类予以标识，并进行估价后贴上价格的标签。在他这里，它们不是什么"垂钓大海"之类的媒介，是钱，不同的渔竿由于品质不同而价值不同。比如赵涵波天天握在手里的这支湘妃竹品质的渔竿，它据说已传了八代人了，它再不是工具，已是文物，被他标有很高的价格。对赵涵波出走，他是既高兴又遗憾，高兴的是他净身出门，财物全归了他所有；遗憾的是他掌握了河上许多河道里的鱼储、矿产，他没有告诉他，把它们带走了。他是在他还没有讲述他对河的了解就走的，现在他无能为力，但并不是没一点办法，俗话说，走了和尚走不了庙，这个屋里说不定藏着他对河的记载，二十年守在河上，他不可能只用心去记忆的。为此，他除了整理财物数量，计算价值，还花了不少时间寻找这记录。他查找着他待过的每一个角落，凡是他睡过、坐过的地方，他都高度关注，似乎正有一本记载河流宝藏的记录簿躺在那里，在几天的寻找中，他几乎不止十遍地翻找了不下百处地方，但他毫不厌烦。任何一件宝物的寻觅都需花费时间，找到任何一

188

件贵重的宝物花多少时间都是值得的，何况它们就在他已占有了的区域，寻找到只是一个工夫问题。几天的忙碌，除整理了大量的渔具，没找到他认为最有价值的记载，这让他后悔赶走赵涵波有些为时过早了。这期间，巡河人的几次探讨让他倍感警惕，她与赵涵波毕竟有二十年的厮守，她对屋里不见赵涵波会起疑，若发现他整理他的渔具，又四处寻找，一定会猜忌他，在她眼里，他并不是一个安分守己的人，甚至有时给他的评价很低，有几次在公开场合就说他是一个言而无信，在关键时会出卖朋友的人。她难道就没对赵涵波的财产打过主意？他不相信她说她二十年只是一个规矩的巡河人，人有时会伪装得让你一无所知，在关键时刻他会出其不意暴露了本性，善良只是表象。

几天以后何必明出门了，他把整理好的渔具放入屋把门锁上，向河滩走来。他首先巡查了建造码头的进展，在与雇工谈话中他都是亢奋激动的，因这条河已经属于他，那个二十年守候河上的人已被他赶走。他看起来俨然一个大老板，掌控了河流的河岸，将拥有一支庞大的运输队，一个将有成千上万人来游览的旅游公司，远在河尽头的广阔的海滩也待开发。他要找到渡河人。这条河已经属于他，渡河人不需要再在河上以摆渡为生，他可问问他——但首先是他要顺从——愿不愿意做他旅游公司的总经理。他是一个熟悉河，也能胜任这份工作的人。他的事业需要用大量的人，尤其是管理人才。把河滩的人全部赶走最好不过了，但不可能，那为什么不变害为利，雇用他们，为自己服务？赵涵波像风尘一样，被他赶走，再不出现在河上，他已从他的字典中被删去。他只是一个愚蠢的垂钓人。渡河人不一样，他能干，也有与他一样在河上的理想，对这样的人首要是引导得当，让他为己所用。虽说是吴越同船，但目前只能携手合作，他明白这个道理。他不是也时刻觊觎这条河吗？仅打压他是不够的，必须诱导他，让他充满希望，即使有吞并他产业的想法也不是不可以的，待他为他尽了力，也就是他再变得毫无用处的时候，他就赶他走。他叫他什么？渡河人，不！他要叫他经理、总经理，他雇用了他！他的产业是让他垂涎欲滴的。

何必明一边兴致勃勃走着，一边欣赏着已属于他的河。这时他才感到他是多么富有。那些河滩上背篓走着的人是干什么的？他的潜在雇员。他们多勤快！他们多壮实：被分配任何任务他们都可干、干好！一个雇员是不需要多少头脑的。渡河人和他具有一样的念头，这一点正是他利用他的所在。他很少与他相聚，可为什么一眼就认出他是一个能干的人、将来说不准会占有了这条河？单凭这一点，他也要雇用他。他曾经同他探讨过对河的想法。他喜欢这样能思索的人。一个人在河上，要是没有想占有这条河的想法，那待在河上干什么？何必明又去望那河。这条河弯弯曲曲，流经平原，流入山里，又从山里流出，远远地，奔向大海。它珍藏了多少财富！几乎所有种类的鱼虾，这条河上都有。他要告诉他，我们拥有世界上生活着最多种类鱼虾的河流，我们是世界上最富有的人。为什么不可以这么讲给他？要多给他一些想象的空间，让他多些想法！不然他怎么会与他合作？任何一个人都是有欲望的，尤其有智慧的人，欲望更强烈。这就是他聪明的所在，他就利用这一点。事实上，他利用这一点已经引诱到了他，他已蠢蠢欲动了。何必明拿了一支上好的渔竿。他在临出门前，进行了选择。这小小一支渔竿，它是一个诱饵，像诱捕上钩鱼的鱼食，他用它诱惑渡河人：它只是一支渔竿，可它价值上万！他拥有无数这样的渔竿。他不仅拥有数不清的渔竿，还有价值不菲的渔网、鱼虾标本……它是不是值得他倾注全部身心去分得？他有了这想法是第一步，也就是说他有了这一步，下一步的想法就产生了：他要得到它，他就利用他，迷惑他，让他倾其身心——人在全身心投入于某事时就会忘乎所以，待他竭尽全力帮助他、要得到它，他用尽他全部才智，然后赶他走。他再次举起渔竿晃动着，像在他面前晃动一样。他不是垂钓者，他是渡河人。渡河人不是把它看作工具，是看作财富、"金条"。"总经理，你看我们如何经营这支船队，办好这个旅游公司？"他什么也没有说。他只看他的渔竿。他看出了它的价值。他真想听听他对渔竿的见解、知识！他不说话，只是看渔竿。他是否可告诉它们的数量？尤其那些上百年的渔竿，它们已是文物了……可以告诉他吗？一个人的欲望是不能引逗的。为了增强他的信心，适当诱惑是必要的。可万事有个度，尤其人的欲望的培养，它一旦失控，就会让它变成无法填补的大壑，它会像洪水猛兽，到时他就是玩火自焚了。他不是他的合作伙伴。他始终明白这一点。他在干什么？他要取过他手里的渔竿看！他是如此贪婪，拿过渔竿，摸了又摸，由于激动，脸都红了。他还没有拿来湘妃竹竿呢！这支渔竿是如此显眼！它简直是一匹站立的马！

是一条亮闪闪的河！一根把河与天空连接的渔线！它连接了河与人！他说，是激动地说："我认了！我从今以后就是你的部下，一切将听你指挥！"为此，他放弃了自己的摆渡，连那些他一直操办认领河湾的事也丢开了，要加入他的团队。他有些激动了。因为他已站立在他面前。

所有的人都看着他。他们已经知道他赶走了赵涵波，占有了河，成为这条河的新主人？将来聘用了渡河人，他作为总经理，站在他一旁，他们更会肃然起敬。他不想这么站在人群。他希望他走在前面，他们崇敬地跟着他，等候他发号施令。他于是走着，背着手很有派头地走着。于是，他后面跟了一群人，不论是捕捞的，还是背篓买卖的。他们走在属于他的河滩。

渡河人不是孤零零一个人站着，他背后有陈懂得、周晓得、黄鱼仔。他认真看了三个人的表情，他们是一副屈从于渡河人的样子。他本来要向渡河人招手示意他过来，以那种主人与雇员的手势招呼他，就在他举手要向他招手时，他看到了他身边的三位，而且一个个竭尽媚态。这是干什么？又在这么多人面前？太不像话了！他生气地看着三位，走到渡河人面前。

渡河人与他握手了。他完全是以一个崇敬者的姿态与他伸手握的手。所有的人都看着。"我一直在这里等您。"渡河人说。"你看到了，满河滩的人都在这里。您是热爱这条河的。我们为什么走到一起，我为什么一直崇敬你？我们共同爱这条河。我听您的吩咐！"他说出了他担心他讲不出的话，他使劲儿握了他的手。他不仅要告诉他，也要告诉背后的三位，河滩所有在站着的人，他崇拜他，他也接纳了他的崇敬。他显然喜欢他手里的渔竿。他的渔竿在太阳光下亮闪闪的像一条河。他谦恭地说："我可以看看这支珍贵的渔竿吗？"他对他手里的渔竿是充满敬畏之意的。仅凭这支渔竿，他就会让人屈从，果然如他走前所想，他用双手摸他手里的渔竿。他笑了，像赐予下人一件礼物一样，把手里的渔竿交到他手，让他欣赏。与其说是让他赏识渔竿，倒不如说是为让在场的人看到他们的主从关系。他交给他渔竿，像一个长者一样，拍拍他的肩，满含抚爱样子。他激动得脸都红了。他是多么渴望得到这么一支渔竿，他知道他还有许多许多渔竿。它们都不是工具，是"金条"。他对他讲，这是许多上百年遗传下来的渔竿中的一支，它还不算珍贵，珍贵的在他屋里藏着。在他居高临下的、颐指气使的讲述中，他一直激动地红脸听着，并用颤抖的双手摸着渔竿。他又拍拍他的肩，以示关爱。"这是我的三位助手。"渡河人指着身后说。为了表示对他的崇敬，他拉过他们一个个给他介绍，并说："以后请多关照！"一个下属向上司介绍自己的属下是什么样子，此时渡河人表现出的就是什么样子。何必明满意地点头。他注意着他的一举一动。他不能忽略他有耍阴谋的可能。但让众多人看到他如此尊敬他是非常必要的。他背着手，如带着秘书和随从人员一样走，他看都不看他们一眼。在他趾高气扬的样子前，他诡谲地笑了。他冲一边的人伸伸舌头，摇摇头，随他走去。"这些河湾是属于你的吗？"他不无讥讽的说话他一点没听出来，"当然，"他随口说，"你们也可以加入我的团队。"他用下颌指指他正在建造中的码头。"你可以把他们带进团队。"他指使般说渡河人。"你觉着合适吗？是不是觉得这条河已经属于你了？"渡河人说。何必明停了下来。"你说什么？"他惊讶地问道。他的表情是那种被莫名其妙的问题问得无言以对的表情，他在说：怎么问这样的问题？"难道你没有看到？"渡河人摇摇头。"我还是没理解……"后面的三个人互相使眼色，以嘲弄般的眼神看何必明。一旁的人有的笑了，有的情不自禁拍掌。渡河人向后面的三位笑笑，示意他们可以走了。三位摇摇头：我们要看个究竟。何必明叉着腰，审视渡河人和他身后的三位。渡河人全然如何必明不存在似的与三位说话，三位点头、摇头。"不熟悉可以学嘛！没有人生来就学会管理。我知道你们为难。可我不介意。我会和我的总经理商量的，就你们三人的任用问题。"他何必要担心，与他们叨叨？他不是已经答应他们三人可加入进团队？他又拍拍他的肩，以示让他放心、放手干。渡河人这次不是摇头，是嗤之以鼻。他说："我还没看出有加入你团队的必要，你有团队？你是不是有点太自以为是了？"后面的三个人哈哈大笑。围观的人也笑个不止。何必明愕然了。但他仍承认这一现状。陈懂得过来拍拍他的肩——这次是他被拍肩了——"对不起！你说得够多了。你可以走了。"何必明大声叫起来。他要冲渡河人讲理。可一转眼，渡河人面前站着不仅是三人，同时有三人、十人、一群人、各自认领了河湾的人。原来他有了一个团队！一群人都双手抱臂，一副高傲的样子站在他与渡河人前面。何必明被堵得看不到河、他的正建造的码头。他明白了他是真的太自作聪明了。

何必明很狼狈地站在人群里。所有的人都讥笑他。竟有这样不知羞耻的人！这是所有的人表现表达的声音。"快去凿你的石头人去吧！""你侵占了垂钓人的财产，鸠占鹊巢，今天又来这儿趾高气扬，你还有脸吗？"渡河人笑着劝众人离开。他说："算了！算了！他已经下不了台了。算了。"他冲众人喝道："还不去忙你们的生意去？再不出售，篓里的鱼就臭了、烂了。快去！"陈懂得与周晓得觉得不能轻视凿石人。因为他有与他们一样的胃口：要吞占河。他们觉得不光是要他闭嘴，应该赶走他。至于渡河人，他要什么时候被赶走，那要另当别论。他还有用。他暂时还不能被赶走。三人后面的三个、一群人都纷纷指着何必明，骂他不知天高地厚。何必明回答："又没叫你们加入我的团队！"他有正建的码头，有无数支渔竿、渔网……运输队，正在筹建的旅游公司，他们仅是一伙人！何必明高傲地站下。他幸好没有被他们的势头吓着，不然还以为他是一个孬种呢。他是一个人对三个、一群人，以一当十。仅这一点他就是一个胜利者。"这条河属于我是迟早的事！"他喊道。"你该从这里滚开了！"陈懂得说。他冲何必明挥挥拳，一副咬牙切齿凶狠的模样。

还是渡河人老练。他不愿把事态扩大。他拍拍陈懂得的肩，要他退后，他和他说话。不但陈懂得不听他劝阻，周晓得、黄鱼仔也义愤填膺往前站，要怒斥何必明。"我们用得着他！"渡河人悄声说。"什么？"陈懂得说。"现在不是赶他走的时候！"陈懂得停住了对何必明的指责。周晓得、黄鱼仔也改变了态度，往后退退。"大家听着！何必明前辈永远是值得我们尊敬的前辈，他是对的，要很好地管理这条河，需要大家的同心协力，精诚的合作。"渡河人举起何必明垂落的手臂："向何老前辈致敬！"他身后的三位点头应许。他们俨然一副在他们的领头羊面前的样子了。"老前辈，你讲点什么，给大家？"渡河人显得十分谦恭。何必明摇摇头摆摆手。"我没什么可讲的了。"他说。"那好。"渡河人礼貌地退后一步，让何必明走过。河岸上所有的人都冲何必明点头。何必明走过三人前，三人也客气地向后退一步。他又是一个大老板了！他看也不看他们一眼，昂首阔步走去。

何必明高傲地走在河岸。他起初忽略了，他轻慢了他；可他马上意识到他才是这条河的未来的主人，他已拥有了那全部财产，建造着一座码头，他立刻改变态度，对他毕恭毕敬，并表示言听计从。他手下的三个人、三个人另外的人，他们有眼不识泰山，在他们眼里，渡河人是唯一的河道工作者，他们竟在太岁头上动土；可经过他们的头儿，渡河人提醒，一个个改变了态度，尊他为头儿了。他举起他的手臂，那是多么庄重啊，他宣布他是老前辈，没有他就没有河的未来。他为什么要表现出对他的轻慢？他毕竟是他们三人、三人外的一群人的头儿，他要面子。他在他们面前呢。他要稳控他们，他就得在他面前表现出一点高傲的样子。他也是一个有头脑的人。他知道该傲慢时要清高，该谦恭时要谦虚。他做得很有分寸。他开始在他们面前表现出满不在乎的样子，后来他就改变了态度，在众人面前大树特树他的形象。他可真是一个有智慧的人。那个陈懂得，还有周晓得、黄鱼仔什么的，他们对他言听计从，可以说简直是他的应声虫，他策略性地轻慢他，他们也一哄而起，攻击他；当他举起他手臂号召所有人崇敬他时，他们一个个哑口无言，甚至改口大加赞赏他。是的，他们应该这样做。他一直在那里等他来，并带了他的团队。开头他只想向他们介绍他，可没想到河岸上挤满了围观的人，谁没一个虚荣心？他不得已向众人讲了那些话。但他在他心目中太重要了，超过他要在他们面前表现的，于是他改变了态度。他为什么要讲那些话？这是必须的，他是这条河未来的主人，他要讲该讲的。他对他讲的很满意，不失时机，又分寸得当。出于仁爱，他可以谅解他对他的冲撞。

在渡河码头上他仍然在亢奋的思索中。那码头正在建造，他雇用的人忙碌在码头。这个码头，不仅是船队的起点，也是他财富的起点，他指挥着他的船队来往于码头，河道一片繁忙，所有人投来的都是羡慕的目光。这时的渡河人——如果他还没有被撵走——毕恭毕敬陪伴他，身边是陈懂得、周晓得、黄鱼仔。他们怎么对他毕恭毕敬？河岸的人不解，渡河人谈话了："谁不承认这条河是属于何必明总裁的？"所有的人频频点头。他带领他们走过，人们自然让开一条道，他成了被夹道欢迎的上司、河的主人。拥有一条河多好。

回到家里，何必明长长叹口气，那些渔具、金条，在他打开锁那一刻仍完好无损陈列在屋里。赵涵波睡卧的地方，已被他改造，堆放了他的凿石工具；他经过的走廊，为消灭他的印迹，他也移去了墙上挂的网，堆放了石雕。这看起来就不再是他的居所了。他早该走了。他竟在这里蜗居二十年。本来这里就应该属于他。渡河人怎么处理？他心怀野心呢。对一个怀有野心的人不得不提防。这条河诱惑力太大了！他竟在这里一待就是二十年！渡河人怎么可以天天在河上游渡，难道像他所说仅仅是爱游泳？见鬼吧！他游在河上，天知道他只是想着浮游！他不打算占有河鬼知道！

"是你吗？"巡河人站在门口。她身体比过去胖了许多，站在门口堵住了门口的光，她是顺道来看他？她二十年在河上与他相处，她发现他不在，问起如何解释？"他出门了。""是这样！这么说只有你一个人？""你是看到的。应该是你来了，偏偏他要出去。他才不愿离开这里。你知道，他除了在河上垂钓，就回到这里。我们一起居住了三年多了。"

巡河人看看四周。她没有关注改变了的布局，她巡查了哪里可以坐下许多人，因为她刚从河岸经过，吆喝了渡河人一起过来，说有重要消息发布。垂钓人不在是有遗憾，她每次讲述，他都是忠实的听众。尤其在她讲到一个故事的紧要关头，他专注的听讲让她很满意。他能坚守二十年，很大成分也应该说是在她讲述故事中挺过来的。"难道他真的不在了吗？""你看到了。你是问他能回来吗？这要看他了。他想回来才回来。"巡河人摇摇头。渡河人进来。他不光一个人，还带了陈懂得三个人。巡河人让他们坐下。

何必明找一个地方坐下。他从巡河人的态度没有看出要追究赵涵波被赶走的事，心里踏实了许多。至于屋里全部是他归整过的渔具，这没什么。赵涵波即使没被赶出去，渔具被归整也没大错。看来今天只是要听她讲新近发生的故事就行了。讲故事与垂钓人在这儿与否，只是多一个人少一个人的问题，与屋子被占与否无关。

大家坐定，巡河人开始"重要消息"的发布。大家都瞪大眼听她讲。因为都知道，这样她才会满意。她只有满意了，才不会大发雷霆，她是巡河人。她生气，大家就休想安宁。一天待在这里不让走也是极有可能的事。赵涵波去了哪里？这是渡河人手下的三个人要猜测的。赵涵波从来是离开河上就回到家的人，难道他对自己的渔具弃之不管了？他是如爱眼睛一样爱惜自己的渔具的。"我刚刚从河里出来。要是我先前在河上迟慢一步，今天你们见我就不是坐在这儿给你们讲述我今天的经过了，是你们怎么从河里打捞出我，围着我的尸体商量怎么处置尸体。"巡河人哈哈大笑起来。她每讲述一件惊天动地的事，开了一个头，就要哈哈大笑，以示自己无人可比的胆量。"我是怎么被引诱进河的？河上一条波浪涌动，我盯看。可不久，一道彩虹似的水波由上到下涌动在河，河开始响动。河里有一条鱼，大得我从未见过的鱼，它浮出了水面。它引诱了我。我的水性大家都知道。我在河上二十年可以说就为见识这样的鱼出现，并捕获它。我一个猛子扎入浪里。我骑在了鱼背上，天！哪是一条鱼！是一条鲸！不！我起初以为是鲸！可后来我才知道是龙！龙！我只听过传说！天！它怎么着，我骑上去，它腾空而起——波浪跃上半空——离开河，'轰隆隆'！河浪大作，我也随之被带到半空。龙要甩掉我。我岂能让甩掉？我紧紧抓住龙须，龙狂怒了，它大声吼叫……你们刚才听到震天响的声音了吧？我飞上了半空……"巡河人紧咬牙齿，双目紧闭。她处于半空。她的双手，一边托着陈懂得，一边托着周晓得，她自己也感到要飞了。龙在浪头跃起，落下，再次跃起来，渡河人大声惊叫。何必明也惊叫着。在巡河人手舞足蹈讲述、描绘中，何必明知道她奋力骑在龙背与龙搏斗着。他也咬紧牙齿随之舞动双臂。所有在座者都进入故事。何必明感到彻底安全了。龙一会儿飞入天，一会儿蹿入河。巡河人发布的"消息"十分重大。因为大家都在河上。谁不盼望有一条龙在河里出没，那样这条河就不是一条简单的河，它会传出去，成为全世界的新闻。

"龙逃走了，我泅出河。"巡河人说得满头大汗，如与龙搏斗后显出精疲力竭。这么动听的故事没有垂钓人听让她多少有点失望。重要消息发布，她一定要求所有人在场的。她是巡河人，她见到河上稀奇古怪的事最多。如果她不讲述，他们是多么地孤陋寡闻、没有见识？她取出一个笔记本让何必明看，上面全是记录着"重要新闻"。"这条河哪是一条默默流动的河！它天天发生重大的事情！"她摇摇头，仍在为刚讲完的故事惊叹。

巡河人看着横七竖八倒着渔竿的地面。何必明收拾着。在刚才的讲述中，这些渔竿成了道具。"没有关系。"何必明说的不是满地被打得掉下来的渔竿，是对他撵走赵涵波没被发现感到了释然。"你让他回来收拾！"巡河人生气道，"这些渔竿能对付得了一条恼怒了的蛟龙？"

何必明完全释然了。因为他看到不仅巡河人、渡河人以及随从的三位，都没在意他撵走赵涵波这一现象。巡河人提出带他们在河上印证河里确有一条龙经过，在渡河人带三人走出门，何必明也跟随了去。因为虽知是一场劳民伤财的游戏、无谓的折腾，但比留下来好，说不定现在没发现什么，可夜长梦多怎么办？巡河人带他们走在河岸平和多了，她有说有笑，不像刚才那样大呼小叫了。她一手拉着何必明，一手拉着渡河人，像牵手她最亲爱的两位朋友。当她看到何必明手里操一支渔竿，她一把夺下扔掉，她说用它对付一条龙如面对强大敌人时孩子手里的玩具枪。何必明不停地笑着。他在屋里的财产安全后，开始因河产生的欲念快乐起来。巡河人除了让人满足她讲骇人听闻的故事的愿望，对其他任何事几乎持漠不关心的态度，何必明跟在她后面，似乎急迫地要去见证那龙出没过的河段，兴奋得满脸通红。"说不定它还在那里！"巡河人说。何必明举头盯着巡河人看，他觉得这会引诱她再次讲述一个她随兴编造出的骇人听闻故事的兴趣，这样他趁她讲得忘乎所以，他可去琢磨下一步怎么对付随从的渡河人及另三个人。办成任何一件事都是需费思量的。当巡河人又一次被激动起来，又开始手舞足蹈讲一个"新故事"，何必明使劲鼓掌。她在"啪啪"的掌声中故事讲得绘声绘色。

在龙出没河中的事实被验证后，巡河人说："我等着她带着她的老公再一次入侵河，我猜定她是一条母龙！"何必明哈哈大笑，说："已嗅到她了。她把她的尿撒在了河里。是条母龙！"他已思索了对付渡河人以及图谋河的其他人的新办法。他问巡河人还有什么新的消息是他不知道的要讲？巡河人说："今天就讲到这儿。明天会有更重大的消息发布！"在渡河人及陈懂得三人走后，她拉过何必明命令："明天讲述一定要带来赵涵波。他已误过了一次我的讲述。"何必明点点头。但他心想：我该编一个什么故事讲给她听？

二十二

巡河人远远就看见了满头大汗给围攒的人讲述河湾知识的赵涵波，她回头看看，何必明正扛着要卖的渔竿急匆匆走来，她招手示意他停下，他头也没抬，直直向她走来。昨天他们就商量好，一起向河滩的人出售渔竿，他正需要资金建设码头，开掘航道，他在她未到就整理好了渔竿。当她要躲开，赵涵波看到了她，不！看到了他们扛着的渔竿，撇开围攒的人走来。在她甩脱他过来夺她扛的被他抢夺的渔竿中，他看到了过来的何必明，他没作思索，一手抓她肩上扛的渔竿，另一只手抓住何必明扛的渔竿。在他与何必明夺渔竿中，她使劲儿甩脱他，扛渔竿走去。何必明几乎是愤怒地甩他，两人于是搏斗了起来。何必明向她投来求助的目光，他一边甩着赵涵波抓渔竿的手，一边喊："推开他！"这些渔竿是他精心策划，费很长时间赶走他得来的，他岂容他再夺走，何况又急需钱！他口吐白沫，满头大汗与他争抢。赵涵波被推倒又奋力爬起抓住渔竿。她几天没见他，她没料到他见渔竿会这么反应强烈。何必明抓住赵涵波的手，使劲掰着。赵涵波丝毫不松手，如夺他的生命。"帮我推开他！"何必明叫道。

巡河人扛渔竿站着。她有些厌恶何必明了，为一捆渔竿歇斯底里。她答应与他一起出售它们，是因他总是认真听她的故事，这让她很舒服。要是不遇着赵涵波，她完全可以与他一起完成这次的买卖，但如此争斗，她觉出无聊。她摇摇头。她表现出不感兴趣参与这种争斗。他完全没了理智。她表示放弃争夺，一走了之，他没觉察，他完全投入抢夺中。他的出现是没被预料的，他以为他早离开河滩，或沦为一个流浪汉，说不定昏死在河湾某角落。在她一眼看到他兴致勃勃给围攒的人讲述河的知识时，她摇摇头，她知道他判断失误。由于没有料到他出现，何必明急急走来，他要马上出手渔竿。他们撞到了他。在赵涵波被推倒的一刻，何必明冲上前去，他旁边摆放着那他讲了又讲，跟随他二十年的"传家宝"渔竿。他不止一次向她说这是最贵重的一条，他像看到明晃晃的金条，不顾一切去抢。她摇摇头。

何必明紧紧抓着"金条"不放。它一根就值他肩上扛着的几根。它竟被他偷偷带走，随带身上。巡河人知道这支渔竿，他也曾向她讲起。他只是为引起她的关注、渴望才告诉了她，早知今天在这里找到这支渔竿，他就不会告诉她了。谁说巡河人是一个不会见财起意的女人？有了同样价值的另外几根渔竿他没向她透露，在完成一件事中没有秘密是不可能的，有些事只可自己明白，要把对方蒙入鼓中。他为她不知他向她隐瞒的事实而兴致勃勃扛渔竿与他一起去卖而感到很满意。刚才他喊她帮忙，现在，他需要她用过人的臂力去拾取他抢夺"金条"丢在一旁的渔竿。他像一个同谋的策划者，边抢渔竿，边命令巡河人。

巡河人赶过来。她没有按何必明的旨意去拾取那渔竿，而是冲他摇摇头，表现出极不赞赏的样子。她出于中间人身份，既没有帮何必明，也没帮赵涵波。她觉得冷静观看他俩争夺就够了，这是她此时应站的立场。何必明的求救没一点可同情的地方，因为他是在看到那支渔竿后不顾一切冲去抢夺，一个君子不应这样做。但赵涵波去抢夺那些渔竿让她不能无动于衷了。因为何必明和她事先有约定，她要帮助他卖掉它们。她是说话算数的人。在他伸手抢过那些渔竿时，她捆住了他手腕。"这不允许你抢！"她的眼神同她的手臂一样威严，他是那么不堪一击，他的双腕在她稍用力下就无力地挪开了。她是巡河人，她不允许一个人干某件事情那就是绝对不能发生的。过去她对他客气，那是因为她是巡河人，他是垂钓者，工作没有冲突。现在她必须制服他。他在她面前抢夺那些渔竿本身就是对她的挑衅。"我是怎么制服一条龙的，这你应该知道。"赵涵波双手在巡河人手中被捏得松软地垂下，点点头。一个爱河如命的人对被抢占的渔具如此轻易放弃让巡河人一时难以理解，但对失而复得的渔竿表现出软弱无力不再争取的态度，她怎么想也是他要滑头，除非他已彻底放弃了他坚守二十年的河。赵涵波双手垂着，无助失望地看向地上的渔竿，被巡河人理解为某种伺机反扑。他没有很好地听她讲述降龙的故事，这故事应被河上一人不落地听着。赵涵波顺势蹲了下来，巡河人觉得这是一种听讲的状态，但绝不合时宜，所以她感到懊恼。差不多每个人听她讲故事都是在屈服的状态，她每次都把那种盛气凌人的气势表现十足，这次，得到这个结果，只是她双手轻轻一捏。她看到何必明在抓到"金条"一刻的惊喜——她对此不感兴趣——她没有把握评价他现在对她崇敬的程度，"在河上没一个人可降伏一条龙！"，一个偶像讲述故事不但真实可信，而且会起到鼓舞人的作用，她时常扮演这一角色。

巡河人放开赵涵波。这条河坦坦荡荡流动与她二十年的尽忠职守分不开。她曾放手不去管理，可河上生活的人联名去管理河海机关上诉，要求她回到河上管理河，她是得到上司的批评后又回来的。她臂力过人，凡她走过，都要引起一阵风。她对不听从她的人就是不给他们讲故事，他们只有听到她讲故事才放心，觉得相安无事。她不讲故事她就让他们待在屋不让去河上工作。为了惩罚他们，她连着几天不许他们出门，她把她的讲述建立在他们的百般请求上。出于对他们的惩罚，她在讲述中要故意拖延时间，加强他们对时间的紧迫感。如果有人在听讲中不专注了——这是最让她恼火的——她会让他离开河一个月，而这一个月没收入的日子里他们会反省，哪怕饿肚一天听讲也不敢轻慢待她。她不光看守河，也很牢固地控制着赵涵波、何必明、渡河人这些以河为生的人。他们怕她，每次她到了，都会露出期盼她讲"重大新闻故事"的眼神。此时她希望河上的人围过来，像刚才围着听赵涵波讲述，围着看她是如何控制降伏了赵涵波，他屈服在她面前，听她一次尽兴的演讲。

与何必明合作，她并不为贪财，而是为让在兜售渔竿时围来的购买者聆听她讲故事，在众多专注听讲的人中她兴致极高地进行一次讲述。他们吸毒般地成瘾：在购买后祈求她讲述。为此她觉得帮他售卖渔竿值得付出代价。酣畅淋漓的一次讲述可以抵消她帮着卖两天渔竿的烦劳。她把握不准的是他能否准确评估她的代价，不过这一点相比一次淋漓酣畅的讲述已不足挂齿，不值计较。要是在巡河中她是不会去管他们什么争抢的。从她来到河上这样毫无意义的争抢，寂寞得不能再寂寞的日子已让她感到厌烦，从而也放松管理，一些人便肆无忌惮地为所欲为。她讲故事是某种管理方式，因为在她绘声绘色的讲述中总有许多人被拢了过来听。她本不是一个擅长演说的人，可二十多年的训练，使她变成了一个演说家，她奇怪自己能把死的说成活的，无的说成有的，而且活灵活现，每一个故事都讲得天衣无缝，传奇动听。她讲述不允许别人说话，同时要求在关键时刻鼓掌。因关注听述者的态度有时不免影响讲述的效果，但她并不气馁，她要重新讲述，她不仅为达到故事的完整性，也把它看作是对他们的惩罚。她的讲述起先是面对河上所有的人，后来她缩小了听讲圈，更多给赵涵波等几个主要人讲，而每次讲述，也由过去的粗制滥造变得精细逼真。他们常年听讲已被训练了出来，如垂钓人每天准时蹲河岸垂钓一样，在她规定的时间他们都等候在那里期待她来讲述了。

赵涵波身边聚的人比她讲故事时还要多，这让她产生了嫉妒感。她与何必明一起来河上某种程度就是为寻找这群人的，她感到赵涵波在与她争夺人脉、人气。从前她让他们围坐她身边多数以工作的名义，现在她的态度明确了，就是为一次痛快淋漓的演讲，而赵涵波则没借助任何外来的权力。在与何必明吆喝兜售渔竿中她也像他声嘶力竭叫喊，尽管她被他的叫喊折磨得已苦不堪言，但仍坚持，事实证明许多人围过来，不管是购买者还是围观的。夸张的喊叫总能达成一种效果：这地方有什么出其不意之事发生，人们总是被好奇心驱使的。他也明白她的意图，所以他很少感激。但她不过多计较，事实上她也得到了自己想得到的，在赵涵波与何必明的冲突中，她选择了站在何必明一边，因为她的目的首先是建立在与何必明共同售卖渔竿这一基础上，何况赵涵波还聚集了那么多人，他们不是听她讲述，而在听他传授河的知识。

何必明死死抓住"金条"不放，仿佛那金光照射着让他睁不开眼。在赵涵波抓紧渔竿的手上，何必明双手掰着，两人没风度地争抢。在几乎势均力敌的双手上，巡河人抓住一方的手——赵涵波的手——示意他停下来。何必明在夺过渔竿那一刻不顾一切地叫喊："我找了几天了没找着！"在何必明夺过渔竿后，巡河人放开赵涵波的手。"你知道它值多少钱？这一根就抵我俩带的所有渔竿！"何必明夺过"金条"，又忙扛起"所有渔竿"。巡河人摇摇头："有这个必要？"她觉得这样的争夺索然无趣。她关注的是来购买的人群、她的听众。收起渔竿的何必明，因他看作价值连城的渔竿被巡河人看得一钱不值，多少有点失望，但马上，他把这种失望变作蔑视：巡河人有眼不识泰山。同时，蔑视中又产生担忧：她知道了这渔竿的价值，她会不会见财起意。在担忧掠过的一刻，他又开始蔑视她的无趣。一个只会吹牛的人，除了希望聚集听众听他胡编乱造，别无任何乐趣，这样的人本身不是索然寡味之徒？为了得到围观，她不惜扛渔竿和他一起兜售，她的低级要求让他看不起。仅这一点，她还不如渡河人。渡河人要这么做，是想占有与他一样渴求的河，她仅为吹牛，两人志趣一个天上，一个地下，大相径庭。为了得到聚拢的人，他带她一起来河滩卖渔竿，她回报他的只是抓住他手，掰开他手指，让他夺回渔竿。与这种人能合谋做事？他宁愿渡河人与他针锋相对争夺河流。在何必明抢过渔竿正得意中，巡河人失望地摇头。她满怀希望渴盼围过来的人开始听她的讲述，可他疯狂的举动让所有的人都惊骇，一个个面带恐惧走开。他简直像一头狂暴的狮子，在夺取渔竿时。为得到他想得到的值得与赵涵波闹翻？他仅仅有一个狭隘的想法，一孔之见，就为钱，渔竿，而她呢——讲述属精神范畴——归根到底是娱乐大家。他侵害了她的生活，甚至败坏了她的名声。在他与赵涵波争抢中，她站在了他一边，她出于诚信，但她错了。她后悔与他一起出来了。想起他在兜售渔竿中夸大其词的样子她很反感，简直是一个骗子，在她说出的一支渔竿的真实价格上，他竟叫卖看翻番，并绑架她一起撒谎。和一个盗贼做事，很难不成为一个偷窃者。现在倒好，既得罪了赵涵波，又吓跑了听众。必须让他找回那些人，哪怕贱卖，甚至白送了这些渔竿，也在所不惜。首先把手里的货处理掉。赵涵波竟然相信这样一个无耻之徒。这些渔竿本来就不属于他，他欺骗了赵涵波。怪不得他能几十年如一日守候在河上。他哪是属于赵涵波同类人，他从山脚凿石那天起就谋算他，谋算这条河了。他要是与赵涵波一样热爱河她可以接受他。她要贱卖，或白送了这些渔竿。

在失去渔竿后赵涵波绝望地低下了头。巡河人与何必明四目相视，一言不发。何必明紧紧抓着手里的渔竿生怕人抢走似的，他此时不是防备赵涵波，是防备巡河人了。因为巡河人的眼里明显地露出愤怒。"那是他的渔竿！还给他！"巡河人说。何必明摇摇头。他是不会还给他的，哪有这个可能？巡河人向一旁的人招手。她表现出明显的要降价出售手里的渔竿的意图。"那是我的渔竿！他可以作证！"何必明喊叫。他企图让赵涵波抬起头看到后点头，赵涵波仍低着头。"这些渔竿送你们！"巡河人递给围观上来的人渔竿。赵涵波还没点头，巡河人又出他预料赠送手里的渔竿，让何必明怒不可遏。情急之下，他冲上去抢夺已交围观人手的渔竿，并叫喊道："你这个贼！不许动！你以为得到它们像你吹吹牛一样轻巧？我让你放下！那是我的！"被夺走渔竿的巡河人双眼通红站着，她看到一张不以为耻反以为荣的面孔，不但厌恶，而且愤怒。她本来是帮他出卖这些渔竿的，现在她要收回它们。何必明根本不是她的对手，她不仅仅会讲故事，她还有过人的臂力，她几下推倒何必明，夺回了那些渔竿。"我的渔竿！给我！"在何必明的叫喊中，巡河人把渔竿一支支分发给围观的人。要是没有这场争斗就好了，围过来的人越来越多，可惜他破坏了她讲述的心境。由于何必明的反抗，更因无端失去这么一次绝好的讲述机会，巡河人使劲儿向何必明踹一脚，她不愿他第二次爬起来去打仍低头不语的赵涵波，她此时保护他的愿望是如此强烈。当然，她也并不完全站在赵涵波一边，因为她事先给过何必明承诺，她不是一个言而无信的人。但此时保护赵涵波比保护何必明重要，不是因为赵涵波已被何必明抢夺得一无所有，何必明歇斯底里变得面目可憎，更多出于一种高尚的品德，人在两者相斗间是应站在弱者一边的。

渡河人莫名其妙跑来，他听到陈懂得说何必明与赵涵波争夺渔竿，这是他最关心的，仅仅得到几道河湾的鱼虾储量是不够的，他何曾没听到"一根渔竿就是一根金条"的传闻，它岂能让何必明独吞，既得陇又望蜀，他还抢夺他的如"金条"般昂贵的渔竿。这条河上已经有周晓得、黄鱼仔几个竞争对手了，现在，贪得无厌的何必明又明目张胆抢夺赵涵波手里唯一昂贵的渔竿，他马上就来了。明晃晃的渔竿被夺来抢去，他曾怀疑它是金条所制，现在终于证实确实无误，它是金条，他大叫道："住手！统统给我住手，放下！"没有遇到他们争抢，那属运气差，一旦被发现，他不会坐失良机，谁能忍受得了这种事情！他上去正要动手抢，他停住了，这时他才发现一边站着巡河人。对于巡河人要说没人发怵，是因为他没有尝过她拳头的滋味，没有被她强迫坐下听她讲述的经历。仅一次不认真听讲她就可罚他一个月居家反省，那是如坐牢一样的感觉。可她扮演一个什么角色？她站在两人任何一方他都难以下手，只有她中立他才能夺取那渔竿。他审视着，这本来不需太长时间，可赵涵波与何必明对峙的时间太长了，让他等得有点迫不及待。"我说是什么事可以好说好商量，对吧？"这句话既可让两人听过去，也可让巡河人听过去，同时可拖延时间让他观察，了解了事情的真相。巡河人面无表情，而且一言不发，这就让他摸不着头脑，于是他又重复了一遍刚才的话，顺便争取更多时间判断巡河人的态度。由于他说话时习惯地往前一蹿，正好赶上巡河人推搡赵涵波与何必明，赶巧，他被一推，一个趔趄倒在地上。"那是我的渔竿!"何必明声嘶力竭的叫喊中，巡河人摇摇头，他同时看到她厌烦的样子，于是他明白巡河人没站双方任何一方，她对争夺毫无兴趣，她只遗憾一场漂亮的演讲会没有召开。渡河人此时的注意力全集中在"金条"上了，他都意外怎么向它伸去手的。当然不可能一帆风顺，在赵涵波反复的反抗——尽管是无力的——与何必明疯狂的抢夺中他夺取"金条"的努力变得异常艰辛。如果向赵涵波推去，他会倒下；如果向何必明出手，他会疯狂反抗，而这样，会引出巡河人出手，他争抢不仅不知劲儿该往哪儿使，也增强了判断难度。他选择了在赵涵波一边多使劲儿，何必明一边少用劲儿，何必明一边站着巡河人，他又知道她是随何必明出来兜售渔竿以求聚众演讲，两害相权取其轻，伤害赵涵波至少不会带来大的麻烦。他在争抢中始终十分注意保护渔竿。他已经把它视为自己的了，他有保护它的责任。他在争抢中灵活地处理了几方的关系。他在河上多年不仅知道谁招惹了巡河人就等于是灾难，也知道谁得到巡河人的支持谁就占了争斗的主动权，他十分讨好地看着巡河人出手，对于结局如何他没百分之百把握，但目前他占主动权，因为赵涵波与何必明是二虎相斗，他又巧妙处理好了与巡河人的关系，笑到最后的人往往不是斗争的双方，是半道杀出的程咬金。在争抢中，他让一边的助手悄悄拿走了脚下的几支渔竿，巡河人正赠送人，他让他们伸手要了。

何必明这时才发现在他抢夺中一旁的渔竿被拿走，而且这些人一直与渡河人互使眼色，并是以一旁的群众角色接受馈赠的。本来就愤怒的何必明要一下扑上去抢回那些渔竿，可由于争斗已久，没了体力，加之气急之下，一下跌倒。他们是一伙，巧妙利用了巡河人的馈赠。想到新增的"敌人"加入，何必明又奋力爬起，扑了过去，并大声喊："他们是贼！截住他们！"

许多围观的人中，黄鱼仔走来。他除了河湾有多少储藏的财富从不关心任何事，可今天的撕斗在属于他的河湾，他觉得这有侵犯他领地之嫌疑。黄鱼仔叉腰看着，似乎在评判哪一个更符合某种拳击的规则。

在何必明的叫喊中巡河人似乎一下被惊醒，像不可理解眼前正在发生的，呆呆看着。她看到在她兴致盎然、滔滔不绝的演讲中——她早不顾一切演讲了——一些人打呵欠，一些人悄声嘀咕，有的人离开座位要走，她处在要讲又难讲下去的状态。他们不但是离开，而是去听赵涵波传授河的知识了——这是肯定的——简直是奇耻大辱。很明显，一切都是针对她来的，她在河上巡查管理二十年建起的威严，竟一刻间消失殆尽，她成了孤零零一个人。曾经的赵涵波是那么俯首帖耳，何必明也是言听计从！他们在她的讲述中度过寂寞的河岸生活。没有她，河上的人的生活怎么度过？眼瞅一条河无声流过？她有许多传奇的故事未讲，而且，多年的讲述，培养了她编造故事的能力，她可以把它们讲得活灵活现，让人百听不厌，也养大了他们的胃口。人不能活在寂寥里。要坚守一条河多么不易。这条河没她巡查不行，没她讲那惊天动地的故事不行，人们要活在有趣、有滋有味的日子里。今天她随何必明出来兜售渔竿。

他是无意中遇到他们争抢的，渡河人虽知道这一点，但他不放过争抢。既然人人可得，那当然其中也应有他渡河人。赵涵波独占花魁万万不可，但何必明不能取而代之。当然，他也时刻防备周晓得、陈懂得与黄鱼仔。他们只是吴越同船。助手拿走了馈赠品，接下来就是这根价值连城的"古董"了。这是他事业的根基！说不准它一支顶一条河值钱呢。巡河人不能惹。她站在哪一方哪一方就是胜利者。他可不会把自己置于死地，变作一个孤家寡人。他是这条河上最聪明的人，他已把他手下的人玩于股掌之间。他们能应酬了上面再对付得了下面吗？他应该成为这条河的主人，这是无可辩驳的事实。他现在已着手干了。赵涵波是一个书呆子式的垂钓人，只是今天发生的事为时过早了点。按他的计划，是他指认了所有河湾的储藏再把事情昭示于众。他手里撒手锏似的渔竿竟在何必明抢夺中。他当然不能坐视不管。他贪得无厌，已占有了他那么多，现又在抢夺，并大打出手，他会如他所说，变成一个一无所有的流浪汉。他渡河人不答应这些。他爱这条河胜过所有人。如果他占有了这条河，他是仁慈之人，他会给他们每个人都安排一个工作岗位，不仅为他工作，也让他们养家糊口。渡河人一边从赵涵波手里往过夺"金条"——他占有了大半个渔竿——一边护着他，他一摔倒，渔竿就有被折断的可能，他要保护好它。

巡河人扯嗓子演讲，她今天编造了一个"泣鬼神"的故事，她都惊奇自己怎么可以编得这么出神入化。面对众多听众，她讲得口干舌燥仍不遗余力讲述，因为听众太多了。她站在赵涵波与何必明中间，人们对他们的争抢视而不见了，不仅因为她的故事精彩，更主要的是人们渴望有这样传奇的英雄出现。相比之下，他们的争抢，不仅卑劣，而且显得无能、无趣、无知。人们太需要她的故事了。可人们总是不能尽如她意。人们什么时候才能醒悟到理解她的善意、她是免费演讲的？

河滩几乎所有的人都拥来观看了，在人群中赵涵波、何必明，加渡河人争抢，抱作一团。赵涵波紧紧抓着不放，何必明也双手抓着，渡河人当然要赶开两个人才能得手它，他用着双倍的力量夺抢。陈懂得既推着拥上来围观看热闹的人，又制止三个人争抢。巡河人像这一切从未发生，她兴致盎然讲述，激动得满脸通红。"那不是那个钓鱼的吗？""还有凿石人、渡河人，他们怎么打作一团了？"围观的人叽叽喳喳吵嚷。面对吵嚷的人，巡河人态度严肃，尤其讲到某些细节，讲得一丝不苟，没有半点马虎。在那么一刻，也就是何必明见争抢不得力，挥手冲赵涵波头上打去——他期望在他受到攻击、致命一击后松手——渡河人着急了，他唯恐赵涵波被伤着，用手护着赵涵波。他还有许多河湾的藏储没有指认呢。他刚刚被他鼓动起来指认了几个河湾。他上去保护赵涵波。赵涵波似乎得到某些安慰，感激地向渡河人点点头。何必明觉得自己受到了极大的侮辱，因为在他抢拳揍赵涵波时渡河人的闪电式阻挡让他拳臂扑空，并且一个趔趄差点跌倒。渡河人看到何必明的表情，他本可以置之不理，但他是一个睿智的人，他在最紧要关头也能把握大局，不感情用事，他要笼络何必明，至少要让他感到他不是他目前要攻击的对象，他乘势架住何必明，使他未摔倒。

在争斗得不能停止的状态中，巡河人站在高处，她看都不看几方争

206

斗的情景。她屏住气停止演讲，她手段极其高明：此时无声胜有声，她在寻找这一效果，寂静过后是激昂慷慨的讲说，她盯看众人。她用一只大手轻易就拽过了干瘦的垂钓人——这为把人们的注意力引过来，他被众人太多地关注了——果然，随着赵涵波被抓过来，扭斗的人也随之移来——他们扭斗形成一个整体——众人目光都移来。"赵涵波我告诉你，你是对的，不论在什么时候，我永远站你一边！我是巡河人，大家听着，今天的事都是小事，河上要发生大事了！它比河水泛滥河岸被淹没还恐怖，我要告诉大家！"她说得悄声细语，让每个人都注意听到。人们很快发现，她才是今天哄抢场面的核心，并欣赏着她威严的姿态，严肃地把注意力集中在她的"要告诉大家"这里，她向扭住赵涵波的渡河人、何必明瞪眼看去，嘴里发出听不清，但可判断是愤怒的责骂声，虽然两人放手后仍害怕赵涵波逃脱，但还是听从了她，这位河流的管理者，她不偏不倚，完全中立，如果她要主持公道，她完全可以做到。他们跟她一样，都渴望和平，甚至可为此作出自己的牺牲和让步。

陈懂得认为，要平息这场争斗，首先要每个人放下自己的尊严，相互做出一些让步，甚至被对方再失手打一下也没什么，可以谅解。他认为何必明之所以奋力抢夺，一定是他的渔竿被赵涵波偷走所致，一个丢失财产的人为了失而复得就会不顾一切去抢回来，这是人之常情。他并以自己的理解方式解读巡河人为什么置愤怒的争抢于不顾，滔滔不绝进行讲述，河岸人确实生活在一种无聊无趣的日子里，加之对河的责任，她没有其他选择，尤其这么多听众出现，求之不得，她抓机会讲述。至于故事的真实程度有多少，那不必苛求，重要的是河岸天天发生大事，人要高度警惕，麻木不仁要不得。在他吩嘱抢夺中的人的中间，他凑去和巡河人说，我完全支持你！他来河上不久。可他获得不少。他已得到几道河湾。只要赵涵波仍被稳当控制，他就会得到更多的河湾。他厌恶这样的争夺。尽管他在关键时刻——比如自己得手的财物要让抢走——也会大打出手，但这里涉及他的利益，他希望此时是相安无事的。但接下的事态不如他愿，又开始新一轮打斗。这则是围观人所希望的。渔竿转眼之间不翼而飞，出乎他意料，也让争抢的几人目瞪口呆。这真是一个突然袭击。这突如其来的结果，三人都没料到。三人六目相对。

陈懂得感到事态的严重，首先，赵涵波失去了自己的渔竿。他若两手空空，他还会不会积极配合他们的认领工作？其次，何必明与渡河人一无所获，据他的经验，他们不会善罢甘休，他们会在堤内损失堤外补。何必明必须稳住。他手里有不少财产，人们把他看成渡河人的同伙，因在争斗中他俩往往形成一个统一的个体。他走到何必明一边表示他是支持他的。渡河人忍无可忍了。他加入这场争斗，如果料到结果，他从一开始就会放弃，因为他的首要任务是让赵涵波倾吐他的知识、扩大自己的战果。他通过陈懂得、周晓得、黄鱼仔动员起来的人还等着指认呢。看着浩浩荡荡流淌的河，河水从每一个河湾流过，他心急如焚。他太想得到它们了，而且时间紧迫。他时刻提醒自己要的是什么。他留心赵涵波走掉或倒下。他是他手里的一张王牌。他的高度关注甚至忽略了身边人的存在，人在渴望达到某一目的时往往会表现得面目可憎，这是他总在防备的，看到这一点就是暴露了自己的心思。他紧张地注视着赵涵波，说不准这一刻何必明会笼络了他，他们合伙那对他是致命一击。他此刻的警惕一点未放松，紧张程度不亚于刚才的争斗。他喊："不要打了！停了下来！"他这话是说给赵涵波听的。他企图表达他对他的诚意，他要保护他。他的喊声没被赵涵波注意到，或他正处于丢失渔竿后极度的绝望、痛苦中，没注意到渡河人对他的支持。渡河人脚下始终踩着二支渔竿。它们是被他们忽略了，而至少他在这场争斗中不是一无所获。

陈懂得去阻止巡河人，让她停了下来，这时，周晓得与黄鱼仔已参与进来，他们围住了何必明，要他停止争斗。何必明在经过因渔竿失去一阵呆望后，现在似乎突然意识到什么，怅然若失的样子："不能让赵涵波走掉！你们拦住他！"被指使"拦住他"一边站的周晓得和黄鱼仔很想安慰他，让他冷静。只要他这样冲动不已，他们认为这种劝解就毫无意义，不会有成果。何必明的叫喊对象里同样包括正在劝解巡河人停止演讲的陈懂得，陈懂得几乎是要伸手掌捂巡河人的嘴巴了。何必明厌烦巡河人的滔滔不绝，她忘了是来帮他出卖渔竿的，对演讲痴迷到令人不可理喻的地步。他也憎恨赵涵波。因为他耍了滑头，私自又藏了这支最值钱的渔竿。他对围观的也一点不惧怕——过去他总怕人们知道他占有了赵涵波财产——欲望像洪水会冲毁一切道德的堤坝。赤裸裸贪图财物正是他的本性。他在这里的表现会让人望而却步。这正是他所需要的。"不能让他逃跑!"何必明喊道。他紧紧盯着赵涵波。

劝说巡河人停止演说不仅是上手捂她的嘴的陈懂得,其他围观的人也上来劝她,其中一个人拧住她手臂,向后要反剪她。赵涵波被推来搡去,任人蹂躏,既不像个俘虏,也不像个战士,只像场上一个没生命的靶子。从失去渔竿,他就这个样子,一切变得无所谓了,他让希望他像刚才争斗中一样痴狂的人失望了,至少他应喊:"我的渔竿,我的渔竿哪儿去了?"他没有,只痴呆地站着。他要是偷窃了渔竿,那渔竿属于何必明或渡河人,他就不应该这么冷静。既然争夺的渔竿不翼而飞,再待在这里就毫无意义,何必明要走了。陈懂得对何必明不哼不哈地走感到吃惊。在劝停这场战争中他几乎累得满头大汗,即使阻止巡河人停止讲述时,他也竟被她无意中咬了一口,所以他对何必明的态度不仅没表现出赞赏,反而很反感。他绝对不能走。周晓得和黄鱼仔和他的意见一致,阻止了何必明。他们为在陈懂得之后表达了自己的想法感到歉疚,因为他们在制止何必明的进一步争斗的调停中。何必明点点头,同意了他们的要求。因为他今天一无所获,他正想了解那支渔竿的来龙去脉,说不准还有得到它的可能,任何一点小的机会都不可轻易放弃。

在所有的人都散去,几个当事人站下来面面相觑中,偷窃"金条"的人扛着"金条"逃之夭夭。他是一个偷盗的高手,他可在众目睽睽之下,轻易得手,又神不知鬼不觉逃到一个无人知晓的地方,也能悄无声息地销掉赃物。他只知道几个人争抢的一定是昂贵的东西,对于为什么争抢,争抢的意义他一无所知,也不去理会。一个小偷不会去关注被窃物的来历的。

二十三

　　这一切是在茅屋进行的，巡河人对自己被带来十分恼火："你们要干什么？我是巡河人！你们干扰了我很好的讲述机会！"何必明摇摇头，他说："她是帮我销售渔竿的，我的渔竿。我感到脸红，把最初的计划忘得一干二净，竟在那里无中生有编造故事！"本来被认为狼狈为奸，何必明的说辞让在座的人怀疑了自己的判断，她是没有如他说尽忠职守。她借兜售聚集起的人群吹牛不是没一点可能，而吹牛除只能满足自己快感对销售毫无意义，她旁若无人的演讲正说明这一点。"我是要演讲！可这有什么错？我没参与这场打斗！"

　　何必明说："他被我赶走了！他在我居住的地方有偷窃的嫌疑。谁会与一个盗窃者居住在一起？那支渔竿是我的，是他偷走的。"他指着低头不语的赵涵波，毫无一点怜悯之意。在座的人有点让巡河人说服了，她的"我是要演讲"的仗义执言让怀疑她的人不敢确信了自己的判断。大家只知道垂钓人在河上天天垂钓，凿石人在河岸凿石几年如一日，渡河人只在河里专心致志摆渡，他们要干什么，为什么大打出手一概不知。何必明的表述些许得到他们的认可。尤其赵涵波垂首沮丧的样子，更增加了人们对他被认为是盗窃者的判断，他手里拿着渔竿，并被何必明争夺了，这也正吻合他此时万念俱灭的神情状态。"那渔竿一定是你的了？"陈懂得说。"我为什么争抢？一个人会去抢别人的东西吗？共十支这样的渔竿丢了十支！他拿出了一支！"何必明拿出清单让看。所有的目光集中在赵涵波身上。"那些渔竿藏在哪里？"周晓得问。赵涵波从进屋就没抬起过头，此时头低得更深了。"还有九支？"黄鱼仔感到惊讶，那是多大一笔财富！在座的几乎没有不关心钱财的。"不然我会上去抢，并且动手打人？"何必明收起清单十分自信地坐下。"是不是该让他知道点厉害，哪怕他指认了一些河湾给我们？这关乎一个人的品质。"没等陈懂得说完，赵涵波就被扇了一个耳光，黄鱼仔照说打去。一个守口如瓶的人以死相抗，最好的办法已不是劝说，应该是武力相对了。何必明得意的样子让陈懂得反感，他感到他上了他的当，至少他的行为合了他意，这是他不愿看到的，也不愿去完成的。"最好是把他从河上赶走！"何必明说。他盯着赵涵波看。巡河人生气地叫道："我是巡河人！"她对人们都在谴责赵涵波愤愤不平，在她看来他不仅不会偷渔竿，他才是一个渔竿的拥有者。不过，她更多的责任是教育河上的人如何遵守规则，是否丢失渔竿，谁是渔竿的主人她没兴趣去管。

陈懂得和周晓得、黄鱼仔抱着双臂站了下来。赵涵波没一点反抗的意思让他们感到乏味：揍一个毫无反抗意识的人有点像虐待一个俘虏不道德，赵涵波自始至终低垂头颅站着一声不吭让他们产生了些许怜悯，但更多是反感，或是让进行辩解、哪怕承认错误也好的愿望都没有。何必明喊："赶走他！还站着看干什么？"陈懂得瞪了何必明一眼："他并没有反抗呀！""他装死！他才不会善罢甘休！"何必明说。巡河人上去拉拉赵涵波表示同情。"你这个样子让我看不起！"周晓得说。在巡河人粗大的手伸向赵涵波一刻，大家以为她要动手了，这种受气包的样子连从不动手打人的背篓的人们也有揍他的欲望。但打这样一个不堪一击的人太失身份，尤其是巡河人在判断她是否要下手大动干戈时，几个人上来，拦住了她，她摇摇头收回了要动手紧攥的拳头。黄鱼仔拍拍赵涵波的肩，十分怜悯地看着他，他没嘲笑他的懦弱，但他厌恶软弱。"你抬起头来！"陈懂得说。他看看何必明——他愤怒的样子很具感染力，相比之下他的平静淡漠让他感到惭愧——他招招手，示意他别再吭声，由他来问个究竟。黄鱼仔拉过赵涵波，他不反抗最起码应动动身子。赵涵波是低着头被拉过的。何必明说："他没真死，装死！他想蒙混过关！"他企望把他马上赶走。"赵涵波就因我与你在河上二十年的交情，我希望你振作起来。至少我不相信你是一个盗窃犯。"巡河人对自己的表达感到满意，因为在这里她发出唯一不同的声音，而且她认为是唯一正确的判断。

陈懂得很反感何必明了，这倒不仅仅是他事先占有了那么多财产，他"先下手为强"的想法处处险恶地得到表现，他今天的样子有些强词夺理，不！是狐假虎威，借势欺人。一个人不管犯多大错，但不能墙倒众人推，更不能仗势欺人，何况说君子不擒二毛。他看了一眼仍激动不已的何必明，让他手下的三个人先把赵涵波控制起来，让他坐下。"这是再明了不过的了，简简单单的一件事，整不明白，我们是浪费时间。"他认为刚才指认河湾时赵涵波还笑容满面，兴高采烈，现下却万念俱灭，垂头丧气，一声不吭，他一定是受到了不可预估的打击与无谓的伤害。一个人装死是无赖，可赵涵波还没到这一步，如果他斗智斗勇，这样的表现太显幼稚；如果以死相抗，那又于事何补？认为他是默认了，缴械投降了，那纯粹是胡扯，既然如此，何必要以死相抗争夺渔竿呢？"我会得出很好的结论，让大家心服口服。"他朝赵涵波过来，一把抓住他的头发，他的头一下仰起来。围观的人看到赵涵波仰起的脸，一双转动看大家的眼，都放心了。他们担心的是他真的要死了。从他仰起脸，双眼看众人，同时搜寻渔竿方向的这一刻，人们更确认他不会死，而且还有斗志。让他仰起头的选择是正确的，因为消除掉了人们不正确的猜测：他是一个偷窃者。陈懂得正是这个目的。他拍拍他的肩，显得很亲热。这一举动，让他很满意，他们毕竟还要合作，今天澄清事实是对他的帮助。可他友好的举止让何必明生气了。他希望在他抓起他头发后他应伸手给他至少一个耳光。赵涵波低下头又抬起头来。这次是他自愿仰起头的。"你说你偷窃了？"陈懂得说。何必明点点头。他这次满意陈懂得的问话，他听出话里满含的期待。巡河人有些看不下去。她二十年在河上，她讲了二十年的故事，他一直恭恭敬敬听她演讲，二十年的故事足以让一个人断了偷窃之念，他又不是一个不可理喻的人，故事没有一个不是正能量。陈懂得的交流方式虽值得商榷，但出发点是好的，因为她从中看出他的善意，他没有按何必明的意图往下进行问话。陈懂得也选择坐在了赵涵波对面。这样看上去就像一对朋友交谈。赵涵波缺少自信的样子很让陈懂得瞧不起，但这不影响他对事物的判断，他没法相信他是一个偷窃者。他在河上没有二十年，但也待了足够长的时间，不论出于什么目的，时间会让他把许多事情看明白，渔竿属于垂钓人的，一个凿石人购买一支昂贵精美的渔竿，怎么讲也不符合情理，正如垂钓人要拥有一只上好的铁锤垂钓一样荒唐。这么不堪一击的人他平日很少见。除非他确是做了盗贼在人赃俱获面前理屈词穷，只好认罪。他只去垂钓，认知河就好了，这样的人本来就不该陷入利益的争抢中。"他没有偷。"与他一阵交谈——更多是他说赵涵波默许——陈懂得作出结论性的判断。"一切所进行的都是多余的！"巡河人反对。何必明又取出账单对照。"上面明明确确写着是十支，他只拿出一支，而且还说是不可能，荒唐！"何必明发誓赵涵波是一个偷窃者。他把目光移向听他说话点头的那部分人寻求支持。

赵涵波的目光从与陈懂得的对视中移开，紧盯叫喊的何必明。"你是不是要说话？"陈懂得说。他采取的方式成功了，他再不是低头不语了，赵涵波的目光起初是游离的，现在变得有了某种进攻性。陈懂得兴奋地笑了。他把一个冬眠一样自认倒霉的垂钓人唤醒，要开始陈述自己的不幸了。赵涵波怒目而视。他眼里只有何必明，没了其他人。"我要你说话！"陈懂得说。由于愤怒，赵涵波紧咬牙齿，脸颊通红。他要上去撕扯何必明？陈懂得由于对他的举动把握不准而恐慌，赵涵波伸手向何必明，陈懂得惊慌之后安静了下来：他只拉了拉他的手，然后松开。他走过去，与何必明并排站下，眼睛看着大家。"你这是干什么？"陈懂得不解了，简直有点像在嘲弄在场的人。"你该澄清事实！""没有！他没有偷！他是一个正直的人！"巡河人嚷道。赵涵波摇摇头，说话了："是我偷的，我知错！它们在屋里好好的，我有了这么个怪念头，回去拿了出来。我不该怀疑他。从一开始我就觉得他是一个热爱河的人，所以我邀请他和我住在了一起。人不该怀疑一个朋友。那些渔竿渔网有多少人想偷窃！他一直照管它们。我错了，我把它们拿出来。是的，现在由他看守，我不放心，说我偷窃完全没有错。我没经他同意，偷着拿走，今天遇上了他！他要拿回去。我不该夺抢！"众人不相信自己的耳朵似的听着的。他是贼？贼沮丧地陈述。何必明脸上露出笑意。赵涵波摇摇头。他很痛苦。"你们大概不知道，我在河上坚守了二十年，我和一般的垂钓人不一样，我在钓河。这一点我十分清楚，从来到河上那天就明白，我熟悉每道河汊如我的肢体。我最近三心二意了，我知道我错了。河上有那么多爱河如命的人。他们想弄死我。这没错。任何一个有新的认知的人都想弄死他的前辈，不管怎么说，我在河上二十年了，弄死就弄死吧，反正人是需要理解的。他们想吃鱼，鱼还想吃他们呢！哈哈！没人知道这一点。那根渔竿他要吃了，吃了他就变成一把大铁钻了，那样任何石头都挡不住他凿了。这条河是世界上最大的河。认识了它就等于认识了海。我每天不得不忙于研究，为什么呢？他们要弄死我，我离开家，到了河上，不管怎么说，我没有浪费了时间，认识河是需要时间的。忠诚也一样。我要拯救这些渔竿，还有那些渔具。他凿石头要这么多渔竿干什么？我要告诉你们一个秘密，渔竿会说话的。它天天与河水交谈呢。我要揭露一个真相！渔竿是不能凿石头的。他要联合它们，恐怕已经不行了。我有河在。你们看到了，河在浩浩荡荡流。这就足够了。他要把河流凿一个窟窿。可能吗？在这儿渔竿也失灵了。它不会告诉他河说了些什么。不仅我知道，我也要让其他人知道，其实他们许多人已知道，河是多么丰富！他在'再一下、再一下'中凿'哗——啦、哗——啦'的浪波。既然都在这里了，就让他明白，他要凿河。"

在听的人面面相觑。他说话的口型证明他说的完全出于他之口。可话听起来那么玄乎，并承认自己是盗贼。有的人认为他偷了渔竿，现在被抓了，他认可，并要道歉。有的人说他远远没这么表达，他说渔竿是他的，是何必明要毁坏它，他才有了那疯狂的举动。陈懂得原来蛮有把握可以听到他清楚的陈述，现在有些丈二和尚摸不着头脑了，他要强调他重述，再认真听听，可被他颠三倒四的话弄糊涂，不愿再被折磨，摇摇头没再吭声。何必明第一次听赵涵波如此讲话，他怕他疯了，真的有什么出格举动，比如像一个疯子持刀行凶，那得到财产，即使整条河，没了生命又有什么意义？但他听出，他不仅有财产，而且有财产后面更大的财富：他对河了如指掌，即河里的鱼虾储量、储存活动区域、矿藏，都掌握，这是比渔具大得多的一笔资产！以前怎么能因小失大，抓了小放了大？他毫不客气地指责自己。怪不得他丢开那些渔竿、渔网心安理得，像弃如敝屣不去上心！他把这些财产让出来，给了他，他日夜忙乎在河上，原来是欲擒故纵，迷惑他，玩声东击西。他一再说他要用凿子凿河流水波，这不是在嘲笑他？他把他带来，与他一起居住，就是为让他对河视而不见，以为得到渔竿、渔网就如获至宝，他却在那里"暗度陈仓"！

巡河人更是一头雾水，他把她对他二十年的认识彻底颠覆了。她讲了一辈子故事，每次尽夸大之能事，现在看来，没一次是成功的，因为他的讲述更让人不知所云，而这正是她每次竭力避免出现的效果，她讲述得到什么了？今天，他，赵涵波什么也没讲，又什么也讲了，他讲得玄而又玄，让人知道了什么，又一头雾水，什么也不知道，他是从哪儿学来如此高超的讲述技巧？赵涵波讲的全是虚实相间，若虚若实，虚实相生，一会儿虚，一会儿实，虚中有实，实中有虚，这更显得真实，又能吸引人。他曾经说他从不讲一句假话，事实上他讲话假话连篇，他不仅以假话取悦听众，而且阐明事实的真实性。过去她一直以为他是她的一个忠实听众，今天才感到他是真人不露相。

赵涵波恳求大家提出意见，纠正他以后的行为。他讲出请求后用眼光征询众人答复。所有的人都沉默着。不过，这并没影响他的情绪，他反倒喜欢人们这时沉默不语的样子。这中间会给他留有很大思索余地。就连何必明也不言语了。这很好。他从一开始就希望他闭嘴，甚至把他赶走。他双眼盯着他看，这让他很反感。不过没什么，他是一个正直的垂钓者，他已经尽职尽责了。谁应该感到惭愧？他不是完美的人——任何一个人都不敢说自己是完美的——但一直在努力。如果河流断流了呢？这是他最担心的，但人不能在一群不明真相的人面前讲出只是猜想的话让人们惊疑，造成恐慌，为此他笑了，这些人是应受到鼓舞的，这也是他的责任。这是一群可以理喻的人。"我像喜欢这条河一样欢迎你们在河边听我讲述，"他冲众人点点头，尤其是何必明，他特意冲他微笑了一下，"我不会仅仅为一支渔竿斤斤计较，如果你们知道我在河上二十年做了些什么的话，我不是一个小偷，你们一定会明白一个在河上垂钓二十年的人的情操，小偷？哈哈！河太有魅力了！它二十年与爱它的人和睦相处，我成了它的朋友，它时刻在证明他的诚实。刚才我还在判断自己的行为是否有违背河意志的地方，现在我仍在考问自己，但你们要相信，我没违抗河意志的主观。我多想要求大家，不要这样面对我，像围观一位讲述者听讲述，而要面对河，哪怕一刻钟，恭恭敬敬站着，向河致以最崇高的敬意。何必明是坏人吗？谁敢说他没有凿一道浪波？他今天的样子就像那个凿河波浪的人，显得十分固执。他与我争抢，他在争抢河！这就对了！我向你们道破他的目的，但他是可原谅的。他同样爱河。一切与我和他持不同态度的人都没资格说他的坏话，我在替河说话。请你们相信我，我现在恨这支渔竿了。它损害了我与他之间的友情。我的心情坏到极限。渔竿不是河，是用来和河对话的媒介，我才是河。"他说完，过去抓住何必明曾紧抓争抢渔竿的手。何必明似乎抓抢渔竿变得不习惯缩手，他正要用力抽回，结果他没与他争斗，只是取过来，似嗅似吻轻轻举至嘴鼻间，然后放开。他显得很激动，摇摇头，眼里充满了泪水。"是同样的一双手！"他说。所有的人目瞪口呆，不知所云。

"你太激动了，平静些。"陈懂得说。他还从没见过他流泪。巡河人有些妒忌，因她二十年的讲述，尽管他听得认真专注，但从没见如此被感动流泪。"难道我与你在河上二十年不顶他与你一次渔竿的抢夺？"巡河人严肃的语调有了明显的不满、愤怒。她同时被自己二十年如一日的讲述感动了，说话时眼里也含有泪水。"我讲了二十年啊！"周晓得说："你为什么先前一直低头不语，垂头丧气？"他的这一好奇没有被刚才他的眼泪夺眶而出这一变化代替消解，他是一个打破砂锅问到底、一件事未搞明白从不罢休的人。赵涵波摇摇头。他的问题太无聊了。他是想清楚他由默不作声到认真严肃讲出他的想法是怎么开始的，为什么要有了这么大的变化，在场的人，有清楚的，也有糊涂的，让糊涂的人满足，重复的解释显然会让明白的人烦腻，他选择了不予理会。明白的人点点头，他们示意赵涵波讲下去。任何听述的人，都有聪明者与糊涂者，在某一跳跃性很大的讲述中，不是所有的人都能跟上思路，白白浪费大家的时间本身就不道德。没迁就的必要。赵涵波稍做停顿又开始阐述自己的见解，他几乎是不遗余力，做到细枝末节都阐述得一清二楚了。他的讲述巡河人听得最认真。她一直与自己的讲述能力做比较。在她听得忘乎所以时她搞不明白他的能力是怎么达到的，尤其阐述观点，简直达到炉火纯青的地步，没一句多余之言。在讲述中，人们曾经谅解了凿石人的举止行为，可又不去饶恕，因赵涵波一度表达了他的愤怒，他的情绪会直接影响到在场的人，因为他已把听众征服了，尤其他激昂慷慨的表述，没有一个人怀疑他会讲不真实的话，只是他喋喋不休谈河让大家厌烦，因为人们除了听讲逻辑严密的故事外只盼望对河分得一匙羹，与河的感情他们从未有过，也不想有，更不想听。大家对他的兴趣，只是等他表述要离开谁、最后与谁合作这一结果上，此时的兴奋，混合有利益与乐趣。

何必明生气了，他一声不吭盯视着赵涵波。他把在场的都看作潜在的敌人，而此时他们成了统一战线，至少表面如此，这是他难以忍受的。他原意要立刻赶走赵涵波，此时他哗众取宠，居然博得了同情。一个垂死挣扎的落水狗，竟要上岸！要说还有软弱无能的人，赵涵波便就是一个无人不可欺、不该不欺的人。他软弱得让人不得不失去道德的风范！但他的激昂慷慨对他来说不是坏事，他如丧考妣，他则沉着冷静。这本身就很具说服力：只有强词夺理的人才会暴跳如雷。他的沉默不语是得大自在。巡河人越听越糊涂，他再高超的讲述，也不能玄虚到让人百思不解的地步。本来这种场面应该出现在她讲述故事之下，她有些生气，今天他有些喧宾夺主了。她应像许多电影里用胶带封粘被捉的特务嘴巴的方法封粘上他的嘴巴。一个只懂垂钓，别无所长的人，这么滔滔不绝，大言不惭，应该受到惩罚。由此她有点拳头痒痒的了。为什么他要和何必明纠缠不休？他一开头就喊要赶走他，他的容忍让她匪夷所思。他的缄默不语让赵涵波有了可乘之机，他像打开了话匣，大放厥词！正像他所述，或许凿石人就是他的同伙，他们的理讲不清，属于清官难断家务事。他应该得到制止！这不仅因他讲得玄虚让她越听越糊涂，更主要是他会取而代之，从此人们对听他讲述感兴趣，而她要被边缘化，甚至沦为听众。

"他怎么会偷我的渔竿呢？"赵涵波冷笑着，他的"再一下、再一下"凿石声连绵不绝，始终响在"哗——啦、哗——啦"中，正因此，他才招他入住，他们是同伙！刚才的抢夺，是他比他更爱惜它，他怕在他手里被毁坏，怎么能谴责？他走到何必明前，想深鞠一躬，但被他面前的渔竿挡住了：他把渔竿一头横在他们面前，另一头被紧紧抓着。他太爱惜它了！他的判断是准确的，和他一样，他的生命在河里，只要河水不枯，他们的生命就不会枯萎。没有河流人活着便没了意义。每个人都悟到这一点了吗？事实再一次雄辩地证明他们选择的正确性。在场的人除了他和何必明有几个活明白了？他哈哈大笑起来。在场的人在这个意义上都是行尸走肉。可怜的人们，一个个徘徊在河岸，自以为是——这正是他们的愚蠢所在——不知始不知终。何必明与他抢夺渔竿，他们以为是自己的财产遗失了，都参与其中，岂知他们是为保护渔竿发生了冲突。最好的办法是什么？被他指认的河湾他们都去尽职尽责看护河。可他们从不懂这个简单的道理。要是在河上守候二十年就好了，时间会改变一个人的观念、认识。一切抢夺都是来自欲望。要是没有金钱的概念就和平了。推而广之，战争也是发生在利益冲突中。人们总是摆出一副正人君子的模样，其实满肚子男盗女娼，不懂得利益之上的东西，就不会知道利益以外的高尚情趣。假如何必明真的是一个抢劫犯呢？谁会站在他一边？尤其是他来阐述自己的见解前？高尚的品德不是人生下就带来的，它是修炼的结果。与河相处需要高尚的品德。他坚守在河上，也练就了这种品德。河是高尚的，所以要求与它相守的人也是高尚的。日夜纠葛在利益上人就会变得短视，如在场的一些人。他想不起来曾淘汰过多少人！他们固守在利益上，所以，利益像张渔网，他们被裹足不前，永远锁在利益的网里。就这样，还有不明白的人，还往网里钻。谁能逃脱这一结果？他不会和何必明争夺，也不会和所有人争夺了。他有河。

赵涵波泰然自若坐下来，这让在场的人一下难以接受，他们企望他继续滔滔不绝地讲述。陈懂得说："我可以牺牲一些时间。"他认为指认河湾的事可以放一放，这样的聆听对劳累一天的休憩不是没有裨益的。巡河人这时认真起来，她不确定赵涵波是理屈词穷，还是在准备厚积薄发，进行又一次的精彩演说。周晓得和黄鱼仔一致认为该去认领河湾了，他们担心那里的鱼虾会游走到上游或下游，而一旦认领了它们会变成瓮中之鳖。背篓的人既希望听到新的故事，又渴望得到新指认，所以对赵涵波泰然自若的样子既没谴责之意，也无赞许，但一直坐着让他们乏味，他们有大量的时间，但忍耐他们很有限，他们很少，或从未有因别人虚度自己时日的习惯。巡河人几次欲言又止。这么多人的期待，是她一直渴望的，赵涵波这么浪费资源简直是造孽！何必明摇了摇头，他对他的认可，使他安慰，但这么堂而皇之坐下，旁若无人的样子，这是对在场的人，至少对他是一种挑衅。太放肆了，竟敢不管不顾讲述后置他于不顾，或许很快又会滔滔不绝地讲述。

一些人挨赵涵波坐下。他们希望他去给指认新的河湾，他们认为故事再听也是重复，与他亲近比专注听讲更具实际意义。黄鱼仔也有同感：利益高于一切，听讲述的最终目的是让他如讲述一样痛快指出河湾的藏储，一切都是交易，从未有无端的牺牲，包括时间。周晓得示意赵涵波的选择是正确的，他赞赏他坐下来休息，并且，从一开始他就传递了自己对他的顺从，他企望他的意图得到他很好的理解，当然希望他始终把他看作是一伙，这一点他应该明白。陈懂得的关注点此时在他属下的人，他们必须依靠他，不通过他，他们将一无所获，在与赵涵波的指认中，他始终是桥梁。你们为什么直到今天仍是一无所有的背篓人？就因为没有过早认识我，依靠我，要是早早依附了我，你们的命运早已改变，他一直向他们传达这样的信息。巡河人说："我是巡河人！我命令大家各守其职！我有这个权力！"她把这句话当作了一次总结。她说完就用眼神盯着在座的背篓人。当赵涵波想再次讲述时，她打断了他的话，至少她是这么认为的。何必明表现出厌烦的样子。"是该走了，说得对！"他率先站了起来。

这下赵涵波坐不住了。其他人的举动他很少关注，可他的同伴竟口出此言！他本以为得到他的认可他会感激不尽，没想适得其反，不能说恩将仇报，至少他没有领情。他扭头审视着何必明的表情，判断他的忠诚有多少在其中。他是说了："是该走了！"他必须明确这一点，这对他以后如何待他至关重要。人的友情多少是靠不住的。推翻一个认识，重新建立新的认识，这需要许多经验的类推，还需对河的重新考量。他似乎从不认识他，像初见面。"我们可以另择时间、地点！"巡河人说，赵涵波可以说坐失良机，她再明白不过地告诉他今天属于他的时间结束了，她在布置她的下一次讲述。赵涵波的讲述太精彩了，这一点让巡河人难以磨灭，她把声音提高到八度，看看周围的人，看他们的情绪是否被她从赵涵波的讲述中引领过来。陈懂得突然鼓起掌，他领会了巡河人的意图。他的举动引起巡河人质疑。她猜不透他是出于什么目的，真诚成分有多少。巡河人没有继续发布命令。她想看看她的话在在座的人中有多大威慑力。她担心赵涵波再一次开始讲述，他的讲述已证明他有高超的讲述能力，于是她就以极高调的口气说："看来你以为人活着就是为一根渔竿，这样不是太可笑了？云、雷、河、海与龙是什么渊源？"赵涵波征服听众是讲了玄而又玄的话，她应道高一尺，魔高一丈。一贯专注听她讲述的赵涵波俨然以讲述者自居，对她的话充耳不闻，让她恼火。她冲仍在麻木不仁、毫无表情的赵涵波喊："你是要成心砸我的场，你以为没人与你抢夺你的渔具是不是？"

"你在说什么？"何必明瞪着巡河人，她显然要成为他的第二个竞争对手，话里不仅有掠夺的含义，还有责备他在里面，难道属于他的财产人人都要垂涎三尺？本以为财物锁在屋里安全了，现在他感到了它们的危险。赵涵波没有参与他们的"论战"，又一次垂下头颅。在场的，谁是他的同伙？"你认为我不具备讲故事的能力吗？"巡河人说着抢过何必明手里的渔竿要愤怒地折断，被何必明夺了下来。她想再次夺过折它，以表示自己的愤怒程度，但停下来，她只要赵涵波明白她的态度，并无真要折断渔竿的想法。她把背篓人一个个拉过来，让排成队。她是巡河人，包括他、赵涵波，她都有权支使他们，只要她愿意行使权力。她对周晓得、陈懂得、黄鱼仔颐指气使，要他们听从她的指挥，也都站起。每次围众多了，她都有指挥他们的欲望，尤其像出现赵涵波这样不听从她命令的人或局面，克制这种权力欲相当困难。在陈懂得等要站入队伍，她挥挥手，示意他们坐下来，她只要一种人们服从她的感觉就够了。赵涵波算什么——尽管他进行了一场精彩的演讲，在她没有讲述时——她只要让他闭嘴他就得哑口无言。她咳嗽一声，开始对赵涵波训斥。

虽然坐了下来，但周晓得、陈懂得和黄鱼仔不无专注地听巡河人训话，尽管她只针对赵涵波。她说赵涵波有什么了不起，目中无人？几人点头。巡河人又一次从何必明手里夺下渔竿，愤怒地指出："我可以把它折断，只要我愿意，你信不信，如它一样，我要你走你必须离开，是吗？"她做到了话语如表情一样严肃、有威慑力。她要进一步询问他目中无人的动机，她要顺藤摸瓜，解决他思想上不认输的问题。对她的讯问，赵涵波只是点头，他不是在克服自己狂躁的情绪，是压根没了火气，这一点让巡河人看出，她对自己的讯问表示满意，但对赵涵波的训话并不能因此结束，她要做到让他心服口服，这不仅是一次对她的挑衅，它涉及以后她在河上管理的威严。为了让她满意，赵涵波几乎是她说一句，他应诺一句，并不断点头。他不清楚她哪来那么大火气，但没关系，它不影响他对她的服气，他也一贯是言听计从。常年在河上垂钓，他已习惯了沉默不语，此时，他更是一言不发，如认真倾听河流浪声听着巡河人训话。对何必明他不会是这个态度，他们有时会争吵，因为他们志同道合，争吵是某种形式的讨论，而对巡河人就另当别论了。

"你不应该是这个态度！"巡河人的要求更加苛刻，她讲述，他点头，她很难确认他心领神会了还是应付差事。"我知道。"赵涵波说。"你知道你今天之所以到今天，是听了我二十年的故事的缘故吗？"赵涵波摇摇头，但接下来的话让巡河人没有发火："还有你的言传身教。"巡河人终于一眼看穿了他的所作所为：他只不过是失去了渔竿为发泄一下讲了那么多话，危害她是他无意之举。但原谅他吗？她是巡河人，这是她的选择。在之前她把所有的人都看作是狡猾多诈的，赵涵波今天的表现改变了她过去的一些看法。他的激昂慷慨可以理解为某种无助，他要是胸有成竹，他不会讲述不止。从她的经验看，他不具备抵抗她的能力，也没这个勇气。"那你还争夺这支渔竿吗？"她只是考验他对她服从的程度。赵涵波点点头。它与他的关系，牵涉到的是何必明，与她无关。"你要争夺？""是的。因为它是我的。""要是我不让呢，我要把它送给别人呢？""我是错了。我偷窃是不对的。请原谅。"他说话又颠三倒四了，这或许是他的魅力所在。巡河人摇摇头。但必须予以揭穿，因为这种虚虚实实的话里总有种蒙混过关的成分，而它所造成的神秘感曾是威胁到她讲述吸引力的地方。"哦！你不清楚。"巡河人摇摇头。"你干了些什么！"赵涵波惊慌地找渔竿。这时他才意识到渔竿不在了自己手里："我的渔竿呢？"它刚刚还在，现在不翼而飞。巡河人比画着，把渔竿又一次拿在手里举起。她也要耍一下垂钓的把戏，只不过把渔竿当作了赵涵波日常钓鱼的诱饵。她预期很高：他会一下扑上来抢。巡河人手举渔竿，克制着自己因期待而紧张兴奋的情绪，如一个垂钓者观察到鱼将要上钩时装出无动于衷的模样。期望马上要兑现。赵涵波伸手了，他上来要拿渔竿。这是预料中发生的事，她很满意事态向这一方向发展，引而不发，像垂钓故意挪钩吊鱼的胃口，她有时间。假如以前每次演讲有这样一个前奏就好了。她比他高明，从众人惊诧的表现就可证实这一点，他的演讲，要说高明，纯属偶然。他这里则有足够的智谋。"你为什么要拿这支，不拿其他的？""每支我都喜欢。""什么？那么说没错，你还有几支？""垂钓不能只有一支渔竿。"巡河人交叉起双臂，他简直如预先导演了的演员，每一次回答都超过了她的期待。她玩弄了一会儿渔竿。"嗯！说得没错，垂钓是不能只有一支渔竿的。"赵涵波一脸的真诚，很容易吸引了大家。尤其渔竿出现后，他的表情是主人见了失物失而复得惊喜的表现，这样就没什么可拖延时间的了，即使引诱说出另外的几支，情形很严峻，她时刻会沦为一个游手好闲、拿别人的痛苦穷开心的人受到责备，多余的渔竿即使出现也将毫无意义。

"你卖过渔竿吗？"

"笑话吧，卖渔竿，一个爱河如命的人？"

"那你怎么生存呢，不！在河上二十年怎么过来的？"

"二十年？这条河，就河水，二十年是喝不完的。"

巡河人觉得继续问下去会很危险，因为他的回答不仅专业，坚定，而且头头是道，并有虚实相证又出现的苗头，而他刚才占了她上风也正因如此。为了表现出巡河人的气度，她温和地笑了笑，也想卖弄一下她的涵养与能力，"天上的云是要落在河面的"，她说了一句同样让人丈二和尚摸不着头脑的话，说完，装出若无其事的样子，但她留意着众人的反应，一个优秀的演讲者每句话都会在听众中产生影响。赵涵波皱皱眉，嘴角抽搐一下，露出失望的神色。巡河人从他的表情得出她这句话没得到他认可，并有否定意思的结论，为了不在众人中造成负面影响，她立刻转变话题，再一次把话题引到何必明身上，并且以讯问的口气指责他最初带他到家居住的过错。她的样子是居高临下的。但她装得不明原委，只是道听途说，她只希望他说出真相，她取过何必明手里的账册展开让赵涵波看了看，但立刻又合上。她要他如数点出他渔具的数量，如账册一样，但不去看账册。"是你的你应该数得出来。"

"是我偷盗的。"赵涵波又垂下了头。

这是巡河人最不愿意看见的。它有某种效果，他是真诚的。真实总是能打动人，有它的魅力。她挑挑眉毛，似乎是出于一种习惯，但她是格外留心在场听众的反应。确定听众在他们对话中游离判断站哪一方，她马上进行第二次进攻，追问他怎么离开，为什么渔具全在何必明手里，他将如何看。她要给他致命一击。因为他今天处处占上风，在场每一次张口总达到一种哗众取宠的效果。"你确切地说，谁是小偷？"

赵涵波惊骇不已。又出现了盗窃？那些渔网、标本放在屋里不安全了？他之所以出走得无忧无虑，就是因他的朋友何必明是他唯一放心的人，他在恪尽职守看护它们。"它们一直在屋里，并且上了锁！"赵涵波立刻抬起垂下的头，口气坚定、坚决。

"你说上了锁？"

"不！还有一道更安全坚固的锁，我朋友何必明！他一天二十四小时为我看管。没给人留下任何可乘之机！"

"这是你说的！"巡河人说。她的姿态高傲、自信、居高临下，而且对对手不屑一顾。"事态的发展令人匪夷所思。一个垂钓的人除了垂钓任何讲述都子虚乌有；他的承诺一钱不值。讲话的魅力从何而来？见多识广！你具备这一点？不是我吹！一个在河上巡河二十年的人，什么稀奇古怪的事没见过、经历过？你不觉得你是小巫见大巫，你的喋喋不休，是班门弄斧？今天我讯问你是我的责任与义务。但我不允许你以一个巡河人的口气与我说话。你不具备这资格。你只是听我的故事，尽管许多年。你说他是锁，一直严格看管它们？你现在可数数你在记录里的所有数目了。"巡河人说完高傲地扬起头，她很有把握认定已控制了听众，人们会争先恐后伸拇指赞赏她讲话的干脆利索。陈懂得看看天空的日头，推断今天还有没有时间被指认河湾。他觉得巡河人是要得到大家对她讲话能力的认可，于是走到她面前悄悄说："我太佩服你了，你的每句话都是那么中肯，说到点儿上！"巡河人得到认可兴奋得满脸通红。周晓得已十分厌烦了这种马拉松式的讯问，早想离开。他已约好等候指认河湾的人，每次讯问巡河人都搞成一个会议，而这是她的权力，而耽误一个上午纯属浪费时间，他本想上去恭维她，但陈懂得抢先讲了他计划要讲的，灵机一动，他觉得指责赵涵波是结束"会议"的极好机会，于是他毫不留情地批评了赵涵波的粗心大意，并讲带来的损失。作为一个超常的演说家是不能因得到认可便沾沾自喜的，她要百尺竿头更进一步，表现出竭力回避这种认可的样子，做一个谦谦君子。许多人站起来——以为"会议"要结束——巡河人激动地招手致意，频频点头。这是二十年河上极少几次遇到的场面。过去他们显得太不可教化了。其实她讲的每个故事都是惊天动地的，是不可教化的愚顽阻碍了他们的理解力与水平。二十年她是怎么过来的？难道她是一个枯燥无味的人？如果二十年她只是一个苦行僧般的巡河人，那愿所有的人都遗弃她。可问题是她每天忙于处理河上复杂的事务，简直是日理万机。她心里只装着讲出来的故事？那样理解就大错特错了。一个国王只处理一个朝野的事，她如国王，但又事无巨细什么事都要她办，这条河之所以如此浩浩荡荡流淌，是因她忙碌的结果。她的每次付出都取得重要成果。不！哪怕费九牛二虎之力，只要得到她认为应得到的，比如一次认真听讲被消化，她觉得都没白费力。既然大家如此渴望并大赞特赞她的演说，她就不停息，为大家继续牺牲时间。

赵涵波始终处于质疑状态。他是一个共谋？这么评价是不公平的。他一直对凿石人的忠诚坚信不疑，他对他的愤怒指责，多是出于情绪，不是从本质上恨他。对！要让他们和解，这主意没错，他赞同，就目前来讲这是最好的主意。河是需要人联合的。为什么他给指认那么多河湾储量？出于联合！对于巡河人的指责他没异议，这是她的职责；可把他与何必明分开看，这就大错特错了。她的讲述影响了他的说明，这会削弱人们对河的认识能力，他是保卫河的中坚嘛！为什么不可以往后推推，诸如他指认了新的河湾，什么时候都可以，又把他与凿石人争夺渔竿的事混为一谈，绑在了同一时间。

巡河人忘记了赵涵波与何必明的争吵，围观的群众被她置为听众。今天聚这么多人，她不恨赵涵波多事了，现在她为讲述的主角。曾经怎么理解自己的讲述能力？赵涵波的一次歇斯底里竟被认为是超群绝伦的讲述？二十年在河上，她不仅是巡河啊！为什么不可以天天发生新鲜事？世界上的事本来可以理解为平淡无奇，也可认为是惊心动魄，就看怎么认。比如今天，两人争吵、争抢，是一件区区小事，也是一件大事；小，在于两人间；大，也因此——两个国王的争斗就是两国间的战斗，在一条河上两人何尝不是两个超级的国王？当然他们什么也不是。人要会讲故事。人还要会制造故事，比如今天。没故事就没了一切，在这条河上。他们的成就、丰富多彩的生活全是构建在她的讲述中。有时她也低三下四邀聚人们一起听讲，可人们只要听了一次她精彩的讲述就被吸引。由于她爱讲述生活变得有了意义。她不用遵守时间，这条河上，她说了算，遵守时间只属于听她讲述的人。

在巡河人兴高采烈、手舞足蹈的讲述中，赵涵波开始了自言自语。"我是一个宠儿。"他的思想回到二十年前，那时，河上几乎只他一个人。谁能等来这么多人在河上？从凿石人的"再一下、再一下"他就注意他了，他要凿开一条水道，这一点他很清楚。他举着渔竿不仅钓到河的秘密，也钓来这么多人的热情。他知道他们现在需要什么了。他们有不少愚顽者，但他有信心改造。他像对待河里的鱼虾一样对他们，终有一天他也会如掌握河湾的鱼虾储量掌握他们全部的思想，他们会得到引导。他不想卖弄对河的知识，人们可以通过感知了解那些艰深的理论，他坚信掌握理论需要时间，需要二十年在河岸的风吹雨淋，日晒霜侵。他也常采取引而不发跃如也的手段，启发他们的心智。他能讲得引人入胜，使听者五体投地，心服口服，完全归功于那一条条波浪上花费的时光、在时光里得知的河。在何必明背弃了他以后，他一直逡巡河上，并动员了更多的爱河者，皆为河的魅力。他不会离开河。人们对他即使有曲解误会也会在一定时间里冰释前嫌。一旦何必明恍然大悟，知道了解河与他握手言和是必不可少的，两人精诚合作，会使局面焕然一新，重放异彩。只要他站立河岸，这里就有了一座不灭的灯塔。他絮絮叨叨，不停言语，让不少人的目光被吸引了去。"我确认它们会服从他管理的，尽管他是一个凿石人，是的，我一直徘徊河岸，我离开我的渔具、可爱的渔竿了吗？我走在河上就没和河分别，我的渔网晒晾在墙壁，我的标本很好地保存在库房，我从不担心他会损坏了它们。你们想想，在一天凿石后，还要吃饭，我又背离了他，不变卖一支渔竿赚钱，怎么可能？他是为了填饱肚子，他不是小偷。既然离开，当初我们之间产生过的矛盾，我就不想旧事重提。我是担心它们，可担心与怀疑被窃不能同日而语。我一生没离开它们，我对它们的思念一言难尽，我从没认为它们没生命，我天天与它们交流，这对你们讲你们觉得不可思议。在我全部心神用于垂钓，他如尘埃遁然不见；在我需要他时，他的'再一下、再一下'悄然而至。我喜欢这样。你们之中谁有过如获至宝的感觉，我第一天与河相遇就是如此。我不相信世界上还有比河更值得珍爱的东西。何必明要说犯错，就是他一开始选择了凿石，而不是垂钓。他最初的动机是要商榷的。没想到他被它们的可爱征服了，他成了它们唯一的守护者。说他是搬起石头砸自己的脚有失偏颇，但说他在河与渔具的强大的吸引下变得面目全非，完全成了一个爱河人，成为自我的背叛者一点不夸张。他建码头，开河道，企图运送他自认为价值连城的石雕，他的贪婪让他厌弃了，与其忙得焦头烂额建一道码头，一支船队，还不如守护这些渔具，这条河，他这么认为，这一见解，是在他与渔具相守中获得，并且坚信不疑要照此走下去的。于是他天天与渔具相守。他再不能与它们分开，天天寸步不离。他通宵达旦照护它们。你们认为我离开大逆不道吧？我这样的人是不会背叛的，没有他，我敢放手不管？他要是有偷窃行为，在座任何一位都可与他为敌，他不会有半点机会。我还要说什么？他手里的铁锤、铁凿哪里去了？你们认为他是顾此失彼了，不！既然在河上，我就说一句与河相关的话：是回头是岸！他的石具刀枪入库了，他马放南山了，河、渔具是他的全部了。这条河，再不是他要建船队的条件，是他生命的支撑了。谁会去爱一个心中没河的人？他意识到这一点，所以他放弃了初衷，可以说走上了正道。他天天'再一下、再一下'凿石，心里完全是想着钱，凿一件石雕恨不得凿穿一座山，谁会与这样的人相处、共谋？他意识到他凿石时就已被人遗弃了，只是人们没吭声。他其实早就没了精气神，河可以作证，我明白。他不是自省的，他不具备这个能力，多年凿石他成了铁石心肠。他起初来与我相居也是阳奉阴违，他对我的尊敬，也是虚情假意。他天天盯住我的渔具、渔竿目不转睛。在我不在时，他偷摸那些渔竿，我就知道他心怀鬼胎。这些都是事实，既不是空穴来风，也不是我凭空捏造。我曾怀疑他，能否与我一直相守。一个爱河的人是排斥虚情假意的，他缺乏真诚。他把它们一件件注册登记，他是想将来按图索骥一件不留都占有。正因为这样后来他才感到自己的贪婪，并出现了痛改前非的局面。巡河人与他的友谊是从她天天讲那些骇人听闻的故事开始的，但不能说对他毫无裨益，它们潜移默化教育了他，使他意识到自己的自私贪婪是多么可悲、可厌。我不认为巡河人的讲述是白费口舌。她的讲述对他来讲恰到好处，适时、适事。她对他的改造几乎是唾手而得，一眨眼就改变了他。大家应该为他的转变欢欣鼓舞。他对过去的自己憎恨到什么程度，谁也不可猜度，但他对过去的他深厌痛绝，这一点不容置疑。他肯定是变了，这一点毫无疑问，你们都可看到。思想出现波动，每一个人都在所难免，人非圣贤，孰能无过？我不能言说他思想转变的来龙去脉，正像我不能准确地说出他是从哪一刻改变的。自古就有放下屠刀立地成佛之说。我同意这样的看法。为什么人的思想是一成不变的？人是人，凡是人，就不是一成不变的。如果那样这个世界就简单多了，没必要让我们绞尽脑汁思考了。何必明一开始就是一个爱河如命的人你能相信吗？菩萨为众仰慕的做人楷模这是无数人的看法，她的品行无与伦比，但它并不标志着她生来就是神，马克思都说凡人具有的品行我无不具有。坏人要是一成不变永远是坏人就会让我们不寒而栗，那世界就绝望了，还说什么改造？如果我说何必明是一个永远的坏人，我的意思就是：他是一块石头。"

"但他不是，我们相信这一点。他贪婪的想法如洪水猛兽，它引起人们的恐惧，但总被遏制了下来。尽管他改变了，但人们仍心有疑窦，甚至说心有余悸，没有放松对他的警惕。巡河人讲述的力量可以说是无限的，她强有力地改变、影响了他。众人对她赞不绝口，我在这里也要公开表明我的态度，我对她的故事百听不厌，我希望她天天讲故事，直到何必明彻底摆脱过去的肮脏思想。她的故事充满正能量。可以说在这条河上她的故事舍我其谁？对于还没改变对河认识的人来说，看看他的改变就会幡然醒悟，他的改变简直可以是当头棒喝：再不能执迷不悟了，行动起来，爱河、保卫河！我曾与他在同一屋檐下，我当然对他了如指掌。当看到他的转变，大家都会感到河的力量是多么强大。

"我的手下聚集了许多爱河的人。这些人曾经是河的祸害者。他们天天用心计在河上，像要把河五马分尸。这阵势令人骇然。自从来到河上，我就因之没有过片刻安宁。他们每一张嘴都大张着，时刻要吞噬这条河，他们喊：河！河！我恐惧他们。他们的举动愚蠢至极，但我要走入其中。人是可以改变的。河给了我巨大的勇气、力量。他的欲望可以改变、改造、引导，这正是我要做的。当人们发现除了贪欲，还有一个人在苦苦坚守，而且是二十年了，他们便静下来，他们想是他们错了，还是那个人错了。人们的无知是不可竭尽全力指责的，需要开导。人群中人开始分化、变化。我紧紧抓着不放，开导他们。他们找到了答案，于是有人对过去的群体愤怒，他们自我说服、教育，毫不留情地批判自己的过去，一点不妥协、护短。那个整体分裂了，不复存在了。有人从中怂恿，煽动，显得很徒劳。趁今天大家聚在一起，我把这个秘密告诉你们，以期理解。你们想必还能回忆起何必明，以及那个愚顽的群体的可憎的过去，我也想起，但一切都土崩瓦解，改变了。过去的何必明死了，我在与一个全新的他相处。每个人心中都有一个神圣的生命支撑，我的支撑是这条河流。请相信凿石人再不是凿石人，他是河的守护者了。我未来河上时从不知方向在何处。我认为人有光明的前途纯属无稽之谈。当你知道一条河的重要意义，情形就大不一样了……"

赵涵波意犹未尽的情绪消失了，他之前一直有话想说。悠悠万事，唯河为大。他从河上开始认识自己，河也是他的归宿，他时刻在说，除了河，他还有什么？一个应有尽有的人，往往是一无所有的人。许多人不是等候救世主一样在等待他的指认？在河面前，人们太可怜了，简直比作一个乞丐也不为过。俗话说，先下手为强，就教育河滩的人加入护河运动，他已经把工作置后了，必须快马加鞭工作，迎头赶上。对何必明，为什么要求全责备，那么苛刻？他再一次指出自己的错误，并表示要痛改前非。这种宽宏大量从哪儿来？河！是河给了他大度，要不然他也会和其他人一样，会斤斤计较，锱铢必较的。既然他离开了那里，就应把那里的一切交给他，疑人不用用人不疑，人不可能事无巨细，大包大揽，什么都事必躬亲。他要想办法分摊开这千头万绪而又意义重大的工作予众人，不是说，一花独放不为春，万紫千红春满园嘛?！

巡河人简直不相信自己的眼睛、耳朵。她的鸿篇巨制一开始，他就自言自语；她手舞足蹈讲述，他不但说得头头是道，而且声调低沉，很具感染力。更匪夷所思的是，许多听众被他吸引去了，人们貌合神离，她早看出这一点。她也试图自顾自说：既然赵涵波旁若无人的叙述吸引了听众，她并不比他缺胳膊少腿，她更会百尺竿头，再进一步。在她来说，再没有比讲故事更胜人一筹的了，她讲了二十年，任何一个故事，经她稍做加工，都是惊心动魄的大事，而它们很接地气，与他们的命运息息相关，在故事里，他们都可寻找到自己。自己的事情被另外的人讲出来，自己再去看，简直是触目惊心，他们会问那是他们吗？难道自己轰轰烈烈的经历，自己竟一无所知？她甚至可以把他们的真名真姓用于其中，她把他们讲到似真非真，似假非假的地步。她如一个竞技场上的选手，与赵涵波竞争演说，赵涵波道高一尺她魔高一丈。她在故事中加入许多插科打诨的内容，使其具有感染力，她讲述语调抑扬顿挫，并且模拟性极强，达到出神入化。

陈懂得与周晓得、黄鱼仔三人几乎是全部心神在听赵涵波讲述了。不过，他们不是为得到他的河的指认，他们是为了河，保卫河才如此专注听从吩咐。他热爱河不假，可他们更爱河，是有过之而无不及！这条河谁不爱？它是一条生命河嘛！他们不但自己认真听讲，还要动员他们的手下认真听讲，赵涵波讲的全是真材实料的"真谛"，这样的演讲应该每一个人听上一百遍。

何必明在一旁站着，忍气吞声听讲。虽然赵涵波对他的行为充满溢美之词，但话里话外，他怎么听感觉他也是个小偷。他不停地咳嗽，尤其在赵涵波讲到他一些看似正确、实则荒谬的所作所为、他将要被描述成一个小偷时，他更大声咳，这既是一种应和，又是一种抗议，他应和奉迎是为麻痹他好扩展自己的势力范围，他抗议是要在场确认他不是他所描述的那样，他是一个温文尔雅的君子，君子无所争。他与他一起居住，他明白他是一个一无是处的废人，只会垂钓，而垂钓在他看来于他要建立河上运输队等宏大事业计划毫无裨益，甚至可说一无是处。他指责一些人有偷窃嫌疑，那不是他，是其他人，或在场某一位聆听者，因为他与他一起，他坚信没犯一点错，他是完完全全迷惑了他，何况他是一个一无是处、愚蠢至极的大傻瓜，他不会看出他谋划的蛛丝马迹。他说有人企图占有这条河，结果没有成功，这是子虚乌有。他的图谋他从不知晓，他没成功也不符合事实，他已建起了码头。他说替他保管那些渔具，这不是胡扯？在他眼里，它们什么时候被看作与河对话的工具了？它们是钱，为此他才绞尽脑汁拿到了它们，并四处奔走变卖它们。他如他爱河，爱这些渔具？他爱河是因为它可以搞运输，建船队，从而谋求更大的利益，它们每一道河湾都储藏有大量的鱼虾、财富；他夺这些渔竿，占有渔具是因为它们有价值，有的为文物，可价值连城。他从来就没想，也没有听到河的声音，从一支渔竿得知一条河，从而联结了海，与海交流感情，纯属胡扯！这样的傻瓜只配投入河里喂鱼。当然要他倾吐完有价值的话。他跟他一起居住，他从没有"志同道合"的想法，共知共识河，可以说他们是同床异梦，占有河，然后让他滚蛋！这才是他想要的。对巡河人他是既防备，又要讨好的。防备是她有时候会看穿他的所作所为、是中立的，会站在赵涵波一边，讨好是他明了她的"七寸"：她只要人们专注于她吹嘘就可，而这么做完全是为自己的大业着想，他不能过早树立这个敌人。

为了使自己能坚持到底，且不惹任何一方，何必明采取了一个折中办法：面对巡河人、耳朵听赵涵波讲述。他这么做，自以为得计中，略略感到委屈。为什么不能做一个堂堂的男子汉？小不忍则乱大谋，这是他一贯认为的。于是，他对"堂堂男子汉"有了新的解释：不是有谁笑到最后谁才是胜利者之说吗？凡事不能忘初衷。他的初衷就是赶走赵涵波，占有他占有的。那怎么占有赶走？这委屈是非受不可。但他不委屈。因为他是为得到才暂且委屈自己。任何一项成功都要付出代价。一颗果实成为果实还要经过风吹日晒抗旱抵涝呢。巡河人容易对付，只要装作认真听讲就可以，至于是否在认真听她不清楚，也不去分辨，因为她一讲述开，就处于忘我状态，完全兴奋在自己的讲述中。他们只为道具。赵涵波的讲述需要分析，必须掌握他思想的来龙去脉。他的全部计划、事业全建立在他身上，知己知彼，方为百战不殆。好在他不是一个足智多谋的人，否则，他三心二意，他就会被识破。而从源头被识破，那以后相处就步履维艰了，要付十倍、百倍努力的弥补。在应对两人中，他还需警惕在座的人。每个人都虎视眈眈，可以说他是火中取栗。不过，他的专注就足以应付了，这种以不变应万变的方法，他屡试不爽。很清楚，每个人都有自己的小九九。当一个人怀揣鬼胎，他是很难识破、关注另外人的谋划的。人的精力是有限的，精力分配也是有限的。人在精力分配上，在顾此失彼时，往往会选择抓大放小。他不过多担心在场的其他人。掌握赵涵波的所思、所为，观察判断他的一举一动是重中之重。

赵涵波喊："行动起来！大家热爱河吧！"

赵涵波的高呼几乎惊到所有的人，因为每个人都在自己的梦中。陈懂得、周晓得、黄鱼仔面面相觑，陈懂得如梦初醒，下意识抓抓手里紧抓的渔竿。巡河人今天的讲述取得非凡的效果，每个人都严肃认真聆听了，至于渔竿到底是谁的，她早忘到九霄云外了。"还要听一个新的故事吗？"她谦虚、得意地征询大家意见。

不少背篓人摇头。可摇到半道，停止了。他们看到巡河人愤怒不快的脸色。何必明轻咳了一声。这回他是为讲话做准备。陈懂得觉得这时是他表达自己想法的最佳机会，如果巡河人开始演讲被打断，那样就不好制止了。何必明又咳了一声，他要填补这个空白，他同样担心留有的时间里巡河人接着开始第二个故事，如果任其讲述，那他要忍受至少一个钟头，他还急着去布置码头建设；如再打断，那就前功尽弃，之前她对他的认可会毁于一旦。"可以休息了，让赵涵波休息。"他说，他把球踢了出去，这样总比自己听厌了要走好。赵涵波摇摇头。他什么时候说累了？何必明这时不应该说这样的话，"你累了？"赵涵波向何必明扭过头。"对不起！我见我们的管家累了。"何必明狡猾地称巡河人"管家"。周晓得、黄鱼仔有了某种被忽略感，为表明自己的存在，他们几乎同时发声，但说什么，大家没听清，他们也没说清，重要的是他们在讲话了，那么多背篓人，都急着找他们要认领河湾。谁不想日夜守候在河、保卫这条可爱的河？"今天的讲述太精彩了！可惜我们的'管家'累了。"何必明不失时机地说，但一出口，他马上意识到多加了"可惜"二字，而它会带来非常危险的后果。他看看巡河人，好在她并没在意，但他看到赵涵波在推敲这句话，于是，为不留给他思考余地，他马上说："我们该为我们心爱的河做点什么了！"他知道赵涵波的兴奋点在河上。果然，他的话引得赵涵波赞许，他冲他点头。赵涵波是一个识河的专家，他二十年深刻得知河的奥妙，就在于他的专注，此时他又陷入了对河的思考。他很了不起，能把河从源头与海联结起来分析，得到常人难以得出的结论。他不仅在这条河上，他在所有的河上也可称独一无二的认知专家。但人们只认识他的皮毛。怀有名利感的人是很难认识到这些的。他的头脑怎么装得下那么多河的数据、知识？他几十年如一日在河上，这么说吧，是河注入他的生命里。那个何必明，只是一个凿石的，怎么走进他的世界？他是怎么迷惑了她，让她相信他是一个正人君子！梁上君子！她是巡河人，她不但识得河，同样识得河上的人，包括何必明。她是有丰富经验，对河、河上的人了如指掌，并且会讲出色故事的巡河人。从她来到河上她就没有寂寞过，她装有太多有传奇色彩的故事。究竟渔竿属于谁，她能一眼看穿，是赵涵波的，但他卖给了何必明，后来他后悔了，要赎回，但他不干，于是两人就争夺、争吵起来。她从中作了调停。他们俩肯定是同性恋，这一点她也一眼就看穿。为什么两个同性人住在一起？仅仅是同样的爱好？她持否定态度。这个也可编出一个惊心动魄、让听众神魂颠倒的故事。她已作了酝酿。渡河人她早想敲烂他的脑壳了。从他一进入河上，天天赤身裸体浮在水面，她就明白他在用他的肌体招惹河上过往的人。他的肌体公允地说确实很好。不然她早赶他走了，她是巡河人。可她什么时候动过不良的念头？呸！臭皮囊！她要是喜欢一个男人，她手里有大把大把男人追，她才不会呢，因为她是正直的人。换成另外一个巡河人就难免不利用自己的特权了。权力总是迷人的。陈懂得、周晓得、黄鱼仔是她忠实的员工，她始终没怀疑这一点。她每次动人的演讲，他们都一个不差、一字不落地听，仅这一点她就可以对他们网开一面。她已经很长时间让他们在河上游渡了。这样的权利以前她只给渡河人一人。赵涵波很善良，这一点她没看错，她可以担保，她每次讲故事，他都双手握住渔竿，一动不动坐着，专心致志，她断定他被她精彩的故事所吸引，因为她的故事太惊心动魄了。在场的人都应听从她的，当然应认真听她的故事。不仅因为她是巡河人，还主要因她会讲述。

　　大家都仰头听着。唯恐再讲新故事，巡河人没有，她讲述了她的看法、认识。她一字一顿的讲述给他留下难以磨灭的印象，何必明第一次感到巡河人不但会夸大其词讲子虚乌有的"大事"，还会讲理论。这是他始料不及的，也是闻所未闻的。他有点吃惊地看着巡河人，尽管他早有离开的打算。赵涵波显然也产生了兴趣，他点头，并且说："有道理。"陈懂得率先鼓起掌，他把她的话全部理解为赞赏，而"可以对他们网开一面"暗含的指责与不满他忽略了，或被他忽略了，周晓得也一样，也鼓起了掌。只有黄鱼仔用焦急的样子向河上张望。他用手指掐算时间。他说："四个钟头了！"显然他认为浪费着他的时间。时间对在场的人都是金钱。而巡河人大把大把浪费在所不惜。

　　赵涵波又要表达他对何必明的肯定，他这一想法还未出口就被巡河人敏锐捕捉到，巡河人为让每个人都听清，并留有深刻印象提高八度声调："我们肯定赵涵波对何必明的肯定！"陈懂得"扑哧"笑了。他感到这里的骗局。巡河人肯定为的是讨好何必明，他们两人在通奸这一点恐怕就连他俩都不知道他知道得一清二楚，她曾对赵涵波有过此想法，后来被凿石人勾引，她经受不住凿石人的勾引，与凿石人走到一起，但她要隐瞒，免除赵涵波的怀疑。为什么呢？她是管家，必须树立自己的形象。赵涵波抗议了，这也是他意料中的，他说："不是肯定，是本来的朋友！"陈懂得走到赵涵波身边，要他坐下来。他有多次机会要告诉他实情，但他始终守口如瓶，他怕引起他嫉妒。他曾不止一次地猜测，后来他断定他热爱河，是因爱巡河人爱屋及乌。他口口声声河、河还不如说是巡河人、巡河人。一个人在河上蹲守二十年简直是天方夜谭，没有一个心爱的人在身边，是一天也待不下去的。当然他没有流露，巡河人也是讳莫如深，可尽管他们深藏不露，但逃不过他的眼睛。他曾怀疑，现在才断定，他们三人是三角恋爱，越是从不倾吐，越是爱得深厚，如年久的陈酿。陈懂得拍拍赵涵波的肩，他在三缄其口后忍不住暗示了他，他要赵涵波趁早走出这个"三角区"，否则就会陷入不能自拔之地。可他的暗示没被赵涵波领会，他太愚钝了，看来他只懂得河湾、河湾的藏储，这就不能怪怨他了。

巡河人讲完以后一直处于一种满足的状态，陈懂得的暗示被她理解为制止赵涵波说话——这会影响她的表达——她挥挥手制止。没这个必要，赵涵波对她的演讲从来是百听不厌，他是多此一举。人没有一点自信不行，一个巡河人没这个自信很难领导一条河的人。何必明的沉默得到巡河人认可，在这个时候张扬会被人误会的，这是一种聪明的表达，何况他的行为没受到任何人指责，又得到赵涵波高度赞扬。她今天很高兴，一场意外的争夺竟变成一场很好的演讲，这是她始料未及的。即使是陈懂得、周晓得、黄鱼仔，他们也做到了认真专注，这很难得，她给他们讲述屈指可数，但收到的效果令人满意。由于她爱河上的每一个人了，尽管许多人还不屑听她演讲，但不是朽木不可雕，应该确信，人人都有可塑性，只要坚持不懈，都会在听故事中成长，是她的职责让她使然。

巡河人停止了讲话，因为她已满足了讲述的要求，但让她不参与有关河的事是不可能的，她是巡河人，这是她的职责。她说："可以了，可以了，可以走了。"这既是说大家再争吵没了必要，也是对一天人们听讲的状态的认可，还包含有对大家约束的解除。陈懂得扳指头数着，嘴里念念叨叨，似数耽搁的时间，也似计算还有几道河湾赵涵波未予指认。周晓得皱眉思索。他一直怀疑赵涵波谈吐中夹杂了河的知识，不少鱼群储量被泄露带过。黄鱼仔大声叫着。他觉得这不公平，他一直认定挤在前面的人听了赵涵波的指认，他始终没挤到前面，任何有关的消息都应一视同仁让前面和后边的人都听到。背篓的人也议论纷纷，各抒己见。"渔竿肯定是赵涵波的吗！"一个背篓人说。这赢得了大家点头认可，凿石人拥有渔具是如陆地可以行船一样荒诞。何必明再一次举起渔竿，昭示他挥舞它的熟练程度，没有常年玩用渔竿的功夫是不会如此娴熟玩用自如渔竿的。周晓得突然笑了，他想起他已掌握的河湾鱼储是最多的，不由得得意起来。在之前他一直认为他们掌握的数量超过了他。加上刚才黄鱼仔要求与他合作更证实他拥有更多财富确凿无疑。巡河人看到了周晓得与黄鱼仔窃窃私语，她认定是夸赞她刚才的演讲，今天不但听众多于往日，而且专注，所以她讲得精彩绝伦，由此形成良性循环，听众的专注刺激了她的讲述，她精彩的讲述又作用于听众。"没关系！我下次再给你们讲！"她冲窃窃私语的周晓得和黄鱼仔许诺。周晓得点点头——此时两人达成共识——巡河人笑了，她确信为点头是冲她而来。何必明审视着赵涵波，他是他唯一的敌人或对手，这一点他再明白不过了，他目光始终没离开他。他还有多少财产？这十支渔竿，而且是价值不菲的，他就被蒙骗了，他装着在河上流浪，现在，看上去仍是一个一无所有的人，但否认他，他成了穷光蛋？"我们不是一直在一起吗？"他企图拉近他们的距离，至少目前他们不能分裂。赵涵波双手垂着，张望何必明手里的渔竿。陈懂得决定离开，如果仍站在这里，新的指认会遥遥无期，他拉拉赵涵波，并友好、温和地冲他点点头，但赵涵波视而不见，他仍双目炯炯盯视何必明手里的渔竿。陈懂得发现这一点，他喊："还给他，把渔竿还给他！"由于生气，他的声音很大，他意识到这一点，回头向围观的人解释："对不起！我是说应该物归原主。"已得到指认的河湾，但又得而复失的几个人推何必明。在何必明与赵涵波之间，他们是认可赵涵波的，渔竿属于谁他们不关心，也不清楚，但他们得到了，并要继续得到赵涵波的好处，他们当然要站这一边。何必明被几个人挡在一边让他生气，他喊道："他哪是爱河如命的人！他在祸害河！"话音未落，他被扇了一巴掌，打他的人是一个背篓人，因为他觉得下一次指认他是第一个，为了得到一道丰腴富饶的河湾，他的立场应更明确，爱憎分明对他会更有好处。至于何必明，他既没河湾，也没报复能力，他不惧怕。何必明扛着渔竿生气地离开。等着瞧，终有一天胜败分出，他不会轻易让揍这一巴掌的。何况他目前已是最大的赢家。

　　"他走了！"巡河人摇摇头。只要有一个人离去，她就会感觉索然寡味，不愿再去讲述。赵涵波仍望着走去的何必明手里的渔竿，并喃喃自语。"至少应夺回渔竿，这不公平！"陈懂得说。"渔竿能够与河对话！"周晓得说。"至少是这支！"黄鱼仔由于生气，眼睛都红了。巡河人已兴趣全无。只要她失去讲述的兴趣，她便会对一切人和事置若罔闻，视而不见。"你不是口口声声要河吗，丢一支渔竿就怅然若失，怎么去占用、保护一条河？"显然她很蔑视赵涵波了。"还有什么恋恋不舍的？"陈懂得暗示赵涵波去关注河，放弃索要渔竿的念头。仍站着不动的赵涵波引发了巡河人高度的职业感，她愤怒了："滚回去！"这句话没首先引起赵涵波警惕，却引起了在场其他人的警惕：巡河人愤怒了，要行使权力！他们立刻上来，几乎是同一时间，七手八脚拉赵涵波走。赵涵波抵抗着，但毫无意义。他仍张望走远的何必明手里拿着的渔竿，被发现后的周晓得过来挡住他视线。"那应该是他的！"众人推赵涵波走后，怔在那里的黄鱼仔喃喃自语。

二十四

　　渡河人走来，许多人夹道欢迎。陈懂得、周晓得、黄鱼仔胸戴红花，肩披彩带，他已任命他们、每一个人是每一片河域的负责人——当然他们只是受聘——他们带领着各自的部下，跟在他身后。礼仪小姐已准备好了一切，马上要开张，由他来剪彩，他大步走去，后面随从许多，礼仪小姐已适时递过剪刀，他取过，看看河岸上围观的人，剪了彩。接着是一片掌声。人们高声呼喊，他向人们招手致意。他刚从河湾走来，把最后的规划敲定，还没喘口气，就来到这里。他希望坐下来，一起谈谈，随便什么，可他没时间，时间对他比金子还贵，万事俱备，只欠东风，他就是事业的东风，他剪了彩。这些人原来都是背篓贩鱼的，现在，他们一个个点头哈腰，甚至曲意逢迎他，要求让他雇用。人为财死，鸟为食亡，这是毋庸置疑的道理。他都要给他们工作，他是河的主人了。陈懂得、周晓得、黄鱼仔对他也是唯命是从，因为他们的命运掌握在他手里。他可以把整条河随意规划，比如他喜欢捕获，每道河湾便是一个渔场，他要建立旅游场所，河便是旅游场，巡河人干瞪眼，如果她再指手画脚，他可毫不客气赶她走，让她成为一个河道的保安也只是他一句话。一条河被垂钓人垄断，它是如他说认识世界万事与物的开始，现在在他手里，垂钓人就成了一个穷光蛋。他的能力他们无法企及，他们高山仰止。他们不是没有野心，是没支撑野心的能力。

　　在他看到河岸上走的人，浩浩荡荡流淌的河，河面上飞跳的鱼虾，想到一个个人被陈懂得三人笼络，三人所得最终被他占有，变成他的雇员，他的兴奋情绪达到危险的程度。每个走在河岸的人都是他潜在的敌人。每个人都有占有河的强烈欲望。即使背篓的鱼贩也想着背走整条河的鱼虾。他某一刻成为众矢之的，但他沉着冷静应对，不但一个个被各个击破，而且臣服于他，他很是佩服自己的才智了。通向成功的道路有多条，可每条道路的终点都是足智多谋的人走出来的。大家都渴望与他套近乎，热切地盼望他给他们以亲切的一瞥，他们不是出于崇敬，是他把他们打倒了，征服了，在他们成为俘虏的那一刻，也成了他脚下通往成功的道路上被踩的一块块石子。人们眼含热泪欢呼，不是看到了希望，是出于恐惧。

他很讨厌拥挤的人了。人们从四面八方拥来，要看他从彩带上剪下去的那一剪，他们要被剪落在哪一头。一个人单枪匹马太危险了，他给了陈懂得三人生存的机会，这样既不会害了他，也会被理解为一种宽宏大度，过分的自信往往会遭人嫉恨，在基石不稳时，任何举动都需谨慎。"大家好！这条河属于我，也属于你们！"他希望他们能听懂他话的全部意义，因他强调的前半句"属于我"，后半句显然是要笼络他们。人们根本不管他说什么，都向他挤来，他们喜欢的是场面，因为从来没有发财的机会，他们的经验是抱多大希望就有了多大失望，"应该高呼万岁"，这一招屡试不爽，他们觉得，至少不会招祸患。也许人们会轰他走，他干了什么？欺骗！他知道，但真的开什么花就结什么果？他们手从来是插在别人的口袋里的，但他们已经围攻他了，不反戈一击，他就会像被他打倒的垂钓人、凿石人以及陈懂得等头被打得稀巴烂，剪彩的就不是他，是某人，他顶多只是其中拥挤张望的一个。那些大人物为什么会头破血流？谦谦君子对残酷斗争无情打击一窍不通，他们不仅应反躬自问，而且应不耻下问，向被学习的学习，比如他。他常常是双目炯炯，对任何人任何事都百倍警惕防范。现在他是笑容满面了。他笑着，看着，是那么慈祥。他们担心什么？担心自己被解雇。现在愈来愈多的人向他投降，个个都俯首帖耳了。他们每张脸上都有企图。渡河人摇摇头。他很不满意他们这个样子。如果他仍然是一个渡河人呢？只要他沦落了，人们就可在他身上踩上一万只脚。也许在场的围观者有人正这么打算着。那个点头哈腰的陈懂得，谁能肯定他不是一个卑鄙无耻的小人？他想占有一条河的想法，停止过一刻？他由此望着人群里的陈懂得感到愤怒。他可不能对他们麻痹大意。但他要对他们装出信任，这是

237

一条拴狗的绳，任何一次成功的取得，都有一个圈套设在里面。他决定装得漠然、淡泊名利，如果他们惊骇不已，说明他们有诚意，要和他成为一个利益共同体；如果他们喜出望外，那他们就死定了，他一个也不会饶恕。

想归想，做归做，想把想法变成现实还有距离。他努力装得漠视成功。可围观的人欢声雷动，使得他无法冷静下来，更难做到让人看到他是一个淡泊名利者。他举目眺望，一副目空一切的样子，虽然难以掩饰的骄傲、自信中有了几乎不关名利痛痒的表情，但紧闭的嘴巴还是泄露出某种得意。所有的表演都显得虚假，因为他骄傲的头颅低不下来，梦寐以求的愿望实现了，难以掩饰心中的大喜过望。他是看到了一些人的惊骇，但更多的是不解与质疑，很少遗憾。人们的表情像是在说："为什么？为什么这样？"久盼的果实摘得应该是满心喜悦呀？！陈懂得被他的表情吓呆了，他若一拍屁股一走了之——他现在表现的就是这个样子——皮之不存，他们将毛之焉附？他也许会与周晓得、黄鱼仔联手经营，但谁能保证这些狼虎不如的人不进行互相倾轧？不能让他就这么一走了之。要他撑起这一摊儿。任何漠视财富的行为都要不得。为什么他对财富会表现得无关痛痒呢？他应该振作，不应丢下他们不管。他有退路吗？他如放弃，首先应把他赶走。渡河人摇摇头。一切皆在预料之中。

渡河人费了好大劲回到了现实。他万万没想到还是他一个人，他还在绞尽脑汁使计谋，巧妙地利用陈懂得三人为他做事。他知道他们此时在赵涵波那里，他们在一起时间太久了。

陈懂得此时在对围坐的人吹嘘他对河的了解，他可以站在河岸望一眼就知道河里会游来什么样的鱼群、数量、栖息多久，怎么可以把它们一网打尽。他离开赵涵波后就组织起了背篓人讲述，在与渡河人见面前、与赵涵波分开之中是不能白白浪费的一段时间，他觉得这时既可稳住众多围听者，也不给渡河人时间与他们见面，他们见面对他来说可能会有各种事发生，诸如他们串通一气把他抛弃了，因为每个人都是利益的追寻者，他的逻辑是：渡河人利用他，他是被利用的；可他又在利用他们，由此他可很好地把控两头，他不但可以利益最大化，他的智能也能发挥到极致。他在之中感到舒服至极。

周晓得是一个贪得无厌的人，离开后，他立刻召集事先约好的人开了一个会，他在得到的河湾上计算着不断要得到的河湾，兴奋得几乎讲话都在颤抖。他是三人中获利最多的一个，而且，另两个被蒙在鼓里，很大一部分所得他们一概不知。等他力量壮大，吞并另两人的河湾不是没有一点可能，时机合适，渡河人被取而代之也不是不可以。他要成为河上唯一建起的一家公司的董事长，雇员他要亲自选，一个公司雇养七八个美女职员也不是不可以，陈懂得、黄鱼仔如果听从他领导他可以给他们适当职务，如不听支使，他就立刻开销了他们。渡河人也在考察之中，念他曾为他公司开辟了一条道路，他要给他生路。鱼虾可以卖，也可以做成商品销售。凡是水产品加工，他公司应有尽有。陈懂得干得好，可以为他打通销路，做销售部门经理。

黄鱼仔一直坐在河边，他没有去招募人马，他是姜太公钓鱼，因为他的局面已打开。

三个人不约而同来到渡河人身边，该工作了。

巡河人本来要离去，但她想起了渡河人今天没有在场，觉得她有责任让渡河人明了今天她要讲的，又返了回来。渡河人经常一人来往河面游渡，这对他提高游渡技能有好处，可长期脱离群体，让她很担忧，据她的经验，一个长久离群索居的人，不仅会孤傲不羁，有时还会走向反面，自暴自弃，悲观失望，这些都是要不得的思想。她是巡河人，她有责任。尤其她讲的故事，他没有听到，这是很要不得的，他需要成长。而且她讲这些故事是费了很大力气的。趁他与陈懂得三人在一起，她可以让他们三人一并教育渡河人，因为他们不仅同在一条河上，而且成为了很好的合作伙伴。

巡河人望着远处已站在一起的渡河人及陈懂得三人沉默着。她担忧渡河人在没有听到她教诲之前就自暴自弃了，每个人都需鼓励，他今天在她很精彩的讲述中没在场。陈懂得坐在一旁一言不发，他在打着什么主意，他平日可不是一个沉默寡言的人。是不是需单独找来渡河人谈谈，补上这一课？但她担心陈懂得三人会疑心，她在平日表现得就比他们亲近，分崩离析要不得，现在重要的是团结，她是巡河人。她为渡河人担忧，但又很高兴，因为今天的演讲让她太满意了，渡河人补上这一课就行了。至于精彩的故事，精彩到什么程度，这完全是由她操控，只要他们认真听讲，任何惊心动魄的故事随口就来，这是她的能力。

巡河人蹑手蹑脚向他们走去，她有偷听他们谈话的企图。她拐过一个弯，绕道向他们背后走去，而且十分警觉地走着，就在这时，被同她一样警惕的陈懂得发现了，他的警惕与她不一样，他防备何必明与要带领的背篓人，巡河人防备的是他及周晓得、黄鱼仔。她尴尬地笑了："我舍不得离开河！"她这么说，不得不装着若无其事的样子走开。这时就有许多背篓人走来。她早听说他们中不少人掌握了赵涵波指认的河湾，许多人要放下背篓生意加入认领河湾群里，今天得到证实，每个人误以为她也是指认者，围住了她。她很厌恶这些蝇头小利的贪图者，但她还是很好地克制了这种情绪，装出笑意与和她打招呼的人打招呼。她是巡河人。要是每一个人都抱着听她讲故事的愿望称赞她就好了，那她可以一天连续两场地进行演说。她心里痒痒的，这已成了一种癖好，见了围观的人就想向他们讲"又发生了重大事件"，但她明确自己的目标，她要找到渡河人给他补课，当然，他们感兴趣围听那是最好不过了。渡河人不仅笼络了陈懂得三人，也掌控了三人手下的人群，这样，给渡河人一人讲，就等于给一群人讲了，他的人群已形成倒金字塔。她一边装着漫无目的地"我舍不得离开河"走，一边倾听河岸被三人围住的渡河人讲些什么：他在教导他们让倾听她讲述？他是在她"惊天动地""又发生大事"的故事里度过河上枯燥日子的。她听到的是河浪里夹杂的他的嗡嗡声。她摇摇头，浪太大了，或他声音太小了，这回她没怀疑他怂恿三人背弃她，因他还不具备对抗她的能力。渡河人讲得似乎很激动，这也引起她嫉妒，来自任何一处的激昂慷慨她都不能接受，那还要她干什么呢？既生瑜何生亮！

"她来代替指认！"背篓人群中有人喊。如饥民听到赈济者出现，一下拥了上来。哪张渔网捕捞的鱼不是鱼呢，人们几乎要把她挤扁。"大家听我说！"巡河人以讲故事开场白的口气喊，但声音被淹没，人们要的是"财富"，不是空气一样不值钱的话语，何况又是讲故事！"是她！""她与垂钓人在一起，与垂钓人一样掌握河湾的鱼虾！不要放她走！"巡河人被推来搡去，在"又要指认"中更加拥挤，她几次被挤得趴下又站起。本来以为是又一次的讲述机会，她被挤得喘不上气，被迫断了这念头。

这是渡河人布置工作的极好机会，在众人拥去巡河人边，他只就面向陈懂得、周晓得、黄鱼仔了。"这太好了!"渡河人把紧攥的渔竿——从得手他就片刻没离手——向空中画了一个圆圈,"让她去指认河湾鱼虾吧。"讥讽之后,他哈哈笑着。"任何人屁也得不到!""你说的包括我吗?"陈懂得立刻警觉起来,周晓得也表现出惊骇不已的样子。"请你讲明白。那样我们不就是十足的傻瓜了?!"他已做了规划,他的渔场从他得到的第一道河湾一直扩展到海边,那里还有丰富的盐储,创建一个盐场他不是没有想过。"她们会气得走掉!"周晓得由于绝望变作恼怒,他指的"她们"是计划中的事:他成了河的主人,许多女人会纷至沓来,他从没失去过对美女的兴趣。"说下去!"黄鱼仔俨然一副利益被侵犯的态度,逼迫渡河人解释:谁"屁也得不到"。

渡河人正要得意扬扬讲述,由于"大意失荆州",成了众矢之的,立刻刹住话题。他知道自己的想法泄露,眼睁得大大,一副瞠目结舌样儿,但他马上翻云覆雨,从得意变作沮丧,甚至眼含泪水。他伸手装出要掌自己嘴巴,但由于气愤万分双手颤抖没打到脸上,摇摇头:"大家都是我的兄弟,我不得不悲痛地说:垂钓人被凿石人控制了,他再不会指认河湾了……"他双手颤抖,嘴唇也颤抖。并且他看到了效果:三人目瞪口呆看着他。"就是这支破渔竿引起的祸端,尽管我已从凿石人手里夺了它过来,赵涵波要一支不落掌控,凿石人要一支不落占有,这支渔竿就成了事端导火索,尽管我已夺过来。我想你们每个人先前都得到了见证!"尽管他声泪俱下,但仍不忘偷窥三人的反应。三人点点头,这是他们亲眼所见,事实就是如此。三双眼睛由愤怒变作绝望,一个个沮丧地摇起头。在他"一切都结束了"的话语中,周晓得的女人走了,陈懂得的渔场、盐场悄然匿失,黄鱼仔也由"严厉"变成"乞求":"还有什么补救办法?"

黄鱼仔的乞求话音未落,渡河人就冲他点头表示赞许。他看看左右——两边各坐着的陈懂得与周晓得——也冲他俩点点头。他做了一个"让大家往一起聚聚"的动作,咽口唾沫说"补救办法"了。他一边说一边观察三人的反应,他给出的主意是,既然赵涵波这一资源断了,那就要承认这一现状。他说着停了下来,他太痛心了,这几乎是一个令人悲痛欲绝的消息,不仅对他,对大家都是噩耗。"我心都碎了。"他说,"可是,人不能就此倒下,那样,不仅别人,自己也瞧不起自己。

你们和我什么关系，是拇指与食指、手掌与手指的关系，这是我最痛心的。"他哽咽着，说不下去了。许多人盯着他，尤其是巡河人，他说，把他当作眼中钉，肉中刺，时刻要赶走他。他哽咽着抹泪。"我再倒霉，也有一技之长，我会游渡，你们呢？巡河人不会饶了你们，她有主管部门，她管理着这条河，她会根据上级命令送你们坐牢。因为你们跟我犯了河规。最好的办法是什么？这让我痛心……拿出你们所得到的河湾，把那些储量、品种如实告诉我，离开这里……怎么不让我痛心！那怎么办？总得有一个人承担所有的罪过。我是你们的长兄，有什么办法，由我承担，要杀要剐只由我一人来承担，河湾被指认，那鱼虾、矿藏就是赃物，他们是要追赃的，怎么？在我手上；在谁手里就要处置谁。我承担下来，解脱你们。这就是我要做的。我必须这么做。谁叫我们是兄弟、我是兄长！"

渡河人自始至终泪流满面，但他始终没忘记观察他们的反应。他的事实是虚构的，他虽竭尽所能把它讲得活灵活现，但他时刻怕露了马脚，因为虚构事实与事实间是有距离的，尽管他用尽能力讲得天衣无缝，自觉无懈可击，但总短不了被怀疑。尤其在故事里挟裹讲出的他的目的，他生怕露出破绽被识破，更是高度注意着三人的变化。在他声泪俱下的讲述中他未见三人动容，一度让他警惕，甚至恐慌，但经仔细观察他们无动于衷是由于情感的麻木——他们太注重利益已变得反应迟缓——随之反应过来见一个个要哭的样子，他笑了。这时，他赢得时间可以想想得到的财产、计算它们的数量让他高兴，在三人垂头丧气中——他稳妥地安抚了他们——他幻想河到手的状况。那是一笔多大的财富！更让他欣喜若狂的是它们唾手可得，全没费工夫。他在随便瞒哄了他们的同时鄙视三人的智商。他像一个双面人，面部表情是忧伤痛苦的，心里是欢欣鼓舞的。一道河湾如值十万人民币，三个人的三三得九道河湾就是九十万人民币。财源就此终了将是一件遗憾的事，可它会连绵不绝，随后进一步引诱赵涵波确凿指认，九九八十一，整个河流，那财富将数不胜数，滚滚而来。假如一条河流都属于他，那与之连续的大海呢？要说他的欲望是有限的那对他太不了解了，他的胆量生来就很大，可在新的所得随之培养起来的胆量呢？任何一个干大事业的人都是胸怀无比的，正如人有多大胆，地有多大产所说，财富永远与欲望成正比增长。他目前是身无分文的。可一张白纸能画美图，一只空袋可装最多财物。"我有什么？"他想到这里，觉得有必要告诉他们目前的状况，一个一无所有的人是不会与他们分道扬镳的，"我只背罪名！"他说。为此他又酸楚起来，但他为朋友背的罪名，为友两肋插刀，他虽遭杀头或坐牢结果也心甘情愿。"我就是这样一个人！"

一旁的周晓得唏嘘不已。他断定他是被感动了，他拍拍他肩安慰："凡事要想开，听我的吧，没错。"他琢磨在他手上的财富、鱼储、河湾数目。他手下三人，三人手下十人，三十三道河湾。周晓得与他做同一动作，用手掐算数字：他痛惜得而复失的河湾。他做了一个要抓住什么的动作，攥紧的是一双拳头。渡河人在紧张的一刹那接着笑了，这不仅是一个愚蠢滑稽的人，同时爱财如命。他的动作充分说明这一点。他望着面前三张苦不堪言的脸，既感得意，又觉厌恶，但绝无一点同情。他为轻易骗得三人的所得得意，也为即将到手的河湾鱼储欣喜若狂。他有点欣赏自己了，这之中含有对他们的轻蔑。"和这样的人交手简直有点浪费智力！"他觉得某种无聊。他站了起来，双手一摊，做了一个无可奈何的动作。"我们的合作到此为止！各奔东西呗！"在三位低垂头颅中他走开，在三位瞠目结舌、面面相觑中他走去河湾。

哼着不知名的曲子走是他每得意又莫名其妙快乐来自哪里时的习惯，他边走边哼着曲调。他突然站住，若有所失的样子，接着又走开。他感到某种意犹未尽，似乎这么放掉他们太轻易了，他们像还有可利用的价值，但他接着否定了，再在他们身上投入已是得不偿失，他们可利用，不可任用，不但无能愚蠢，还是一伙出尔反尔之徒，和他们共事，见好就收，不可长此以往。巡河人是讨厌的，她既寄生在河上，又以河为后盾胁迫挟制他们。每天哪有那么多惊心动魄的事发生？她养尊处优，经得起轰轰烈烈的折腾？倒不如他渡河人胸怀大志，他就喜欢翻天覆地，河一夜之间变得面目全非。大家都对这条河虎视眈眈，他作为一个鹬蚌相争的渔翁做最后的收场者又有什么值得非议的？他也许被别人算计，或浑身累累伤痕，可又有什么，作壁上观，又不舍身又要取利，世上哪有免费的午餐？他是火中取栗，但不管是玉石俱焚，还是飞蛾扑火，他抱有必胜的信心，这就够了。他要成为笑到最后那个人。他当然还可与他们合作，可任何一个与虎谋皮的计划，都有被虎吞吃的可能，权衡利弊，他选择就此打住是对的，正确的选择。他们每个人都把自己看成是足智多谋的高手，因为他们都贪得无厌，而且都会机关算尽。他就是他，永远要占主动，立于不败之地。虽然与他们的游戏意犹未尽，但他觉得要见好就收。软弱愚昧是垂钓人的软肋，他利用了他这一点，那其他人呢？谁不会再利用他？他懂得了那么多河湾的鱼储与种类。好了，走一步说一步，余下的工作不能说艰苦卓绝，但至少不会那么轻松，先得到这些再说，不要把河上的每个人都想得那么善良！

由于他成了一个腰缠万贯的富人，得到了三十二道河湾，所以他走在河岸对每双投来的眼神都警惕，都觉得他们在觊觎他财产，要占有之。一个背篓人走过，用犹豫不定的目光望他，他也用愤怒的目光瞪他。他要毫无顾忌地表示对这些人的愤恨，并以此震慑到他们。说服了陈懂得三人，现在要对付的就是这河岸上背篓的人了。他决定，要挫伤他们的信心，让他们觉得待在河上是一个错误，觊觎别人的财产更如虎口夺食，随时有身陷绝境的危险。他要把他们的背篓从他们肩上卸下，一只只扔在河里，让他们哭爹喊娘。假如他们十人一组得到一道河湾，那是他们一生都背不完的鱼虾，一生都享不尽的财富，他们何乐不为？君子喻于义小人喻于利，他们生来就是一群财富的蛀虫，他决不能以君子之心度小人之腹，见利忘义是他们的本性。正因为这样，他们才奋不顾身与他争夺这条河，所以，他对每个在河岸背篓贩鱼的人都不掉以轻心，都防备，只有赶走他们，他才可高枕无忧。

如何得到财产，是渡河人始终考虑的问题，此时他就深陷其中，绞尽脑汁在想每一个步骤，并在一些细节上不惜琢磨三次，因为细节决定成败。他一边走，一边想，不觉到了他第一次遇到赵涵波的河滩，这使他一下想起他当时向他说的卜爱红："她是他最信任的人！"他当时就这么告诉他的。"是他亲口对我说的！"渡河人摇摇头。这条河上，他还从没说有一个人是他最信任的，而那个卜爱红他说他百分之百信任。"既然他如此信任她，为什么不从这儿琢磨缺口？"她是一个江河漂流者，赵涵波当时描述她的漂流技能，始终兴奋得满脸通红，这是他十几年在河上游渡从未有的事。他想起赵涵波曾经告诉过卜爱红的地址，尽管她漂泊不定，常年漂流世界各地江河上，但他说，她在每年的七月上旬总要来这里，从河上游漂经这里到下游。今天是七月一日，他一掐算，这十天之内是她经过的时间，难道不可以用这个时间拦截住她，从她身上做点文章？在这里守株待兔般等是十足的傻瓜，而且容易让她走掉，比如她是夜晚经过呢？他决定制作一张招牌，上面写上"欢迎卜爱红女士、大师漂流经过河上"，并设欢迎场面，哪怕没有一人，只他一人，布置二十个花篮，河岸两各摆放十个，卜爱红经过一定会停下来，那时他出面，迎上去与她攀谈，他就可以乘机套上近乎，然后见机行事，交为朋友，最后说服赵涵波，她带走的是他的友谊，他占有的便是他朝思暮想的赵涵波的河、河湾。一举两得，大功告成。

可这怎么可能不招来众人的关注？不说其他，仅蠹立在河岸一块"欢迎卜爱红女士、大师"的招牌就会引来河岸众人的围观，至少会引起猜疑，他要干什么。那样他的计划就要被消灭在萌芽状态，没等开始就要结束。卜爱红是漂流大师，无人不晓，她一年四季漂流江河湖海，是一个放浪不羁之人，她清高不俗，卓尔不群，人们夹道欢迎她都不一定理睬，何况被牵入计划，搞不好适得其反，会把事搞砸。她迁怒愤然离去，赵涵波不但会生他的气，也会从此与他断交，那他的全部努力所为就是劳而无功，他谋划的就是纸上谈兵，会永远成为泡影。怎么办呢？渡河人陷入一种两难交织中。如果她是一个摆渡人，而不是漂流专家，那一切问题就迎刃而解了，他往河上那么一躺，他十余年的功夫不是白练的，她会惊讶不已，他说："你放下你的木筏，你踩在我背上，我让你漂流！"一个漂流大师岂能忍受了一群背篓人的围观！或者他已经成为了这条河的主人，他手下的陈懂得、周晓得以及后来培训起来的渡河人满河凫游摆渡，他说："请！漂流大师！你检阅我的河、河上的凫游队伍！"那时他与她是平等的。他可毫不费劲儿与她对话。当然，他成了河的主人，他还需要她干什么。

他是一个渡河人、未来河上的主人，他要对她颐指气使。他站立河岸，一副趾高气扬的样子，双臂抱着，看她乘筏漂流而下。河的主人可以任意命令一个漂流者怎么从河面漂行的。她乘筏下来，他摆摆手指示让她停左或靠右——这要看他高兴而定——停靠岸边。他喊："你是干什么的？"或者不是他说，是他手下的陈懂得或周晓得说："请停下来，报上你的姓名！"一个河的主人就是一条河的国王，他们是他的大臣。她停下，从筏上下来，上岸向他汇报，报上姓名。他的目光是居高临下的。他当然不开口问话，由陈懂得训问她，他高昂着头颅听。她是一个胆小鬼，她被问训，她仰头看他——他双臂抱着，头颅高昂——她被威慑到了，满头大汗。她说："我叫卜爱红，是一个漂流者，我从你的河上经过。"赵涵波从远处看着。他都不屑一顾，仍双手抱臂头高昂站着。"她是一位大师、漂流大师，我最信任的人。她说什么我都听！"赵涵波忍受不了他这么对待她，着急地向他解释。他嗤之以鼻。问题是他要得到这条河，她不能总是三缄其口。他要让她开口告诉赵涵波他要得到的。可缺口从哪儿打开？他又不能一百八十度大转弯，一下低下头乞求她告诉赵涵波给予他想要的。在陈懂得训问中，他点点头，表示对此认可。这是必要的，这种关系不改善不能达到目的，他点头后又冲他笑笑。他要说话。可把话题引到他要的需要费思量。他从不是一个鲁莽的人，任何事他都三思而行。这正是他成功的所在。当然这个思量的过程也会造成某种印象：他是河的主人，他不急于与她交谈，他要查明她的来历，是否对河里的鱼藏生存造成祸患。他也向她点点头，冲她笑笑。就应该这样。他永远风度翩翩，立于不败之地。他是河的主人嘛！她果然不久就开口了，她是用低三下四的口气与他商谈："我可以问问，我能从这漂流经过吗？"她请求的语气很重，在"可以……经过吗"后又补充了一句："我能效劳些什么，我力所能及的？"这是他要的结果。但他不能马上表态，那样他的"点头"与"笑笑"就失去了他要达到他是宽宏大度态度的效果。他摇摇头，但摇得很轻，是那种模棱两可的态度，然后，他装出一副严肃的样子，等待她回音，但在可有可无的分寸间。一个世界级漂流冠军应不是一个愚蠢之人，她应悟到他所要的、他表达的内容。可是，她一直没吭声，像被陈懂得的训问惊呆了，似乎害怕不让从这条河上漂流而过，表现出的只是担忧。渡河人生气了，他的举动怎么能不被重视？果然，卜爱红意识到了这一点，她把注意力转到他身上，以乞求的目光望着，征询他的同意。"我可以让你经过。"他挥挥手，做了一个坚决的手势。卜爱红立刻转惊为喜："我愿为您效劳，只要我能做到的。"

渡河人摇摇头。他有点厌倦自己的假设了，因为他总是无数次地假设，有时竟被假设欺骗。"这有碍对事物的正确判断。"他说。他突然担心卜爱红会不会经过这里。她会被他紧紧控制吗？"不行！我需要一个实实在在的卜爱红帮助！因为我需要一条实实在在的河！"他又被假设牵入假设中。"她不会替你说话，至少不会帮助你从赵涵波手里夺过这条河给你的。"陈懂得显然不同意他如此费力气拉拢卜爱红，认为他的企望不可能实现。"我要占有这条河！一切人都可利用！我不能放弃任何一个可利用的机会，放弃任何一个人对我的帮助！世界上没有不费力就到手的东西，任何所得都需付出代价！对一个能帮助我的人低三下四有什么不值？除非你不想占有这条河，有多少人想得到帮助说服了赵涵波放弃这条河费尽心思，求之不得，我怎么能对这么一个可帮我的人视而不见呢？我就要低三下四！让我做一个卑贱的人好了！我要等到她！"周晓得、黄鱼仔不耐烦了，他们站在他身后，觉着他的态度是自降身份，但见他态度坚决，也不敢吭声。渡河人不去关注他们的情绪，他们只是雇员，他是主人。周晓得胆怯地建议："是不是可以……"没等他说下去，渡河人就打断他的话，否定了他的建议，他们的格局仅限做一个雇员。"必须控制了卜爱红！她一年一度的经过是一次难得的机会，决不能坐失良机！要利用一切可利用的机会！河属于我渡河人！"渡河人继续走着。

怎么才能找到卜爱红的踪迹，了解到她的计划？这个季节，正是漂流者一年寻找的最好季节。河岸下游不是背篓人，是拾海的、偷渡盗窃岸边仓储的、倒贩假珍珠和贝壳的，他们不能进入上游去，那里都是体面的垂钓者、游渡者与背篓人。渡河人很少来下游，要不是为打听卜爱红漂流的行踪，他今天也不会涉足这里。他常和上游的人说，让我去下游走一圈，除非我犯了滔天的罪行。他们把到下游去看作某种服刑，甚至是流放。这里可不是可以赤身驮背四五个游客渡河的人来的地方。走入这里，不像在上游，首先得忍受臭鱼烂虾的味道，泥泞不堪的道路，目不忍睹的杂乱人群与耳难忍听的吵骂声。渡河人从没到过这些不文明的地方，要不是为打听到卜爱红的下落，他才不会到这里来。河湾遍是污泥浊水，原来的石头都被人们当大理石偷搬走了，即使鹅卵石，谁会保证不是一颗宝石、为什么不拿去贩卖？一些高贵的人不去干偷搬水里石头的勾当，他们去挖掘泥水里的珍珠，既然珍珠藏在污泥里，把河湾挖烂是必不可少的，如果它们只在水里，那河湾就不会被破坏了。高贵的掘挖珍珠的人只挖珍珠，珍珠被挖以后，他们就到繁华的市场兜售，那么谁还在臭气熏天的烂河湾？就是这些偷渡的、抢劫的人了。还有的就是对河有幻想的人，他们不是像垂钓人幻想从一支渔竿了解全世界，而是从河上发财，摇身一变由穷变富。巡河人不来这里，虽然这里也属她管辖，但她不来，她忍受不了这里的污浊。为使这里不成为一个管辖的真空地带，巡河人在这里找了一个代理，由代理看管这里，她只听汇报。因为代理行使巡河人职权，他总要滥用权力，诸如哪个不听他的了，他可吊打他或罚他替他巡查河半至一个月。这里对上游看重的人偏偏不尊重，对上游鄙视唾弃的人反而很尊敬。至于像垂钓人热爱河他们不屑一顾，因为爱不爱河与他们无关。至于从某条渔竿上能掌握河的来龙去脉，他们觉得纯属扯淡，因为他们就是一群扯淡的人，他们从没高看自己。上游的人瞧不起他们，他们还不理会上游的人。如果他们和上游的人一样活着，河湾就不会变成臭水滩，也没法在乌烟瘴气的下游生活了。

渡河人没有认为到下游是降低了身份，因为他明白他是为寻求卜爱红来的，何况下游的人他也从没放在眼里，他不久不仅要控制上游，下游也将要在他名下。由于他的"亲民"举动，他得到下游的人认可，七八个人几乎是热烈欢迎的。不少人从没出过下游的河岸，尤其上游，几乎是他们的传说，渡河人来了，他们围住他，不停打问上游的情况，因为渡河人的摆渡被传得神乎其神，他们就问他怎么凫在河面，怎么摆脱了那些惊涛骇浪，怎么平安泅过河面的。由于有求于他们，如实掌握卜爱红的来踪去影，渡河人就满天吹嘘上游人的生活，反正没人去过那里，也没人证明他说的事实的真伪。他吹嘘不像在上游，因为上游人很难被蒙混过关，他得竭尽全力，在讲述中不时予以表演：或声泪俱下表现得痛苦不堪，或满脸堆笑表现出心满意足，以此证实讲述的真实性。在他们面前，他装出十分谦和的样子，并用和声细语的腔调讲述：他要得到信任，然后摸准卜爱红的漂流，当第一次听到对上游生活这么生动感人的描述，大家一阵鼓掌，长久的臭河湾生活确是孤陋寡闻了，虽不能到上游去生活，听听也是可以的。大家要他坐在中央，有的人维持秩序，因为来听讲述的络绎不绝，一下乱了起来。有的人胆怯地提出垂钓人的垂钓方式，说他是怎么通过一支渔竿游到河里，直溯河进入太平洋、大西洋，仅这一点，已够人向往不已的了。渡河人摇摇头，不无遗憾告诉大家，那条龙再没回到大海里，而是被他控制圈养了，不久他建起旅游公司，他就要大家见识骑龙渡河的事实。"这正是我来这里的目的。对我来说，即使是上游的主人，也要带领大家见识下游人没经历的人和事。这条龙还会说话，我正天天训练它，先前走时我和它道别，它还和我说再见呢。它有时候也要小脾气！但对我不会！我有一个习惯，在与它对话时，我就打开录音机录音。它总说：您是世界上最好的人！这个世界上没有人会不相信您，难道下游的人会不听从您的话吗？我是东海的龙王，我保证不会！"

经他这么一说，下游围众沸腾了。大家都喊着要听录音，问他带着没有。渡河人摇摇头，表情十分痛苦，他说我是带着，可不能播放。它说等我寻找到漂流人卜爱红后，它就让我把这录音播给人们听。它要见卜爱红，让她乘着它漂流，参加比赛。让一个都认为会得世界冠军的漂流者乘龙比赛不是更让人期待？它告诉他。

"你要找到那个漂流的卜爱红？"有人说。他们虽迫不及待要见识龙的声音，可把一件美好的事与一个漂流人联系起来让他们感到烦琐。"我们对一个漂流的人不感兴趣，不管她有多高超的技能。""龙的声音才让人期待。你不要因小失大，因一个凡人耽误了与一条龙的相处。"

渡河人一脸痛苦的表情。他耸耸肩，一副无奈的样子。"就说那个卜爱红消失了，再不回到河上了！"有人建议。"你只要龙与你在一起就是了。"大家兴奋在出谋划策上，在给别人一个良好的主意这点上，人人都是点子大王，而且乐此不疲。有人甚至出了一个很残酷的建议：在漂流人经过时神不知鬼不觉杀了她。这一主意引起渡河人的惊悚，因为他不仅要找到卜爱红，还因为他的胆量没大到杀人放火的地步。看着一个个激奋不已的样子，渡河人在肯定了他们的动机基础上，驳斥了他们的建议。他不仅不赞成他们杀害一个无辜的人，还坚决要求保护她，使她安然无恙。他的意见得到一位的首肯，他说他要帮助渡河人。他太愿意成人之美了。渡河人当然喜出望外，但他说他希望别人的支持，更愿自己找到这个卜爱红。但他若帮助是他求之不得的。在谈到代价上，渡河人首先肯定会报答他，没有任何白来的果实让人享受，当然包括他将给予他的帮助。但这一行动纯属公益性质，所以报酬只能是象征性的，因为他直到目前做的每一件事都是为了大家。这位点头了，他这么做本来就是公益，否则他不会无故去花时间、精力保护一个素不相识、毫无关系的人的。渡河人眼里含着泪水。他觉得他这时就应是这个样子，他太感动了。他向这位伸出赞许的大拇指。这是一位气功大师，他的功夫未得到人们的认可，或没得到真正完全的认可，让他很着急：这河滩上有识气功的人吗？在渡河人伸出大拇指的赞许声中，他讲开了相关的知识，当然是谁也听不懂的气功知识，由于不懂，他的讲述显得玄乎，并让他更增强了信心、更玄乎地去讲。"一个气功大师保护一个漂流者只是吹一口气的事！"他说着长长吸气、吹气。他指着前面河上涌起的波浪说功夫已到了河里，他让看鼓荡的波浪。渡河人似是而非点点头，气功大师生气了，他这么用足力气施展气功，完全是为证实他有足够的能力保护漂流人，实现他的诺言，他觉得渡河人没有足够的诚意肯定他的表现，甚至有某种不屑在里面，这是他最忍受不了的。渡河人连忙解释，否定他怀疑他持有的态度，为证明这一真实性，他还惊叫了一声，说他的注意力完全在了那鼓动的波浪上。气功大师可不愿意人们把他当作一个骗子。他对漂流什么的并不感兴趣，他只是为了帮助渡河人实现他的愿望。人们劝他节约能量、停止用功，他不同意。大家说他们已经见证了他的功夫。气功大师施展开气功是轻易不收回的，因为气功既然施行，就得进行下去。这一点说给一个外行等于白说，所以他对劝阻充耳不闻，因为河里的波浪越来越大，丝毫没有停止的迹象。他是一个练功走火入魔者。他练开它，天地尽融于身，他的丹田是打开的，这时别人的好心相劝往往是一种干扰，每次施展完气功，他都要像大病一场需足足睡一天一夜，他保护一个人，大家不知不觉中在他形成的气场里，也就是说，凡是此时与他在一起的人，都是受益者。渡河人这次是坚决地点头了，这倒不仅是因前一次的简单点头遭到气功大师责难，更主要是表明他没能力支付他的工钱。对于一个气功大师的费用昂贵程度他早有耳闻。当他的这一表达被气功大师得知，气功大师对他的以小人之心度君子之腹所表现出的"小人常戚戚"态度轻蔑到嗤之以鼻。一个气功大师没有博大的胸怀，哪来的超凡绝俗的技能？不过他谅解他，因为他是常常被误解的。他要是斤斤计较，他也不是今天的他了。他纯属公益。他只要在他施展气功保护漂流人中让大家领教他的功夫，认可它就行了。他们的很好合作是得益于他的气功保护，有这一点，就是对他的酬谢。一个真正的气功大师是只为弘扬法力的。在渡河人一再的感谢中，他又提出一个要求：在他成功地改造了河，漂流人从此在河上漂流，只挂他是一位名闻遐迩的气功大师字样裱幅就行了。他说，一位练气功的，只求弘扬佛法，要是要求来自被保护者的任何一项利益，哪怕是微不足道的一个酬谢，功夫立刻就被废！他是一个单薄无力的肉身，他的能量是丹田通灵了天地。出于对他的爱护，人们再次请求他停止用功。尤其渡河人的阻拦，让气功大师大发雷霆。渡河人必须答应他，让他发功保护漂流人，要不然他就对他不客气了！大家十分爱惜他的功夫，都劝他停止发功。气功大师把渡河人拉到一边进行了一次长时间的谈话。对于渡河人的犹豫态度，在场的人简直有点愤怒。大家强烈要求他接受气功大师对漂流人的保护。这倒不仅是一个钱的问题，涉及对气功的尊重，也涉及一位大师的尊严。要想让大家不指责他，只有一个条件，那就是他无条件接受气功大师发功。渡河人满头大汗。他在思考了很久后答应了大家的请求。在争吵中渡河人在众人书写好的约定书上签了字。他要是胆敢违抗，他只一条路可走，也是他最不愿走的路：被戴上镣铐滚蛋！

在人们平息后坐下来，气功大师进他居住的茅屋发功了。在他发功时，只要求渡河人一人守候在门口，人们只可看到他双手合十，正襟危坐在门里的身影。人们有什么要求，只可告诉门口的渡河人，再经渡河人传达给门里的他。他一动不动静坐，煞有敌人围攻万千重，我自岿然不动之状，即使有蚊子叮在脸上，他也不去驱赶。他完全入境了。他的双眼从打禅入定就没睁开过，天地全在他心里，得大自在，他此时就是这样。他偶一哆嗦，那绝不是被蚊虫或苍蝇叮咬了，这不会干扰他打坐，是气功从丹田出入，它们流动，他身体自然会有变化。他每一哆嗦，渡河人就高度警觉起来，这是事先讲好的，他要他记录下他变化的次数。任何成败都有数，气功是讲变数的，他的每一发功，都让受益人记录他变化的次数。在他保存完好的记录簿里，记录有上百次这样的发功、上千次记录。每次发功前，他都让记录者认真阅读这些记载，他的这种"出入功"的记载次数之多，让同行看了自叹不如。因为一个功法不到的人是很难这么哆嗦变化的。问题是这些记载他从不去过问，它们只是受益人自己的笔记，如果他去过问，以此为荣去炫耀，那无异于自废功夫，它是练功人之大忌。他救助的人不仅有河岸上的人，有田野耕作的，草场放牧的，有普通人，甚至一个乞丐，有达官贵族，亿万富翁，甚至福布斯榜上有名的人。正因为他广弘佛法，河下游的人才没有成为河下游的人，处处受人尊敬，有这么高的地位。他发气功有一个底线：作恶多端者不在其列。他的茅屋里挂有许多证书，致谢信、锦旗，上面写着："妙手回春，手到病除"，中国最大房地产老板向他致以最崇高的敬意："您的佛法无边，保佑了我成此大业""当今最伟大的救世主"……这些感谢信、锦旗虽然挂在墙上，但没一幅是他挂上去的，每一幅下面，都注有贴挂者的姓名和日期，它们只证明他的功力，并不证明他的态度。他每次发功保护了一个人，他都拿出酒让门口守候的人去喝，他从不沾口，守候人谦让，他只摆摆手，也不吭声，只让他喝。练功人是物我双空的，他们自然应把记录整理后重抄在那厚厚的记录簿后边。

在答应给渡河人要保护的人发功时，他就想到在河滩上的人中引起多大的反响。给一个漂流者发功他还是第一次，不过这没关系，"第一次"发功，他已不是第一次，常常有陌生人、陌生行业、陌生病人请他发功，他们都是第一次。他的发功面，可以说是越来越大，这是他需要的，佛法无边嘛！

渡河人在气功大师发完功后，似乎比气功大师发功还累，筋疲力尽走在河岸。这时他团队的人围了过来，更多的不是问他的感受，是给他出谋划策，怎么不要和漂流人失之交臂，因为他们并不清楚他的打算。大家说，像卜爱红这样的漂流者，来无踪去无影，她只把这条河当作她滑行的一张滑板，需要人站岗放哨，天天守候的。要是有和他一样的人，一样也在寻找她，她不被抢先劫走？有的人提出很好的建议，最好是在河上布一道罗网，她来到被羁绊了就全知道了，那样就找到她了。不少人相信气功大师施法术会拦截了她，他的气功是无所不在，无所不能的。但问题是渡河人要寻找她，又为了什么呢？

在众说纷纭中，渡河人一直点头。但对布网之说他不能苟同，他是一个高尚的人，他怎么能干这种勾当？要是说这里有一位和她旗鼓相当的漂流大师，或某些方面已超过了世界级的漂泊者在这里等候她，她会不招自来。自古总是惺惺惜惺惺的。

下游人从来就有着高度关注某一新鲜事物的传统，听了渡河人的提议，都感兴趣他这一动议。渡河人不出面是个好主意，人从来是请不来，但会打来的：这一招相当于击打漂流者。气功大师是这方面的领头羊，他做任何一件事都是以守为攻——这与他的职业有关——请示他得到他的认可。这个主意是公认的。可派谁去请示成了问题，因为大师在发功时最忌讳的就是被人打扰，他一发怒，气功就会伤及身边的人，那么请示的人肯定首当其冲，被气功损伤，而在场的人没一个有抵拒气功能力的。

一个认领了河湾的背篓人走来，他是得意之中无目的地走来的。听说是上游的人，又得到他们只在传说中听到的储鱼湾，在场的人都围上来，几乎忘了此时正在给渡河人出谋划策一事，纷纷围住了他。他竭尽全力讨好渡河人，他的目的是可得到更多的鱼虾，他也忘记了自己因得到河湾鱼虾的得意无目的地走来一事，握着渡河人的手不放，说他寻找得他很苦。他向围观的人大谈特谈上游的事，这正是下游人感兴趣的，但最后把话题一转：这一切都是得益于主人（渡河人）的聪明与智慧，他凭靠他们得到河湾、他们凭靠他得到应有的河湾的鱼虾。他在向众人讲述中，始终把话题围绕在渡河人的能力与恩典上。他问他什么时候回去，大家盼望他回去已是望穿秋水呢。

渡河人摇摇头，他要得知卜爱红何时经过。

下游的人担忧起来，确实，漂流人神不知鬼不觉经过，要是在夜里呢？他们建议放弃这一想法，在场的或不在场的，许多人可以做他要求漂流人做的事，并心甘情愿。"没人能代替！"渡河人斩钉截铁说，"必须找到她，并保护好她！我的事业离不开她！""听说她除了漂流一无是处！"听到这样的话让渡河人有苦难言，不是他说不清，是他们听不懂！"你们什么也不懂！"他说，"我还要求过什么？难道我是一个无能低智商的人？既然大家肯定这一点，我只请求帮我忙。你们说的让她不请自来这些主意很好，为什么不沿这样的思路往下走？至于我找到她干什么，这不便告诉你们，也不是你们要考虑的，像我这样的人要想见某人，那一定是必须见，而且某人对我的某些事是至关重要的。"大家被他说得直点头。因为他们对上游的人总是毕恭毕敬的，又何况像渡河人这样胸有大志的人。有的人忘记了气功大师定的他发功时不得被打扰的规矩，或认为此时问题重大到超过规矩被打破的重要性，推开茅屋的门。他说："我冒昧打扰，渡河人寻找到卜爱红至关重要，请示大师该如何做！"大师略略抬起头，没有想象的样子大发雷霆，或发功伤及他，他今天情绪很好。他冲来人点点头："等我一会儿！"

渡河人高兴得眼泪都出来了。因为完全出乎他意料，所有的人都给他出谋划策。他一高兴竟拉住了领认了河湾的人的手——这是违反常规的——此人激动得满脸通红说话几乎哽噎。没有人怀疑气功大师的能力，只要他答应的事，他从来会至善至美完成，包括控制了漂流人。在场的人几乎叫喊了起来。因为气功大师与他们达成了共识，他的锦囊妙计之多，他只要应诺就等于大功告成。渡河人这时双目呆呆地望河。他的这一变化让围坐的人看到，他们理解为他的某种感伤，并且说："让他静一会儿。上游的人是见义忘利，不像我们见利忘义。"于是都停住喊叫。大家窃窃私语，但不是刚才的喧闹，而是在讨论见到漂流人怎么和她对话，在他们看来找到漂流人已不是问题的问题，胜券在握，大师已经发功了。假如她漂流累了，那就让她在最好的房间休息；如果饥饿，她可以吃到河上最美味的鱼虾，因为他们把这些早想到了前面，至于渡河人如何和她交谈、交涉，他们不去过问，因为上游的人智高一筹，又是雄心勃勃的渡河人，他们只做他们该做的事。要是她厌烦了这里，执意要走呢？不可能，谁不相信气功大师的功夫？没一个人可逃离他发功后的气场的。

渡河人此时在计划得到卜爱红的认可，卜爱红很好地说服了赵涵波——她是他最信任、言听计从的人——怎么规划这条河。周晓得三个人他很少高估他们的智商，凿石人的阴险他是有足够的估量，他也从没把他当作对手。比如今天他到下游寻找能说服赵涵波的卜爱红，他就抢先他们一步。俗话说先下手为强，这话说的正是他。至于得到河将如何大展宏图，他早胸有成竹，也可以说是他有了这个规划，他的实施是他在按图索骥。

约过了一个时辰，在茅屋发功的气功大师从屋里走出来，他向渡河人以及周围的人招手。对于大师，下游的人都高山仰止，他们如邀走来。他向走来的渡河人走去，没吭声，拉起他手走去。他一定有了主意，他是经常出人意料独出奇招的，这次也一样，人们丝毫不怀疑大师的能力。渡河人也知道他的能力，但他是建立在他缜密的判断上的，当大师说出自己的锦囊妙计——他已布置了天罗地网，他像撒开一张大网，把卜爱红及在河上的人都控制在了他强大的气场中，他们将一个也逃不脱，并为保险起见，他会组织人日夜巡河侦察卜爱红到来——渡河人满意地点头。他不是信奉他什么气功、气场，是觉得日夜巡查是一个万无一失的好主意。

"但你要到上游宣扬我的功夫！"气功大师要求渡河人发毒誓，这是代价。

得到气功大师号召后对巡查河、侦察漂流人的到来的支持，渡河人求之不得，这是他早已渴望的，听得他这么说，他连连点头。他把上游的人玩弄于股掌之间，下游的人又和他全力合作，他马上向大师伸出大拇指，称他为"超级大师"。他一回到上游就要告诉他的见识，这位大师不仅发功让河水立刻翻滚波浪，并可在几个小时把所有的人控制在气场，得到这位大师的赐惠是三生有幸，他应答他这么说，并发了毒誓。

渡河人起誓，气功大师一旁站下看，他摇摇头，对他的发誓表示不满意。他走过来，教他怎么起誓。渡河人应教做着。并表达自己的真诚，渡河人向围观的人立刻发誓："大家见证，我要走到哪里把大师的功夫宣扬到哪里。"他告诉大家，只要愿意，大家也可以起誓，而他将来成为河的主人，他就会给予他们应得的赐惠。为了证实大师的功夫，他还表现出被气功左右没法自我行动，完全失控被之操纵的样子。

在得到漂流人经过不被溜走有人监控巡逻，并能说服她做通赵涵波工作的肯定后，渡河人离开了。他几乎逢人便热情地打招呼。他已成为这条河流的主人了，这些人不是和一个渡河人打招呼，是在与他们的主人、河的主人打招呼。下游的人与上游的人比起来是缺少能力、见识的，像这样的人只能做苦力，他是不会把他们放在管理岗位上的。不过，下游的人也不是一无是处，他们首先有着强健的体魄，这是上游的人一般不具备的。作为一个河流的老板，他会各尽其才使用他们，这样既不浪费人才，也是公平合理的，他是一个出色的管理者。渡河人今天很满意，不虚此行，可以说他干什么也是顺风顺水，一到下游，一切按他计划实施，一切如愿实现。他从没忘记来此的目的，即控制了漂流者，这个赵涵波言听计从的人，尽管这里的人天上地下谈阴说阳，他从未受之蒙惑。这就是聪明人与愚蠢的人的区别。在对待上游人与下游人的分别手段上让渡河人自鸣得意，他把它叫作"各个击破，分而治之"。要说对付上游人还需绞尽脑汁，那么对付下游人他则是手到擒来，只使雕虫小技即可事半功倍，收到预想效果。这里人的普遍没有防范人的意识，但有着成事不足败事有余的潜质，他作为一个未来河上的主人，对这一点，他是洞察秋毫，始终明了的，所以也加倍警惕。他答应他们，他们帮忙找到漂流者卜爱红，他将把下游一半的产业、财富分给他们，至于将来是否分予，将来永远是一个未知数的代名词，眼下都还难以保证，何况将来的承诺能如诺兑现？

渡河人在河边站了下来。他以一个主人的身份在欣赏这条河流了。从上游浩浩荡荡流来的河，在下游浩浩荡荡流去，他感到它被他驯服，已成为他的一匹坐骑，乖顺、可爱。他几乎要用手去触摸它了，它的每条波浪都是那么可人，令人喜爱。在没得到它之前，他那时还是一个十足的渡河人，他只有凫在它上面用双手用力划游的份。他身上驮着摆渡的人，几乎是来自生活四面八方的压力，让他喘不过气来。什么叫穷则思变？他的雄心壮志完全来自仇恨！每每看到赵涵波蹲在河岸心安理得垂钓他就心生妒恨。把河上所有的人赶走是他一刻也没停止过的想法。他规划了河，哪里建码头，哪里建桥梁——当然不是为行走，是为运输河里的财富的——哪里建景点，哪里建水产市场……他走过河岸一边，前面建起鳞次栉比的房屋，旁边的一座高楼是他的办公室，下面有批发部，运输场所，雇员的宿舍。他从中央大道走过，两边的人都低头哈腰向他打招呼，旁边的一个年轻人跑前跑后开道，那是他的保镖。他是不拎包的，大老板从不拎包，包由秘书拎着。巡河人过来，鞠躬致意，他笑笑，冲她点点头。那个卜爱红呢？她走进办公室，坐在贵宾接待室的沙发上等候他来接见，他进来了。"我在外面等你好久了！"她半带诉苦半带感激地说。他站都没站，向毕恭毕敬走过来的卜爱红伸过手，她立刻握紧他手："谢谢！"她受宠若惊。他示意她坐下，他依她一边沙发坐下。她是战战兢兢的。"你什么时候到的？"他话音未落，她就回答："早晨！我一直等在这里！是早晨漂流而到的。""你难道没有要向我汇报的吗？"他乜斜眼看她。"那当然是我听您的吩咐。"结果是她满口答应他的要求，这时他展开他的规划宏图让她看，他要让她领略他的雄才大略。"我还能有什么不愿意的呢？"她几乎是哭起来，她要马上去找赵涵波，申明大义。"我就不给你什么报答了，我明白告诉你。""我要什么报答?！能为您做事，哪怕微不足道一点点事，我都深感荣幸！"他拍拍她放在沙发扶手的手背，她立刻热切地用双手握住他的手。"过去，赵涵波欣赏你，你也崇敬他；世事难测，万物万事都在变化。赵涵波已不是过去的赵涵波了，这条河上，我说了算。我当然一如既往像赵涵波欣赏你一样赏识你。我相信你不会做出辜负我的事。你看到了我的产业，两岸楼厦林立，街道如织！你不感到今天和我一起是一种荣耀?"她完完全全臣服于他，拜倒在他的威严下。她几乎不敢坐了，佝偻起身与他讲话。"你坐，"他说，"我让你坐，你怕什么?"她听得他说后胆怯地坐下。"我马上去说服赵涵波，赵老师……"这是她唯一要讨好他的。"我今天真是见到了真佛，一夜之间让河变得富丽堂皇，让我认不出来了……我愿做你在河上的一个职员，宣传河上财富的漂流者，尽我所能……"河，依然是河；河里波浪翻滚。

"这个家伙什么时候到呢?"渡河人焦急起来。刚才他还信心满满，现在又开始疑虑起来，他担心她溜走，担心所有在河上的竞争者。他深知一招不慎、满盘皆输的道理。因为他的所得都是在精打细算、缜密思考之后的步步为营中得到的，经验告诉他，像他这样的人要想实现自己的计划须臾不得大意，处处要用尽心机，时时要把握机会。由于担心，产生了多疑，他怀疑下游人的真诚了。"这一切是不是一个骗局?"他惊慌起来。这一刻，他产生了幻觉，赵涵波与下游人在密谋，就连凿石人、巡河人也都蠢蠢欲动，在寻找占有河的主动先机，他被蒙在鼓里！那么，怎么才能突出重围，或将计就计，变败为胜? 人都是如此不可信! 他一一想着下游围观人的面部表情。只要从他脑海中闪现过，每一张脸都是狰狞不堪，他分析着这些笑容，从一见他开始到离开，他们的一颦一笑，一举一动，他都进行分析，综合考量。那些口若悬河的人不可信，难道缄默不语的人他们都是老实诚恳的人? 就连气功大师的面孔也令他厌恶至极。他为什么满口答应，并说还要派巡查人员轮番巡查河上，这里分明藏有更大的阴谋、欺骗，他怎么一点没发觉? 他和赵涵波周旋了多年，一直认为稳操胜券，今天才知上了大当，他给他设了一个大圈套，不是他捷足先登，是他早联合了他们正在密谋置他于死地。

他这么想着，悄悄地往回返，他要逮他们一个正着，他已判定他们在一起密谋戕害他。每一个细节都经不起推敲，他们每一句话都有水分，信誓旦旦，是为隐藏得更深欺弄他。

"不可能，没人能算计了我！"不久，他又恢复了自信。这样怀疑自己会让人笑话的。他为了这一天，他绞尽脑汁，可以说他是事无巨细地过问，他从未有一点马虎。他要取得河湾，赵涵波被他一点点引诱，他兴高采烈交代了那些河湾鱼储。他可从未想让人耍弄。他走遍河滩，把所有的河湾做了评估，收买了那么多背篓人，这个人保护这道河湾，那个人在那道河湾守护，他对付他们游刃有余，就是赵涵波，他也一直如孙猴被如来掌控于手心一样被他操控着，因为他是谋算在前，行动在后，与他们恰恰相反。当他离开的时候，一个个感激的眼神，几个围观者甚至眼含泪水，一副恋恋不舍样子，他摇摇头，多操一道心可以，但不能怀疑自己所作所为，应该自信。

他望着河，计算着这里水域的面积。用他在上游的计算方式计算了这些水域的鱼储、矿藏以后，他没把已得取的收入计算在里面，只放在待定收入里。他还可高估一些收入，要是下游的人中有周晓得、陈懂得这样的代理人就好了，再加上他们的麻木愚钝，他占有这条河，不论时间还是数量就相当有把握了。他无论如何还要扩大自己的势力范围，这就需要做更多人的工作。他来到一片河滩，打问他们谁是这里的渔老大，一个络腮胡子的人抬起头。他的体形和他正相反，渡河人体重不过一百斤，络腮胡子是他足足两倍。这不要紧，他看上去像三天没吃饭，几天没睡觉，而且一身褴褛，他几乎要吆喝周围的人赶他走了。

渡河人向前鞠躬：

"我从上游来，我是这条河的主人。我说的是不久的将来，目前我是上游的主人。这当然你们还不清楚。我需要与大家合作。合作才能共赢。这就是我今天打扰大家的原因。我是一个诚实的人。现在我就可承诺，成功之后，我会把一半利益分配给你们。我马上要回到上游，一支船队成立需要我去剪彩。你们知道我的公司之多，之大。我在统领上游之后，我想下游还有许多人一无所有，这样我就来了。你们可以想象我得到这些财产、半条河付出的艰辛！我看上去一无所有，有什么办法，财产是不能带在身上的。只有一条河，只拥有半条，而下半条河的人仍一无所有，这怎么能说我是一个成功的人士？请你们与我合作，我只需要你们举手表示赞成即可。上游的人在众多有能力的人中推举了我，那些人的能力你们也许不清楚，个个有超常能力，他们推举了我，他们都心甘情愿做我的助手，让我领导他们。可是整个一条河仅拥有上游有什么意思？你们看，我来了。这就是我，我还是我。我从一个普通人出身做了上游的主人，人家是轻易看不出我是一位拥有一条河的主人身价的。从某种意义上讲我感谢这条河，是它使我想起了大家，想起还有下游无数的人一无所有，还渴望得河之一杯羹。我希望得到你们的支持，但我知道，最难做的就是人的工作。你们应该明白，今天是一个极好的机会，除非你们不愿发财。您是这里的头儿吗？"

　　络腮胡子的人上下打量着渡河人，怀疑多于信任。不过他口若悬河，说得头头是道，倒是打动了他。在座的哪一个不想发财，不然天天守候在河滩干什么？曾听不少人讲鱼虾都被上游的人截留了，他就不信，经这位以坚决的口气说出这条河下游与上游一样富不可敌，他可动员在座二十倍的人，每个都是发财心切的人，可与之合作。他当然是这里的头儿，他从来是带领人坚守这条河，只因没有过多的能力、见解，让这条河白白地流淌，仍一贫如洗，今天是例外，来人说得头头是道，财富唾手可得，只要合作，就可如囊中探物。他曾也有雄心占领整个下游水域，所以惺惺惜惜惺惺，对渡河人一下刮目相看。不论目前占有多少财富，有雄心壮志的人总是有共同之处的。他没有立刻表态，而且建议渡河人坐下来商谈，这里有许多细节得磋商。假如情投意合，他保证，他马上能拍板定案，因这里是他说了算。他要说的他们都明了了，他还可以再走走，沿河岸看看，下游的河域也是宽阔得不得了。不管合作成功与否，听到这样的信息总是令人欢欣鼓舞的。不过，今天渡河人来得正是时候，他们也正策划如何与上游的某人联手开发下游，当他们取得联手，那时他再来谈，他将会追悔莫及，成败总在片刻之间。

　　说归说，究竟上游他拥有多少，渡河人十分清楚，而他此行的目的是什么，他也没有须臾忘掉。于是他提出如何寻找到卜爱红。"就像我找到您、你们一样，我还要找一个人，她叫卜爱红，是一个杰出的漂流家。这个季节是她从河上经过的时候，她像一只山鹰一样，会乘筏瞬息而过。你心中恐怕没有这样一位漂流高手，今天我就是要寻找到她。如果找到她，哪位准确告诉我她哪天、哪时经过这里，请记住，我将把一半的利益给他！我说话铁板钉钉！一个拥有整个上游财富的人是不会撒谎的！我是忍着极大耐心寻找她的，我是为了大家，为开掘下游的财物矿藏，请记住，为什么我要来找大家，不厌其烦讲这些？难道我的财富还不够多，不够我消费？我是为了大家!"

在头领的指派下，渡河人让一个矮小的人陪着"沿河岸看看"。他走路铿锵有力，这不仅是他的身份的原因，也是他断定陪者是一位密探，他会把陪他看到的他的一举一动、一言一行汇报给头领听的。他指着河湾，说哪些地方波光潋滟藏有哪些财富，哪些地方水波深不可测具有贵重的宝藏。关于漂流人的下落，络腮胡子手拍胸脯说包在他身上，他说她跑不了，她如不服，可用一张渔网把她捕捞来。渡河人笑着否定了他的决策，为什么他竭尽所能要找到她？一个可以随便捆绑的人有这个必要不惜一切代价找到吗？经过解释他让头领人明白漂流人是他要找的最尊贵的客人，才达成共识：以礼相待，见到她后挽留她住下，然后再通知渡河人见面，他才随陪同出来。他问陪同人怎么看他的突然出现，陪者笑说为了利益，因为他们从来是无利不起早。"你说的利益是谁的利益？只因我的一己之利，我会长途跋涉来下游？"渡河人显得痛苦不堪，显然他被委屈了。但他立刻转忧为乐，他指着河，又滔滔不绝讲开他对河里物藏的知识。这是必须的。他决不相信他只是来陪同他的。

在一道银光闪闪的河湾渡河人站了下来。他认真地看着，他并不是一个马虎的人，他看着它，有些感伤。它确是一道富饶的河湾。他清楚，目前为止，他还没实际拥有这么一道河湾。要是实实在在有这么一道河湾，谁还会栉风沐雨来这贫困无比的下游人群白费口舌？这条河湾有无数水线穿织，凭经验他知道这里藏有大量的鱼群，并且它们正在产卵。他投去一块石头，看看反应。鱼群立刻掀起无数浪花。他也能识别矿藏，这一点，他不认为比赵涵波差。但水域被河藻覆盖，它就影响了他的判断力，透过千万层河藻可一眼认定藏有多少矿物，这本事就只有赵涵波才具有。每遇到一道富饶无比的河湾他就会遐想，今天也不例外，渡河人站下来，双手抱臂进行观察。"如果这是一条最富有的河湾，我会把所有下游人赶走，独占它！在上游，我能够在众多强手如林的竞争者中立于不败之地，难道在下游，我就不会要风来风，要雨来雨？我是这条河的主人！这里当然属于我！我在河上谋划了这么多年，你们岂是我的对手！"

渡河人又跟陪同人走。他的沉默不语要给他造成一种效果：他一直思考，一个有城府的人是思考多于言说的。他是值得他们托付、信赖的。当然，他们不遗余力去寻找漂流人让她不失之交臂是他们要竭尽全力去做的。为了证明他是有能力的，他取出一张规划图，展开，让陪同人看。这是一张密密麻麻画着河湾与标识着鱼群的图，它几乎没人能看懂。他傲慢地说："只要有了这张图，下游的开发就没问题了。""我有些没看明白，渡河人……""我不叫渡河人，不要叫我渡河人，我是河的主人、我叫东方宫！"渡河人生气了。陪同人感到愕然。他明明是一个渡河人嘛！"我是来为你们服务的。我在上游已拥有了万贯家财，来这里纯属服务。"因为他只是一个陪同人，他不告诉他过多的东西，他只是看看，没必要告诉他上游要与下游联手的事。"您多看！"陪同人说。"当然。谢谢！"渡河人摇摇头，这是一个很会拍人的人，也似乎陪过许多人参观了河。"和他们没有两样！"他心头说。他所说的"他们"，是上游和下游一无所有，又时刻想发财的人。这样的人他是只利用，不看重的。和他谈自己的宏伟设想纯属浪费时间，也没那个必要。找到那个卜爱红，一切就OK了！"我们回去好了！"他说，"这里已用掉了我许多时间，我还得回上游，那里有许多事要做。你知道主人和仆人的工作量差别有多大。"陪同人本来有个人的想法：陪渡河人说不定从他这里还会得到一些好处，近水楼台先得月嘛！谁知一无所获！他才是白白浪费了半天的时间。"是我浪费了时间！你去留自便！"渡河人用眼瞪陪同人，陪同人也不示弱看着他。算今天倒霉。一个一无所有的下游人有什么了不起！不过账还是有的算，今天寻找漂流人总算有个着落了，观测到了河。

在归来的路上，渡河人又惊又喜，竟在河岸有三五一伙巡查河的人。起初他不相信自己的眼睛，即使他再有说服能力，他们也不至于言听计从，他未离开就布置了巡查人巡候漂流者卜爱红的到来，可它是实实在在的事实，沿河岸确是站了岗哨。络腮胡子过来，渡河人大叫道："真有您的！您肯定学过管理，上过经管本科！我敢打赌，您的学历至少是本科！"络腮胡子被渡河人搞蒙了，他不知渡河人要说什么。

"噢……是……对!"后来他半推半就同意了,并说大学的管理学是一门十分难学的科目,很少人敢钻研这一学科……"太谢谢您了,你们一定会得到你们要得到的!"渡河人摸摸衣兜,仿佛他们要的就在他兜里。"您还满意吗?"络腮胡子说,他的工作得到渡河人肯定让他很高兴,他认为岗哨还应增强,并要得到渡河人的建议,是不是在夜间严加防控,因为她夜间经过视线模糊很容易让她溜走。"我只要您的一句话。"他说。渡河人点头。他走过去看站一旁的岗哨,一个个目不斜视,严阵以待。"可以黑夜加岗!"络腮胡子也点头。他告诉笔直站岗的岗哨:"这位是上游的主人,不久也是我们下游的主人。你们站岗能得到他的检阅真是你们的荣幸!""依我看,您纯属救世主!不管您是不是能帮得了我们,救我们于水火,我都认您。下游的人是说话算数的,答应人的事是一定要完成,他是以诚信为命的。检查完工作建议您要好好休息,即使再有健强体魄的人也要工作有个度。要是其他人来和我讲,我不会这么雷厉风行去完成,您就不同了。我愿为您改造下游铺平道路!"

渡河人久久握着络腮胡子的手,"我的事业太大了,让我茫无头绪了。庞大的运输船队正开始营运,但管理人才太缺了,跟不上。我又是一个事业狂,什么事都要求尽善尽美,是个完美主义者,可这样仍有许多不尽如人意处。正在筹建的跨河大桥马上也要开工,多半投资到位,应该说是大功告成,可我总要事无巨细过问,直到做到万无一失我才放心。他们说,你已是几个亿的富翁了,你没必要再这么辛苦了。你们不知道,事业到一定程度已不是一个钱的问题。他是为这条河奋斗,为上千号员工拼命啊!我们够吃穿就行了,您该歇歇了!员工们说:'我们没您,我们什么也不是。'其实我倒也不担忧他们的吃穿。他们全是我的股东,像不久的将来的你们一样,他们过着衣食无忧的生活。他们爱护我,是看到我能带他们发财,看到了不断建起的楼厦、街道、水产运营市场、大桥……我带领他们,是为在这条河上实现我的梦想。好啦,我休息一会儿。"

布置了岗哨巡查漂流人经过,让渡河人十分满意。为了怕暴露自己的想法,他决定离开前不再谈论漂流人的是否到来,岗哨布置得是否妥当,他把话题扯到上游人的工作、生活上。对于上游的状况,他心里最明白,如何解决了与凿石人、巡河人以及陈懂得等的问题让他最头疼。

每个人都不属安分守己的那一类，一个个都虎视眈眈瞧着他。仅凿石人，他就觉得难对付，他高度警惕他带领陈懂得等认领河湾这一事，在占有了赵涵波的全部渔具财产后，他并不知足，他是他最强劲的对手。他几次警告陈懂得三人，他们再和渡河人一起阴谋瓜分河湾，他就会对他们不客气。他说，最近他感到不妙，他的事业毫无进展，他对他们的容忍，是要求他们不要为虎作伥。老老实实经营一条河湾就得了，干吗还要参与进他与渡河人的争夺战呢？那天，他临走又郑重地对三人说，如果再让他发现与渡河人猫腻，他就要给他们颜色看看。在陈懂得三人被警告默不吭声后，他点点头，可一会儿，他又斥责起他们来。当渡河人与三人一起，见他们灰溜溜坐着，他问怎么啦。"我们不能得罪他。"陈懂得说，"我们得罪了他！""他威胁你们了？"渡河人说，"我去训斥他去！""他说我们和你偷偷摸摸背他搞见不得人的勾当！"周晓得哭道，"他要我们不离开他视线。""这是什么强盗逻辑！你们居然屈服于他，答应他了？"他愤怒地走去筹建中的码头——那里凿石人正站着指挥施工。"您过来一下！"他恼怒地说。凿石人正指挥一位搬运石头的工人上码头。渡河人站下等他工作完毕。"您要求我手下的人不要离开你的视线，我可以给您承诺。我的员工是听从我指挥的。但您不要让他们离开我。"凿石人看着他，吹口哨让搬运的人上码头工作，然后停下来。"我考虑一下。"他不能过早地树凿石人这个大敌，他要在陈懂得三人身上多做工作，尽量屈从他。第二天，也就是渡河人找过凿石人谈话后，陈懂得三人带来许多背篓人，分成两拨儿，给码头干壮工。凿石人又出现在码头。他盯视着搬运石料的背篓人。他很生气，他问陈懂得，这些人是你们仨雇的？渡河人又在耍把戏，不然这么多人一下能动员起来？这时陈懂得指着一旁放着的背篓，凿石人才放下心来。他说他当然愿意更多民工参与进建设工地，这么多人被雇用来当然是好事，因为从中他看到马上建起的欣欣向荣的河岸码头、运输公司。渡河人当然是委曲求全的。他的事业大得不得了，适时的韬晦之略是必要的。

上游的许多人让渡河人厌恶，他甚至有不想回上游的想法。在河岸上走着，随时都会碰到他不愿见的人，比如陈懂得、周晓得、黄鱼仔，他们依赖他，因此他成了他们发财的对象，很可能会把他缠垮，个个紧盯他不放。有什么办法呢，既不能摆脱他们，又不能让他把认领了的河湾据为己有，他一直在两难境地，不利用他们得不到河湾，信任他们，他们会把他搜刮得底朝天。他们一个个有着坚忍不拔的意志，如果他认定能从你身上榨出二两油，榨出一点九九两油都不善罢甘休。如果他们认为跟随凿石人或任何一个可发财的人是捷径，他们会把过去与你的情意忘得一干二净，并成为敌对方的帮凶，置你于死地而不惜，那他还谈什么成为河的主人。帮手到处有，今天在下游就随处可找到。如果下游的人不肯合作，没关系，他可以到下游的下游、海滩去雇用，只要成为河的主人什么样的人都会屈从。事实上他们都已屈从了他。他实在不想见到上游人的那些嘴脸了。他当然愿意带领陈懂得等人去赵涵波那里讨要认指河湾了，因为到目前为止他的全部所得都是从这一刻开始的，带着他们，以虔诚的态度，或煞是虔诚，得到赵涵波的信任，认取了一个河湾又一个河湾，他在河上有了立足之地。任何一项所得都是从某一缺口切入的。他是从取得赵涵波信任切入自己的计划实施的。他把这一游戏玩得游刃有余。他一边扩大自己的财富范围一边做着新的计划，并实施着。在下游他也准备以这一模式展开工作，同样找几个陈懂得等的代理人，愿者上钩的人有的是。他决定暂时留在下游。下一步怎么进行，现在没必要多费脑筋，车到山前必有路，他十分相信自己的能力，而且屡试不爽。上游的统筹考虑，他可以把计划再做细些，现在重要的是休息，以便有更充足的精力去思考下一步工作的安排。络腮胡子是一个头脑简单的人，他很轻易地让他说服，并竭尽全力去实现他的愿望。至于如何找到漂流人卜爱红，这纯属战术问题，它只是站岗的人要考虑的，他是把握宏观大局的人。

　　渡河人很有资历地坐了下来。他首先脱下帽子，点燃一支烟。河岸站岗的人本来是很蔑视他的，现在突然变得尊敬他了，因为他抽烟的姿势很有派头。"这些人到底有几分服气他？"渡河人猜测，"他统领了下游，他们都是雇员呢。"当他定睛看这些岗哨，一个个不像在站岗巡防，像在商谈鱼虾市场行情，他有点摸不着头脑了，是络腮胡子欺骗他，还是他们不服从络腮胡子的指挥。一个似乎是稽查的人过来和他搭话，他才醒悟过来。稽查的人显然把他当作河上可疑的人了，询问他从哪里来，来干什么。为显示自己的地位，渡河人冷笑笑，然后大声叫起来："你竟敢用这种口气和我说话，你先不打听打听我是谁！"几个人好奇地围上来，他是否是可疑的对象且不说，他们觉得他的喊声很特别，至少是站岗的人听起来他像辩解，以防不备他跑掉。"我没必要与你们争吵，你们的头儿对我都得礼让三分。"他拿出先前拿出的规划图让他们看，"这里马上就要变换主人了，我将是这里的主人！"稽查人员点点头，有地位的人都会对自己的土地进行规划，有这么张图，他相信他不会诓谎。稽查的人五大三粗，他从不吸烟，但羡慕吸烟的人，尤其是悠然自得坐下吸烟的人。他同时嫉妒闲着坐在河岸的人，因为他一天到晚在河上稽查除了夜里睡觉很少能坐下来。渡河人指指偌大的水域："看到了吧，这些河域，每道河湾储有数不清的鱼虾，可以告诉你们，都属于我！"

接下来他要进行训话。他是不失任何一次机会游说这些未来的雇用人员的。"伙计们，你们以为我只是一个河上的流浪汉，今天相遇，是大家的缘分。"渡河人让都坐下来。"我们是常遇到一些无耻的流浪汉！"众人坐下来哈哈笑着。"不！不！在上游也有，你们说的这样的流浪汉，有不少竟干了渡河人。"说起流浪汉，河岸人常把渡河人等同于此，他于是把话说在前面。他讲一个流浪汉是如何成为一个渡河人，并且怎么让河上的人厌弃。一个流浪汉是多么想成为一个渡河人，因为他常年在河上指挥工程进度，常遇到他们，他是了解他们的。

这个马上成为下游的主人的人开始绘制规划图了。他专心致志的程度让在座的岗哨肃然起敬，默不敢言。他望望河，在图上绘几笔，再望望，再去绘画，并在一旁标上"这里鱼储一百万吨""那里将是一个金矿"等字样。这时已是中午，太阳直射下来，渡河人工作得满头大汗，但他聚精会神，若无其事，汗也不擦，一个大人物工作起来是忘记一切的。在上游工作比这艰苦十倍，下游的人理应向上游的人学习，何况是一个河的主人。他每绘一笔，都侧身让围观的岗哨看到，由于他的专心致志，络腮胡子站在一旁他竟没注意到。"你怎么在这儿？"络腮胡子惊叫道，他与其说是惊奇，倒不如说是某种谴责，他是不允许在他不在场时忽悠他的臣民的，今天是个例外。"哦——"渡河人拉过络腮胡子，咬他的耳朵，然后哈哈大笑。络腮胡子本身是不快的。他也没听清渡河人说什么，但他亲近的表示让他停止了发火，他不知道如何对待，勉强点点头。为了堵住络腮胡子的嘴，渡河人没给留思考余地，接着说：

"我路过。你安排得不错。我闲着勾勒几笔。"络腮胡子释然了，一个人闲下来描述图纸，纯属个人行为，别人不得干涉。不过他对渡河人选择的地方不能苟同，他完全可以在茅舍工作，没必要在这里招摇惑众。他很想建议他到自己的住屋去绘画，因为他是一个很有想法的人，又已占有了上游的全部河流与财产，但他已派了许多岗哨，并承诺帮助他找到漂流者卜爱红，过多的帮助很容易被误会为谄媚，那是他不愿做的。"这里的工作我都做了安排，"络腮胡子拍拍渡河人，显然告诉他可以走了，"他们站岗是须臾不得离开的，你在这里很容易引起他们好奇离岗。我当然没有让你停止工作的意思，你的工作让人尊敬，是神圣的。"

络腮胡子的话让渡河人不得不关注，他在下游耽搁的时间太长了，既然这里已布置了严密的岗哨，他就该回去了。何况上游的阵地并不稳固，如果说他上游有阵地的话。不过他们统统不是他的对手。一个众多竞争者中脱颖而出的人可以说能有三头六臂四面出击。在下游神不知鬼不觉，工作已抢在了前面，如果在上游竞争不过，就以下游为阵地，反戈一击，再去占领上游。"你说得对！我该离开了！"他又补充道，"这里一有消息就告诉我！下游属于我们，是我们共同的。"

"从您来了那一刻，我就认定您是一个无可匹敌的人，好的，您放心走，这里的一切交由我办。我就一直认为：下游怎么就不如上游。这里您看到了，无数的财富只是没有一个像您这样的人开发。办任何一件事都需要一个强有力的领导人。这里就这么一群人，只可利用，不能重用，您来了太好了，我们携手合作，这里属于您我。"渡河人用力握着络腮胡子的手："太好了！我总能与您达成共识，这就是为什么惺惺惜惺惺，英雄识英雄。有您在这里我就放心了。"渡河人被紧紧拥抱，两位下游未来的主人热烈拥抱。谈得如此投机，两位都始料未及，因为都觉得对方不是善者。但从互相拥抱完毕一刻，渡河人看出络腮胡子的狡诈——他有察言观色的本领——渡河人摇摇头笑了："人心隔肚皮。我交往过不少人，起初甜言蜜语，说得天花乱坠，可一转身干什么？在背后捅你刀子。我想您不是这样的人吧？"

络腮胡子此时正做着与渡河人告别的准备——一手举起致意并示意告别——举着手笑着。他没留意渡河人的恶意猜测，或觉得渡河人没觉察出他的诡诈。他摇摇头表示十分惜别的样子。在渡河人转身离去的一刻，他是以一个赢家的姿态去看他离去的背影的。"笨蛋！"他说。

渡河人也很快忘记了络腮胡子的狡诈，十分自信地走在河岸。起码有一点他是取胜了，河岸布置了岗哨，漂流人不会溜之大吉，什么叫不忘初心？他来的目的不就是要找到她并不让从眼皮下逃脱？他显然比来时自信多了，昂首阔步，并向两边观望的人群露出视察者的笑容，还不断挥手致意。两旁的人当然肃然起敬，这倒不仅是他的自信表情，他们也眼见头人与他一起时毕恭毕敬的样子。在他经过两旁人鞠躬让他走过，他情不自禁脱口而出："大家好！大家辛苦了！"他说后又以一个视察者的姿态向一旁的一个小孩弯下腰，亲切地拍拍他的脸问道："希望过上好日子吗？"小孩点点头，曾经怀疑他、对他有过粗暴表示的那个人恭敬地替孩子回答了他的话："日夜盼望。"渡河人又以同样的方式拍拍那人的肩，他完全有理由居高临下对他们发号施令，但他觉得没这个必要，任何一位主人对仆人都是采取视而不见的态度，不去斤斤计较。他向他一挥手道："等着吧！我将是你们的救命恩人！"他说完觉得没表达清楚，又进一步道："我将改变你们的命运，从而摆脱贫困，过上与上游人一样富有的生活！"众人流露出的目光是十分感激的那种，没一点他初到河上的猜疑。他从侧面看上去俨然一个大富翁，因为阳光照上去显得面颊神采奕奕，无比自信。他摇摇头，一副悲天悯人的样子："我来得太晚了，大家一直过着这种日子，没救大家于水火，这是我的失职！"他向众人虔诚地鞠躬。"一个人富裕不算富裕，所有的人富裕才是真正的富裕。人们说：'我们过得很好！我们的生活太让我们满意了！'悲哀、最大的悲哀！由于我是一个菩萨式的人，所以我才从上游来到下游。你们知道吗？上帝也遭人唾骂。你们有十分善良的品质——我从你们对我恭敬的态度看出——这是我把心与你们相交的原因。我为什么要寻找卜爱红？她是我的学生、朋友，将来的合作伙伴，我们同舟共济，风雨同舟。是风雨同舟，不是吴越同舟。我是一个吝啬的人吗？我已拿出大笔财产给了他们。人心不足！再见！伙计们！"他用了"伙计"两个字相称。他的目的是占有整个河流，至于怎么称呼，他从不斟酌，只随口而出，只要需要。

太阳已照射到河面了。从下游到上游还有很长的路要走。他边走边整理思绪，把经过从头到尾捋了一遍，结果和期望的目的一样完美。在无人的地方他走得很快，这里没人盯梢，他完全不需要以一个主人的步态走路了，他一边急急忙忙走，一边在思想里又做了一遍上下游的主人。直到接近上游，看到那些熟悉的河岸，他才焦急起来。因为这里不少的竞争者正谋划消灭掉他，何谈得到整条河。首先映入眼帘的是凿石人的建筑码头，那里正轰轰烈烈进行着凿石人的计划。为了掩人耳目——他是秘密走访下游的——他不得不以一个小偷的姿态神不知鬼不觉绕码头而过。他静如尘埃走去，到了茅屋，悄声唤："陈懂得，陈总！在吗？"陈懂得此时刚与合伙人谈完计划，正得意地躺在铺上吸烟，根本没听到渡河人的叫唤。渡河人没得到回应，径直从后面院子走进去，根据经验，周晓得正在那里做计划——他天天计划，工作总做在前面——从认真打算盘记笔记的姿势渡河人认出了周晓得。他希望他不要问起他去哪儿了，但他已做好准备，他们一旦问起，他是有话回答的。他是十分瞧不上这三个人的智商的，但时刻又对之提高着警惕，他们没有脑子，但比任何人都多疑。在对周晓得甚至陈懂得的问话有足够的估计以后，渡河人昂首走了过去。他希望他们专注地为他工作，即又在说服更多的背篓人加入认领河湾中——赵涵波越见广众的人加入越要亢奋地指告新的河湾——为什么没有人呢？他摇摇头，他作为一个未来河的主人，他太操劳了。

周晓得背身坐着做计划。外面的风吹进来。这欢呼声太大了，简直就像风暴一般。河湾的主人兴高采烈地出来，人们眼含热泪望着他走向剪彩台，拿渔竿、渔网的背篓贩卖的鱼贩，他一出现，都高呼万岁！高高飘扬的是彩带彩球。一边站的戴头盔的建筑工，那是建他规划的大厦的工人；一声汽笛长鸣，又一列运输鱼虾的汽船出港了。每艘渔船都打有"东方宫"字样。保安人员分拨着众人，他从中走过，当然要分拨水泄不通的人群了，他命令：谁也不能赶凿石人、垂钓人走，必须要保护他们，给他们一份体面的工作，因为他看到他们像丧家狗一样被众人撵赶，他的心地善良。赵涵波紧紧握住他的手，感激得老泪纵横。"没关系，我给你一碗饭吃！"他对他耳语。美女多得数不胜数，他从她们身边经过，她们给他飞吻，他摆摆手，以此对她们回应。他取起礼仪小姐双手递过的剪刀，剪彩，下面又是一片欢呼声。

渡河人走过来，以至周晓得还没发觉，他一定在对照他交代的任务核实他完成的工作数量，他欣赏着他认真工作的姿势。"能赶走他吗？"有人在说话，而且是很认真的口吻。渡河人这时才看见周晓得面对的门后的一个个人影。"傻逼！"周晓得说。从口气判断，周晓得不是冲门后的人说，是指那个说的"能赶走"的人。接着他们在谈论赶走的人是什么性格、被赶走时会怎么样、赶走了是个什么样子。"他一定会鬼哭狼嚎地叫喊！"周晓得说。"自鸣得意的是最愚蠢的！"接着有人说。"我断定他是去下游游说了！他要找到他天天口口声声要找到的漂流人！"黄鱼仔的出现让他惊异。接着闪过陈懂得的身影了。"他怎么也在这儿？"渡河人简直有点不相信自己的眼睛。"那家伙在那儿站着！"黄鱼仔说。他在众目睽睽之下了。他被叽叽喳喳的背篓人围住。"捆起来！"陈懂得话音未落，就有七手八脚上来捆他了。"我是渡河人！不得动粗！"他话还没完，头上就挨了一拳。打他的正是陈懂得。经周晓得帮忙，他立刻就如一条鱼被网兜住般被捆扎了起来。"这个自作聪明的家伙。他一直要利用我们。什么叫作茧自缚，自作自受，这就是他的下场！"黄鱼仔说着冲他唾了一口。在众人离去的茅屋边，渡河人被五花大绑捆着，喘着气，有出气，没入气。

二十五

　　巡河人沿屋子走过，以便人们从大老远处就能看到她坚定的步伐和健壮的体魄。她有没有丈夫无人知晓，从人们有记忆开始，就见她一个人住在河岸这屋里。她对旁边的邻居有着严格的要求：房屋的屋脊不能高于她的屋，门口的道路也只有她的门道通过他们才能修道，并且必须是细窄的。她在院门口挂一张木牌，上面写着"巡河督查所办公室"字样，这不是炫耀，仅出于原则考虑，因为巡河是一项神圣的工作，在没有制服的情况下，人们很容易忽略她的地位和职业。她不让那些讨好她的人义务打扫门前道路，她反对一个官员养成养尊处优好吃懒做的习惯，官员不论大小，都要勤勉。她时不时要让邻居过来听她的讲述，这不完全是因为她爱讲耸人听闻的故事，是因为这对他们有好处，与她相邻，他们当然应近水楼台先得月，受益在先。她有时也让他们帮她干点活儿，比如给挑挑水，帮她刮洗刮洗要炖煮的鱼虾，这样做是为培养他们懂得尊卑贵贱，因为她毕竟是一河之长。走路的时候，她从门前道路走过，要求邻居回避，因为她要上河上巡查，巡查工作是一项神圣的工作，它具有庄严性。她出门工作，从不锁上门，绝对不会有人擅自闯入偷窃，因为谁有非分之想，她不仅在讲故事中就教育了他们，她会把他们赶离河上，那样他们将要面临流离失所的现状。她是河的管理者。

　　她的卧室被一个很厚的床帷遮起来，这倒不仅出于一个单身女人的私密性考虑，也是从作为一个一河之长的威严考虑，神秘性是必需的，否则与一般河上居民有什么区别。她巡河十分认真、辛苦，一走就是一天，所以她需要恢复体力，这样，不但不拒绝讨好她的人来给她做按摩，有时也纵容他们这么做，在工作者要求延长时间，她就默许了。随着年龄增长，她的体形有了变化，她清楚这一点，所以当人们给她做按摩，她要让隔一道帷纱，这一点绝不马虎，如果哪位逾规了，他会遭到无情的谩骂，或被踹开，她有体力，这一点无人可比，遭踹遭骂咎由自取，因她定的规矩人人皆知，逾越规矩是故意所为。进入她闺室仅此而已，所以平时屋子总是严严密密遮堵着，这样就让无数人产生了猜测，但这属于个人的品德，一个人的权力再大也扩展不到去管一个人怎么想。这里的人对她是既敬又畏，这完全是因她常年规定了与他们的交往界限所致，而且她执行得一丝不苟，从不马虎。

说她除了巡河别无任何爱好是偏激，她对凿石工作有着出人意料的迷恋。至于对待凿石人的态度，连她也说不清，她总说："他一下一下凿石的身姿让我百看不厌。"她每天巡河，按说应该在整条河岸巡查，可神差鬼遣，她走着走着，就拐到了凿石人的工作场，并且看着他"再一下、再一下"凿石一看就是个把钟头。她希望他在她到来就开始凿石，临走，在"再一下、再一下"的凿石声中离别。"今天凿了几个石人？"她见了他工作的身板就问。他起初是"嗯""是的"简单回答，后来他的回答复杂多了，并且面带笑容，因为她百般呵护他在河上的工作，随着有了赶走赵涵波的想法，他也需要她的支持。她也很高兴，他在她来到后她发觉他凿石的身姿更加迷人，而且能一边"再一下、再一下"凿石一边与她攀谈。侵犯她就等于要从河上"滚蛋"，尽管她喜欢听他"再一下、再一下"的凿石声。每次她到来之前，他就如约般坐在工作场工作了，她的天天到来，他已按规律所循揣摸出她来的时间，他不出现，她听不到"再一下、再一下"声就会暴跳如雷，过分时，她会当他面把他几天凿的石人砸个稀巴烂。这时最好的办法是一声不吭坐下取锤"再一下、再一下"凿石，听到"再一下、再一下"声她就安静了。她对他的要求越来越苛刻，因为他们已形成常年的习惯：她到了他必须到，她得听到"再一下、再一下"声，她要求他工作时一声不吭，她就端坐对面，端详他凿石的身影。为此，她要求他离开时不要带走工具，以便他一进入工作场，就可取工具干活，她打老远就可听到"再一下、再一下"声。她的眼睛只有盯看他凿石的身姿时才是安详的。他因为总受到她责罚——比如一点点不如意就制止他一天凿石，或从开头一遍又一遍让重新凿石，直到满意，凿起石头目不斜视，十分专心致志。有时他走神，声音会乱一些，但他常年与她一起，他也有对付的办法蒙混过去，比如让河水的"轰隆"声掩饰过去。但由于她的严格监视，他的把戏总被识破，这时他会冷不防头上或肩上挨一拳。

在他被严格控制下，他一度对赵涵波产生过微妙的想法，他有时也怀疑自己这种想法的奇怪性，但他又说服了自己：恐怕是被她监控的原因所致，人是越被压迫越要反抗的，他也是人，人具有的他无不具有，不一定是对赵涵波有什么企图。赵涵波与他同住一屋檐下，他对他是友好的。由于在河上被监控，上河上凿石他感到十分累，所以只要能在居所待一个钟头，他就不待半个钟头。他领他去看渔网，炫耀他的渔竿，还许诺将来与他一起去垂钓。由于有这种"移情别恋"，他每见巡河人就十分害怕、畏惧，仿佛自己总在干见不得人的愧对于她的事。他害怕她赶他离开河上，也希望得到她的帮助，尤其是在他有了占有河、赶赵涵波走的想法后。在巡河人高度监视下，他就专心致志、一丝不苟，或装出专心致志、一丝不苟的样子凿石，凿出动听的"再一下、再一下"声，巡河人灵敏的耳朵和尖锐的目光有一点杂音都可分辨出，有一点蛛丝马迹可疑迹象都可看到。赵涵波的形象越来越可爱，甚至变成了他心中的一尊偶像，因为他的生活太单调了——仿佛一天就为校正"再一下、再一下"声的正确性——越是身板笔直凿石，越要想起赵涵波温柔可爱的形象。

巡河人端详他凿石的目光是贪婪的。她虽然是一个女人，但看他就像一把刀子要割剐他，霸气十足。他专心致志凿石——力争凿出好听的"再一下、再一下"——在她眼睛盯视下，觉得他变成一个女人，她反倒成了一个男人。他担心她会像一个男人一样上来突然袭击他，那样他会垮了，因为他觉得已力不从心。她盯视他的目光让他骇然，与他交流的方式更令他毛骨悚然，心惊肉跳，她未开口，就用手摸他手，因为她完全是以一个男人的方式摸他，他毕竟是一个男性。仿佛他从记忆开始她就坐在那里用那种眼神在盯视他。她摸他，问他话，比如"累吗""冷不冷"温柔体贴的话，她一边摸，一边问他，一边眼珠转着像在怀疑什么。她一边摸他，一边眼里就露出不对头的目光，因为他在她摸他时在缩着手。她简直吼起来，要打他的样子。如果此时铁锤、铁凿什么的在旁边，那它们就倒霉了，她要扔掉它们，哪怕在暴怒之下扔到河里第二天再花钱给买一个新的也在所不惜。他只要看见她眼里的变化，就马上把缩回的手再伸出去，不管她再摸不摸它。根据经验，她眼珠子一转，他就得伸出手，也不管她摸不摸。但他是不幸的，在他一再的努力下，尽管做得超乎原来所做的程度，她的要求也越来越多、苛刻。他每次把缩回的手再次伸给她，他便看见她点头。这不是一个好兆头，并不是对他的努力的认可，是要对他再进一步地袭击，至于袭击的程度、方式，要看她点头的时间长短与轻重。她越点头时间长，越重重地点头，越说明她要出其不意不可揣度后果地袭击他。最令他毛骨悚然的方式是十分温柔的、体贴的方式。至于从他身体哪一部分进入，这就取决于她了，她天天有新的花样。

　　"你这双凿石的手是怎么凿出这么好听的声音的……"她顺手一直沿胳膊摸去，而且丝毫没有停止的迹象，向他的肩摸去、腋摸去。"我是一个巡河人……""我们属于你管理。"她像一位老师领学生读课文说出上半句，他就得接应说下半句，而且要轻声细语。她不但摸他的手臂，还沿下去摸他的脖颈、头颅。她一边摸，一边要叼一支烟抽，因为她此时喜欢像一个男人一样抽烟。他被摸着，不但不缩回手，而且要一动不动，不能表现出半点惊悚的样子。用这种方式交流，时间的长短完全取决于巡河人的兴趣，有时是几分钟，有时是个把钟头，因为她不但喜欢摸他，还喜欢听到他凿出的"再一下，再一下"声。她喜欢训练一个人一动不动躺着经受风浪的耐心，她在河岸自设了一个小码头，用木头板制造了一个小木筏，小木筏只容一个人和她坐的地方；人躺的木筏上，设有一个只可伸进一个人头颅的三角架，被考验者把头伸进去没有她开动机关就缩不回去。这是她经过上百次试验发现改造而成的，为此她十分满意骄傲。容她坐的地方是属一个监督岗。第一次试运行她用了凿石人，她把这一发明让凿石人分享，因为她喜欢凿石人，这一成果她也让他与她共同拥有。在试验运行中她让凿石人躺进去没什么，可当头颅被卡嵌进去凿石人痛苦地叫喊起来。但他在她强迫下停止了叫喊，并开始让木筏漂流在风浪上。他在风浪吞吐中嘴里灌满泥沙，在泥沙俱下的河水里挣扎，被她坐在监督岗用鞭抽打，她要让他把考验任何一个河上的居民被挨打的滋味都必须品尝到。他被嵌进去灌了几口水刚刚叫喊，头上就被抽了几鞭。在三个小时的"考验"后——这是她作的规定——她把三角架打开让已半死的凿石人出来，她道歉说："我不得不这样对待您。任何一项考虑通过都是要受尽非人的折磨，而河上的居民要证实他爱河，只能接受这样的考验。"她问他的感受，而且必须要回答：很好！其实他已完全垮了。但他必须回答：很好！否则他要进行第二次漂流。这时，巡河人就说，你总不会误认为我是折磨你吧？因为她把这一成果让他第一个与她分享，这不是每个人可得到的殊荣。

利用木筏漂流考验河上的居民热爱河的程度，让巡河人十分得意。她喜欢何必明，他要成为河上居民的模范——这是她的职责，她已这么培养他了——他要经受比其他人更多的考验。瞧！这就是他天天与巡河人在一起的结果：成为一个经得起考验的人，她希望得到人们这样的评价。要是连她最喜欢的人都不能接受她的考验，那她就不是一个合格的巡河人。他应该明了巡河人不仅仅是一个巡河人，她承担着一条河上居民的思想改造重任。所以她在考验他时，置他被嵌痛苦的乱喊乱叫于不顾，认真地给他讲述她在河上的所见所闻、感受、理想，她对他极其负责。有时为让他懂得河的剽悍，她故意把木筏推在深水域、置于波峰浪尖，让他经得起考验、爱上它、牢固树立她的信念。她告诉他，河是温驯的，也是凶悍的，为什么呢？任何一条称得上上乘的河，都有残酷的一面：狂风大浪中吞噬一切生灵，可它为什么这样？让生息在它岸上的人懂得珍惜它。可就有人不理解，她是为让人与河共生长，他们心安理得接受了这一成果，不但不知恩报答，心存感激，反而把好心当作驴肝肺，认为她戕害他们。她本来可以不去费这个心机，管他们爱不爱河，能否与河同辱共荣，她是一个领工资的巡河人，天天吃吃喝喝，有什么好去的地方，她乘木筏顺河漂流而去，去玩玩，玩完再回来，图什么？不！她是真正的巡河人，她不能扔下他们不管，那样她就对不起众人。她在夜里，常常睡不着觉。她想什么呢？要把大家的心凝聚在河上！她责无旁贷！巡河人不能自私，什么也不管。这木筏就是她在这种状况下想出来的。影响了她什么？一个巡河人，即使天天睡大觉，也领工资照常不误。就是巡河人，也不是都一样，有的像她，心全操在为河岸生活的人身上，有的则除了吃喝玩乐对一切事都不闻不问。但她是前者。她也唾弃后者、对之深恶痛绝。只要允许，她都想给每个人制造这么一只木筏，让他们卧薪尝胆式地天天与河同甘共苦，不去忘本。但她不会，因为上级明文禁止这么做，她毕竟只是一个巡河人。一个巡河人有改造一河岸人的责任，因此她从未懈怠，这一点她问心无愧。

在她的训练下，何必明成长明显。他必须成长，因为他是她树立的一个标杆，他有着引领性质。在训练中，她常常要把他带到河岸人多的地方，为什么？她的良苦用心应众所周知：教导大家。赵涵波垂钓，讲述河的知识，常会招引来许多背篓人，她不失时机，命令何必明进入木筏，进行操练。她不容他推辞，几乎是装置一颗炮弹般，迅速捆绑他在木筏上，他上船前，要求向众人讲述他上次的感受，而且是良好的感受，进入嵌夹，要求他装出十分愉快的样子，因为人与河共荣同甘不能愁眉不展，痛苦不堪。这对他也好，他会在这种严格的训练下迅速成长，成为一条硬汉，因为他需要成为一条硬汉。他要遭到鞭打是必不可少的，他就是在鞭打中成长起来的，她也要求把这一感受讲给围观者。严师出高徒，河上的居民有这种品质。

对于何必明的训练，巡河人越来越严格，以至他完全接受了训导，对巡河人的训导从不满、反抗到十分默契地配合，无怨无悔了。她已称他为"战友"了。这是她对河上居民最高的称谓。他在她不在场时自己就主动上木筏训练了。他原来是一个拒绝训练的人，这让她对今后的工作开展充满了信心。她有时在他上木筏训练时也不上监督岗，她对他独当一面接受训练，而且善始善终，准确无误完成多项任务感到骄傲。任何一个愚顽的居民都可训导成热爱河的居民，巡河人就应把所有的河岸按要求改造成这个样子。

因为成了"战友"，他就得付出超出常人数倍的努力，一天训练数次，或某天（以需要而定）整天伏在木筏上，感受河的风浪、日晒。如果遇着狂风巨浪——这是训练的最佳时机——他要被紧紧捆扎在木筏上，任巨浪拍打而不顾，直到让她认可。她的训练虽已日久，但从没因此懈怠，她愿意在人头攒动、众目睽睽之下让他漂流，如果他表现得如她所愿，她就更满意了，上了河岸，她便递过一块沐巾，以"战友"相称，带他回家。她是一个闲不住的人，尤其对他成功的训练，将开展大面积训练河上的人工作前，更是忙得不亦乐乎。凡是被她引入将要训练的人，见了他无不敬而远之，有时避之不及，也低头而逃。在训导中，凿石人的凿石时间越来越短，尽管她喜欢听那"再一下、再一下"声。太阳出来，是凿石人的凿石时间，这是她规定的，因为这时很少波涛，河岸上又很少有人，并不是因河水冷难入。凿石人虽然被严格控制了时间，但他总能忙里偷闲去打听赵涵波的下落，监视自己开展的码头建设工作，甚至可与渡河人展开较量，争夺河湾物储。他常在"再一下、再一下"凿石声中让听得舒舒服服的巡河人睡着时，就忙去码头监工或与渡河人争长论短。他从没忘记他要干什么，包括为什么如此忍气吞声的目的。对于渡河人他是既恨又爱，要不是争抢一条共同要得到的河，他认为他们应该成为好朋友。渡河人有着十分强壮的体魄，这是他非常喜欢的，所以每当他赤身强渡，他都要停住凿石去看。而巡河人越是对他表示亲近，他越思念渡河人强壮的体魄。为此他曾自责过，但他认为这是对美的一种欣赏，并不像巡河人对他的赏识一样让人不快。

那天他去找渡河人理论，被一群背篓人围住了。众人对他指指点点，许多背篓人认为他与渡河人合伙欺骗他们。因为他们已认定渡河人在欺骗他们。"我一直被人控制着，我岂能欺骗人？"他哭嚷嚷道。人们都在抱怨。因为人们看到天天忙碌却一无所获。他在众口责骂声中蹲了下来。当人们挟裹着渡河人离去，他还一个人蹲在河岸。"何必明！"巡河人走了过来，他异常沉静。要是在往日，他会立刻站起来应喏。看见他的样子，巡河人没有发怒，因为他已耽误了一个时辰没有进行漂流了。"你是怎么啦？"她的疑虑多于关切。可他一动不动，不论她怎么叫喊，他都无动于衷，一声不响。他已竭尽全力，或再如此训练一个月就是尽最大可能乘筏漂流了，他可以说已是一个优秀的河岸人了，为此，她没有暴跳如雷呵斥他，而是蹲下观察他，企图找到他被伤害的原因，不然他不会如此无助，可怜巴巴。她又伸手摸他，她想通过抚摸唤起他的活力，因为他死气沉沉，完全像一个把什么都放弃了的人了。就在这时她看到了远处关切地注视他的渡河人。现在她明白了，他根本没有把她当回事，他不仅与渡河人竞争，同时与他联手合作；不仅与他明争暗斗，还背地里干见不得人的勾当。她从他肩头摸到他腰部，她摸到了那张他刚与渡河人签订的合约书。她十分愤怒，可打开来看是一张完全生意化的合约书，而且利益分配公道，没有一点私情，这就让她不解了，这是为了什么？

"我们去乘筏漂流去！"她观察他的表情。"我不去了，我不参加漂流了。"他冷静得如一块雕石。"我没有责怪你。""只是我不想去了。""我叫你去！"她大声喊，似乎他没听到。"我说了我不去了！"他也大声喊。在她怔怔看他时，他站起，一把推开她。由于事出突然她一时措手不及显得惊讶，他倒像一个十足的男子汉站下。"我要你滚！要你从此在我面前消失！"巡河人失去了支撑。在这之前，她一直因为他而骄傲，充满希望地工作。再去巡河还有什么意义？她费尽心血制造了一只木筏，日夜不停训导他，她把他看作未来的接班人培养，没想他竟恩将仇报，这样的一个反目为仇者不应该置他于死地？她本可轻轻松松巡查在河上，见到喜欢的人讲讲她的所见所闻，她爱讲，他们爱听，但她没有这么做，而且天天陪他渡木筏、训导他对河的感情，培养他成为一流的河流居民，她为了谁？他今天竟口出狂言，说再不乘木筏了，要她滚！他再不是她的"战友"了。渡河人不仅煽动起了他占有河的欲望，也拉拢了他，让他离开她。她的心血付之东流了！

她是热爱河的，不然她不会潜心造那么一只木筏，费尽心血培训他。她对巡河工作一直很崇敬，可为了培训他，她把心爱的巡河工作搁置一边，全身心放在了规范他乘筏上。她的职业尊严受到践踏，他也枉费了她的良苦用心。为了证实她的控制力，她又重新把他嵌入木筏里，可她没了先前的热忱，她只机械地做着这一切，他的敷衍了事行为她也视而不见了。她推开木筏，让他兀自漂流，她再没兴致纠正他的过失，也没兴致讲述那么多清规戒律让他掌握，她是如此悲哀。她培训的这个人再不是她的"战友"、希望，而是一个束手就范的俘虏，他被安放进去，急波巨浪打来，仍一动不动。对他之外的人训导也使她没了兴致，原计划下一个训练的人是渡河人，看来没此必要了，他们是一路货色。

从木筏上卸下凿石人，巡河人摇摇头走去。他们虽然仍天天在河上训练，但完全没了先前的激情。他也不去与渡河人履约，他知道渡河人不会舍去大部分利益与他合作，一切都会进入圈套。在他蹲下凿石时——这时他是想凿石就蹲下凿石，再不受巡河人的任意摆布——常见她一个人摆弄木筏，在无聊的时候，她会一个人躺上去，如他先前一样，嵌头进去任河流漂泊而去。对她的举动，他也无动于衷，甚至嗤之以鼻。每次吃饭的时候，尤其喝酒后，她会滔滔不绝讲她在河上的"奇遇"——这是习以为常之事——他听着，一声不吭。他已当她不存在了。有时，她也为唤起他的好奇心，编造一些骇人听闻之事，但他只冷漠地听着，不动声色吃饭，像她不存在。他们再不是"战友"了。过了些日子，她从与他一起居住的处所搬走，回到了自己的住所。她的离去，也没唤起凿石人的激动情绪来。

在自己的处所，巡河人没忘记改进木筏。经过反复推敲，她把木筏改造得近乎完美，在日光下被嵌入热爱河的人会一动不动躺着，在大浪冲击下他也会铅浇蜡注般对之视而不见。从此她也彻底遗忘了凿石人，那"再一下、再一下"声她不是听不到，而是再未引起她的注意，她已视他不存在了。

二十六

巡河人毫不费力就从赵涵波的居室赶走了凿石人，原因很简单，她是巡河人。住房是垂钓人的，他可以去河上建他的码头，但他必须从这里离开。包括所有的渔具，她要求必须留下来。在垂钓人失去它们的时候，它们是凿石人的；现在，它们被她夺了回来，它们就是她的了。

"这我知道。"赵涵波被邀请来确认了她的财产后，赵涵波点头称是，一点不否认。"但我要说，"巡河人得意地走来走去——她的兴致因被凿石人一度败坏，现又得到恢复——"有些工作开展，你得配合我。"

"只要我能到河上垂钓就行。"赵涵波说。

"而且天天让你在河上，在我的屋里居住，使用我的渔具。让凿石人滚开！我们才是真正的朋友，志同道合的朋友！"

"我十分感谢！"巡河人摇摇头："不！我要说的是从此以后你再不要去理会凿石人，包括渡河人也要谨慎对待。我是你忠实的朋友。"她说她最不能容忍知恩不报的人，言而无信之人，如同盗贼，他们是需遭唾弃的，要人人喊打的。什么是知恩图报？那就是对他要报答的人言听计从。因为有恩于他的人是没有一点害他之心的。对一个不加害于他的人必须十二分地信任、听从。最后她带他去看了她改造后的木筏，她要求他配合完成她的大业。

她为了让赵涵波代替何必明完成她的试验，可以说是循循善诱，把工作从铺垫到结果做到了天衣无缝的缜密。她要赵涵波代何必明行事，与其说是为完成一项事业，不如说是想证实自己的说服能力。从赵涵波到来，她盯着的木筏上出现的一直是何必明被嵌入头颅的情景。因为他离开了，被她赶走了，渴望得到河上垂钓的人赵涵波就应该如是嵌入木框，躺在木筏上经受风浪的考验。她向赵涵波做了示范，并且讲了许多垂钓的新技巧，尤其嵌入木筏他可从不同角度认识河。"这个屋子由你居住。"她把一把钥匙也交给了他。渔具的门敞开着，赵涵波可以任意选用、使用，但门不能关上，因为凿石人是不择手段的，他已凭此抢夺过了这些宝贝一次了。

赵涵波被捆绑在木筏上，向巡河人摆摆手说她可以离开了。这是他事先保证过的，他是一个言出必行的人。在认定他会自行漂流后巡河人离去，赵涵波就一丝不苟"工作着"：任风浪冲击，一动不动感受河的抚爱。他因河上人的钩心斗角，长久地失去了与河的肌肤之恋，所以他不但不厌烦在河上漂流，而且对每道冲浪欣欣鼓舞去迎接，并尽量张开束缚的双臂拥抱。他的渔竿就在身边，他的双眼紧紧盯着，他的头颅由于被嵌不方便动弹，但他的耳朵可听，眼睛可看，他不会因头颅被嵌卡懈怠工作。他严肃认真工作的态度是一贯的。他的头颅被嵌卡，每次转动都很吃力，但并不影响他观察，他每次转头后，计算着时间观察河流，几乎使时间差不超过半分钟。因为嵌卡所致，他头颅向左转动比向右转动吃力，他决定向左转动比向右转动提前一分钟，使向右转动的时间与向左转动达到一致。当从左观察时间一到，他马上就转过脸，向右察看。在左右观察时间的分配上，他一点不马虎，这是涉及一个公正公平的问题，他决定给予高度重视。对于波浪的冲击，他很少反感，因为他从最初有记忆起就在河上，不仅熟悉浪涛，而且与波浪同生共长，甚至没有波浪的日子会使他不安。在河上漂流，应该是单调乏味的，可在赵涵波这里发生了翻天覆地的变化，每朵浪花生动感人，精美绝伦，他能从它被阳光照射感到它的活力，无比鲜活的生命跃动；从它与另一朵浪花的撞击中感到运动的乐趣——它们是运动的，不是静止的，这是他的喜爱所在——团结的力量，寻找同伴的渴望；每一股支流不是单一的，而是无数的离子组成分子，分子组成量子……它们是一个整体，整合成一股波浪，一条河流，一个大海，也是零散的个体，它们异而不同，同而又各异，这么看，它们是成千上万，可从另一个角度看，它们又合化成一个整体……他凫在上面，是凫在一个五彩缤纷的世界上、万千生命的涌动上。他凫在浪涛，没法记录这些变化，不要紧，他的心记、心算异常强，他一一记下它们的变化。他的头颅，由于被嵌卡不方便转动，但大脑是灵活的，他的思考能力不会被限制，他的想象力，可以说更丰富，更具能力，他不仅想着波涛汹涌的大海、大江、大河，而且想象着每条河、每条江、每个海域里的每道波浪是如何产生、如何行走，又如何从彼岸回来的。至于它们的消亡他从没想过，因为在他的意向里，河、江、海是不灭的，它里面的波浪也是不灭的。每朵浪花，他都看作不朽的，是生命的绽放。在巡河人乘坐时，他在想象中；巡河人不在，只他单独在木筏，他仍在想象。也就是说，巡河人在与否都一样，他心里装着河，河是他的一切，他不会懈怠。

对于凿石人，赵涵波是怀有深切的厌恨的。这倒不是因为他的盗窃行为，是因他对河的贪婪、亵渎、糟害。他心目中的河是纯洁的。他不允许任何人玷污它。他把它保存在心底二十余年，他从不让任何人踏入、污染它。凿石人不仅欺骗了他，更重要的是玷污了他心中的河。从前一听到"再一下、再一下"的声音是那么舒心，现在他听不得这声音了，它岂是凿石，是要凿穿他的心，从心里夺走河。

每次从木筏上下来，巡河人就来了。起初，赵涵波是反感她的，因为她来了身上总带着的从凿石人那里带来的气味。他闻不得这气味，他觉得这气味与他现在的状况——刚从河上乘木筏下来——格格不入。从这气味他甚至能闻到过去喜欢、现在厌恶听到的"再一下、再一下"声。不过她来了他还是欢迎的。因为他们是志同道合的朋友，一样爱河如命。每次她来了，先不问他感受如何，有何收获，而是要大谈特谈一阵奇闻轶事。在他从木筏下来还是满头满脸被波浪冲打的污泥浊水时，她就讲开了她今天的"见闻"。她一讲开就不能收尾，她讲述得手舞足蹈，亢奋不已，十分投入，投入时要听者配合，在关键时刻发表意见进行评价。当她讲完一个故事，或一个故事讲到一半，她担心听者没有听清，要停下让他复述，并不时谈感想。这时的赵涵波就很难有时间整理自己的思绪——每次漂流他都有诸多见识、感想需归纳——只能聚精会神听巡河人讲述。当她讲完一个"精彩的故事"——往往需要一两个钟头——她平静下来，他也精疲力尽了，她才问："今天漂流一定又增进了与河的感情？"在他点头或说"是的"后，她的第二轮兴奋劲头又来了："你知道我制造这个木筏花费了多少心血？你迷上了它！"不过她兴

281

奋的劲头不会持续很久，因她信任他，他不用监管就会认真履行职责、工作的，即使垂钓人欢欣鼓舞与她进行探讨，她也讲不了多久便打住话头，与让她淋漓酣畅大讲特讲"奇闻轶事"的兴趣相比，后者对她来说不及前者十分之一。"这个木筏是不错！我还需要进一步改进。何必明什么人？他一直拒绝接受，他为什么拒绝接受？因为他心里装着杂七杂八的东西。我为什么多年坚守在河上？这是另一个问题，也是同一个问题，爱河。和他在一起居住，要是我，早看出他的鬼把戏了，至少我会在他产生侵吞我的财产的念头前赶他走！这个畜牲！我这么叫他一点不过分！你对他那样好，他却把好心当作了驴肝肺！我太明白了！"

"我得回去了！"赵涵波说。

巡河人又像男人似的拍了赵涵波肩一巴掌，她的力气是如此之大。她拍着他，让他不由自主向前挪了一步，像先前拍何必明一样。赵涵波想立刻离开，因为他的许多感想需要整理，她在干扰他。也许是这一巴掌激起巡河人的好奇心，她问他今天的感受了。在巡河人索然无趣、毫无兴致谈论漂流，并准备结束谈论时，这一刻赵涵波感到了舒心。因为他在宁静中又回到了在河上漂流的感受中。巡河人则喜欢大吵大闹。由于击了赵涵波一巴掌，看到赵涵波有点弱不禁风的样子她大声笑了！

"我为什么喜欢你？首先我是巡河人，这是一，一个优秀的巡河人有着河一般宽阔的胸怀；二、我想把每个人打造成河上传奇式的人物，我有这个能力，这是一个优秀的巡河人必备的条件。"

她让赵涵波重新躺在木筏，把他的头颅又重新嵌入进去。她比画着讲述改进的构想。她几次让赵涵波从木筏上站起来企图把他整个人套进木框里但又被她否定了，她比较后认为还没有更好的方案代替目前的方案。但她说目前的状况得进行改造，这是她一直琢磨而没有形成方案的一件事。经过多次试验不成她摆摆手，把赵涵波从木筏上卸了下来。她从木筏上卸下赵涵波，就与他一起回到"她的房屋"。她对赵涵波说，他应该在睡觉的时候戴上这个嵌有头颅的方框木架，至少要保持三个小时，并且要一动不动，人在睡觉时最能想入非非，甚至浮想联翩，它会让他的想象固定在河上。这是一个试验成功者必须要做的。她给赵涵波戴上方框让他睡觉，让他记住这个考验的重要性。

赵涵波戴框躺在床上、睡在"她的房屋"没多少歧义，但他希望她早走，越早离开越好。他对她的啰唆很反感，因为自从上岸，一直听她聒噪，他没得安宁。他离河远了，他是一刻也不能离开河，他多么想立刻回到河上，思考河。在她的聒噪中他是没法回到河上的。"她的房屋"全是渔具、渔竿，这是他喜欢的环境。头戴嵌框头颅动不得不要紧，他有大脑、时间，他要研究河、体味河，对每道波浪进行分析，只要躺下来，只他一个人他就把河放在了心中。还有比他更幸运、幸福的人吗？不是得到河的储物多少，而是思想进入河里多少。窗外月亮高悬，头戴嵌框——更利于思索——河从心底流过，一道道波浪冲击着神经，他的血液里波浪翻滚，凿石人不见了，他过去喜欢、现在厌恶听到的"再一下、再一下"的声音没有了，消停了，巡河人不再叫喊了，背篓人都睡了，河上只他一人手握渔竿感受着河流，河流停止流动了，它不是消逝了，它被高高挑在了渔竿。他挥舞渔竿，渔竿上挑着河，河那头接连着大海，大海也成了垂钓物，不！他不是钓着了河、大海，是与它们融在一起，他成了河、海，河、海成了他，他的每一部分是河海的一部分，他身上流淌血液的血管是一条条河流，血液是河水，它们是那么汹涌澎湃，气吞山河，一泻千里，不！他变成了一条河，一道小溪，一条涧流，他是河、海的一分子，他的每一特征都具有河、海的形状，每一心跳都成了河、海的尖啸，河是这样的！河让他感到从未有过的温暖。河也让他感到从未有过的威严……赵涵波醒来，仍激动地咬紧牙关。他望望那些渔具——尽管被嵌头颅只能微倾——它们挂满墙壁，放下心来。他又迷迷糊糊睡着了。睡梦中他又回到了自己堆满渔具的房间，在这里，凿石人老实地听从他指挥。由于他再次成了凿石人的主宰，他又醒来了。他向恍惚的月光下的河上望去，那木筏仍在那里。朦胧中，他又觉得他捆绑在那木筏上，他随波漂流，仿佛河又流淌在他身体。他其实醒了，但他仍沉沦在梦境，因为他喜欢这个梦，他一直在河里。他可以从河的任何一处切入河，用他的身体与河同苦共荣。在他的梦里，没有渡河人、背篓人、凿石人，甚至没有巡河人，只他一人面对河。他在天亮的时候终于醒了。

他第一反应就是该回到河上被捆绑在木筏。他果真这么做了，天刚亮，他就蹲下来，寻找到木筏的拴系绳索，把自己的身子紧紧捆在了木筏。那波浪已经启动了。推动他的是人还是波浪？浪涛"哗哗"，木筏逐渐变成一片枝叶，河是黑褐色的，翻滚着，后来一股不可名状的激流从他被紧嵌的头颅涌过，但绝不是鱼群——鱼群他是辨识了的——全部身心在预防它再一次涌过，他不想研究这激流从何而来，怎么形成，他只希望它过去，消失，或者变换成另一道激流。激流又一次击来，逼迫他不得不随激流涌上浪尖，又甩入浪谷。他与木筏差点被淹没。他犹豫着，是否该随波而去。不！河流是友善的，它不会加害于他，他决定给波浪最后一击，让它懂得他的存在，希望它跟他携手共进。他不仅是河的一分子，还是河的主人，他不是懦夫。他要打掉一些不自量力的波浪的骄傲气焰。它们依靠河而兴风作浪，它们要打掉河在他心中的信念，这动摇不了他，河已在他心中生根。波浪被他乘的木筏劈得粉碎，这结果只能让人惋惜。不能让人就此止步。对一个勇敢的漂流波浪里的人进行考验折磨是公正的，但要加害于他让他退让办不到。不用说凭靠一只木筏，就是他赤膊单身与它进行较量，他也是胜利者。

波浪摇晃着木筏，在闪烁的光芒里向两边分开。毫无疑问，赵涵波战胜了向他袭击的敌人。这时的波浪温和了，但它们有着要夺去他胜利荣誉的嫌疑。一条波浪涌来，赵涵波判断它来自此岸还是彼岸，因为它们在汹涌的河里显得扑朔迷离，难以分辨。一道波浪过去，又一道波浪涌来，两道波浪没有分离，而是汇合一起，形成一股波浪。他的木筏好像被人为地颠晃，并发出人要颠覆木筏吃力的声音，这时他看清了，是巡河人在往深渊推他。

"我是考验你，让你经受更大的风浪。你听到我在推你的木筏了吧？不入虎穴焉得虎子；不入龙潭，哪见龙颜？我知道你会清楚我的好意的。我让你睡在我的房间为的是养足你的精气神。这下你知道我的良苦用心了吗？你还没看到许多风景，我制造木筏不是用来游玩的，也不是为了泅渡，这我一开始就告你了，让你认识河。你要像在秋千上摇荡一样在木筏摇荡。"

在赵涵波像秋千上摇晃一样颠簸在木筏，巡河人就走了。赵涵波知道对他要进行更大的考验了。一条木筏泊入风平浪静的水面时它就失去了它的魅力。一个河上的懦夫是对汹涌的波涛逃避的，热爱河的人因有探究河的精神它会把他由一个懦夫变成勇士，谁说劈头盖脸扑来的波浪不是一个机遇，一个勇士会退让吗？

巡河人说得没错，要想成为一位传奇式的闯河人，就得经受河流最汹涌的打击。他开始看到的浪涛是在风中形成的一条条纹线，没有骇人的景象、鱼群的大量涌入，这是一般人可以看到、经受得起的，但随之而来的一浪高于一浪的巨浪增加，鱼群不再潜入水，不少出现在浪尖浪峰，而且越来越多。这些鱼群多得惊人，可以遮住天空。如果一个没在河上漂流的人碰到云雾般飞腾水面的鱼群，一定会惊呼："啊！这里是鱼的产生地！"各种鱼群轮番出现，他可毫不费力说出它们的名字。这些鱼群来自哪里，将如何繁衍，价值多少，储量如何，那些鱼群从哪儿来，游往何地，等等，他都能讲得出。一个上午，尽管他不时被淹没进波浪，几次呛水差点失去知觉，但他头脑始终冷静、理智，他分析着鱼群可能会出现的各种情景，比如难以飞跃浪头的，就要沮丧地顺流而下，直至消没，再不出现；腾空而起飞跃浪头，跃过惊人眼目的巨波大浪，就要与一同产卵孵化的鱼群游往栖息的河湾生养后代。对于工作系统的分析是赵涵波的拿手好戏。他虽没有拿笔记本记录，可他都记在了心上。他非常懂得在木筏上怎么利用好角度观察波浪的流向，鱼群的出没。对在风浪中排除干扰从事鱼群、波浪的研究他有着无尽的乐趣。

　　从那个正建设的码头经过，让他产生了厌恶。许多人在码头走来走去，使波浪平了许多，鱼群也一时隐而不现。它对河形成了某种胁迫。有一道河堤一直延伸向河的中央，甚至在汹涌的波涛中形成断流，使河水形成回流，河水回旋，让他的木筏也几乎翻了。他看到堤上许多人围着一张他讨厌的面孔点头哈腰，有两个人甚至搀扶着他向前走。那个令他讨厌的人指三画四，他们像密谋阻挡河流的波涛般窃窃私语，神秘鬼魅。木筏左冲右突，驶过码头，进入河的中央。他又与那些波涛在一起，又进入新的追逐波浪的鱼群里。他经历着激流险滩，也探究出了以前不曾探索出的矿藏。要是一般人，很容易被过往来去的鱼群分散了注意力，但天知道，赵涵波是一丝不苟研究河的人，他的注意力完全被他高度的责任感控制，穿过鱼群、波涛，他紧紧盯着水波里的矿藏，并一点点清理、计算、分析、记录。对与研究对象无关的事情视而不见，是他常年在河上工作培养起来的一种能力，一个出色的河上的工作者为什么要关心与钻研无关的那些事呢？不用说被捆在木筏，以这种独特的方式去观察，考察河，即使捧一支渔竿蹲在河上去了解河，他也从不受外界干扰。要是没有干扰，这个世界就不成为世界；可被外界事物干扰不能正常工作，那就不是一个出色的河的研究者了。他从每道波浪可看到河的全貌。从每个鱼群可分析出鱼的产量，每块露出或隐入河水里的矿石可判断出它的价值。从一道波流顺之漂入，那道波浪便是引领进入大海的道路，他眼睛盯着的永远不是波浪，是被波浪牵连的大海。大海是宽阔无比的，它绝不允许建造一个码头，更拒绝在某条河上搞什么运输。赵涵波从固定在木筏漂流，就他观察到的而言，他还没看到哪道波浪对一个人工建造的码头是友善的，也没见到哪个码头不是要阻挡河流的行驶。

在他漂流上岸，巡河人来了。她帮着从木筏上卸下他，要他去"她的屋"，一同去看那些渔网，并让他伏在挂有渔网的墙上考察他的定力。这是她新想出的办法：即一个人要想经得起河的考验，不仅要在河上随木筏漂流感受、了解河，还要与墙上的鱼网一起挂着，经得起河岸紫外线晒烤、经得起挂吊，因为许多口头爱河的人一经太阳的毒晒就逃之夭夭，一经挂吊就再不敢言河之可爱了。巡河人说，他要像一条鱼一样被网在网里，可不是像一条鱼被投入水中，而是与网一起贴挂墙上。太阳可以晒干渔网，而使用渔网的垂钓人呢？当她提出她的建议，赵涵波要她安静，他坚持在河上继续进行观察。他很快就会掌握了整个河的矿藏、鱼种、鱼群和河的习惯，从而了解了远处的大海。在这期间，他不能离开木筏。与鱼一样在网上挂吊以后再说。

赵涵波的态度让巡河人吃惊。她严厉地拒绝了他的要求。她干什么都是有步骤的，怎么能顾此失彼、贪恋上木筏而不去进行新的考验项目？"你这是因小失大，玩物丧志！"她给他戴大帽子。

"请您离开！我又要上木筏了！"赵涵波比画着头颅，要进入被嵌的木框。

这是对她的挑衅！巡河人瞪视着赵涵波。她制造木筏是为让人认识河，她苦思冥想出的"晒挂法"出于同样一个目的，他疯了，只接受、迷恋上她造出的"木筏法"，而拒绝接受第二个方法！她能任其所为？她是强行带走他去实施她的措施，还是干脆把他捆在木筏不让下河，置于河岸直接烤晒？两种办法巡河人都没实施，她走了，她要求根据她的旨意，让凿石人准备对付赵涵波。巡河人觉得这是一件小事，小事就应给身份相应的人去做。她按赵涵波的意图，临走把他捆在了木筏，头嵌进固定的木框，只原封不动把木筏置在河岸不推入水里。

"把我推进河里！"巡河人摇摇头，她很少屈服于人，让她制定的方案由别人指使实施，这是从来没有发生过的事。她暗暗觉着好笑。"太微妙了！"赵涵波说，"你不知道我在上面观察到了什么！这是我从前从渔竿从未观察到的情景。"没人可以阻止他被绑在木筏去漂流在河上的。每道波浪打在脸上都有不同的感受。一道又一道波浪袭击，如一本书一页又一页展现在他面前任他阅读。他要用接下来的时间足足地领略河的风采。

"就在这里好了！"凿石人竟出现在他面前。他旁边站着巡河人。他把木筏往离河更远的河滩推推，坐下；她过来往紧捆捆他。"我可不是一个任人摆布的人，赵涵波！我不会容忍一个见异思迁的人随意改变我的计划行事。还来得及，要是同意回去'挂网'，现在就可卸下木架！"赵涵波一动不动。"这就很好。"她说，"这与挂在墙壁没有区别。"为得到预想的效果，他在她的帮助下，把捆绑的绳索扎得更紧些，让他一动不能动。她一边捆扎他，一边威胁道："你可不要不识相。这都是为你好。既然你二十年如一日在感受河，那是最好的办法，它会让你有突飞猛进的进步。这么改造一天，胜过一月、一年。我告你，我今天不会推你进河里的。没门儿！如果你今天认真按我的计划去做了，明天我还会让你乘木筏在河上漂流。但你要听我的。这里有人在看着你。他过去与你住一起，现在他又要和你在一起了，由他看着你。"凿石人点点头。巡河人走了。

赵涵波竭力想回到河上。他几次挣扎挣扎不掉。他木筏下边的河滩是一块高地，他跃动几下，跃了上去，但再怎么努力，也从高处滑动不下去。他与其是想挣扎滑入河里，倒不如说是想与巡河人、凿石人较量。那高处如一道为运动员专设的障碍，不仅让他为逾越过去绞尽脑汁，也费尽了体力，多次挣扎都没有成功。"让我进入河里！我要进河里，河里的波浪是我最喜欢的！还有那成千上万的鱼群！"赵涵波满头大汗挣扎，"为什么阻止我？"他几经折腾，筋疲力尽躺了下来。这时他想起那汹涌的波浪，穿梭波涛的鱼群；他多么需要一只木筏！可它现在死死绑住了他，使他不能动弹。他有许多事要做，许多问题要思考。一天二十四小时漂流在河上该多好。他从头到尾回忆一遍漂流的经过是不可避免的。再伟大的计划都需要实施；再好的实施过程都需要思考，而没有回忆就没有思考，他需要在回忆中思考，但此时他的回忆被阻隔，因为他被无情地捆绑住了，他在挣扎中是难以回忆的。那个治水的大禹有过思考，但他是自由的。双腿被拴系住，有完成《水经注》的郦道元吗？凿石人天天凿石，他企图用手里的凿子凿掉他对河的记忆，可能吗？要是他是自由的，他此时就漂流在了河里，与风浪、鱼群在一起，他才不会去听那"再一下、再一下"的贪婪凶残声。渡河人在河上泅渡，他对河的了解有几分？不是每个在河上生存的人都了解河，即使他们说了解河，河还不一定了解他们呢。"爱河"！为了迷惑自己，也迷惑别人，他们使用了一个正面的、严肃的字眼，包括巡河人，这岂不是一场欺骗？如果你欺骗河，河也不客气，也不理睬你，敌对情绪自然而然产生。骗取河从对待一支渔竿开始。它是深入河内心的一只手，它将与河紧紧相握，彼此尊重。它不是掠夺者。巡河人巡河就是爱河？生在河边的人不一定都会游泳！就是这个道理。

赵涵波笑了。他的论点正确，论据十足。他没有漂流在河上？不！他在河上了！他们才是永远被与网一起挂在墙上不能入水的鱼！从天一亮，他就工作在河上。到底是什么人在阻止他工作？没人可以阻止。他是强大无比的。大河的颜色由灰变蓝，由蓝变黑，不要紧，它们是他喜欢的颜色。他不想研究这颜色的变化，他喜欢这颜色下面的一种跃动，那是河的跃动，成千上万鱼的跃动，它们逼迫他去观察它们、感受它们，他要打掉那些傲慢的气焰，他有这个能力。他们动不了他一根毫毛。他的工作紧张而有秩序，二十多年他就是这么过来的。工作有既定的目标是他一贯的作风，一个自以为是的人往往是最愚蠢的人而自己从不觉得。巡河人是什么？她喋喋不休，只会无休止干扰别人的工作。她讲大话，惊天动地的故事，是她可怜到极限，为的说明自己的存在，一个心中有河的人需要吹牛吗？他早看出了这是一场欺骗，他没有揭穿是出于礼貌。但让他屈服不可能。

那个小人物发怒了。他如约做着她作为大人物不屑做、要他做的事。这个愚蠢的人！"你今天休想进河里！""任你！请便！"畏惧的时代过去了。他用微笑对待他的恐吓。他对他嗤之以鼻。他是凿石人。

"你要干什么?"他竟出现在他面前。

"你永远不会回到那些屋子,那些宝贝再也不属于你!尽管现在还是巡河人与我共有。请记住!"赵涵波感到他的双手被往紧勒。有个声音在说:"你要与这只木筏烂死在河岸!"

二十七

卜爱红顺顺当当漂流而下了。天空是湛蓝的。河岸风景无限。背篓的人一个跟一个，为争得一只螃蟹、一条岸上的鱼互相抢夺是必不可少的。人们盼望已久的漂流者——因为她漂流技术之高又被嘱巡查等待——在又一拨站岗者站岗中悄然而至。她的到来成了河岸人的一件大事。许多人围了上来，大家都争着与她握手，许多背篓人认为他们早该离开这里，留下来的原因是他们被某种期望绑架，同时为得到证实：这个人到底会不会如期而至。但她一经出现，他们的怨恨就顷刻消失，仿佛等候是他们早已计划了的，并毫无怪怨。卜爱红是一个职业漂流者，她热衷于漂流而对漂流以外的人从来不屑一顾。她喜欢这些围观的背篓人，她漂流到哪里，他们总如云纷至，他们给了她令人崇敬的职业感，也在某些方面促进了她技艺的提高。她可以说她就是漂流本身。她是一个性格温和的人。她非常明白做事面面俱到的效果，每当出现在夹道欢迎的河岸，她总能把这种聪明才智发挥到极致。在背篓人的提问中，她始终显得彬彬有礼，而且富有耐心。背篓人高兴时哈哈大笑，她也释怀相笑；背篓人不快了，沉默不语了，这时她就一声不吭，仿佛也陷入悲伤中。见到背篓人，起初她与他们握手，哪怕有一百个人，她也要挨个握一百次手。她与他们握手后，马上就成了熟人、朋友，他们的一言一行，一举一动，都放在她心上，并与他们促膝交谈，直到他们释然地离去。她说她最喜欢的人就是河上的背篓人，由于她爱他们在前，她也赢得他们的尊敬、喜爱，从而，他们有什么困难，被某种苦恼所困扰，都要向她诉说，寻求解决办法，她也总能给他们出极好的主意，对症下药，想出最好的解决问题的办法，好像她顺河漂流而下，就是为解决他们的问题来的，得到她的帮助、尊重，他们也真的觉得她是最喜欢他们的人，她最爱的人就是他们了。久而久之，她再也不是一个漂流能者，在背篓人心中她是他们的良师益友，人们盼望她来，不是为等她高超的漂流技艺一睹为快，而是企望一次理解，得到某一问题的解决，甚至是寻有一次倾诉。背篓人有无数，一个背篓人也有不同的想法，如高兴时是一种状态，不快、悲伤时又是另一种状态，成千上万的变化与无数人思想、感情状态的差异，它要求不去以一种解说方式劝解这么多人、解决这么多的问题，包括一个人不同时期、不同状态下的问题，她不是以不变应万变——那样她就是一个索然寡味的人了，而这种人对大家也是无用的——而是能根据不同人、不同人不同时期提出的不同问题给以解答。她的分而治之解决问题的方法屡试不爽，这属于她的一种能力。即使偶有失误或差强人意之处、之时，她也从没怪怨当事人，而是归咎于自己解决问题的能力没达到尽善尽美程度，这从而又变成她的动力，促使她反复研究，下一次得到改进。

她漂流在河上实际上就是"漂流"在无数不同类型的人的夹道欢迎中，而且她漂流得顺顺当当，几乎没有出错。夹道欢迎的人让她兴奋的程度有时超过漂流的河。从每一段河流漂泊，她总能遇到人群欢呼如潮，说是乐不思蜀有点言过其实，但每天被人拥戴、与众多人探讨众多问题是如此让她着迷。在河上漂流是乏味的，与众人交谈、思索解决他们的问题的过程复杂多变，有极大的吸引力。她从小就爱漂流，并认为一成不变的河有无穷的乐趣，足可安放她的一生。她对河的要求只是把它变成一条道路，任何一个在某一方面有建树的人起初都是把所从事的职业当作一条简单的道路，而且是从这条道走下去，坚持不懈，才看到以前并没计划看到的东西，从而大获全胜。对于一个漂流者来说，他们的职业要求他们仔细去体味一条河。这条河不应有打捞者、贩卖者、以河为生的人。河应是人的一条道路。道路是用来行走的。卜爱红是把河当成一条道路来接触河、认识河的。她一天二十四小时漂流在河上，不久，她便成了这一行业的佼佼者。她以每次取得的成就做起点，河也不负她望，从根本上促成了她的成熟、成就。不知不觉，她被围拥在背篓人中，好像她从一开始就是为等候她的人群而漂流的。每个背篓人都如约到河上迎接她，并从她那里得到自己想要的东西，比如喋喋不休的倾诉总可得到她不厌其烦的解说。于是在河的每一段河岸都有等候她到来的人。她被团团围住，每一次上岸都变成登上领奖台，她想得到的都可得到，除了河上漂流的梦想与乐趣。没有完成、实现理想是令人遗憾的，但她能通过围攒拥戴带来的乐趣取代理想未能实现形成的空虚与不安。赵涵波在河上垂钓二十年，她也从二十年前开始了漂流，她通过与他交往，结识、了解了河上的凿石人、巡河人、渡河人，并且知道，这些人的贪婪让垂钓人大伤脑筋，使他对河的热爱之心也深受伤害，于是他离开了自己的蜗居——他认为是他让了出来——把它交给了凿石人，现在，巡河人与其共同占有。巡河人是一个无奇不知的人，她与凿石人一起，并不为财产，是为满足她讲述无奇不有的故事而有一个聚精会神听她讲的听众的愿望，她则成了垂钓人的精神支撑。为了摆脱赵涵波的依赖，卜爱红请求看他垂钓。在去看他垂钓之前，他要求卜爱红去与他一起看他收集的渔竿——尽管它已被凿石人图谋着，而他一无所知——期望在对这些形状各异的渔竿考察后达成共识。赵涵波非常赏识自己收集的渔竿，"每一支渔竿都是获取大海的媒介。"他说。他从一支渔竿走上河岸一握就是二十年，因此他特别迷信渔竿与河的关系，让卜爱红见识这些渔竿，某种意义上他认为是泄密。"你从漂流认识河，我们殊途同归，没什么区别。"赵涵波示意她试试从渔竿进入河会有什么感受，他企望获得喝彩。之后她很不情愿被带去会见了凿石人。当时凿石人的门关着，是在赵涵波大声叫喊后拉开的门缝才露出一双质疑的眼睛。当判断她是赵涵波最信任的人，他才走过来，并笑着伸过手，说："欢迎你！"他态度生硬，但显出和善。卜爱红站着，尽可能表现出对凿石人不反感，他也不吭声，他知道他一张口说话就会使他失去礼貌，甚至口出脏话。卜爱红对凿石人厌恶至极。最初她还能忍受，到他开始讲述他的打算她忍无可忍，几次想愤然离开。巡河人是凿石人唤来的，她进了屋，毫不客气地就挨她坐下，这让卜爱红很反感，不久她的拘谨之态——要说起初还有些拘谨的话——消失全无，对她说话达到放肆的地步。"这就是你周围的人？"卜爱红看了赵涵波一眼，离开巡河人，走去佯装看墙上挂的渔竿。"还有事吗？"卜爱红问道，她明显表示出厌烦。"我是巡河人，他们都是我河上的人，由我看管！"巡河人又往她身边挤，显出亲热的样子。凿石人点点头，以此确认巡河人话的真实性。巡河人每次表达的东西都不同，但都一个内容：这条河属她管理，无人可逃离。卜爱红问自己，她怎么能理解这么一伙人在河上共生，而且垂钓人安心垂钓，凿石人专注凿石，巡河人满足安心一天单调的巡河工作？卜爱红觉得，与他们在一起，她成了一个真心热爱河的人了，至少她一天总漂流在河上，而没进入这些钩心斗角。巡河人一味重复她工作的重要性，对别人的反应从不顾及，后来她才了解，她只爱说大话，没传奇故事可讲，得不到机会，她就这么旁若无人地讲话。凿石人毕竟与垂钓人一起居住，耳濡目染，身上留有几分儒雅或装出一个儒雅之士的样子，河上专注工作的人是从不粗暴鲁莽的。在她离开时，她发现巡河人、凿石人都已毫无兴致讲话了，而垂钓人仍兴致不减当初。他对卜爱红的到来欢欣鼓舞，说从她身上感受到了力量，他同时强调，他对河的热爱从未减过一分，只不过她的到来更坚定了他的信心，他要与河同在。他的表达让巡河人、凿石人无动于衷，仿佛是说给石头听的，要说他们的回答，她只说："这条河全归我管！"他则说："我在看管这些渔具！"卜爱红之所以为卜爱红，她已学会眼观六路，耳听八方，并能顾全大局，让矛盾多方者都从中得到欢心，而不是厚此薄彼，讨好一方，得罪一方。在巡河人与凿石人显出索然无趣时，她不屈不挠地夸赞他们，它让赵涵波一时误会他被冷落了。为了保持巡河人的良好情绪，她还企图引诱巡河人讲"奇闻轶事"，她像一个小学生，当巡河人被引诱开始讲述，她洗耳恭听，似乎她的每个段子都是那么诱人动听。卜爱红毕竟是卜爱红，她毕竟走过那么多名江大河，见识过那么多人和事，她不但有顾全大局的能力，说话能照顾到方方面面，而且还会让大家都舒舒服服，互相并不发生矛盾。很好地控制了在场的人，再做维系他们情绪的工作就显得徒劳无益，卜爱红相信她有能力玩转他们，于是她就主动出击，由她来掌控谈话的局面。她是一个漂流家，于是她便从漂流学的角度切入，向他们灌输这样一个道理：河在运动中产生美，她从事的是运动式的漂流，只有漂流才是美的，从事漂流的人是美的化身，她从事漂流，是对美的欣赏、创造，她是把河当作了前进的道路。她为什么对河像着了魔似的一天二十四小时漂流在河上？有些人质疑她的热情，他们觉着还有另一条美妙的路可走，比如你们不是把河作为朋友，而是在不断地无耻地利用河，拿河说事，认为热爱河、在河上漂流的人不具有真实感情，你们是在从事着违反河的意志的工作，任何把自己的愿望建议给别人去实施的想法都是错误的，倡导有限的方法的人，质疑别人的真情实感，在我这里都将受到斥责！

　　每次漂流，卜爱红都会受到出乎意料的拥戴、欢迎。她谈她一路的辛苦、所见、闯险、排难，她期待回答："啊！你多伟大！"或："我们什么也不是！""你是我的偶像，我崇拜您！"……但人们并没这么说，而是痛苦地摇头。他们认为与她相见他们承受着巨大的罪责，因为在未与她相遇时他们活得很幸福，认识她、了解她的人生、业绩，他们变得卑微、渺小了，甚至可笑了。他们过去只认为这条河是为贩卖鱼虾而生，原来河不仅为了生活、生存，还具有他们从未知道的意义，由此他们羞愧不已。但还有另一部分人，他们天天盼她到来，她的到来，总成了他们的节日、总让他们欢欣鼓舞。他们说，她的到来就像一道霞光，能照亮他们晦暗无趣的生活，她为前一种谴责汗颜，而迷恋于后一种称赞。正是这种不同的际遇，造就了她在不同的人面前说不同的话。她熟练自如地进出着这不同的角色。当一个悲悲戚戚的人出现，她会说："你们背着沉重的思想包袱其实是你们最宝贵的财富。我每天在河上漂流，把什么都看明白了，和你们比起来，我是多么可怜。我已一无所有，而你们从未打开的心灵是一个无尽的宝藏！"对那些夹道欢迎的人，她说："你们是站在别人的肩上起飞的，当你们开始思考，你们已具备了我的全部经验。我与你们相比，永远是一个孤立无援的可怜虫！"各种人都喜欢听她的话。因为她讲的话总是恰如其分，所以，夹道欢迎她的人在她每次经过都不缺场，那些卑微的人总能找到自信。把个人的情感上升到一种精神境界，而这个精神境界，是每个人企望达到而高山仰止的，使他们觉得这个可望而不可即的状态是人生最美的状态，并且值得人一生为之奋斗，哪怕献出生命也在所不惜，这是卜爱红孜孜以求，努力不懈要做到的，也是她已经实现了的事实，为此她踌躇满志，总得意扬扬走在夹道欢迎的人群中。人们与其是为了迎接她，不如说是为打开自己的心结，使自己久背的包袱被卸下。在某种情况下，背负这个包袱，生不如死，而卸掉包袱，他们又感到是那样释然，轻松，仅为得到这一暂时的快感，他们也愿一日又一日等候在河岸以求与她一见。

物质的东西，哪怕千万斤重，都可以承受、接受，而精神的包袱，他们深感它会增长，而且没有限度，随着人们对它的厌倦，它会反比例成倍增长，直到压得你趴下，再也起不来。而卸掉这个包袱，凭他们的经验，他们自己是没这个能力的，只有凭靠卜爱红，哪怕她嘴皮动一动，他们就会从思想上移动，直到被搬走。当他们在回忆，他们觉得，他们一直在沉重的包袱下苟延残喘，以至气息奄奄，不堪一击；当这种回忆出现，同时被卜爱红拯救的记忆也浮上了思想，可以说，他们活在她的拯救里。

卜爱红游刃有余，对不同的个体予以不同的方式，解答他们各自不同的问题。她发现，任何人、事物都不是一成不变的，人在变，事物在变，人与事物交替中二者都在变，以不变应万变是愚蠢的举动，以灵活多变的方式方法解决瞬息万变的世界才是最好的选择。用赵涵波的方法解决与凿石人间的矛盾是不适合的，而一味站在巡河人一边看待这场矛盾纠纷也有失偏颇，只是从几方的利益诉求中跳出来，站在他的角度、自己的角度才能平息他们间的矛盾，或者说让自己摆脱出这些矛盾的纠葛。巡河人为什么把事情搞得一团糟？因为她自己就是赵涵波，是何必明。为什么她要纠葛其中？因为她不能摆脱二者的诉求，也不愿摆脱她的纠葛在这纠葛里。她说和他们，又离间他们。他们和好了，她妒忌；他们闹矛盾，又使她不安。在他们仨身上都有一种病态的倾向，那就是他们在一起总各执一词，为此争得不可开交，事实上都是庸人自扰、无事生非、没事找事。满河滩的人都注视他们，他们成了河滩人的中心，这是他们希望的效果、结果，可是他们又害怕人们的注意，又企图引开人们的注意力。这样他们就活在一种不得安宁的状态。三人可笑的状态可以追溯到他们的生存状态，在卜爱红看，无事生非，与他们的封闭式的生活有关，也就是说，与他们常年的独居有关。这么坦率说话当然会遭到他们的否定，甚至斥责，但这是无可辩驳的事实。他们都是利己主义者。他们都在保卫自己的成果，因为他们的成果来之不易。如果能说服自己，那么他们每个人都是智者，他们的矛盾也是智者与智者之间的矛盾了，而这种矛盾由于他们思想的改变，性质也随之改变，当然她入手解决的方法也随之改变，这后者是属于她一个人的事情。他们为什么争斗不休？因为他们都很自卑，都生怕自己被人瞧不起；他们的所得他们都知道微乎其微，所以他们百般呵护自己的所得，甚至夸张到要付出生命的代价，他们并不是要坚守这份成果，他们要得到的、真正坚守的是自己的自尊，因为他们的自尊心总被伤害。

卜爱红走在河岸时，感到自己与背篓人没什么区别。那些跟随她的人，抑郁的、亢奋的，都用企盼的目光看她。要是在以往，她会被围得水泄不通，可今天他们都分两队走在她两旁。他们不仅有许多疑问需要解开，同时抱怨自己的不幸，情绪低落，有人跟随就使她不得松懈注意力。她昂首阔步走着。在越来越吵的争吵声中，她听到他们由于企盼已久、大喜过望而一个个情绪不佳。有人说："这什么时候是一个头?!"有的叫道："还要我再等十年、二十年?"一些人因自己未能准确地表达自己要讲的显得恼怒不堪，一些人则期待她走近询问她问题窃窃私语着。卜爱红虽然没拿笔记，但她用心一一记了下来人们要问的问题。这些问题她都要解答，否则她就不是她、河岸救星一般盼望的人了。今天所遇的背篓人，虽然与昨天的人一样背篓走在河岸，但他们完全是另一群人，活在另一种境地，提出的问题，困扰他们的也与昨天的完全不同，她是一把万能钥匙，至少背篓的人这么看她，她可打开任何一个人的心结。正是因为这一点，她从一个漂流者转变为一个人人企盼见到的"上帝"，她也因扮演无所不能的"上帝"而数典忘祖，流连忘返，成为一个漂流的迷失者。"我要解决所有人的所有问题!"她与其说把这作为一个目标奋斗，不如说一直与自己较量。

"欢迎您! 我在这儿等您已很久了!"渡河人站在前面。

"我邀请你了吗?"在所有的欢迎词里，这句话是她听来从未听过的强硬的话。它显然有怪怨在里面，接下来的谈话让她瞠目结舌：凿石人占据了赵涵波全部财产，赵涵波已流浪在河上。渡河人诉求：把赵涵波带回到他身边。

"他在河上垂钓了二十年，他在垂钓河……"

"你离开这里有五年了，我没记错的话?"

"今非昔比了……你怎么知道? 河是他的事业、生命，他是从一支渔竿认识河，认识他自己，他此外的人和事……他不能没有河。你是听他说了。"

"他还能回到河上吗?"

"他不能没有河……"

"是吗？他认识、了解河，对河了如指掌。他已经指认给我们许多河湾的鱼群、矿藏，他不能把它们带走，带到坟墓。没人能与他比，要开掘河的财富。"

"是的，是的，他一定是被人愚弄了。他只有一条河。我漂流，漂流出了河流之外，而他仅要一条河……我会的。我去看他去！"

二十八

卜爱红一个人走着，头脑一片空白。赵涵波怎么被赶出家门，流浪在河岸，向人讲说河湾的宝藏与鱼群？他是一个呆板的人，多年来，他应是呆板地坚守在河上，卜爱红不解，怎么会有如此际遇？流浪、流浪，一个流浪汉的形象出现在卜爱红面前。她想起他们第一次见面的时候，他安静地蹲守河上，像一只安静的猫。当她问他话，他一动不动。"你在这条河多久了？"她又一次问他，他看看她，若无其事的样子，仿佛她不是问他，而是在问别人，又低头专注于垂钓，突然，在她没注意中，他大声叫着："是它！就是它！我感受到了！是你！"他一边说，一边浑身颤抖着握着渔竿，仿佛握着他生命似的。渡河人从他身边经过，他不解地看着：面前只是汹涌波涛与水面漂浮的鱼漂。"你说什么？"他问。他惊叫后仿佛与他说的是"它"会面了，激动得满脸通红。"我一直在这儿等你！你终于出现了！"他喊。渡河人本来要下河，被这叫声惊住，看着他。"是幻觉吧？"渡河人似问他，也像在问自己。他全部心神在河上了，他紧握渔竿，似乎唯恐它跑开。"他在钓鱼？是这样钓鱼的吗？"她问。渡河人摇摇头。他也不解。"他一直就这样。"渡河人说。"他的叫声很奇怪，像是在钓鱼，可压根不见鱼的影子！"卜爱红说。"看他的样子是在钓鱼，但我猜不透。几年了，他一直这样，从不与人交谈。可乐此不疲！"渡河人摇头。她从没见过这样的人！她也从没见过这样钓鱼的。他与以前见过的他判若两人。有渡河人，卜爱红不感到害怕，否则她会被吓得跑掉，因为他太反常了。他今天竟变成这个样子。当她要走开，他又叫起来。这次不是惊叫，而是绝望地叫喊，并且带有哭声。他把头埋在手掌，绝望地哭了很久，他仰起头，她见他泪流满面。卜爱红害怕了。他的神情让人有种莫名的担心。她害怕他绝望到做出出人意料的事。"他常这样，不是兴奋得大喊大叫，就是绝望透顶。他的兴趣全在一支渔竿上。离开渔竿，也就是他一个人走在河岸，他是安静的，也是孤独的。他坐河上垂钓就变成另一个人。"渡河人说。"可他从不和人交流。他只和河交流，看他的样子。"他似乎正在做一件事似的，他哭后直腰坐了下来。他显示出异常的安静，他的眼睛高度专注于河面，仿佛他的魂已被河牵走，随波浪而去，正进入某一区域。他是感受那一浪高过一浪的浪头？他是不是感受到它们的愤怒？他脸上露出一种歉疚，仿佛自己做错了，表情是如此悲天悯人。可能正是某种东西受到侵害，他正在竭力保护它们吧，他显得如此紧张。风浪之大，大到足以打到河岸蹲守的人，可他没选择离开，或躲躲，让波浪不要浸湿他的衣服，而是一动不动，聚精会神，用十分专注的眼神，盯着河、波涛，似乎那里有着无穷的乐趣。她是多么想帮助他。她离开他太久了。从他这里她第一次感到自己能力的局限。一个专注某项工作的人你是无法走近他的，因为在他从工作开始他已建构了一个属于自己的世界，这世界不会向任何人敞开大门，他也不会从中走出，俨然一个堡垒。当她再次遇见他，是他离开垂钓，一个人站在河岸。那天她正漂流经过那里，她见他怅然若失，她经过，他只机械地礼貌地点点头。"您好！"她向他招手问候，他躬身行礼。"我没有影响到你吧？如果没记错，你是第二次经过这里，第二次顺河漂流了？"他完全从那条河上出来了，如果说河是他的一切的话。"您记得没错，我一直在这条河上漂流。"此时他也把她当成了熟人。他似乎认识了她。他怀揣着那支渔竿，舞弄着，似乎上面正钓着一条他已钓到的鱼。余下来他们在一起整整一天。他是一个呆板固执的人。他少言寡语，生性孤僻，就她对他的了解，他不可能对河以外的事感兴趣，他的世界就是一条河。他对河了解之多，多到让她这个长年在河上漂流的人吃惊、感到自己的无知。他有惊人的记忆力，记得每道河湾，每次溯河而上产卵鱼群的数量，在多深的水域藏有多少储量的矿物。他跟能解答许多人的问题的她完全相反，对除他之外的人一无所知也不去了解，他只蜗缩在他"自己"里，他在自己的天地活动、思想，他自己成了一条河。他爱河如命，河也在他这里有了生命。

"你在找人？"卜爱红不觉走到茅屋，并痴痴呆呆站了许久没有觉得，一个背篓人问她，并用质疑的目光望她。"不好意思。我是找人，找一个四十多岁的人，一个天天守候在河上的人。"卜爱红结结巴巴地指划。"呵呵！"她的问话让这位背篓人嘲笑着，"守候在河上的人很多，多如牛毛。你这话等于没说。"他指指远处建设中的码头忙碌的人，打捞鱼虾的商人及小贩，做了一个"遍地都是"的动作。"我找垂钓人，他叫赵涵波！"

"你找他？"背篓人凝视着卜爱红。

"是的。我们是朋友。多年前我们就认识，在这里度过一整天。好多年我们没见面了。"卜爱红凝视着背篓人背上背篓里蹦跳的鱼，"应该说这些鱼都属于他，不！我是说他二十多年与它们为友，他对它们了如指掌！"

背篓人摇摇头，他不是否定她说的"与它们为友"，他根本没理解她说的，他失望于她来找他。"那个流浪汉！你找他？""是，你知道他在哪儿？"背篓人又摇摇头。"这条河以前只属于他一人，那时他是充实的，像大家说的，他思想在河里。现在不一样了，你可看到，那里，那里，"他指指远处矗立的脚手架之类，"全在建设。你想想，这纷乱的建设中，他还有立足之地？一个流浪汉？！"

卜爱红望去，河上一片繁忙。

"你可以先去那里看看，那是他原来的住所。"背篓人失望地摇摇头，走开。

卜爱红向赵涵波原来的住所走去。

流浪？这个字眼再次跃上卜爱红心头。赵涵波是一个沉静的人，在她记忆里，赵涵波从来是蹲在河岸，没有走在河岸，更谈不上流浪。几年后的河面目全非。几年后的熟人竟成了流浪人。他在纷乱的建造中安静地蹲守河上垂钓？显然不可能。但他能做什么？说他是一个见异思迁的人，或随波逐流之徒，显然是不了解他的人才能说出的话。虽然与他仅仅一天的相处，但她坚信他不会，不能改变自己。那时她还是一个少女。那时她很惊异他的蹲守垂钓。那时她还不是一个满世界漂流的冠军。一晃多年。他被凿石人骗了，他信任他，把他作为志同道合之人，邀他一起居住，凿石人竟鸠占鹊巢，撵走了他。他与人为敌，到处树敌，导致四面楚歌，变成一个孤家寡人。他从来是安静的、与世无争的人，他怎么能与人作对？也许她还不了解他，他与她交往只是假象，用谎言欺骗了她？渡河人一直等着要见她，要告诉她实情，他是她的朋友，她有义务过问他的现状，有责任恢复他宁静的生活，甚至夺回他被侵吞了的财产？说他爱财如命，那纯粹是对他一点不了解。他除了河，视财如粪土。一个天天守候在河岸，安静垂钓的人，天天钻研河、钻研到记录每道波浪的人，竟然是一个心猿意马者，虚伪透顶，阴一套，阳一套?!她是一个漂流专家，闻名遐迩！她所到之处，都受到人们的崇敬、爱戴、拥簇！她的到来，是他们的节日。他们如等待心目中的神一样，企盼她的到来。她可以打开他们的心结，解决他们的问题，她了解他们世界以外的事情，他们则对此一无所知，只活在封闭的河上。难道与芸芸众生天天在河上，他也变成了一个世俗之人？或许他心早不在了垂钓上、河上，早与他们合谋，要毁坏河，放弃垂钓?!

卜爱红敲门。门没有开。她扭回头，一只木筏，置于河滩，赵涵波被紧紧捆住，躺在上面。这是干什么？为什么他被捆在木筏上，放置在河岸？一个人过来，她是巡河人，她上来很有耐心地摆正赵涵波被箍在木框的头颅，把他的双臂撑开，让双手沿木筏的支板伸去，然后分别套进那里的绳索里，接着捆绑起来。她捆绑好他的双手，又从赵涵波的肚子上取过右边的绳索，从上下绕了一圈，然后把余下的绳索紧紧扎系在左右两侧的木板上。"这是干什么？"卜爱红投去惊异的目光。这时凿石人过来。巡河人严厉地告诫他："再不许动他！就这样！这很适合他！"她回过头对卜爱红说："他是河上的垂钓人，他爱河超过我们所有的人。他是一个很有前途的人。他坚持在河上二十年了，没人能几十年如一日坚守在河上的。这只木筏是我造的，专门为热爱河的人、可造就者打造的。它可以漂流在河上，也可以让绑着置于河岸，只要他是一个可造就的人，它都能达到锻炼他意志的目的。一会儿把它推入河里可看到他在河上来去自如应对波涛的情景，现在他只在河岸。他是一条硬汉，我们正训练他，这无可置疑。凿石人时刻想置他于死地——他被推入河或置于河岸时都有让他丧命的可能——这是不可能的。我是巡河人！我要造就一个传奇，一个真正的河上的人。他是唯一可造就的！"

"您在训练他？"卜爱红不敢相信。

"嘘——"巡河人把粗短的手指放在嘴唇道，"正是时候，我一会儿推他下水。是！我是这里的主人，巡河人，这条河属于我管。你是干什么的？"卜爱红感到惊骇。她不能相信她与赵涵波合作训练，也为她如此关护赵涵波而感动。她在摆弄他的头颅时是满含爱意的。她虽如男人一样粗鲁笨壮，但摆弄赵涵波却温柔轻细。她从中看出，赵涵波虽然被凿石人侵占了财产，赶了出来，可在巡河人这里得到很好的呵护。她绑他在木筏，完全是出于爱，希望打造他成为一个她心目中配得上与河共生存的形象。"我们放他到河里，"巡河人悄悄对卜爱红说，接着附在赵涵波耳边，"这里结束了，我们开始新的训练，你要与木筏一起下河。"她说完轻轻推着木筏。接着，随一股波涛袭来，她使劲一推，木筏及赵涵波就被置于波浪之间。木筏颠簸，巨浪一股股冲打在赵涵波身上、头上，赵涵波由于被捆绑不得动弹，任风浪冲刷。可明显看出，或许是他麻木了，在风浪里头一动不动，既不惊恐，也无怪怨，适时还尽最大范围侧头观察河流。这使巡河人十分满意，她指点着，比画着，仿佛他是她的一个试验品，正在实验室里被分解、溶化，将生成另一种物质。

　　木筏与赵涵波重新回到岸，巡河人与卜爱红站在面前。"他很机灵，没事的。"巡河人说着，过去拍拍被绑在木筏上的赵涵波，"有人来看你了。"卜爱红蹲下，这岂止是一个木筏，是一个镶嵌人的木框、匣子。在赵涵波躺的四周，除用绳索紧紧捆住，并钉了钉子，以防止他滑动。半天，躺在上面的赵涵波睁开了眼。卜爱红要给解捆绑他的绳索被巡河人制止住："不行！不能解开！""赵涵波！"卜爱红用手摸着赵涵波，他如一个死人躺着一动不动，只抬了抬眼皮。"你是谁？"卜爱红跪下来："我是卜爱红！从河上漂流下来！""卜爱红？"赵涵波做了一个伸手要拉卜爱红的手的动作，由于被捆着没能如愿："你来干什么？""我来看您！您怎么成了这个样子？"赵涵波不能动，但睁开的眼里露出坚毅的光芒："我要单独与卜爱红说话！我有话和她说！"卜爱红以请求的目光望着巡河人，巡河人想说什么没说出口，摇摇头："好吧。"意味深长地走开了。

　　"我放您下来。"卜爱红要解绳索，被赵涵波制止住："不需要。""从我见您，已经被捆在上面有三个多小时了。这样会让您的筋骨坏死的。""我进河里才一个小时。""你怎么没被水呛着，又能在河岸被困这么久……""他们在打造我。""用这种方式？""我并没有被虐待。她是友好的。""打着改造的旗号？""你不认可？""这简直是酷刑，非人的折

302

磨!""你刚从这里来？漂流了很久吧？""从这里经过，已是第二十一次了。""你一定很顺利？对河了解了吗？我说的是完完全全的了解。""还没有。总有许多人在等候，他们的问题很多，一天都解答不完。这样对您是折磨，在给您上酷刑!""没有，我没有觉得。"木筏与赵涵波紧紧绑在了一起，钉子钉住木板，木板正好卡住他身子，让他一动不动。卜爱红看看，摇摇头。眼前赵涵波的情景，既出乎她意料，又在她意料之中。从听到渡河人的说词，她就感到不妙，但眼前的情景让她吃惊。既然赵涵波不让解开他的绳索，卜爱红也不去努力了。赵涵波向卜爱红打听何必明的情况，卜爱红没有听懂、回答，赵涵波显得很生气。卜爱红判断赵涵波在木筏上捆了有多久。他的四肢，由于长久浸泡在水里，已经开始浮肿。就好像行将就木的人。他的眼神惺忪游离，一看就久已不与人交流。他做了一个想要摇头的动作，由于头颅被嵌入木框动弹不得。"我不是任其摆布的。"赵涵波眼角闪动着坚毅的光芒。"您怎么不反抗？""我被放置在河岸，他们要考验我的意志，我没有按他们想法去做，我去垂钓了! 对! 垂钓，我用心垂钓! 你懂的。我人在木筏上，心里想着在垂钓。这样更好，河更宽广，波浪更大，我畅游在河。他们拿我没办法。在河岸被捆着就能认识河，得到锻炼？他们不懂河! 他们在自欺欺人! 哪有这样了解河、变作河上的人的？他们把我推进河里，我在河里故意不按他们的旨意行事，我行我素，我依然按我以往做的去做。河在我心目中，他们没一点办法，夺不走。这两个自以为是的家伙!"

　　卜爱红还是把紧捆赵涵波的绳索解了开，因为在她试图解开时他没反抗，她理解为赵涵波同意她这么做，其实他被久捆的四肢完全麻木了。巡河人完全是对赵涵波进行非人的折磨，赵涵波怎么落得如此境地？那么刚才，她还以为巡河人是心存善良，她是认错人了。她完全是拿他寻开心，是她寂寞的生活所需，是她爱吹牛、讲奇闻轶事的另一种形式。她和何必明一唱一和，同住一起，占有了赵涵波的房屋、财产，还假惺惺说收留赵涵波，让免费住进去，再没有这么恶毒的人了。他们是狼狈为奸。她一定以为她也上当受骗了，让这两个自作聪明的家伙自作聪明吧。他们霸占了属于赵涵波的河。尽管被赵涵波不解地看着，卜爱红还是从被捆的木筏上扶起了赵涵波，要去拿回被侵吞了的财产和房屋。

二十九

　　"就在这里吧。"赵涵波坐了下来。"我们是否去您房间看看？"卜爱红被赵涵波拉得坐下。"好的。"她知道赵涵波打定主意做的事是没人能改变的。"我不能理解您到这一地步仍能无事人的样子。""为什么不呢？"卜爱红摇摇头："我来这里还有一个重要的任务，就是要找回您曾经拥有的一切，让您知道，没有人能夺去您什么，您就是您。要知道我非常敬佩您。和您比起来，我什么也不是，尽管我获得那么多的尊敬，那么多荣誉，那是在没您的状况下。您那么热爱河，在河上二十年如一日，您怎么懂得那么多，把一条河上的千差万别，千变万化摸得一清二楚，并且把河里看不见的东西看得清清楚楚，如数家珍倒背如流。"赵涵波笑笑，鄙笑："你奉承我！你说你了解我，可知道我不喜欢奉承？""没有。"卜爱红解嘲地笑笑，"我清楚您的为人，只要有河在，您是不在乎一切的，荣誉、贫穷、富有等等，您都视若敝屣。我为什么来找您？不仅仅是听到您的遭遇，关心您，是因为崇敬。您一直是我的楷模。没有您对我的激励，我不会有今天。我能在河上漂流二十年，到每条我能到的河流去漂流，完全是受了您的影响，这一点您也许不知道。从我第一次见您，您就安静地垂钓在河上，这种安静，是任何人都不能做到的。我不认为您是一个垂钓者。您蹲在河上垂钓，表面像无数垂钓者一样，手操渔竿，专心钓鱼，但没人知道，您的心在河里，您垂钓，您与河交谈，与鱼虾交谈，通过河，与远在天边的海交谈。没人了解您这一点。毫不夸张地说，您就是河，一条行走的河，河具有的您都具有。没人读懂您。有人从您这里了解了河湾的鱼储、矿藏，没什么，您毫不吝啬告诉了他们，可他们得其一，能得其二吗？也就是说，他们得到的是九牛一毛。因为他们胸怀狭窄，他们不会了解您和河。您从木筏又了解到了什么？"

"你像渡河人一样要榨干我是不是？您不如渡河人聪明，他从我这里获取，他带了他的团队，那样就尽可能多地获得要获得的，你则只一个人，你想要什么？你告诉我吧！"

"我没有……"

"好的，我们就在这里谈吧。我很看重你的漂流才能，是不是，你这么认为？是！我曾经以为我找到了知己，曾欢欣鼓舞。正像你说的，我是一个孤独的垂钓人，是的，从一开始，我就没有想垂钓，我是要河！我喜欢你，是从你身上看到我的影子。可是我失望了。你漂流，像似漂流在河上，但你漂流在了人群，那些夹道欢迎你的背篓人群里。你醉心于那种感觉。他们有许多问题，这是他们的局限；他们向你提出问题，请求你的解答，慢慢地，你变得狡猾了。你千人千面，像个演员，用各种面孔面对他们。这些可怜虫，需要的是同情。你深知这一点，于是你投其所好，迎合他们，利用他们的弱点，说服他们，让他们屈从你，尊重你。'她是一个多么了不起的人！'他们向你竖大拇指，称赞你，你满意了，你喜欢这感觉，也可以说这是你为之苦心付出的目的。我们还有什么话说呢？你是可怜我吧？笑话！"

卜爱红从赵涵波冷嘲热讽，尖酸刻薄的话语中感到他又回到了当初，完全变了一个人。在话语中，不仅有对她的鄙视，还有对凿石人的仇恨，他的语调里明显地传递一种情绪：他不会饶恕他。"我要说，被占有的了您的一切，都会原原本本再要回来。我向您保证这一点。不仅对侵吞您财产的人，即使损害您名誉的人，我也决不饶恕，一定要置他于死地！人是有缺陷的，对人的某些缺点、弱点，我是宽容的，甚至常常容忍；可对狠恶之人，必须以牙还牙！这一点请您放心，这也是我此次来的目的。"

"你错了，要是心怀仇恨，我就不会到河上一蹲就是二十年了。一个真正爱河的人是胸怀与河一样宽广的。你可以问那些一成不变的河岸，它经无数次汹涌的波涛撞击，但它们从来从容不迫，下次波涛撞击，依然展开双臂欢迎。你听到河岸的抱怨了吗？有的土崖轰然倒塌进河流，它们认为自己被毁灭了，可一动不动的河岸严厉地告诫它们：消亡是一种新生！河岸几百年、几千年守护河流，这条河在河岸的守护下生生不息，欣欣向荣。人们给予河岸高度的评价。暴发的山洪常妒忌河流有这么一道忠实的河岸守护。它们用什么办法才可得到这样一道河岸呢？暴发的山洪偷偷流入河里，它们企图冲毁河岸。它们撞击河岸，冲毁河岸，要使河岸失去耐心。河岸目睹山洪在河里捣乱，它警告它们的同时，告诫河流，不与山洪同流合污。山洪在坚贞不渝的河岸前终于败下阵来，它们将与河流汇聚，规矩老实地遵循河岸的引导，流向远方。"

"与河岸一样忠贞不渝的，是一浪盖过一浪的浪涛。它们看似凶猛、无情，可它们永远在河里从不逾规。它们与河岸也许从不知道彼此都是河流的忠实者。'河岸为什么坚守河流几千年一成不变？''你不清楚，任何轻薄之徒都不与它为伍，这是我的原则。'河流说。你所说的报复，就像妇人之见让人瞧不上。我非常赞成一个人活着要有性格这一说法。你从无数人中选择交友或挑选被你尊敬之人你也一定会选择有原则、有个性的人。你使我想起耶和华要报复杀害耶稣的人，他看到被他派来拯救芸芸众生的独子被害愤怒不止。你只看到耶和华正直的一面，没看到他还有众生难容却能容忍的一面。但是报复者有报复者缺陷的一面，尽管他是代表正义的一方，你看不到这个世界被容忍后出现的一面，它常常是你想象之外呈现的，在你做出让步之后。如果我不是遇到今天的状况，你不来看我，像你所说：拯救我，你被他们围簇、拥戴，你能说说，你是在怎么一种状况下被同化、征服，成为他们的偶像，忘了你还是一个勇敢的漂流者，忘了你的使命，变成一个一事无成的庸人？你就按照世俗的说法认真说说你的蜕变，以便我从中可汲取一点点有用的东西、教训——当然我永远不会像你一样数典忘祖——而不是听之任之。为了达到你的目的——你不是说来为我做力所能及之事，夺回我的损失，为我报仇雪恨——你千里迢迢漂流而来，你不想让我失望，一无所获吧？你已失去了根，而我没有，我的所失正是因为保住它，你应承认这点吧？我遇到的人，不论是谋算我的，还是帮助我的，都不会改变我的初衷，而你不是，甚至相反。这是我的品质，一个真正热爱河的人的品质。我劝你再不要当救世主，还是好自为之好。"赵涵波摇摇头，"人干某一件他认为值得干的事他是不祈求人的帮助的，即使帮助有时是必要的。我十分明白我要干什么。你喜欢前拥后簇，而我喜欢寂静。你喜欢得到别人的肯定——哦！你是对的——你来这里无非也是这个目的，因为你得不到别人的肯定你就不知所措，没了主意。你活在别人的评判里。你还以漂流引以为自豪吗？这不需要我的回答了吧？你从河的源头漂流，你就渴望漂流到某一河岸，被夹道欢迎，否则河流对你太无聊，无用了，而我蹲守河上心里有一条河，它比夹道欢呼的人群更庄严，更隆重，更热闹。你走吧，去那哄哄吵吵的人群去吧，我要待在这寂寞而热烈的河岸。二十年，再守二十年又怎么样？我的每一天都是新生活。丢失了渔竿、渔网，一切的一切又怎么样？哪怕一无所有，只手握一支渔竿，或渔竿也没，只身蹲守河上。世上的力量来自何方？河！你要是与我有了一样的想法，只想拥有一条河，干干净净的河，我愿把我的一切送给你，我可以放弃眼前的一切，也可以顷刻拥有这一切。我是吹牛吧？你这么认为，凭靠我二十年坚守，研究、领悟，不凭靠任何人，我可以把丢失的一切重新取得。什么叫贫穷？贫穷是对富有的讽刺与否定。我不喜欢贫穷，更无视于富有。我只是我，可说贫穷，可说富有。你来拯救我，是对我的抬举，或贬低。对你的动机，我只能沉默。"

赵涵波激动得手舞足蹈，他怎么由一个奄奄一息的人一下变得狂躁疯魔？他是皮包骨了，但他又是那么倔强、坚强，俨然一个不屈不挠的战士。他嘲笑她，卜爱红摇摇头，苦笑笑，他说的句句是事实。他说的可说入木三分。她确实迷恋那些夹道欢迎的人，没有他们，她的确不知漂流还有什么意义。假如河上没有这些人，只是一条空荡荡的河，那会怎么样？卜爱红承认理屈词穷、没有说服赵涵波的能力了。

赵涵波开始了自责。他望着河，满含内疚，双手合十，似乎在忏悔。他是伟大的，他的个性与品质在他的讲述中得以呈现。任何一个高尚的人都首先会在自身找问题，而不是出了问题为自己辩解，推卸责任。在与何必明的争斗中，他没有针锋相对，据理力争，而是退让了。退让是懦弱吗？他被赶出来，流浪在河岸，在巡河人与垂钓人的淫威下，被捆在一个他们发明的刑具似的木筏，美其名为观察河，锻炼他认知河的能力，实则在折磨他，他没有认为这是一种折磨，变被动为主动，仍在"刑具"上观察、考察河，没有对河的巨大爱意，任何人都做不到这一点。渡河人等候在河上，找到她，让她来说服赵涵波。这是渡河人的阴谋，而对她是一次拯救赵涵波的机会，对赵涵波则成了一个无聊的举动。赵涵波应毫不留情地赶走忘恩负义的何必明，更谈不上鸠占鹊巢，对巡河人也应以牙还牙，毫不示弱，更不能任其欺凌。赵涵波不应该有这样的下场，不仅要夺回他失去的，还应赶走这些无赖，让他一个人守候河一辈子，河只属他一人。卜爱红想到这里，重新找回了某种庄严感，为了拯救他，她认真地对待眼前的一切了。赵涵波自责、内疚，这对卜爱红来说不是什么大事，他是一个完美主义者，他知道自己有没尽的义务、责任，没如愿以偿，所以他自责，但赵涵波对巡河人对他的虐待，没有责备，没引起他的愤怒，而是听之任之，甚至认为理所当然，还有着某种感激，这让卜爱红厌恶。卜爱红感到拯救赵涵波不是从某一方面，而是应全方位进行。首先她要恢复他的自信，或者说把他从欺骗中解救出来，让他明白真相。

"你应该明白，他们是你不共戴天的敌人，而不是朋友。"对赵涵波错误的认识，她直截了当，没有拐弯抹角地指出。认不清敌我，甚至于认贼作父，这是一个人失败的根源。

"我想和你谈谈古人，"赵涵波说，"报复固然伟大，也产生了许多脍炙人口的英雄故事与代代相传颂的英雄。但谁是胜利者？这是一个值得我们思考的问题。历史上许多朝代的兴替，都是建立在报复上的，可是用暴力推翻暴政结果如何？建立的仍是暴政。这个不说。你是听说过让人一步自然宽这句话吧，让人，不仅是韬晦之略，也是一种境界。我们不说这种境界的高尚程度，也不谈它该如何得到人的赞赏，让人，还有一个心中有让人的东西，那就是人常说的'得大自在'，由此你也会了解释迦牟尼的目空一切了，只有心中有，才能目中无。报复是某种空虚，是一无所依，仿佛如丧考妣，失去了此，就连彼也丢失了，所以才歇斯底里报复。当然，我是原谅你说的报复人的人的。因为己所不为，不能禁人所为。"

卜爱红琢磨他的每句话的道理。

"什么人总在报复？市井之人！不！所有心中一无所有的人才会报复，患得患失的人在思谋报复，见利忘义的人在思谋报复，一切被报复的人都思谋报复，报复产生仇恨，反之，仇恨也产生报复。为了报复，历史上产生了多少悲剧，出现了多少惨状，屠杀了多少无辜。报复是人心中的恶魔，是人心中的罪恶。"

他是对的，站在他的角度。他心中有条河。

"你怎么看那个木筏？我被捆绑在上面，我失去对它的评价。我现在试图想想在上面的情景。它看上去是那么孤单，只身漂在河上。你在河上漂流，是不是也有这种感觉？"赵涵波突然问。

"怎么可同日而语？二者根本没有可比性。我漂流在河上，首先，我的目的与你不同，其次，我是自愿的，你则不同，是被迫被捆绑上去的。没有自由，怎么可谈工作？"

"一切时间、空间都可利用。没有光，古人可借月光，凿壁偷光读书。了解河也一样。"

"那要看你有无生存的余地，余地大小。一般来说，一个人被剥夺了自由是没法愉快完成某项工作的。何况生命危在旦夕，又是被强加了他人的意志。"

赵涵波双眼发直，望去河。突然他说："你怎么看待大禹，治水的大禹？你读过《水经注》吗？你不觉得河流有人格，它会说话，与人交流，有追求？河不仅比人胸怀宽广、高大，而且更具人格魅力？更有性格？"

"河有人格？"

"在河里，有无数波浪，河把激情给予这些波浪。把追求也给予了它，让它在奔腾不息中去探望大海，寻求大海的秘密。河的思想并不在河里，它在与阳光、风、雨的交融中产生。当阳光投射在河上，河流在明丽闪光中流淌，从而让它看上去那么愉快。阳光本来如人的身外之物一般，不属于河流。可当它与河撞击，它钻入河的内心世界，它与河共生共长，合而为一，河这时创造了阳光，阳光变成流体，它的光芒再不是让人乏味的光芒，而是实实在在的、可观可感的光，有思想、有想法的光，光在这时也借助河长上了翅膀，它要飞翔，甚至有了进入大海、感受大海的想法，从此，它的野心，不！雄心壮大，要与海交融，把海也融入它的光芒里，把海变成属于它、与它共生共长的融入光芒的大海。海不过是世界上一个没生命的部分，但经从河流流入的阳光与之融合，它成了阳光的世界，它可以愉快地笑，愤怒地喊。大海有了生命。

如果阳光消逝，它会紧紧追随它而去。唉！它竟也如此孤独，如天天蹲守在河上的我，阳光离开，海沮丧地以为与之永远告别；可第二天，河又带来了它，它又随浩浩荡荡奔涌而来的河水来了。阳光与河水形成的喜怒哀乐，甚至变化无常的情绪，海都接受。阳光在它身上产生了某种魔力。海一经阳光侵入，它就再没拒绝阳光的能力了。阳光如上帝，让海、河变幻莫测，并以此证实着自己的存在，海、河如它的羔羊，双手合十，天天祈祷。它们凭波浪发声，以波浪传递感情，并以此思想。它们是怯懦的，也是勇敢、忠诚的，如我在河的面前虔诚笃信一样。当阳光离去，慢慢地它们囤积了一些能量，它们似乎知道它迟早要离去，就如河流最终要流入大海一样，这能量留存于身体，在无光的黑暗里，它们再不显得孤单、绝望。阳光离去，它并没觉察它的一部分已遗落在河、海里，因为它是武断的，武断产生轻狂，它轻狂地认为它的离去，河、海从而落入黑暗，只有当它次日再来，它们冰凉的躯体才会变得温暖。就这一点，阳光是轻浮的。轻浮往往总会种下失败的种子。当它天天到来、离去，最终明白河、海有自救的能力，它才明白自己的浅薄。人的某种行为多半源于河流对阳光的依从，阳光对河的自大，成功从开始就种下成功的种子，失败也从开始就种下了祸根。人都是爱戴自己的。人的这种自爱可以说也来自阳光与河、海的自爱。苦难没完没了。幸福也从此产生。"

赵涵波不去谴责何必明，也没由于带他入住引以自咎，他把这一举措归咎如阳光般的随心所欲形成的结果。要说谴责，他认为应谴责的是他没有把何必明带入一个热爱河流的世界使之半途而废，前功尽弃。他望着河，试想着河岸的人与他一样坚贞不渝守候河上垂钓的情景。另外一种情景他拒绝去想，也认为不存在。他需要这样一条河流。

卜爱红大声说："一切都可重来！失去的可以夺回！破坏的可以重建！坏人可以赶走！宁静可以恢复！"

"这一切都是无法想象的。首先这种想法就是与河的意志背道而驰的。我不赞同你这种醒醐的想法，更不用说去参与了。我没有失去什么，你看到我缚在木筏就认为我一无所有了，包括自由？我怎么想你知道吗？被人控制不是耻辱，耻辱是对侮辱的屈从。我是离开了那座居屋，那些渔竿、渔具也暂时被别人保管，但不像你。被人拥戴是一种病。醉心于这种拥戴更是已病入膏肓。你的企图深含对我的怜悯，这是对我的侮辱。只有一个头脑简单、四肢发达的人才会认为自己身临绝境，并且每况愈下了。如果你这么认为，我劝你回到背篓人中间，与他们同流合污，爱怎么糟践河就怎么糟践河——你的行为就是这个效果——至少我眼不见为干净。你以为我陷入水深火热中了、我无可救药了？你这个数典忘祖的家伙！你不知道你的看法多么浅薄！他如一条被置河岸的鱼令人悲催了，你这么想我吧？因为他不但居无定所，而且被限制了自由。你要是还对河心存一点尊敬，就像我坚守河岸垂钓一样，去认真漂流吧。但你做不到了。我不是没有报复他的办法，但我只想用我的办法。他们不配在河上！为什么不会有一场飓风掀起轩然大波淹吞了他们呢？包括见异思迁、半途而废的人？我是孤独的，从第一天坐在河岸垂钓，我就认清了这一点，这不需要告诉我。这条河，我宁愿选择与之同归于尽，也不要让我落入虎狼之口，我从一开始到了河上，了解到河的生，也了解到了河的毁灭。你不属河了！河被那些围簇你的人群从你的漂流筏夺走了。你让我遗憾。"

卜爱红一边听，一边摇头。赵涵波一接触到"河流"两字就兴奋得满脸飞红，而且紧攥拳头，似乎谁要夺走河，他要与之搏命！听到赵涵波拒绝她的提议，卜爱红非常难过，甚至比听到他要与河同归于尽还难过，因为他爱河超过自己的生命。但他提到"报复"，哪怕属于自己的一种报复方式，有了这点，卜爱红就觉得他还不是不可救药。她要以此为突破口，说服赵涵波，燃起他新的希望之火。为什么不可以把凿石人从他的屋撵走，为什么不制止巡河人再"酷刑"似的把赵涵波绑在木筏上做试验？这些都是她能做到的！让他回到以往的生活，再天天与河相对多好！他向她讲述河、海与阳光，他是借助他的认识分解内心的无助，把之引入到科学研究上，他就可安慰自己。她决定还要试着说服他，拯救他，尽管要竭力回避用"拯救"这个词，因为他像条件反射似的一提到这两个字就会暴跳如雷，"我听你讲。"卜爱红说。

"让我离开？不可能！阳光可以离去，但它的光芒很好地留存在了河、海里，阳光自以为是，也许它会认为河、海只有依从它才能温暖，它的离去就是河海暗无天日的日子到来，但它绝不会想到河、海在汲取光芒时，部分光芒不仅不能自拔，而且也流连忘返，成了河、海的一部分了，阳光也会生根。"

"我知道你对河有着独到的见解，不仅仅是从理论上，更多是来自实践的真知灼见。我们且不去研究人格、是否有人格的力量，从你讲的每道波浪所具有的感情，我几十年河上漂流就深有体会，它通人性，具有人的喜怒哀乐。河的胸怀是博大的，但谁又知道这一点、除了你？我从你二十年如一日守在河上，我就知道河有着多大的魅力。"

"你说得对。但你只局限在我讲给你的，许多我未讲的，你并没了解。现在我们不谈这些了，我说给你，你也不一定懂。波浪不但有感情，还有亲情，哪个自然中的物质没有感情？只是我们没有掌握罢了。没掌握不等于不存在。它通过飓风变得狂怒，它又在阳光中欢蹦乱跳，哪个具体的生命不借助外在的力量在变化？在无风无光的日子里，它只沉默着、沉静在河底。它告诉人们，它要安静。人们看不到它，就以为它消亡了，不存在了。它以另一种形式在生长。它马上就会翻天覆地，翻江倒海。它是河的灵魂、声音。它狂怒起来，白浪逐天；它安静了，静如处子。我打赌，你没有看到它在河底沉宁的样子。许多人走在河岸，无忧无虑，他们要是知道它正沉睡在河底，他们会惊得四处逃窜。我要说一下，人们没有认识波涛的另一种活动形式。我怀疑河岸上的人到底如不如一条鱼一样聪明。他们无法深入了解河，因为他们一直未与河进行亲密接触。他们对自己总是信心满满，总是踌躇满志，因为他们一无所知。经过这么多年，他们与河一起生活，他们变得年龄大了，因此更固执，头脑我打赌更简单，而不是更聪明。"

赵涵波对河上生活的人总是瞧不上，鄙视的，卜爱红认真听了很久，不管是背篓人，还是凿石人、巡河人……都一视同仁：是一群愚昧无知不可理喻之徒，他们只可使之，不可理之。对于赵涵波讲的，卜爱红也是认知的，因为她也在河上漂流了二十年，尽管偏激，但他讲述的道理，不能不让她信服。人们只要认真听他讲述，从中总能得到益处，尤其想了解河的人。他讲的许多卜爱红闻所未闻。河与风、阳光共生共长，它们在对话、对抗、交融、互取短长……赵涵波从哪里得来这么多知识，他是怎么了解到这些的呢？他把河、海人格化了。飓风是被河、海引到了体内，它于是在它体内孕育，变成波涛。多年以后，飓风又引入阳光，引起了阳光与波涛的交融、搏斗，河、海彻底改变了，包括它们的性格，变得或粗暴，或软弱，它们再不是它们，成了阳光、飓风与形成的河、海。要说河、海变得有了性格，它的"魅力"应归功于风、光，风、光也应感激河、海，因为没有河、海，它们只是风、光，风、光是没有喜怒哀乐的。

赵涵波或许是累了，躺了下来。他对河再不评判，因为它就在他头脑中。他对事物是专注的，当他躺下，你以为他不思考了，不！他仍在思索河、波涛，河里的鱼虾，这一点卜爱红清楚，因他的眼睛转着，分明在思考。在之前卜爱红听到的是赵涵波讲述河、海与风、光的关系，现在不同了，她分明看出——他判断——他在思索河里的储物了。对鱼虾之类，他只略略想想就又去想其他的了——他只嘟哝了几句。他的思想甚至延伸到了河的尽头的海里。他向她描述，海此时的状态，这一点卜爱红还是第一次听到。

"我们是不是到你居所看看？"卜爱红提议后，赵涵波点点头，坐了起来。赵涵波要求她三缄其口，卜爱红感到赵涵波的严肃性。卜爱红用征询的口气问赵涵波是不是可以要回屋子，赵涵波立刻打断她的话，说没那必要，卜爱红便打住了话题。他们肩并肩走着，遇到不少背篓人。他们见到卜爱红，都围了上来，都恭维她。赵涵波生气了，头也不回走在了前面。"你要是感兴趣，你留下好了！"卜爱红从后赶来，赵涵波生气道，"要去，那赶快走！"

赵涵波边走边讲述曾与凿石人一起居住的一些情景。他虽然讲得时断时续，但逻辑、概念从不含糊，甚至时间地点都讲得分毫不差。他讲河准确无误，谈日常生活也不留任何细枝末节。他出人意料地讲到凿石人赶他走，巡河人是如何做帮凶的，第一次显得愤怒暴躁。他讲他离开，不是说被赶走，是他离开了，厌恨与他在一起。他的"再一下、再一下"好听的凿石声再也没有了，因为他做事不专注，因为他总是在河上想歪门邪道，因为他残忍地对待河。河流能给予这样的人凿出好听的声音吗？赵涵波把河说得活灵活现，像真实存在的上帝。讲完以后，赵涵波向河投去敬重的一瞥。

从赵涵波的讲述中卜爱红只了解到何必明赶出了赵涵波，并不比已听到的了解更多。一个对河了如指掌的人，他的思维是缜密的。这种缜密性，从一开始就有，也一直坚持到最后。他的讲述有时驴唇不对马嘴，让人听起来丈二和尚摸不着头脑，但他不动声色地讲述，让卜爱红无法产生质疑，更不敢轻率地断定他讲述有错误或有纰漏。他是怎样的一个人呢？他理智、冷静、固执，但从不怨天尤人，甚至还有点逆来顺受。他对巡河人、凿石人等的最大反抗或许就是在木筏上被绑着头被侧西他要侧东。东边有他要观察的鱼群，比固定他头颅的木框有更大的引力。如果他顺其自然，如果他因头颅被固定向西而不向东望去，那么他的漂流就毫无意义，也就是说他从一开始就可拒绝。在未被捆上木筏时他让渡河人找上卜爱红，他请求给他更大的自由度，这样，他的身体虽是捆绑了，头颅完全自由活动，那是他巴不得的，因为这样他可更独特地观察河。他垂钓是通过一支渔竿去感知河，漂流则是用身体与河对话。他要给河重新命名。人们会从他这里不经过二十年的日夜相处了解到河。如果一条河像人们与父母朝夕相处相识相知、共生共长该多好。

"你在这里稍事休息，我过去一趟。"卜爱红说。

"你答应我，不要动墙上那些挂着的渔竿。"

"这你放心。我去去就来。"

"你会遇到那个讨厌的巡河人的！"

"那又怎么样？"

"千万不要搭理她：她是一个故事狂！她讲起故事三天三夜讲不完，只要你愿意听！你不愿听她也要拉你讲。她过得太单调、太乏味、太无聊了，她盼望轰轰烈烈的日子。她之所以想出千奇百怪的故事讲，你不听她就拿赶你出河上威胁你！你千万不要与她搭话！"

卜爱红离开，走去，心里很不是滋味。赵涵波是在怎样的一种状态下垂钓、工作！要是与她一样，赵涵波走到哪里，也一定是被人夹道欢迎的。

进去赵涵波宿舍，卜爱红首先遇到的是何必明，他正在欣赏墙上被他占去的渔网、渔竿。卜爱红走近，他见是卜爱红，笑脸相迎她。"你知道我是怎么保住这些渔具的？巡河人要把它们全部带走，她说既然不是赵涵波的，那就是不属于任何人；不属于任何人就是说谁都可以拿走。这是怎样奇怪的论调！我强行制止了！""噢！很好！这也正是我来的目的。这些渔具，你可以开个价，我如数支付你！这些渔具，是当初我廉价卖给赵涵波的，我们有个约定，它是不能出售的，只用于垂钓，而且只能是他垂钓用，不允许给除此之外第二个人、任何一个人！你开价吧。"

何必明显得目瞪口呆。他本身是要炫耀的，还准备接着往下讲他是怎么从巡河人手里夺来，谈自己的聪明才智，卜爱红的话出乎他意料。但卜爱红接下的话让他平静了下来——"我是这条河上的主管。巡河人属于我的下属。我管理着这里所有的河汊湖泊。这条河是其中的一条。如果你不答应我的要求，结果怕你不知道，我会没收了它们！"——他明白了，不答应她的要求，她不仅会分文不给，闹不好还会处罚他，追究起原委，他还会担责，负相应的法律责任，因为她是它们真正的主人，顺坡下驴是上策；其二，不仅他、巡河人也属她管，也就是说她可以为所欲为，只要看她的好恶了。经过思索、判断，进一步或迂回或直接深谈，何必明点头了。但他很狡猾，只点头，不吭声。他像在说：我在做思考。可卜爱红不给他机会，因为她识得他的把戏，卜爱红显出不耐烦的样子，看着表，似乎等他回答，也就是说：不同意，她要采取手段了。卜爱红的态度，何必明也马上识得，也就是说，他们斗智斗勇，卜爱红在控制着局面，为此他第二次点头——这一次点头显然有别于上一次，是首肯——接着说："好吧！反正我也不去钓鱼什么的。我开价！"在何必明未说出价格，卜爱红摇摇头。何必明没明了她的意思。卜爱红笑了："我知道你的底数。"她伸出一只巴掌。何必明瞪大眼。他不敢相信是真的。对他来讲这是一个天文数字。可他马上推翻了自己的认定。他眨巴眼，看卜爱红。卜爱红知道他在怀疑。卜爱红明白他的意思：是不是少十位数。在何必明质疑后，以疑问的目光盯着看卜爱红：是真的多十位数？卜爱红点点头，并睥睨他一眼。何必明惊出了一头汗。

"那成交了？"卜爱红说。

何必明擦汗："那当然。"

接下来谈要何必明回到山上，重操他的旧业：凿石，并废弃在河上建造码头的事，何必明显得很固执。这是卜爱红早有准备的。卜爱红摆出了河道管理者巡河人的上司的上司派头，和他谈话自始至终居高临下，让何必明苦不堪言，只有招架之功，没有还手之力。由于卜爱红有备而来，何必明仓皇应对，所以高下之分始终十分明显。几次，何必明还想反败为胜，但次次未能如愿。卜爱红看到，何必明恼怒不已，但又屈从于她的权威，始终克制低首，未敢高言。每当这时，她就或乘胜追击，或迂回进攻，她看出何必明不仅一头雾水不知所措，而且如丧家犬疲于应对不甘屈服，仍负隅顽抗，垂死挣扎。在何必明筋疲力尽，要举手投降时，卜爱红见好就收，鸣金收兵：我不是置你于死地，完全不顾你死活，我毕竟是一河之主。你上山凿石，重操旧业，一方面，这是你的长项，无人可敌；另一方面，我早为你想好了你的产品销售，不需要水路运输，通过陆地交通，我全包了你的产品，我已做了这方面工作，从道路运走，没一点要被积压。从何必明眼里，卜爱红看到了一种释然，如释负重的释然，并有一种不幸中万幸的感觉。"你能同意吗？"卜爱红眼里闪烁着美丽的智慧。何必明点点头，深深地呼了一口气。"这应该是一个不错的主意。"他说。"不！"卜爱红道，"对你来说，不能说是我网开一面，也可以说是给你一条生路。对待其他人，我就怕不会这样宽容，甚至仁慈了。我是这条河的真正管理者。这里的一切都由我说了算。要知道，你赶走赵涵波，占据了他的房屋，还占有了他的财产，不仅不应给你补偿，还要追究你的刑事责任。另外，你在河上未批先建码头，这是严重违法的。不仅要拆除，还要罚你款。你的选择是明智的。"这时，卜爱红看见，何必明不是以讨价还价的目光看她，而是以畏惧胆怯的目光看她，而且是偷偷溜一眼，接着低下头点头，表示感激。"那么，我要求你今天就搬走，搬到你原来住的山上，这应该能做到吧？"卜爱红拿出一张支票。她看出，何必明在判断是否真的能兑现后，伸手要支票。卜爱红没有马上给支票："这里还有你拆除了码头，重操旧业购买你石雕产品的预付定金。你看好了点清数字！"然后，在何必明颤抖着双手接过支票，并戴上凿石时的镜子看后感激涕零点过头了，在他肩上友好地拍拍："那成交！"

在何必明背着自己装工具的布袋离开时，卜爱红到了巡河人居住的房间。见了巡河人，卜爱红劈头就说："你是要规规矩矩在河上尽职巡河，还是要被免职？我的身份恐怕你还不明白，我现在就告诉你：我是这个地区河、海、湖泊管理委员会的主管负责人。我这次就是奉命来检查各条河流上的巡河人工作的。在我几天的微服私访中我完全了解清楚了你的工作状况。我不需要你再重述了，我只要求你从这里搬走。你与

316

何必明一起侵占了赵涵波的私人住宅，合谋非法占有他的财产，已构成以权谋私、非法占有侵吞他人财产罪了。你制造木筏，绑架赵涵波，侵害了他的人身自由，构成了迫害罪。这远超出你的职责范围。你看着办，是从这里离开，回到你的住所、办公室，还是留下，要送你上法庭，由你选择。"

　　一见到何必明，本来又要给他讲述"闻所未闻、惊天动地"的故事的，卜爱红的话完全出乎她意料。由于太突然，她惊得半天说不上话来。这个见人不是强迫听讲，就是动不动"赶你出河上"的巡河人，在听到自己第一次被威胁、要被追责，惊怔之后第一反应就是检讨认错，并诚恳地泪涕四流。当然解释说把赵涵波捆在木筏是为让他更好地了解河做一个模范的河上人，没说出一半，被卜爱红——顶头上司打断，马上改口说自己追悔莫及。在卜爱红策略性的冷笑中，她更丈二和尚摸不着头脑，由于害怕被追责，"扑通"坐了下来。在一声声"马上搬走、马上搬走，马上拆了木筏"中，卜爱红又一次令巡河人毛骨悚然地冷笑了。和上次一样，卜爱红以恐吓的手段鸣锣开道，也见好就收，给予巡河人出路。她说只要她按她的"指示"办，不但不会被追责，还会建议上级给她涨一级工资。至于能否涨了，那是以后的事。以后的事谁又能说得清呢。临离开之前，巡河人战战兢兢提出一个要求：能否让她在河岸人闲暇时去讲故事，卜爱红慷慨地答应了她这一请求。巡河人感激涕零，不让她讲"惊天动地"的故事，她会被憋死，她说。因为她有太多奇闻要与众人分享。

　　在失而复得的房屋，赵涵波被卜爱红请了回来。赵涵波经过凿石人曾经居住的卧室，停了下来。凿石人确实搬走了，只空荡荡的屋里放着一张空空的床。他再看看过道，他的凿石工具也没有了。"从它们发出音乐一般的'再一下、再一下'声我就对它们恨之入骨，厌恶透顶！"赵涵波经过深处的走廊墙壁，他的渔网、渔竿完好无损挂在那里。他上手摸摸，一个个数着，不但没被损害，而且一个不差。他走在前，卜爱红走在后，赵涵波检查完渔具，去看标本之类属于他的东西，都一件不少。接下来在讲述这些渔具时两人的状态就变了：赵涵波激昂慷慨、振振有词，卜爱红听得目瞪口呆，如痴如醉。每一支渔竿都可垂钓到大河江湖，每一张网都能捕获了河里的所见所闻，每一根河藻都是关于河的一个故事、见证。凿石人的凿石声是如此与河浪声不谐和，它简直是对波浪声的某种曲解、亵渎！声音也会污染。凿石人的凿石声、背篓人的叫卖声、渡河人划动河流的声音，都在污染波浪发出的优美的声音。无耻的声音是无耻的人发出的，充满了贪欲。当然，古人以堵塞的办法对付洪流是不合适的，相比之下，他赵涵波更赞赏大禹。一个虔诚的垂钓人竟成了无耻之徒笑话的对象。在赵涵波的讲述中，卜爱红由一个"拯救者"变成了一个小学生，她在赵涵波面前感到自己对河的无知，而且远没有赵涵波的激情。本来为赵涵波赶走巡河人、凿石人，夺回了他的房屋、财产，从河上清理出去了何必明、巡河人，感到某种荣耀，还有点洋洋自得，在他的讲述中——他对河了解如此之多、之深，并且一谈起河他就滔滔不绝，如数家珍、如她不存在——对她赶走巡河人与凿石人的一点点感激（要说还有感激的话）荡然无存。

"我要走了。"卜爱红说。她已完成了任务，交给赵涵波一条清清静静的河，原来的屋子，原封不动的渔具，一切恢复原状，也就是说，完成了她的任务，达到了她的目的。"你该休息了，休息后明天还要去河上工作。"赵涵波摇摇头："你尽管走，放心走，余下就是我自己的事情了。"赵涵波是如此自信。仿佛离开渔具就使他失魂落魄，面对渔具，又让他恢复了自信，他在挂有渔具的墙壁下面蹲着，面带笑意。"你回你的卧室睡觉后我再走。"卜爱红谦让，赵涵波固执地站着，表示卜爱红可以放心走，他会处理好自己的事，他显得胸有成竹。

"好吧。"卜爱红恋恋不舍道。

"再见！"赵涵波已挥手告别了。

乘着木筏从河上漂流，不觉已离河岸很远。卜爱红回头望去，那座茅屋仍矗立那里，不见了凿石人。河流上，没有任何施建码头之类发出的"轰轰隆隆"嘈杂之声，那建起的半道码头，由于拆除，显出七零八落，但河宁静。没了巡河人倒不是一件坏事。没有了她的大吵大闹带来的河岸人的惊恐，没她的"奇闻轶事""惊天动地"的故事讲述围簇下的一群听众，只一条安安静静、干干净净的河。在河上漂流是卜爱红的老本行。她沿河向下游漂流，不再是寻找漂流的真谛，还是期待另一河岸人的拥戴，这种拥戴、崇敬与赞美连绵不绝。人是需要这些的。

三十

　　河清净了。房屋因驱走何必明也安静了下来，赵涵波在卜爱红为他夺回的房屋、渔具以及一条如从前安安静静的河流里，没有如卜爱红所愿，重新整理渔具，重新准备第二天的垂钓，也没立刻如嘱在自己的卧室睡觉"休息后明天还要去河上工作"，而是忙着去取墙壁的渔网，渔竿，一件件取下，把它们放在事先准备好的绳索上，等够一捆的时候，捆了起来，捆扎好一捆，再捆扎另一捆，似乎怕捆扎得不结实、牢固，捆扎后，又用劲扎紧，直到毫无松动之状。何必明的卧室由于搬走了行李显得空荡荡的，他也没因此感叹——这里曾嘈嘈杂杂，尤其是他修建码头那些日子更是施工者来往不断，吵吵闹闹——而且关上门并锁上门。这道门迎进何必明他是心甘情愿的，但随后变得吵闹让他不耐烦，甚至讨厌了起来，进而巡河人出入，随后是大吵大闹地发号施令、竭尽所能讲述"闻所未闻"，两人密谋把他绑在木筏让"考验"、绑他于上面"试漂流"，随之渔竿被从这里带出、带到河外的集镇估价要出售，标本带出要出售因价格未谈拢又带回置放原处……那"再一下、再一下"声从此如无味的花，听起来再不是与河浪相谐配，相得益彰，优美动听，而是干涩、枯燥。巡河人由于把他绑在木筏成功地如愿在河上漂流了，从门进入对着对面的何必明（同谋）拍手哈哈大笑，而凿石人听得诡秘的小胡子一翘一翘，乐不可支。赵涵波满头大汗。从走廊透过的光线照过来，照亮他绑捆好的渔具、标本，渔具、标本堆了一走廊。这些渔具、标本在他不在的时候，他们曾带它们出去，上面应该沾满了他们的可恶肮脏的汗水，没关系，它们随之一同被捆扎了。渔具捆垒起来，如一道道波浪从河的源头涌来。为什么屋里没有波浪呢？从这些渔具放在这里，标本、河藻被取回来，河就被取回来了，它们一直涌动在屋子。渔具仍如探海针一样在河里寻觅河的心声。某一渔竿翘起，它分明要从捆中挣扎，纵身跳入河，但不着急，它属于河，将会归于河。波浪的声音不绝于耳。木筏也在河上漂动。瞧！太阳升起来了，它把光洒在河上、渔具上，被捆的渔具透着微光。赵涵波多么幸运！他没离房屋半步，就通过渔竿与河对话了，感受他心爱的河了。走廊上何必明刚搬走凿石的工具等一片狼藉，看着那些，赵涵波生气地用脚踢，仿佛仍堆着那些可恶的工具，它正污染着这里。何必明翘着小胡子，听巡河人一惊一乍讲"惊天动地"。他们狼狈为奸，无恶不作。"滚吧！你们这些河的害虫！"赵涵波愤怒地骂。

从头到尾检视了一遍，赵涵波看着还有没有渔具留在屋里，他不免又寻查一遍。要不留一点关于河的东西在屋里。他关自己卧室的门，一不小心，在堆有渔具捆的地上滑倒。赵涵波笑了。"你们两个害人虫！你们想谋害我，走着坐着打坏主意，我才不会让你们得逞呢！"巡河人、凿石人就蹲在工具捆一边。他们乔装成渔具企图蒙骗他，岂不知他压根不会上他们的当，并要用脚踹他们。多么虚伪的一些人！明明是在谋害河，还装作河上的好人、拯救者，要比坏人还坏！赵涵波不与他们计较了！他有更重要的工作去做！他弯下腰，快速地取起一捆渔具，扛了起来。还可以掮一捆，因为他左肩扛着，右肩空着。他使劲又取一捆扛上肩。他走出屋，屋外黑乎乎的。他借月光走着，走向河。河离得太远了，怎么不在他眼里？站在河边，他贪婪地嗅着河流的味道。那味道在夜里是如此馨香。渔具被散落上去，立刻就投入在了河浓重的味道里。他企图抓住一支渔竿——他是爱不释手——可他看到它如他一般在读河，而且如饥似渴，这是他二十余年一直向往的，他停住。他毫不费力地回去又扛来第三、第四捆渔具、标本捆。如果河与渔具交谈，今天是大好的日子，它们会彻底促膝交谈。他站在河岸可以看见它们是如此融洽，情投意合。这条路是他天天走的，今天与往日不同，他不是扛着一支渔竿，而是成捆成捆的渔竿走在上面。一捆捆渔具，散落漂在河上，布满河流，与河交谈，除了它们，只有皎洁的月光了。说是交谈，没有共识是不公允的。最好的交谈是达成共识的交谈。他们是一群祸害河的害人虫,可恶就在他们是披着羊皮的狼。如果没有河,那么渔具就会显得一无是处;反过来,没有垂钓、捕捞,河也显得毫无生气。赵涵波把一捆标本投入河里。另一捆标本也被他解开绳索,投入进去。月夜下,就他一人,他大声喊:我要一条彻底的河!他到底背来几捆渔具、标本,他看看河面漂动的渔具、标本,到底多少捆?他数不清。何况河水与渔具、标本如胶似漆,亲密难分,更数不清哪是渔具、标本,哪是浪涛。

月亮高悬。河流浩荡。不远处是他的居所。大群大群的背篓人走在河岸,那个渡河人带来了周晓得、陈懂得、黄鱼仔三人,周晓得、陈懂得、黄鱼仔三人又带着另外三拨……许多人走来。他们喊:"告诉我们河湾!哪里有鱼群、宝藏,我们要财富!"巡河人绘声绘色讲故事,仍不能吸引听众,她又使用她的权威恐吓了。凿石人不肆无忌惮开始营造码头了。周晓得、陈懂得、黄鱼仔三人互猜心思,又合谋算计渡河人,渡河人佯装上当受骗,而又在挖空心思套取他的河的知识以期有所获得。整个河布满搜肠刮肚要吞噬河流的蝼蚁,这蝼蚁一会儿变成了人群。这河束手待毙,任人摆布,毫无反抗能力,赵涵波来了,每支渔竿是一支箭,刺向这些贪得无厌的人。为什么要把他绑在木筏呢?因为他们图穷匕首见,这是两名困兽犹斗者。他十分蔑视他们。谁是走在穷途末路的人?是没按河旨意办事的人!他们把他围在窠臼,企图置他于死地,可无济于事,他们的伎俩是小儿科,在他面前,他们不堪一击,尽管逞凶一时不可逞凶一世。渡河人比凿石人更可恶,有过之而无不及,非法占有他指认的河湾——他是要他们保护它们的——昼伏夜行,大肆捕捞。对这些猪猡怎么办?河里布满了枪箭,他们在河上大肆捕获,忘乎所以,那渔竿变作箭,一支支刺向他们,并呼天号地,他们将被射死。赵涵波看到他们向他下跪求救了。他对他们是多么地失望,他们跪求,他一动不动站下。他能相信他们吗?不!他不但不停止,他要更严厉地惩罚他们。他跑上河堤,打开了那道秘密水闸!他几乎听不到求救声了,因为被打开的水闸一泻千里,怒涛淹没了叫喊声,一时波浪起伏,一片汪洋。轰隆巨响,赵涵波捂住耳朵。上游下游都被波浪掩盖。他什么也听不到,只听得巨浪吼声。他站在河岸,这时又传来呼叫声,这是渔具的呼叫。渔具刺向了贪婪的人。赵涵波闭上眼,幸福地听着河的叫喊。一条条鱼飞跃上水面,鱼愉快地飞蹦。让它们自由地飞蹦吧。

这些鱼是多么渴望惊涛骇浪，在里面自由徜徉。它们能引起他们的恻隐之心，哪怕一点点吗？不！简直是缘木求鱼！他们的心比波涛都冰冷。凿石人说："求求您！看在我们曾同住一个屋檐下，放过我吧！"他捂住耳朵不听。巡河人过来了："你属于我管！我可以赶你走！""我不怕你！""你今天就给我离开河上！""是！我可以离开！我是要离开；可它们、那些箭不会离开，不会饶恕你们。你们可以不爱河，可不能装着爱河；装着爱河也不要紧，不要借此蒙骗人，糟害河。是的！我向卜爱红承诺过，我说我会很好地处理自己的事情。可这不是一个很好的解决问题的办法？""你不该把那些渔具、标本全投入河，它们是无辜的。""是的。正因为它们无辜，我才投入河。""你打开泄洪闸，你是罪犯，让河水泛滥！""河被你们凌辱得太久了。它是有脾气的！它要反抗！在它能宽容你们的时候，它才会停下来。我保证你悔过自新后它会饶过你，并还会保护你。"赵涵波望着河。河的浪涛小了，这时，许多人又出现了。他们又大呼小叫，求救声在沿岸此起彼落。渡河人去哪儿了？他在河里泅渡？赵涵波走在河岸，河水轰轰隆隆。人们拼命喊着，挣扎着。赵涵波为了不听到这可恶的叫声，捂住了耳朵。把所有的渔具全投进河！那些人要捞渔具。一根渔竿就是一根金条！只要捞到一根，在他们看来就是万贯家产。他投入河流的渔具是投入进去的上亿财产！赵涵波摸着手里常垂钓的那支渔竿。这支渔竿陪伴他二十余年，是他认识河的媒介、工具。它现在还有用吗？赵涵波摇头否定。他摸着，它是用一支传留了几代的湘妃竹与金银材料精制而成，它进入河，如一支探海针，它能与河共呼吸，它被操在手，头颅始终高昂。应该把它投入河，它不能落入那些贪得无厌的家伙的手里。他把它轻轻地投入河，像往日一样轻轻入河垂钓，他立刻感到河的呻吟。是的，河在哭泣。只要他在，只要他握着它蹲河上垂钓，它深入到河，河的喜怒哀乐都会让感知、会倾诉。这回，他没有再举起渔竿，而是把它一直沉放，直到全部被水淹没。河水在呻吟、叫喊。渔竿随河波浪远去了。自己为什么要选择到河上，是河的魅力使他坚守、付出，还是渔竿的告诫？渔竿每入河流一次，都如一位朋友、长者，要与他进行一次"交谈"。他赵涵波二十年是在与渔竿的交谈中过来的，它给了他太多的告诫，通过它，不仅认识、拥有了一条河，他也认清了巡河人、凿石人……巡河人站在他身边。

赵涵波眼皮也没抬。那些渔竿，漂动着，足以让他全神贯注观瞻，它们的命运比他此时的处境更重要，他注视着它们漂流的方向、状态。它们属于河。与河好好相处吧，漂流，继续漂流，随河进入海，在海面漂流，它们曾和他休戚与共。岸上没一支渔竿，一张渔网，一件标本了，此时河掀起惊涛骇浪。渔具回望他，似乎恋恋不舍。是时候了！河在叫喊。

卜爱红从河流漂流而下，走了，只他一人了。每一支渔竿、一张渔网、一件标本就是一个他——赵涵波，它们紧紧拥抱河，不得放开。他告诉卜爱红，让她别管，一切事由他处理。这条河她还会漂流而过吗？除了他赵涵波，还没有一个人把河作为朋友、一切，卜爱红算曾经的一位。大河奔腾。卜爱红从漂浮着渔具的河上漂流而来，她看到了岸上投放它们的赵涵波，渔具成堆，羁绊了卜爱红的旅程，没关系，反正卜爱红已经不是以前的卜爱红了，她只是一个众人拥戴的明星、偶像，一个明星、偶像他是不会管她的命运的，管她被羁绊还是顺流漂走。"你这是犯罪！"巡河人说。"我只投放我的财产！"赵涵波答。"快走开！你这莫名其妙的家伙！许多人求之不得，你知道，一根渔竿就是一根金条，它们许多是文物，仅那支湘妃竹渔竿已传三百余年，经千百人之手，价值连城。你却把它们全投入河！""这是我的财产，我有权处置它们！在你们看是价值连城，在我看就是一支渔竿。""你竟放开了水闸！""河再忍受不了对它的凌辱，它被打开，正是它愤怒之时，你们这些寡廉鲜耻的人！"巡河人上来推赵涵波。她以为她力大无比，可赵涵波岿然不动。他的力量之强大令她目瞪口呆，不可理解。她又一次推他，像不相信前一次未推动重新要证实她的力量似的，依然，赵涵波纹丝未动。"这是怎么回事？"好像问他，也像在问自己。巡河人第一次表现出这样不信任自己。河"轰轰隆隆"响着。成批成批的渔竿、渔网、标本……互相挤碰，拥挤漂浮在河面。河水的波涛就在脚下，涌起巨浪，赵涵波纵身一跃，跳进河里。他与那汹涌的波涛、挤撞的渔具一起，涌向远方，大海。巡河人站着，目瞪口呆。

2017年9月1日完稿

图书在版编目（CIP）数据

一个人的河流 / 高领著 . -- 北京：作家出版社，2022.2
ISBN 978-7-5212-1264-8

Ⅰ . ①一… Ⅱ . ①高… Ⅲ . ①长篇小说 – 中国 – 当代
Ⅳ . ①I247.5

中国版本图书馆CIP数据核字（2021）第105022号

一个人的河流

作　　者：高　领
责任编辑：兴　安
装帧设计：刘维骆
出版发行：作家出版社有限公司
社　　址：北京农展馆南里10号　　邮　　编：100125
电话传真：86-10-65067186（发行中心及邮购部）
　　　　　86-10-65004079（总编室）
E-mail:zuojia@zuojia.net.cn
http://www.zuojiachubanshe.com
印　　刷：唐山嘉德印刷有限公司
成品尺寸：152×230
字　　数：210千
印　　张：20.5
版　　次：2022年2月第1版
印　　次：2022年2月第1次印刷
ISBN　978-7-5212-1264-8
定　　价：56.00元